KB010437

오만과 선량

오만과　선량

츠지무라 미즈키 소설

이정민 옮김

차례

그녀는 밤 속을 달리고 있다.

가로등이 드문드문 서 있는 심야의 주택가 어둠 속을, 적어도 밝은 곳이 나올 때까지는, 하고 쉬지 않고 온 힘을 다해.

몸이 떨렸다. 무서워서. 슬퍼서. 겁이 나서. 괴로워서.

역 앞 상점가의 트인 길로 나가 지나다니는 사람들의 모습이 보이고 나서야 비로소 발을 멈췄다. 그러자 자신이 몸을 바들바들 떨며 숨을 헐떡이고 있다는 것을 새삼 실감하게 되었다. 공기가 희박하다. 주변 사람들에게 도움을 청할까 잠시 망설였다. 그때 바로 길 옆에서 자동차 전조등 불빛이 눈부시게 비쳐 들어왔다. 그 차가 노란색 차체의 택시이고 붉은 색으로 '빈차'라고 표시된 것을 본 순간 주저 없이 달려 나갔다.

"잠시만요! 세워 주세요! 제발요."

주위를 살필 겨를도 없이 손을 들고 택시 앞으로 미끄러지듯 달려가자 다행히 택시 기사가 그녀의 모습을 알아차리고 문을 열어 주었다.

"도요스 방면으로 가 주세요."

뒷좌석에 구르듯이 들어가 앉았다. 문이 닫히자 겨드랑이에서 이제야 생각났다는 듯 땀이 솟구쳤다. 주머니에서 스마트폰을 꺼냈다. 손가락이 곱아서 화면이 제대로 눌리지 않는다.

빨리, 빨리, 빨리.

빨리 받아. 빨리.

최근 통화 목록에서 니시자와 가케루의 이름을 찾는다. 그렇게 자주 만났는데도, 사귀는 사이인데도 통화 목록을 한참 올려야 이름을 찾을 수 있다는 게 답답했다. 신호가 가기 시작했다.

『여보세요.』

전화기 너머로 목소리가 들려온 순간, 들이마신 숨이 풍선에서 바람 빠지듯 쉬익쉬익 비명소리를 내며 새어 나왔다. 가케루 군, 가케루 군, 가케루 군, 도와줘.

"그놈이."

그녀의 목소리가 울고 있었다. 전화 건너편에서 "어?"하고 당황한다. 시야 끝에 눈물이 차오른다. 핸들을 쥔 택시 기사가 백미러 너머로 그녀를 흘끗 살피는 것을 알 수 있었다. 아아, 전화해도 되느냐고 기사에게 양해를 구하는 것을 깜빡했다. 그녀는 생각한다. 상황이 이런데도 그런 게 신경 쓰이다니. 택시를 타면 늘 그렇게 해 왔다. 차 안에서 갑자기 전화를 거는 건 실례라고 생각했다. 그래서 다른 사람들이 미리 양해를 구하지 않게 되어도 자신만은 그렇게 해 왔다.

가슴에 손을 얹고 숨을 들이마셨다. 울 생각이 없었는데 눈물이 나온다. 뺨을 타고 흐른다.

"그놈이 집에 있는 것 같아. 어떻게 해? 집에 못 들어가겠어."

『그놈이라니⋯⋯.』

가케루는 지금 어디에 있는 걸까. 집이 아닌 것은 확실하다. 주변에 인기척이 느껴진다. 일 때문인지 개인적인 용무인지 모르겠지만 술자리가 틀림없다. 얘 좀 봐, 네가 그렇게 말하면 -, 그런데 그 녀석도 분명히 - -. 그의 친구인 듯한 몇몇 사람의 목소리가 들린다. 남자 목소리는 물론 여자 목소리도.

전화기 너머의 분위기가 바뀌었다. 가케루의 목소리가 진지해졌다.

『마미짱, 지금 어디야?』

"역 근처. 방금 택시 탔어. 미안한데, 지금 당신 집에 가도 돼?"

『당연히 되지. 그런데 그놈이 집에 있다는 건⋯⋯.』

가케루가 조용한 곳으로 이동했는지 전화기 너머의 떠들썩함이 잦아들었다.

그녀의 콧속으로 차가운 공기가 빠져나간다.

"일 끝나고, 집에 갔는데, 현관문 옆 창문에 불이 켜진 게 보이고, 안에 그놈이. 그래서 못 들어가고, 도망쳤어."

『나도 지금 바로 출발할게. 미안해, 지금 밖이라.』

가케루가 말한다.

――가케루, 뭐해? 아, 전화? 여자친구?

누군가의 목소리가 들려오고 가케루가 "거참, 시끄럽네!" 하고 짜증스럽게 대꾸하는 것이 들렸다. 가케루가 마미에게 말했다.

『만약 마미짱이 먼저 도착하면 집 앞에 택시 세워 두고 내리지 말고 있어. 혼자 있지 않는 편이…….』

"알겠어. 그런데, 그런데, 부탁이야. 제발 빨리 와!"

그녀의 입에서 다시 비명이 터져 나왔다. 가케루에게 이런 식으로 강하게 부탁하는 것은 처음일지도 모른다. 뒤늦게 아차 싶어 "미안……" 하고 입을 틀어막았다. 손이 뻣뻣하게 굳어 있었다.

"미안해, 이런 말해서. 그래도 얼른 와서 구해 줘, 가케루 군."

『하, 미치겠네.』

애가 타는지 가케루가 내뱉었다.

『나야말로 술이나 마시고……, 혼자 둬서 미안해.』

통화 중인 채로 가케루가 가게를 나가는 기척이 느껴진다. 그녀는 아직 울고 있었다. 택시 기사는 이제 확실히 그녀를 걱정하고 있었다. 대화가 끊긴 틈을 타서 그가 "괜찮으십니까?" 하고 물었다.

"손님, 괜찮으십니까?"

"……괜찮아요."

마미는 대답하면서 생각했다. 괜찮지 않다. 나는 조금도 괜찮지 않다. 또 솟아오르는 눈물을 꾹꾹 눌러 닦았다.

빨리, 빨리, 빨리.
가케루는 서두르고 있다. 고맙고 감사하지만 그런데도 겁이 난다. 언제쯤이면 괜찮아질지 몰라서, 그리고 두려워서 눈물이 난다.
빌었다.
제발. 무서워. 가케루 군. 부탁이야.

구해 줘.

나를 구해 줘.

제1부

제1장

『아, 미안. 지금은 좀……. 내가 나중에 다시 걸어도 될까?』
"그래. 나도 마침 외근 나가야 하니까, 이따 밤에라도."

그 대화가 마지막이 되리라고는 상상도 하지 못했다.

대화 내용도 마미의 목소리도 너무 사소하고 아무렇지 않아서, 나중에 가케루는 그때 자신이 그토록 태평했던 것을 수없이 후회해야만 했다.

그때 마미는 누군가와 함께 있었을까.

급한 일 때문에 전화한 건 아니었다. 9월에 앞둔 결혼 피로연 관련해 몇 가지 확인할 것이 있었을 뿐이다.

이따 밤에라도, 하고 끊은 전화는 그날 밤 다시 걸려 오지 않았다.

이때도 가케루는 별로 깊이 생각하지 않았다.

그날은 거래처와 저녁 식사 약속이 잡혀 있었다. 집에 가면 마미와 얼굴을 마주할 테니 밤늦게 들어가도 괜찮을 거란 생각에 레스토랑 사장인 고객의 기분을 맞추느라 그의 단골 술집을 두 군데 나 따라갔다. 술자리가 끝난 뒤 왠지 혼자 술을 마시고 싶어 집 근처 바에도 들렀다.

이상한 느낌이 든 것은 집에 들어서서부터였다.

2월 2일. 새벽 2시. 가케루는 자신의 아파트 현관문을 열었다.

여분 열쇠를 가지고 있는 마미는 그 시간이면 늘 먼저 퇴근해 집에 들어와 있는 상태였다. "다녀왔어" 하고 말하면 "어서 와" 하는 대답이 돌아온다. 불이 켜진 집으로 돌아가는 것. 결혼이란 이런 것인가, 하고 최근 몇 달 동안 실감하기 시작하던 참이었다.

그런데 이날은 달랐다. 집 안의 불이 꺼져 있고 방 안이 고요하고 서늘했다. 아무리 상대가 먼저 자고 있다 해도 사람이 있는 방이라면 인기척이 있게 마련이다. 하지만 그렇지가 않았다.

"마미짱?"

이름을 불러도 대답이 없다.

마미는 이 시간이면 보통 자지 않고 심야 방송이나 영화 DVD 라도 보고 있다. "아직 안 잤어?" 하고 묻는 가케루에게 "응, 이제 자려고" 하고 대답하며 가케루가 집에 온 것을 확인하고 나서야 잠자리에 든다. 최근 얼마간은 그런 식이었건만.

"이상하네?"

술기운도 거들어 무심결에 상황극 하듯 혼잣말이 튀어나왔다.

"이상하네? 저기, 마미짱? 벌써 자는 거야?"

일부러 큰 소리로 부른 것은 뒤늦게 생각하면 일종의 위기감 때문이었던 것 같다. 평온한 목소리를 내는 것으로 상황을 무마하고 싶었던 것이다.

침실에 마미의 모습은 없었다.

욕실에도, 세면실에도, 부엌에도.

베란다까지 살펴보고 거기에도 없는 것을 확인하고 나서 스마트폰을 꺼냈다. 새벽 두 시 반. 사카니와 마미의 이름을 터치해 전화를 걸었다.

전화는 바로 연결되지 않았다. 들려야 할 통화 연결음을 건너뛰고 바로 안내 멘트가 나왔다.

『지금 거신 전화는 연결이 되지 않거나 전원이 꺼져 있습니다.』

몸에 힘이 들어가지 않을 만큼 취한 상태라 당장에라도 침대에 드러눕고 싶을 지경이었건만 이상하게도 머리가 점점 맑아졌다.

큰일 난 거 아닌가? 하고 마음속에서 자신의 목소리가 희미하게 속삭인다.

마미가 집에 돌아오지 않았다.

둘 다 혼자 살고 있었지만 두 달 전 그날부터 마미가 가케루의 집에 머물게 되었다. 마미가 자신의 집이 아직 무섭다고 하여 슬슬 방을 뺄 준비를 하자고 이야기하던 중이었다. 그런 그녀가 달리 갈 곳이 어디 있단 말인가.

마미는 서른다섯 살의 성인 여성이다.

하룻밤 정도는 집에 돌아오지 않을 수도 있다.

친구와 술을 마시며 고민 상담을 하다 보니 시간이 흘러 그만 막차를 놓쳤을지도 모른다. 전화는 충전하는 것을 깜빡했다거나 그런 이유로.

자신을 타이르듯 그녀가 돌아오지 않는 이유를 있는 대로 떠올려봐도 무엇 하나 와닿지 않았다.

마미는 성실한 사람이다.

성실함이 과할 정도로 성실하고 정직하다. 가케루가 걱정할 만한 일은 절대 하지 않는다. 충전을 깜빡했다 해도 친구의 전화를 빌려 연락하는 그런 사람이다.

세면대에 남겨진 그녀의 화장품과 칫솔, 부엌의 머그잔, 방에 남겨진 그녀의 흔적을 보고 있자 가슴이 쿵쾅거렸다.

당장 경찰에 신고해야 한다는 생각은 들지 않았다.

일이 커지기 전에 마미가 스스로 돌아오지 않을까.

미안해, 친구랑 같이 있다 보니 시간이 이렇게 된 줄 몰랐어. 시간 가는 줄도 모를 만큼 재미있는 친구가 여기에도 있었구나, 하고 의외라고 생각하면서도 "무사해서 다행이야" 하고 그녀를 맞이하는 것이 그녀가 영영 돌아오지 않을 가능성보다 훨씬 현실적인 상상이라 생각했다.

마미에게는 밤새도록 술을 마실 만한 친구가 없다는 것쯤은 어렴풋이 알고 있었을 터인데.

괜찮다고 생각하고 싶었다.

낮에 한 통화에서도 특별히 긴박한 느낌은 전혀 없었다.

덧붙이자면 이때까지 그녀와 마지막으로 대화한 게 언제였는지도 의식하지 않았다. 그러고 보니, 하고 생각해 냈을 뿐이다. "미안. 지금은 좀……" 하고 말한 그녀의 목소리는 지금 전철을 타야 해서, 혹은 장 보는 중이라 통화하기 곤란하다는 정도로밖에 들리지 않았다.

이튿날 아침이 되고서 초조함은 더 커져갔다.

전화는 여전히 연결되지 않고 그녀가 돌아올 기색도 없다. 차를 몰아, 아직 방을 빼지 않은 아사가야에 있는 그녀의 원룸으로 향했다.

부디 거기 있어 주기를, 하고 기도했다. 귓가에 두 달 전 그날 밤 일이 되살아났다.

구해 줘, 하는 전화 목소리.

그놈이 집에 있는 것 같아.

그녀의 집인 303호 앞에서 인터폰을 누르고 응답이 없는 것을 확인한 뒤 이번에는 "마미짱, 마미짱!" 하고 부르짖으며 문을 두드렸다.

대답이 없다. 빌라 앞길을 걷던 출근 중인 남성이 깜짝 놀랐는지 가케루를 올려다보고 지나간다.

그때야 비로소 가케루는 체념했다. 이상한 사태가 일어난 것을 이제는 인정할 수밖에 없다. 스마트폰 연락처에서 사카니와 요코의 번호를 찾아냈다. 마미의 본가에 인사하러 갔을 때 교환한 어머니의 번호다.

"여보세요, 어머님?"

전화가 연결되자 가케루는 용건을 꺼냈다.

"마미 씨가 집에 들어오질 않아서요. 실은 저희가 두 달 전부터 제 집에서 함께 살고 있습니다."

마미의 무단 외박이 처음이고 지금도 연락이 닿지 않아 걱정되어 혹시 몰라 빌라의 관리인에게 연락해 집 문을 열어 달라고 할 생각임을 간략히 설명했다. 아무리 약혼자라 해도 자신의 부탁만으로는 열어 주지 않을지도 모르니 가능하면 요코가 부동산에 전화로 요청해 달라고 전했다.

전화기 너머에서 요코가 당황해하고 있다. 고작 하루 집에 들어오지 않았을 뿐인데 호들갑이 심하다고 여길 것 같아 가케루는 사정을 설명했다.

"마미 씨가 스토킹을 당하고 있었거든요." 가케루는 계속했다.

"상대는 마미 씨가 본가에서 지냈을 때 알게 된 사람이라고 합니다. 도쿄의 집에도 여러 번 찾아왔다고 하더군요."

전화를 하면서 문득 현관 앞을 봤다. 다른 집 앞은 살풍경한데 마미의 집 앞에만 작은 관엽식물 화분이 놓여 있다. "내가 식물을 좋아하거든" 하고 그녀가 말한 적이 있다. "관리인한테 복도는 공용 공간인 건 알지만 화분을 놓아도 되냐고 물어봤지." 그렇게 말하며 웃었다.

그것을 떠올리자 여태껏 절박한 심정으로 가득했던 가슴이 처음으로 옥죄듯 아파 왔다. 어디에 있는 건지.

"걱정됩니다."

가케루는 말했다.

도쿄로 찾아온 요코는 패닉 상태였다.

"가케루 군, 어떻게 된 일인가?"

역 앞에서 만나자마자 요코가 가케루에게 따져 물었다.

"마미한테 스토커가 있다니. 혹시 마에바시에서 직장 다닐 무렵 마미가 사귀는 사람이 있었다는 소린가?"

"사귀지는 않았다고 들었습니다. 아는 사이가 되었고 그 사람이 고백했지만 거절했을 뿐이라고 하더군요."

전화로 충분하다고 거듭 설명했지만 요코는 "나도 가야겠네" 하고 완강하게 나왔다.

어찌해야 하나, 오래 가 있을지도 모르니 하룻밤 묵을 수 있도록 채비를 해 가는 편이 좋으려나. 요코는 가케루의 의견을 구하기보다는 스스로에게 확인하듯 성급한 말투로 말하더니 "점심 지나서는 도착하네" 하고 밀어붙였다.

"어제 막 마미와 전화로 이야기한 참이야. 결혼식 초대 손님 관련해서 사촌까지 부를지 말지 하는 이야기를 전부터 해 왔는데, 내가 사촌은 부르지 않아도 된다고 했네만, 미사키는 도쿄에 살고 있으니 초대하면 어떻겠느냐는 말을 해 둬야겠다 싶어서."

원래 수다스러운 사람이긴 하나 동요한 탓인지 오늘은 유독 속 사포처럼 말을 쏟아 냈다. 가케루가 말을 가로막으며 물었다.

"통화하신 게 몇 시쯤인가요?"

"모르겠어. 아마 저녁쯤."

그렇다면 마미가 "지금은 좀" 하고 전화를 끊은 시간 이후다. 어제 저녁까지는 마미와 연락이 닿았던 모양이다.

어머니의 전화에 마미는 평상시처럼 알겠다고 대답했다고 한다. 요코 역시 그때 딸의 목소리에서 이상한 점은 느끼지 못했다고 한다.

"몰랐네."

부동산을 향해 나란히 걸어가는 도중 요코가 고개를 숙이고 중얼거렸다.

"마미는 스토커가 있다는 말은 한마디도 하지 않았는데."

부모에게 걱정을 끼치고 싶지 않았을 테다. 만약 마미가 불쑥 돌아오면 양해도 없이 그녀의 어머니에게 스토커 이야기를 밝힌 것을 사과해야 한다. 가케루는 요코의 침울한 옆얼굴을 바라보며 그렇게만 되어 준다면 얼마나 좋을까 하고 생각했다.

마미의 빌라를 관리하는 다이세홈즈에는 요코가 도쿄에 오기를 기다리는 동안 미리 가서 사정을 설명해 두었다.

"제 약혼녀가 방을 빌렸을 때 부모님 중 한 분이 보증인이 되었을 겁니다. 어머니가 오고 계시니 도착하시면 방을 보여 주시겠습니까?"

신분증을 내보이며 부탁한 가케루에게 젊은 직원이 친절하게도 서류를 확인해 주었다. 그러나 당시의 계약서를 찾아낸 그가 "보증인은 부모님이 아닌 것 같네요" 하고 고개를 갸웃거렸다.

"이와마 노조미 씨라는 분은 어머님은 아니시죠?"

마미의 하나 있는 언니 이름이다. 지금은 결혼해서 도쿄 고이와에 살고 있다.

보증인이 부모가 아니라니 뜻밖이었다. 그렇다면 요코에게 전화해 동요하게 만들기 전에 먼저 언니인 노조미에게 연락을 취했어야 했다는 생각에 그만 혀를 찰 뻔했다. 몇 번 만난 적이 있는 노조미는 시원시원하고 구김살이 없는 사람이었다.

노조미라면 걱정은 했겠지만 부동산에 전화 한 통 넣어 주고 말았을 것이다.

마미의 집 문을 열어 준 사람은 처음에 응대해 준 친절한 젊은 직원이었다. 짧은 거리를 부동산 차량을 타고 이동하여 마미의 빌라에 도착했다.

현관문을 열기 직전 가케루의 심박수는 어느새 급격히 올라가 있었다.

이 문 너머에 마미가 쓰러져 있다면.

그런 일이 있을 리 없다, 내 인생이 그런 드라마틱한 대사건에 휩쓸리다니 말도 안 된다. 그렇게 생각하는 나와 최악의 경우를 생각하는 나, 둘 다 있었다.

밤에라도 차로 여기에 왔어야 했었나. 요코가 도착하길 기다리는 동안 수없이 밀려왔던 후회가 가슴을 거듭 압박한다.

현관문 열쇠가 맥없이 돌아가고 "들어가시죠" 하고 부동산 직원이 권했다. 안으로 들어서기는 했으나 집 안을 살펴보기가 두려웠다.

그런 가케루와 달리 요코가 가케루 옆을 비집고 들어가 "마미, 집에 있니?" 하고 불렀다. 가케루도 황급히 따라 들어갔다.

"마미쨩."

마미는 집에 없었다.

집은 어질러진 흔적도 없이 가케루가 마지막으로 왔을 때와 같이 잘 정돈되어 있었다. 마미는 원래 깔끔한 것을 좋아한다. 원룸의 아담한 부엌과 욕실, 벽장 속까지 살펴봐도 어디에도 이상한 낌새는 느껴지지 않고 그저 그녀의 모습만 없을 뿐이었다.

"없는 것 같군요."

부동산 직원이 말했다. 사정을 설명할 때 '스토커'라는 말을 꺼내서인지 내심 안심한 듯한 말투였다.

가재도구가 별로 없는 방이구나, 하고 가케루는 집 안을 훑어보며 생각했다.

가케루의 집에서 함께 살게 된 까닭도 물론 있겠지만, 그래도 가케루가 지금껏 만나 온 여성들에 비하면 옷가지가 없어도 너무 없다. 세면대에 놓인 화장품이며 자질구레한 물건도 화려하지 않은 색상의 물건이 대부분이다.

그런 방 안에서 유난히 시선을 잡아끄는 것이 있었다. 화장대위에 낯익은 작은 상자가 놓여 있다. 에메랄드 블루인 이 색을 티파니 블루라고 부른다는 것을 가케루에게 가르쳐 준 사람은 마미가 아닌, 대학교 때부터 친하게 지낸 여자 동창들 중 한 명이다. 가케루는 반사적으로 상자를 손에 들었다.

탁 소리와 함께 열린 상자 속에 가케루가 지난달 마미에게 선물한 약혼반지가 들어 있었다.

반지에 박힌 다이아몬드가 아연한 가케루를 마주보듯 조용히 빛나고 있었다.

부동산에 이어 찾아간 곳은 경찰서였다.

아사가야서 민원 창구에서 약혼녀가 행방불명되었고 그동안 스토킹을 당하고 있었다는 말을 전하자 "이쪽으로 오시죠" 하고 바로 2층으로 올려보냈다.

두 사람은 파티션으로 분리된 작은 공간들 중 한 군데로 안내 받았다. 우람한 체구의 형사 두 명이 응대해 주었다. 안경을 쓴 쪽이 나이가 더 적은 듯하고, 스포츠머리에 안경을 쓰지 않은 쪽이 선배인 듯한 모습이었다.

방송에서 스토킹 범죄 관련 보도를 할 때, 경찰의 부실한 대응에 대한 이야기가 압도적으로 많이 다루어진다. 경찰이 뒤늦게 대응하거나 사태를 가볍게 여긴 탓에 일어난 비극이 문제시되어 최근에는 경찰의 스토킹 범죄에 대한 태도가 많이 개선되었다고 들은 적이 있지만, 막상 가케루 자신이 사건에 휘말려 보니 몹시 불안했다.

경찰이 이 일에 과연 진지하게 임해 줄 것인가. 가케루는 요코와 함께 형사의 맞은편에 앉았다. 안경을 쓰고 키가 작은 쪽이 메모할 준비를 하며 "피해는 언제부터 시작됐습니까?" 하고 물었다. 생각보다 친근한 태도에 우선 안심이 되었다.

"약혼녀에게 처음 그 이야기를 들은 것은 반년쯤 전입니다."

――가케루 군, 내가 좀 예민한 걸 수도 있는데, 누가 날 지켜보는 것 같아.

마미답게 조심성 있게 말을 꺼내기 시작했다. 처음에는 그 '지켜본다'는 말이 곧바로 스토킹으로 연결되지 않아 가케루는 "웅?" 하고 엉성하게 반응했다.

그 당시에는 사태가 지금만큼 심각하지 않아서 마미도 무서워하기보다는 어쩐지 거북스러운, 심지어 민망해하는 느낌마저 있었다. 마미가 "웃지 말고 들어야 해" 하고 운을 떼고 말했다.

――자의식과잉이라고 하면 어쩔 수 없겠지만, 누가 날 스토킹하는 것 같은⋯⋯그런 느낌이 들 때가 있어. 나 같은 사람한테 그런 일이 일어날 리는 없겠지만 말이야.

그것은 하나같이 사소한 위화감이 하나하나 쌓여 축적된 일들 같았다.

퇴근하고 집에 가는 길에 누군가 따라오는 느낌이 든다, 뒤에서 플래시 같은 것이 번쩍이고 스마트폰으로 촬영하는 소리가 들릴 때가 있다, 도착해야 할 우편물이 우편함에 들어 있지 않다.

가케루와 마미가 교제한 지 벌써 2년이 지날 무렵이었다.

만약 스토커라면 의심 가는 사람이 있느냐고 묻자, 마미는 "혹시나 싶은 사람은 있는데 내가 예민한 걸지도 몰라" 하고 모호하게 대답했다.

거기에 대고 가케루가 누구냐고 다시 한번 묻자, 마미가 주저하며 대답했다. 고향에 있었을 때 알던 사람이라고.

"도쿄에 오기 전에 고향에서 일했을 때 알게 된 사람인데, 그 사람의 고백을 내가 거절했어. 그게 다일 뿐 사귀거나 뭔가가 있었던 건 아니야."

어느 날 미행을 당하는 것 같아 뒤돌아본 순간 마미에게 향하던 시선을 피하고 허둥지둥 달아나는 사람의 뒷모습을 본 적이 있다. 그 뒷모습이 아무리 봐도 그 사람 같았다고 한다.

가케루는 조심할 것을 당부했다.

만약 그 사람을 또 보게 되면 자신이 바로 갈 테니 꼭 연락하라고 말했다. 그 사람과 대화를 하겠다는 말도 덧붙였다.

말하면서도 실제로는 그런 일이 없으리라고 생각했다.

마미의 말 외에 다른 것은 알 수 없지만, 그 남자에게는 가케루와 얼굴을 마주하고 대화할 만한 배짱이나 용기가 없는 느낌이 들었다.

좋아하는 여자에게 말도 제대로 걸지 못하고 차인 뒤에도 계속 따라다니는 찌질한 남자. 어차피 평소에는 온순한 초식남으로, 마미의 주변을 얼쩡거릴 수는 있어도 직접 위해를 가할 만한 유형은 아니라고 판단했다. 남의 여자를 포기하지 못하다니 뻔뻔하고 사내답지 못한 놈이라는 생각에 화가 났고, 그렇게 감시하다 보면 남자친구인 내 존재를 알고 기가 죽거나 위축될 법도 한데 싶어 거슬렸지만 그뿐이었다. 실제로 마미가 위험한 일을 겪은 적도 없고 방송에서 자주 보도되는 공격적인 편지나 전화, 문자 같은 것이 오는 일도 없었다.

마미의 고향인 군마에서 이렇게 먼 곳까지 오다니 사서 고생한다 싶어 어이가 없었지만 굳이 상대하지 않았다. 마미의 착각일 가능성도 있을지도 모르겠다고 생각했다.

그런데 두 달 전 상황이 백팔십도 바뀌었다.

"그놈이 마미의 집에 찾아온 겁니다."

가케루의 설명을 듣고 두 형사보다 오히려 옆에 앉은 요코의 표정이 더 심각하게 굳었다. 긴장한 듯 무릎 위 치마를 꼭 쥐었다.

"집에 왔다고요?"

스포츠머리 형사의 표정이 사뭇 진지해졌다. "네" 하고 가케루는 고개를 끄덕였다.

"마미에게서 전화가 왔습니다. 여느 때처럼 퇴근하고 집에 갔는데 방에 불이 켜져 있고 누군가가 안에 있다고요. 현관문 옆 창문에 실루엣이 비쳤다더군요."

――구해 줘, 가케루.

마미가 도망치며 전화한 날의 일을 선명하게 기억한다. 친구들과 함께한 술자리에서 별생각 없이 받은 전화기 너머에서 마미는 이성을 잃고 울고 있었다.

――그놈이 집에 있어.

목소리가 울고 있었다. 마미의 공포가 전화 너머 가케루에게 전염되는 것 같았다. 자신이 이 스토킹 문제를 너무 가볍게 받아들이고 있었던 건 아닐까 하는 것도 그때 처음으로 자각했다.

그놈이 마미가 집을 비운 사이에 몰래 들어가 있었다면 집 열쇠를 미리 만들어 두었다는 이야기가 된다. 그동안에도 마미와 자신이 알아차리지 못했을 뿐 스토커가 집에 몰래 들어간 적이 있지 않았을까.

누가 날 지켜보는 것 같아, 하고 마미는 그동안 거듭 말했다. 괜한 착각일지도 모른다, 기분 탓일지도 모른다, 하고 조심스레 운을 떼면서도 내심 불안했던 것이 틀림없다. 마미가 집을 비운 사이 방에 있는 물건의 위치가 바뀐 것 같다고 말하지 않았던가. 전부 가볍게 흘려듣고 말았다.

술자리를 끝내고 집 앞으로 가자 마미를 태운 택시가 먼저 도착해 있었다. 가케루가 택시로 달려가자 안에서 마미가 비틀거리며 엎어지듯 나왔다. 생기 없는 창백한 얼굴은 유령이 따로 없었고, 달린 탓인지 늘 단정하게 늘어뜨리고 있던 검고 긴 머리가 흐트러진 데다 몇 가닥은 눈물에 젖어 뺨에 들러붙어 있었다.

무서워.

나, 무서워.

호소하는 마미의 몸이 택시 안에 있었을 터인데도 차갑게 느껴졌다. 저도 모르게 끌어안자 그녀의 온몸의 떨림이 뚜렷하게 전해져 왔다. 인간이란, 장난하는 것이 아니라, 떨릴 때는 이런 식으로 뚜렷하게, 마치 농담처럼 야단스럽게 떨린다는 것을 처음 알았다.

그때 결심했다.

이 여자와 결혼해야겠다고.

이대로 그 환경에 이 여자를 내버려 둘 수는 없다. 함께 살며 지켜 줘야겠다고.

가케루는 마미를 집에 들이고 그날부터 자신의 아파트에서 지내게 했다. 마미도 집으로 돌아가고 싶지 않아 하는 듯했다.

이튿날 아침 가케루 혼자 마미의 집에 가 보았다.

스토커는 어젯밤 마미가 자신의 모습을 봤으리라고는 생각하지 않을지도 모른다. 집은 태연히 아무 일도 없었다고 속이기라도 하듯 원래대로 잠겨 있었다.

마미에게 받아 온 열쇠로 현관문을 여는 순간 어이없을 만큼 쉽게 열리는 방식에 망연자실했다.

도요스에 있는 도어락이 설치된 가케루의 아파트와는 달리 이곳은 여성 혼자 살기에는 허술하기 짝이 없는 환경이다. 누구나 문 앞까지 쉽게 갈 수 있다. 이 집의 여분 열쇠를 만드는 것쯤은 스토커로서도 식은 죽 먹기였을 것이다.

새삼 간밤의 위태로움이 뼈저리게 느껴졌다. 스토커가 몰래 들어와 방에 불을 켜고 있었으니 망정이지 어두운 방에 숨어서 기다리고 있었으면 무슨 일이 벌어졌을지 모른다.

마미의 방은 그때도 잘 정돈되어 있었다. 스토커가 어지르거나 뭔가를 남기고 간 흔적은 가케루가 보는 한 없는 것 같았다.

그런데 며칠 뒤 마미와 가케루가 함께 집을 확인하러 갔을 때 마미가 새파랗게 질린 얼굴로 "액세서리가 몇 개 없어졌어" 하고 말했다.

"엄마가 이탈리아 여행에서 사다 주신 브로치랑 당신이 작년에 준 목걸이가 없어."

"그게 없어졌다고?"

가케루가 설명하는 도중 요코가 대뜸 큰 소리를 냈다. 그 자리에 있던 모두가 화통 삶아 먹은 듯한 목소리에 놀라 일제히 그녀를 보자 요코가 울먹이며 "카메오(상아나 조개껍질 등을 조각한 보석 – 옮긴이)란 말이에요!" 하고 악을 썼다.

"말도 안 돼. 남편의 정년퇴직 기념으로 간 여행에서 샀단 말이에요. 나폴리 본고장의 품질 좋은 것인데. 딸아이도 자주 하고 다녔건만……."

"스토커가 그 사실을 알고 일부러 가져간 것이 아닐까 하고 마미 씨와 이야기했습니다. 마미 씨도 소중한 것이라며 크게 충격을 받았습니다."

"한 가지 질문이 있습니다만."

형사가 끼어들었다. 가케루는 천천히 형사들 쪽으로 시선을 옮겼다.

"그때 경찰서에 가서 신고할 생각은 안 하셨습니까."

두 형사의 시선이 자신을 꿰뚫는 것처럼 느껴졌다.

"이 건으로 서에 방문하신 건 오늘이 처음이시죠? 그런데 이야기를 들어 본 바로는 마미 씨는 스토킹 피해는 물론이거니와 도난까지 당했을 가능성이 높군요."

탓하는 정도는 아니었지만 명백히 강한 말투였다. 가케루는 "네" 하고 고개를 끄덕였다. 말과 함께 모래를 씹은 듯 입 안이 지금거렸다.

"물론 경찰서에 가려고 했습니다. 지금까지와는 달리 그 남자가 집에 들어왔다면 엄연한 범죄이니까요. 그런데 마미가 말리더군요."

"아니, 왜?"

형사가 아니라 이번에도 요코가 노기 띤 목소리로 외쳤다. 답답함을 느끼며 가케루는 계속했다.

"모르는 사람도 아닐뿐더러 그 사람도 부모가 있다, 아들이 이런 짓을 했다는 걸 알면 분명히 슬퍼할 것이다, 그들의 삶이 엉망이 될 것이라고 하더군요. 평소에는 성실한 사람이니 냉정을 되찾으면 이런 짓을 그만두지 않겠냐면서 말입니다. 그리고……."

"그리고?"

형사의 재촉에 가케루는 단어를 신중히 선택하며 대답했다.

"만나기를 거절한 것은 자신이지만 고백받기 전에 무의식중일지언정 뭔가 여지를 주는 행동을 했다면 자신에게도 책임이 있을지 모른다고요."

"그렇지 않아!"

가케루의 말이 끝나기도 전에 요코가 못 참겠다는 듯 자리에서 일어섰다. 가케루에게 덤벼들 듯한 기세로 "그렇지 않다니까" 하고 반복했다.

"그건 마미의 책임이 아니잖아. 딸아이가 착해도 너무 착해서."

"저도 그렇게 말했지만 마미 씨는 섣불리 그 사람을 자극하고 싶지 않다더군요. 이제 곧 결혼해서 이 집에서 이사를 가면 포기하지 않겠냐고 말입니다."

딸을 감싸는 요코의 말을 듣고 가케루는 그걸 마미 본인에게 말했어야지 싶어 진저리가 났다. 가케루도 설득했지만 마미는 당최 고집을 꺾지 않았다.

――나만 행복해지는 건데, 그 사람을 경찰에 넘겨서 인생까지 망하게 하기는 싫어.

분명한 말투로 마미가 딱 잘라 말했다.

――감싸거나 그런 게 아니라……. 그냥 그 사람의 마음도 왠지 알 것 같아.

스토커의 마음을 어떻게 안다는 걸까. 얼굴을 찌푸리는 가케루에게 마미가 난처한 듯 웃었다.

――서른 넘어서 당하는 실연이 얼마나 괴로운지, 뭐랄까 불안한 마음 같은 거 말이야. 결혼이나 그런 미래가, 나한테 거절당한 일로 갑자기 닫힌 것처럼 여겨졌을지도 몰라.

지금 생각해 보면 고작 그런 말로 그녀에게 설득되어서는 안 되었다. 상대는 남의 집에 몰래 들어가는 비열한 인간이었건만.

그때 경찰서에 갔더라면 지금 이런 일로까지는 안 번지지 않았을까.

그 시점에서 경찰에 미리 알렸더라면 상황은 전혀 달라졌을 것이다. 어젯밤부터 수없이 그렇게 생각하고 또 후회했다.

그러나 그때는 마미가 일단 무사한 것, 그리고 그 일을 계기로 결혼하기로 했으니 모든 것이 해결될 줄 알았다.

앞으로 함께 살면 마미는 자신의 집으로 다시는 돌아가지 않을 테고, 곁에는 늘 가케루가 있고 결혼하면 그 사람도 포기할 수밖에 없으리라 생각했다. 그리고 실제로 지난 두 달 동안에는 아무 일도 없었다. 마미도 스토킹 이야기를 거의 하지 않게 되었다.

"그 사람 이름이 뭡니까?"

형사의 질문에 가케루는 앉음새를 고쳤다. 요코가 화들짝 놀란 얼굴로 마른침을 삼키며 이쪽을 보고 있다.

가케루는 조용히 숨을 골랐다. 가장 원통한 것이 바로 이 점이었다.

"……모릅니다."

요코가 눈을 휘둥그레 떴다. 두 형사는 과연 일반인과는 다르다고 해야 할지 얼굴색 하나 변하지 않았다. 그저 가케루의 설명을 기다리고 있었다.

"마미는 그냥 '그놈', '그 사람'이라고만 했습니다. 제가 물어봤다면 알려 줬겠지만 저도 제대로 물어 본 적이 없더군요."

바로 이 점에서 경찰서에 가지 않은 것이 가장 후회되었다. 그 사람의 신원을 제대로 확인해 두지 않은 것이다. 마미의 안전에만 신경을 쏟는 바람에 상대에게 제재를 가하는 생각은 해 보지도 않은 탓이다.

여자와 제대로 사귀어 본 적도 없는, 자신이 봤을 때는 내세울 것 하나 없는 남자일 거라고 얕잡아 봤다. 가케루의 탓이었다.

"묻지 않으셨군요."

스포츠머리 형사가 이번에야말로 책망하듯 말했다. 가케루가 "안타깝게도" 하고 대답하자, 안경을 쓴 형사가 "알겠습니다" 하고 고개를 끄덕였다.

"그럼 그 밖에 그 사람에 대해 마미 씨에게 들은 말이나 니시자와 가케루 씨가 알아차린 것은요?"

그 질문에 그동안의 기억을 총동원하여 생각했다. 기억난다. 마미가 했던 말. 공포의 감각. 하지만 남자에 관한 정보로 마미가 한 말은 그리 많지 않다. 군마에 있었을 때 알게 된, 마미에게 일방적인 연심을 품은 남자. 그뿐이다.

"연락이 안 되기 전의 마미 씨의 모습은 어땠습니까? 낮에 전화를 한 것에 대해서는 아까 여쭸습니다만, 마지막으로 직접 만난 것은 언제입니까?"

"어제 아침, 일 겁니다."

기억을 더듬어 보았다.

"그저께 밤에 저는 업무 관계로 회식이 있었고. 그날은 마미도 집에 늦게 들어온다고 했습니다. 직장에서 송별회를 열어 준다고 했거든요."

이야기하면서 그렇지, 하고 떠오르는 것이 있었다.

"마미는 결혼을 계기로 직장을 1월 말까지만 다니고 그만두기로 했습니다. 그저께는 마지막 출근일이자 송별회 날이었지요. 그래서 평소와 달리 마미가 저보다 더 늦게 귀가했습니다."

먼저 침대에 들어가 자고 있던 가케루의 귀에 마미가 집에 온 기척이 들렸다. 침실을 들여다보는 마미의 기척. "가케루?" 하고 작게 부르는 소리에 "어, 왔구나" 하고 잠결에 대답하고 다시 잠들었다.

아침에 눈을 뜨니 마미가 옆에서 자고 있었다.

그 모습이 자신이 본 그녀의 마지막이었다니.

직장을 그만둔 마미와 달리 가케루의 출근 시간이 다가오고 있었다. 피곤하겠다는 생각에 가케루는 마미를 깨우지 않고 그대로 집을 나섰다.

낮이 되고 업무 메일과 섞여 결혼식장에서 확인 사항 관련한 메일이 와 있는 것을 뒤늦게 알아차리고 그녀에게 전화를 걸었다.

마미가 바로 전화를 받았다.

『아, 미안. 지금은 좀……. 내가 나중에 다시 걸어도 될까?』

"그래. 나도 마침 외근 나가야 하니까, 이따 밤에라도."

그것이 마미와의 마지막 대화가 되었다.

"니시자와 씨는 무슨 일을 하십니까?"

"작게 수입 대리점을 운영합니다."

형사의 질문에 가케루가 대답했다.

"그럼 사장님이시군요?"

"그렇게 거창한 건 아닙니다만……."

쓸쓸히 웃을 수밖에 없었다. 사실 아버지가 시작한 작은 회사를 갑작스러운 사정으로 물려받았을 뿐이다. 그래도 막 물려받아서 아무것도 몰랐을 무렵에 비하면 지금은 조금이나마 시간을 자유롭게 쓸 수 있다. 전처럼 회사원이었다면 평일 이 시간에 경찰서에 상담하러 오는 것은 아무리 약혼녀 일이라 해도 턱도 없었을 것이다.

"그럼 마미 씨는 지금은 일을 하지 않고 있군요. 출근했을 가능성도 없습니까?"

"네."

가케루는 조바심을 느끼며 고개를 끄덕였다. 소식을 알지 못해 애가 탈 지경이건만 당사자가 직장에 태평하게 출근할 리가 없지 않은가. 형사의 말투가 유난히 느슨하게 들렸다.

"혹시 몰라 마미의 전 직장 동료들에게 짚이는 데가 없는지 물었지만 퇴직한 후라 잘 모르겠다고 하더군요. 그녀의 파견 회사에도 물었지만 마찬가지였습니다."

"파견 회사라고요?"

"그 회사 소개로 영어회화 학원에서 사무를 봤습니다."

"아아."

"가케루 씨 회사에서 이제 곧 사무와 경리 같은 일을 돕기로 했거든요."

요코가 끼어들었다. "어차피 부부가 될 거니" 하고 그녀가 덧붙였다.

"그래서 직장을 그만둔 겁니다."

"알겠습니다."

형사가 고개를 끄덕였다. 두 사람이 얼굴을 마주하더니 자리에서 일어났다.

"마미 씨의 집을 보여 주시겠습니까."

"네."

가케루도 고개를 끄덕이고 그들과 함께 일어났다.

무엇부터 알려야 할까. 가케루는 두 형사가 방을 둘러보는 사이 생각했다.

경찰서에서 마미를 찾는 데 필요한 것.

마미가 있을 법한 장소.

마미를 스토킹한 남자에 관한 힌트.

스토커가 군마 사람이라면 마미가 마에바시에서 일했을 무렵의 직장에 관해 조사할 필요가 있을 것이다. 그렇게 되면 관할이 군마 현경으로 옮겨지는 걸까. 도쿄와 군마, 관할을 넘나드는 조사가 이루어질까, 나도 군마까지 가게 될까.

머리를 열심히 굴리지 않으면 조바심이 되살아났다.

방해가 되지 않도록 요코와 함께 소파에 앉아 있자 이따금 형사가 질문을 던졌다.

"마미 씨는 휴대폰을 갖고 있습니까?"

"네, 스마트폰이요."

대답하면서 가케루는 경찰이 스마트폰 GPS를 추적할 수 있을 거라는 생각에 이르렀다. 그렇다면 한시바삐 마미가 있는 위치를 특정해 주었으면 했다. 조급해지는 마음을 억눌렀다. 형사가 질문을 거듭했다.

"평소 마미 씨가 사용하는 가방이나 지갑이 이 방에 남아 있습니까?"

"최근에는 이쪽 집에는 거의 오지 않아서……. 생활에 필요한 웬만한 물품은 제 집으로 가져와서, 여기에는 없습니다."

"니시자와 씨 집에는?"

"없었던 것 같습니다. 마미가 가지고 나갔을 겁니다."

"코트는?"

"입고 나간 것 같습니다."

이제 막 2월이 되었으니, 외투가 없으면 도저히 지낼 수가 없는 겨울이다. 마미가 가장 즐겨 입던 베이지색 코트는 가케루의 집에도 없었다.

"마미 씨가 수첩에 메모하는 습관이 있었습니까?"

"네, 수첩을 가지고 다니면서 스케줄을 적어 넣곤 했습니다. 여기에는 없는 것 같습니다만."

"이것은? ……실례입니다만, 꽤 비싸 보이는군요."

형사가 화장대를 보고 있다는 것을 알고 가케루는 "아" 하고 고개를 들었다. 에메랄드 블루의 작은 상자다. "열어도 됩니까?" 하고 묻기에 "네, 그러시죠" 하고 대답했다.

"제가 마미에게 선물한 약혼반지입니다. 끼고 다니기에 아깝다며 평소에는 잘 끼지 않더군요."

– –평소에 끼고 다니는 건, 보석이 없는 심플한 결혼반지로 하고 싶어.

소박한 것을 바라던 마미의 얼굴이 떠오른다. 상자 속에 남겨진 다이아의 반짝임을 보고 가케루 옆에 앉은 요코가 훌쩍 코를 들이마시는 소리가 났다. 가케루가 그쪽을 쳐다보니 요코는 어느새 손수건을 꼭 쥐고 눈시울을 붉히고 있었다. 누구에게랄 것도 없이 "마미, 정말 어떻게……" 하고 중얼거린다. 가케루는 가만히 눈길을 돌렸다.

얼굴 생김새는 별로 닮지 않은 모녀다. 마미는 희고 갸름한 얼굴에 외꺼풀 눈을 한 동양적인 생김새인데 반해 요코는 둥근 얼굴에 쌍꺼풀 눈을 하고 있다. 파마한 머리에 밝은 갈색 계열로 염색까지 해서 마미의 검고 긴 머리와는 인상이 많이 다르다. 마미는 둘 중 꼽자면 아버지 쪽을 닮았다고 그녀의 부모님을 만났을 때 생각했다. 어머니를 닮은 것은 언니인 노조미 쪽이건만 "언니랑 엄마는 사이가 나빠. 툭하면 싸운다니까" 하고 마미가 말한 것이 이런 상황에서 왠지 문득 떠올랐다.

사건성이 지극히 낮다는 결론을 들었을 때에는 차마 말도 나오지 않았다.

경찰서에 상담하러 간 다음 날의 일이다. 형사들에게 번호를 일러 둔 가케루의 스마트폰에 안경을 쓴 형사에게서 전화가 걸려왔다.

저희는 마미 씨의 건에 대해 사건성이 지극히 낮다고 판단했습니다, 하고 그가 말도 안 되는 소리를 했다.

"사건성이 낮다니, 그게 무슨 말입니까?"

목소리가 미세하게 떨렸다.

믿기지 않았다. 이틀 전에 모습을 감추고 나서 마미는 아직 돌아오지 않고 있다. 전화도 여전히 연결되지 않는다.

지금도 그녀가 스토커와 함께 있다면 이러고 있는 일분일초 사이에 돌이킬 수 없는 일이 벌어지고 있지는 않을까 하는 생각이 들어 견딜 수가 없다. 무작정이라도 좋으니 찾으러 뛰쳐나가고 싶은 충동을 참으면서 어떻게든 경찰이 찾아 줄 것이라 믿고 기다리고 있었다. 내일이라도 연락드리겠습니다, 하는 말만 믿고.

그랬건만.

『마미 씨의 실종은 사건이 아닌, 본인의 의사로 인한 것일 가능성이 높다고 판단했습니다.』

"제 발로 나갔다는 말씀입니까? 저희에게 아무런 연락도 없이요? 걱정하고 있다는 걸 알면서도 말입니까?"

말도 안 된다고 생각했다.

마미는 그런 사람이 아니다. 그녀가 그럴 리 없다는 것이 마미의 됨됨이를 모르는 경찰에게 잘 전달되지 않는 것도 답답했다.

"본인의 의사라니, 실종된 이유가 애초에 뭡니까? 마지막으로 만났을 때도 정말 평소와 똑같았단 말입니다."

『진정하십시오. 근거를 설명해 드리겠습니다.』

감정적으로 거칠게 말하는 가케루와 달리 형사는 담담하게 말했다.

우선 마미가 지갑과 휴대폰, 코트와 가방 등을 가지고 나간 것.

통장이나 인감 등의 귀중품은 남겨 두었지만, 그렇기 때문에 스토커나 도둑의 범행으로 보기에는 무리가 있다. 집은 누군가 어질러 놓은 흔적도 없이 잘 정돈되어 있었다.

『그 집에는 약혼반지도 남아 있었지요.』

형사가 덧붙인 말에 소름이 쫙 돋았다. 그 이상 쓸데없는 소리는 하지 않았지만 그 사실이 어떻게 해석되는지는 가케루도 상상이 갔다.

살림살이가 많지 않고 잘 정돈된 마미의 집에서 유일하게 화려함을 내뿜던 티파니 상자는 확실히 눈에 띄었다. 여태껏 마미의 액세서리를 훔쳤을 만큼 그녀에게 집착했을 터인 스토커가 반지를 가져가지 않았을 리 없다고 형사들은 판단했을 것이다.

이라도 부득부득 갈아야 할 지경이다. 그 사람이 여기까지 예상하여 이번에는 일부러 반지를 훔치지 않은 거라면 참으로 대단하다. 구역질이 날 것 같았다.

"마미가 납치되었다면 현장은 그 집이 아니었을 겁니다. 어지른 흔적이 없는 것도 당연합니다."

가케루의 목소리가 치신없이 조급해진다. 납치, 라는 지금껏 일부러 피해 왔던 말을 입 밖에 내자 스스로의 목소리로 인해 가슴을 뭉텅 도려내는 고통이 느껴졌다.

"원래 마미는 최근에는 그 집에 거의 들르지 않았습니다. 마미가 스토커에게 습격을 당했다면 외출했을 때 어디 다른 곳에서였을 겁니다."

따라서 집에 지갑과 휴대폰이 없는 것도 당연하다. 그런 것을 근거로 마미의 의사로 인한 실종이라고 단정하다니 참을 수가 없었다.

『그야 그럴지도 모르지만, 마미 씨는 직장도 실종 전날에 자신의 의사로 그만두지 않았습니까.』

"직장도, 라니요……."

귀 뒤에서 파팟 하고 불꽃 튀는 소리가 들렸다.

그것이 무슨 관계가 있다는 걸까. 직장을 그만둔 것은 맞지만 그것은 자신과 결혼하여 회사 일을 돕기 위해서였지 이번 일과는 관계가 없다. 그만큼 정성껏 설명했건만 왜 그렇게 어설프게 해석하는 걸까.

"마미가 가출을 하기 위해 스스로 직장을 그만두었다는 말씀입니까? 설마. 직장은 관계없습니다. 마미가 일을 계속했다면 지금쯤 직장도 발칵 뒤집혔을 겁니다."

직장을 그만둔 타이밍이 우연히 맞아떨어진 것뿐인데 경찰이 그렇게 해석을 하다니 운이 없어도 너무 없었다. 만약 마미가 퇴사하기 전에 이 일이 발생했다면 그녀의 직장과 합세하여 실종 신고를 내거나 수색할 수도 있었을 것이다.

혹은 스토커가 마미가 퇴사하는 타이밍을 노렸다가 행동에 나선 걸까.

마미가 소속된 파견 회사에 연락했더니 "우리 회사와의 계약은 지난달 말까지라……" 하고 무성의하게 나왔지만, 실제로 근무했던 영어회화 학원 쪽에 연락하자 전 동료들이 모두 걱정하고 있었다. 직장에서도, 송별회에서도 평소와 다를 바 없었고 스토커 이야기도 처음 듣는다며 몹시 걱정된다고 했다. 또 "짐작 가는 것이 있는지 다른 직원에게도 물어보겠습니다"라고 말했다. 그 말은 말로만 그치지 않고 오늘 정말 마미를 찾았냐고 묻는 연락이 왔다.

연락을 준 사람은 일본어를 모국어로 하지 않는 외국인인지 독특한 억양으로 이야기하는 여성이었다. 그녀가 "도울 수 있는 일이 있으면 알려 주세요"라고 말했다. 그 성의 있는 말투에서 마미가 퇴사 직전까지 근면 성실하게 일해 그들에게 신뢰를 받았다는 것을 알 수 있었다.

"마미는 그냥 없어진 게 아닙니다. 그랬다면 저도 이렇게까지 문제 삼지는 않았을 겁니다. 마미를 따라다니던 스토커가 있었단 말입니다!"

『그 스토커 말인데요, 누구인지 힌트가 될 만한 건 떠올랐습니까?』

그 질문에 되받아칠 말이 없었다. 상대가 어디에 사는 누구인지는 여전히 아무런 힌트도 없는 상태다. 가케루가 입을 다물고 있음을 알아차리고 형사가 덧붙였다.

『이런 말씀드리기 죄송하지만 저희로서는 마미 씨가 그 상대와 자신의 의사로 모습을 감추었을 가능성도 있지 않은가, 하고 생각합니다. 어디까지나 가능성이지만요.』

"무슨 말도 안 되는 소리를!"

전에 없이 격한 목소리가 나왔다. 명백한 모욕감을 느꼈지만 분노와 동시에 가슴에 일말의 쓸쓸함이 스쳤다.

가케루가 경찰서에 가자고 했을 때의 마미의 태도가 떠올랐다. 마치 스토커를 감싸는 듯한.

――그 사람의 마음도 왠지 알 것 같아.

――서른 넘어서 당하는 실연이 얼마나 괴로운지, 뭐랄까 불안한 마음 같은 거 말이야.

그 태도에 가케루는 뭔가 석연치 않다는 느낌이 들었다. 형사의 말에 새삼스럽게 자신이 느꼈던 위화감이 두드러져 보이는 심정이었다.

고백을 거절했을 뿐. 뭔가가 있었던 것은 아니다.

그저 그 일만으로 과연 군마에서 도쿄까지 쫓아왔을까. 마미의 말을 곧이곧대로 받아들인 것이 잘못이었을까.

일방적인 스토킹이 아니라, 마미와 남자 사이에 가케루가 모르는 뭔가가 있는 걸까.

통화 중에 가케루의 말문이 잠시 막힌 틈을 형사가 『아무튼』하고 비집고 들어왔다.

『이 정도 증거로는 저희도 할 수 있는 게 없습니다. 실종 신고를 내실 수는 있으니 일단 다시 한번 서의 담당과에……..』

실종 신고라는 말이 공허하게 울린다. 경찰이 사건성이 없는 수많은 가출인이나 실종자 수색에 적극적으로 나서는 일은 거의 없다. 그쯤은 가케루도 안다.

그리고 마미의 일은 지금 사건성이 낮다고 판단되었다. 경찰은 이제 형식적으로 종잇장 한 장을 제출하고 그것으로 끝내라고 말하고 있는 것이다.

가케루는 눈을 감았다. 길고 가늘게 숨을 뱉은 뒤 물었다.

"어디에 사는 누구인지 알면 좀 더 조사해 주실 수 있습니까?"

『어디에 사는 누구라 하면?』

"마미를 따라다닌 남자 말입니다. 스토커의 신원을 알아내면 한 번 더 조사해 주실 수 있겠습니까? 그놈은 마미의 집에 불법 침입을 했고 액세서리까지 훔친 혐의가 짙습니다. 마미의 납치는 차치하고라도 도둑이 않습니까."

『네.』

형사가 대답했다.

『그걸 알아내시면 저희 쪽에서도 검토하겠습니다.』

"알겠습니다."

가케루는 입술을 깨물며 말했다. 전화를 끊기 전에 형사가 『뭔가 알아내시면 언제든지 연락해 주십시오』하고 말했다.

『걱정하시는 건 잘 압니다.』

형사의 목소리는 냉정하고 담담했지만 악의가 있는 것도, 냅다 모른 척하는 것도 아니었다. 적어도 방송에서 자주 보도되는 틀에 박힌 부실한 대응과는 달랐다. 도움이 되지 못한다고 말하면서도 가케루의 주장을 진지하게 듣는 자세가 느껴진다. 그런 그들이 이제 할 수 있는 일이 없다고 말하고 있다.

그럼에도 불구하고 가케루는 애가 탔다.

형사가 거듭 강조하던 사건성이 낮다는 '근거'와 '사실'만으로는 이 일을 다 설명할 수 없다. 그것이 분하고 억울해서 향할 곳 없는 초조함과 분노가 가슴속에 쌓여 간다.

겁먹은 마미의 떨림과 공포를 형사들은 알지 못한다.

프러포즈한 날에 반지를 받고 세상을 다 가진 듯 기뻐하고 결혼을 고대하던 마미의 웃는 얼굴도. 그런 그녀가 스스로 모습을 감추다니 말도 안 된다. 무엇보다 그럴 이유가 없다.

경찰 입장에서는 마미의 실종이 수많은 행방불명자의 실종과 똑같을지 몰라도 가케루와 가족 입장에서는 그렇지 않다. 그것을 알아주길 바랐다.

"가케루 군, 무슨 일인가? 누구한테 온 전화이길래? 혹시 경찰인가?"

옆방에 있던 요코가 물었다. 어젯밤 가케루의 아파트에 묵은 요코는 하룻밤 새에 몹시 초췌해졌다.

가케루의 목소리를 듣고 상황이 좋지 않다는 것을 알아차렸는지 눈에 눈물이 가득 고여 있었다.

가케루는 오하라에게 GPS 추적 방법을 가르쳐 달라고 모바일 메신저 '라인'으로 메시지를 보냈다. 그날 밤 오하라가 시간을 내어 가케루의 아파트로 왔다.

오하라는 대학교 때부터 친하게 지낸 친구로, 지금은 전자기기 도매 회사를 경영한다.

가케루와 마찬가지로 자영업을 하지만, 아버지가 갑자기 돌아가셔서 어쩔 수 없이 가업을 물려받은 자신과 달리 오하라는 동종업 회사에 근무하며 경험과 실적을 충분히 쌓은 상태에서 독립한 것이다. 서른아홉 살로 아직 미혼인 가케루와 달리 오하라는 이십 대 중반에 결혼해 아내와 두 아이까지 있다.

갑자기 불러낸 것을 사과하는 가케루에게 "괜찮다니까" 하고 오하라가 고개를 저었다.

"그보다 놀랐잖아. 도대체 어떻게 된 거야? 마미짱이 없어지다니. 그리고 스토커는 또 뭐고?"

"이제 곧 결혼할 예정이라 그걸로 해결될 줄 알았어. 그래서 주변에는 밝히지 않은 거고."

대략적인 사정은 낮에 이미 메시지를 주고받으며 전해 두었다.

다듬지 않은 수염에 적당한 길이로 넘긴 머리, 세련된 커프스 단추가 달린 소맷부리에서 엿보이는 IWC 손목시계, 윤곽이 뚜렷한 얼굴도 한몫 거들어 대학생 때 뭉쳐 다니던 여자 친구들이 오하라를 '누가 봐도 바람둥이 사장님 느낌'이 난다며 일부러 야유한 것은 아마도 실은 이 녀석이 이성으로서 못 견디게 신경 쓰여서였을 것이다. 가케루가 "그러게, 누가 봐도 사장님답네" 하고 괜히 끼어들면 "착각도 유분수지" 하고 그녀들이 눈총을 주었다. "가케루, 너는 그렇게 안 보이는 줄 아니?" 그런 실례되는 말을 내뱉는 것은 어김없이 가장 오래된 친구인 미나코였다.

퇴근하고 곧장 왔는지 오하라가 넥타이를 풀며 소파에 걸터앉았다. 그러고는 가케루를 올려다보며 말을 꺼냈다.

"우리 회사 거래처 중에 GPS 관련 기기를 대여해 주는 업자가 있거든. 초보자가 GPS를 추적하려면 어떻게 해야 하느냐고 아까 잡담 수준으로 넌지시 물어봤는데."

오하라의 눈빛이 어두워진다.

"통신사에 연락해서 알아볼 수는 있을 거야. 그런데 너도 알다시피 전원이 꺼져 있으면 소용없대. 달리 방법이 없나 봐."

"……그래."

마미의 휴대폰은 어제부터 똑같은 안내 멘트만 반복하고 있다. 전원은 켜져 있지 않다. 가케루에게 연락도 없다.

"마미쨩 어머니는?"

가케루가 홀로 서 있는 아일랜드 식탁 쪽에 시선을 던지며 오하라가 물었다. 가케루는 냉장고에서 페리에 두 병을 꺼내며 "가셨어" 하고 대답한다.

"여기에 더 계셔 봤자 상황이 바뀌는 것도 아니고, 일단 집으로 가서 기다리시라고 했어."

무슨 일이 생기면 연락하겠다고 했지만 요코는 몇 번이나 정말 괜찮겠냐, 자기도 여기 있는 편이 좋지 않겠냐고 집요할 정도로 확인했다. 걱정과 동요로 다시 말투가 부산스럽게 바뀌었다. 이대로 군마에 돌아가기에는 불안했을 것이다. 결국 장인이 전화로 일단 돌아오라고 설득해 그제야 돌아갔다.

페리에 병을 받아 든 오하라가 "괜찮은 거야?" 하고 가케루를 본다.

"일은?"

"어젠 거의 아무것도 못 했어. 오늘은 점심 지나서 출근했고."

가케루의 수입 대리점은 직원이 다섯 명인 작은 회사다. 사장이 하루 쉬었을 뿐인데 업무가 밀릴 때도 있다.

눈 안쪽이 벌써 며칠 밤은 샌 마냥 욱신거렸다. 실제로 지난 이틀간 거의 한숨도 자지 못했다. 내일은 아직 금요일이라 다시 일터로 돌아가야 한다. 약혼자가 행방불명되어 불안한 정신 상태로 거래처를 돌거나 서류를 확인할 생각을 하면 짓궂은 농담 속에 던져진 기분이다. 이런 상황에서도 생활은 꾸려 나가야 하고 시간은 흘러간다.

가케루의 회사, 즉 아버지에게 물려받은 '브루잉 컴퍼니'는 영국의 지역 맥주를 전문으로 취급하는 대리점이다. 원래 회사원으로 상사 무역부에서 근무했던 가케루의 아버지가 정년퇴직을 한 뒤 취미처럼 혼자 시작한 회사인데 규모가 점점 커졌다. 취급하는 맥주가 우연히 도쿄 히로오에 위치한 인기 레스토랑 주인의 눈에 띄어 방송에까지 소개되는 바람에 전업주부였던 어머니가 급히 경리 일을 도왔다. 그런데도 늘어나는 업무를 소화할 수 없게 되어 직원을 고용하기에 이르렀다.

아버지가 회사를 차린 것은 가케루가 대학생이었을 무렵이다. 가케루는 그 회사를 아버지의 두 번째 인생의 즐거움 정도로 인식했다. 업무 내용은 대략 알고 있으면서도 자신과는 관계없는 회사일 뿐 자신의 취직은 전혀 별개의 일이라 생각했다. 출장이라는 명목으로 영국이며 그 주변 나라에 가는 부모님의 들뜬 모습은 시니어의 해외여행처럼 보였다. 그 자리에 자신이 끼게 될 줄은 상상도 못했고 실제로 가케루의 대학 졸업 후 진로 희망은 언론기관 쪽이었다. 제1지망은 아니었지만 긴자에 있는 중견 광고 회사에 취직해 나름대로 경력을 쌓고 있었다.

그러던 차에 아버지가 쓰러지셨다.

그동안 이렇다 할 병을 앓은 적이 없는 아버지였다. 놀라서 병원에 달려가자 의사가 위독한 상태라며 설령 고비를 넘긴다 해도 후유증이 남는 것은 피할 수 없다고 단언하다시피 했다.

지금으로부터 6년 전의 일이다.

가케루는 당시 서른세 살이었다. 그토록 건강하던 아버지가 설마, 하고 믿기지 않는 기분으로 있는데 아버지는 그날을 넘기지 못하고 돌아가셨다. 지주막하출혈이라는 진단 앞에서 어머니와 가케루는 그저 망연자실하여 슬픔과 외로움 같은 감정을 차마 느낄 수도 없었다. 그만큼 아무런 준비도, 각오도 안 된 갑작스러운 이별이었다.

현실감 없는 채로 장례를 마치고 어수선한 상속 절차가 시작되자 그제야 아버지의 부재가 실감이 났다. 아버지가 남긴 회사를 어떻게 할지 어머니와 의논하던 중 가케루의 입에서 무심코 '물려받겠다'는 말이 튀어나왔다. 누가 강요한 것도 아니고 어머니도 회사를 없애는 방향이라도 상관없다고 생각하고 있었던 듯하다. 가케루 본인도 왜 물려받을 마음이 생겼는지 한 마디로는 설명하지 못한다. 그저 그때는 그렇게 하는 것이 가장 자연스럽다고 생각했다.

너무나 갑작스러운 아버지의 죽음을, 아버지가 남긴 것을 이어가는 것으로 조금이나마 자신의 마음속에서 정리하고 싶었을지도 모른다고 지금은 생각한다.

어머니는 애써 취직한 회사를 그만둘 필요까지는 없다며 당초 걱정이 이만저만이 아니었던 듯하다. 그러나 가케루가 본격적으로 아버지 회사에 관해 공부를 시작하고 직원들에게 일을 배우고 얼마 후 "내심 안심했단다" 하고 말했다.

"회사가 남고 직원들도 해고하지 않아도 되어서. 나 혼자 계속했어도 무리였을 텐데 네가 있어 다행이구나."

그렇다고는 해도 여태껏 해 온 일과는 분야가 다르다. 처음 1~2년은 거래처를 도느라 출장이 잦은 데다 전문 지식을 습득하는 데 쫓겨 기억이 거의 없을 정도로 바빴다. 사장 자리를 물려받고 업무가 안정되기 시작한 것은 지난 몇 년간의 일이다.

"네 어머니께는 마미짱 일은 말씀드렸어?"

오하라의 질문에 "응" 하고 고개를 끄덕였다.

"걱정하시더라."

"그러시겠지."

어머니는 마미가 직장을 그만두고 우리 회사를 돕기로 결심해준 것을 고마워했다. "앞으로도 잘 부탁한다, 마미" 하고 웃는 어머니에게 "네" 하고 대답하는 마미의 눈이 촉촉해졌다. "설마, 울어?" 하고 묻는 가케루에게 마미는 쑥스럽다는 듯 눈구석을 누르고 "어머님이 그렇게 말씀해 주시니까 너무 기뻐서" 하고 말했다.

그런 대화를 이 집에서 나눈 지 얼마 지나지 않았건만.

"이제 어떻게 할 거야? 위치 추적이 안 되면."

오하라가 물었다.

"한번 군마에 가 보려고 생각 중이야. 경찰이 움직여 주질 않으니 내가 직접 갈 수밖에 없어."

가케루의 대답에 오하라가 조금 의외라는 듯 눈을 깜박였다. "네가 직접?" 하는 소리에 "그래" 하고 말했다.

"흥신소를 쓰는 방법도 있는데."

"그게, 마미의 어머니가 그런 곳을 꺼리시는 것 같아."

가케루도 제일 먼저 제안한 방법이었다. 그러나 마미의 어머니는 '흥신소'라는 말이 나온 순간, 모르는 외국어를 들은 것처럼 이해할 수 없다는 반응을 보였다.

――흥신소라니……. 생판 남에게 집안일을 이야기할 작정인가? 그 사람들이 군마까지 와서 딸아이가 근무했던 곳을 조사하고 주변 사람들을 상대로 탐문까지 한다는 말인가? 딸아이는 현청의 임시직으로 일했네. 애들 아버지가 아는 의원님의 소개로 들어간 제대로 된 직장이야. 거기까지 찾아간다는 건가? 흥신소가?

마미의 어머니는 생각보다 말이 먼저 나오는 사람이라는 것을 지난 이틀간 함께 지내면서 깨달았다. 말로 내뱉고 나서 자신이 하려는 말이 무엇인지 생각하는 것이다. 그녀가 하고 싶은 말은 아무래도 '세간의 눈이 신경 쓰인다'는 것인 모양이다.

참다못한 가케루가 그런 말을 할 때가 아니라고 대꾸하려 하자, 요코가 다시 이렇게 말했다.

――게다가 그런 곳은 수십만 엔이나 들지 않나?

그 말에 분노를 넘어 경악하고 말았다. 치켜든 주먹이 갈 곳을 잃은 심정으로 요코를 바라보았다. 그런데 그때 문득 생각했다.

무슨 일이 있었나?

정말로 딸이 걱정된다면 방법이나 세간의 눈 따위는 아무래도 상관 없을을 터였다. 어제는 살아 있는 것처럼 보이지 않던 요코가 오늘은 너무 냉정하지 않나 싶기도 하고.

경찰이 전화로 마미의 실종을 사건성이 낮다고 판단했음을 알려 온 뒤 가케루는 그 사실을 요코에게 전달했다. 마미가 자신의 의사로 스토커와 함께 있을 가능성마저 제기되었다는 것을 전하자 요코는 "그런 당치도 않은 소리를" 하고 기가 막혀 하더니 입을 다물었다.

딸이 모욕을 당했다는 생각에 그런 줄로만 알았는데, 어쩌면……두려워진 부분도 있지 않았을까.

딸이 혹시 경찰 말처럼 자의로 그 남자와 함께 사라졌다면, 요코가 떠올릴 만한 어떤 일이 마미가 군마에서 지냈을 때 있었다면. 그녀가 신경 쓰는 세간의 눈이란 그런 딸에 대한 다른 의미에서의 '걱정'도 포함되어 있다면.

마미가 군마에서 지냈을 무렵에 무슨 일이 있었던 걸까. 스토커에 관해 요코는 아무 말도 듣지 못했다고 했지만, 어쩌면 짚이는 데가 있는 것이 아닐까.

––어쨌든 나 혼자서는 결정 못하겠네. 애들 아빠한테 물어 봐야겠어.

그 말을 듣고 더 이상은 무리라고 판단했다. 업무를 하다 보면 흔히 있는 일이었다. 부부가 경영하는 작은 가게에 영업을 하러 가면 경리와 협상에 관한 일은 아내가 맡아서 한다고 들었는데 갑자기 자기는 결정을 못하겠다는 소리가 나온다. "남편한테 물어 봐야 해요", "그이가 뭐라고 할지." 자신은 이미 결정했지만 책임을 남편에게 맡기지 않으면 결단하지 못하는 그녀들의 뻔한 대사.

아버지가 살아 계실 적 어머니를 포함해 이 세대의 기혼 여성들의 이런 말투가 가케루는 답답하다.

요코는 뭔가 더 알고 있을지도 모른다. 그래서 군마에 한번 가 볼 생각이었다. 게다가 흥신소에 의뢰한다 해도 도쿄에 있는 곳보다는 그 지역 업자가 지역 사정에 더 밝은 만큼 성과 면에서 기대할 수 있을 것 같았다. 군마에 있는 흥신소에 의뢰한다고 하면 또 요코가 못마땅해 할지도 모르겠지만.

"마미짱 어머니의 심정도 모르는 건 아닌데, 그럼 어머니는 딸이 금방 돌아올 거라고 생각하시는 건가?"

가케루에게 사정을 들은 오하라가 눈살을 찌푸리고 말했다.

"몇 번 만난 게 전부이긴 해도, 나는 마미짱이 성실한 사람이라고 생각해. 본인 스스로 남자를 따라갈 만한 그런 사람으로는 안 보였어."

"나도 그렇게 생각해."

오하라가 설령 친구의 기분을 배려해서 일부러 그렇게 말했다 해도 위로가 되었다. "그런데," 가케루는 고개를 저었다.

"그런데 어머님 말투에서 뭔가 사정이 있었을 가능성도 있지 않았을까 하는 생각이 들어. 마미가 돌아오지 않으면 주말에라도 군마에 가 보려고."

"단순한 메리지 블루(결혼 전 우울증 - 옮긴이)였다, 뭐 그런 거였으면 좋겠는데."

오하라의 말에 가케루가 그를 쳐다봤다.

메리지 블루.

자신과 결혼하기 싫어져서 도망갔다는 건가. 가케루의 시선을 알아차린 오하라가 어깨를 움츠렸다.

"네가 특별히 싫다든가, 그런 게 아니라 일반론이잖아. 아무리 좋아하는 상대일지라도 막상 결혼이 현실로 닥쳐오면 적잖이 망설이기도 하고 진짜 이대로 괜찮은 건가 싶기도 하고 말이야. 나도 그랬어. 아마 내 아내도 그랬을걸."

"그런데 너네는 이십 대에 결혼했지만 우리는 나이도 나이인데다 만난 지 벌써 2년째야. 이제 와서 메리지 블루라니."

"그래? 너도 결심하기까지 고민 많았잖아. 그야말로 여자친구와 2년이나 질질 끌 만큼."

그 말에는 할 말이 없었다.

마미와 결혼을 할까 말까 마음먹기까지 오하라를 만날 때마다 상담한 것은 사실이었다. 상담이라고 할 만큼 무거운 이야기는 아니었을지 몰라도, 적어도 가케루는 고민되는 심정을 털어놓았다.

"결혼식은 예정대로라면 9월이었나?"

"……응."

"너도 겨우 결심이 섰는데."

새삼 그 말을 들으니 가슴이 답답했다.

그럴 생각은 없었다고 변명하고 싶어도 오하라가 무의식중에 내뱉은 '질질 끌었다'는 말이 작은 가시가 되어 가슴에 박혔다.

"식장은 이미 예약했다고 했지?"

"아자부 멜란지 하우스."

식장을 몇 군데 돌아보고 지난주에 결정한 참이었다. 번화가에서 떨어진 한적한 뒷골목에 있는 그 펜션은 하루 한 팀만 받고, 날씨가 맑으면 녹음이 푸른 아름다운 정원에서 야외 결혼식과 디저트 뷔페도 할 수 있다. 마미와 상의하여 결정한 곳이다. 9월에 있는 마미의 생일에 혼인신고를 하고 그 주 토요일에 그곳에서 결혼식을 올릴 예정이었다.

취소 수수료가 언제부터 발생하는지를 가케루는 오늘 낮에 예식장에서 받은 서류로 이미 확인해 두었다. 3개월 전부터는 20퍼센트의 취소 수수료가 붙기 시작한다는 것을 서류로 확인한 뒤 괜히 불길한 것을 알아본 스스로에게 조금 실망했다.

예식장 이름을 밝힌 가케루에게 오하라가 왠지 당황한 듯이 눈을 깜빡였다. 왜냐고 묻자 오하라가 이내 그 표정을 지웠다. "아니" 하고 가볍게 고개를 내젓는다.

"내가 뭐 도울 일 있으면 뭐든지 말해 줘. 걱정되는 마음은 알겠는데, 너도 너무 깊이 고민하지는 마. 마미짱이 어느 날 홀연히 돌아올 수도 있으니까."

"그래."

상냥한 오하라가 자신을 안심시키려고 그렇게 말하는지는 알 수 없었다.

"와 줘서 고마워."

현관에서 인사를 하고 보내려 하자 구둣주걱을 이용해 구두를 다 신은 오하라가 뒤돌아섰다. 머뭇거리는 듯한 침묵이 잠시 흐른 뒤 그가 천천히 입을 열었다.

"가케루, 나중에 다른 사람한테 듣고 불쾌하면 안 되니까 일단 말할게."

"뭔데?"

"아자부의 멜란지 하우스, 아마 아유짱이 결혼한 곳일 거야."

그 순간 귀에서 소리가 사라졌다. 충격을 받았다는 티를 내고 싶지 않았지만 얼굴에서 표정이 싹 사라진 것이 스스로도 느껴졌다. 어떻게든 수습하려고 쓴웃음을 짓기까지 걸린 시간이 어느 정도였는지 알지 못한다. 긴 시간이 흐른 것만 같았다.

"아, 그래? 언제 적 얘기야. 아무래도 상관없어, 정말이야."

그 말에도 오하라는 여전히 걱정스럽게 가케루를 보고 있다.

심박수가 올라갔다. 오하라가 조용히 "그래" 하고 말했다.

"네가 그렇다면, 됐어. 괜히 신경 쓸까 봐."

— 마미짱 일로 뭐 도울 일 있으면 말해 줘.

한 번 더 말하고 오하라가 돌아갔다. 그 이상 아무 말도 하지 않아 주어 고마웠다.

가케루는 친구가 돌아간 뒤 현관에서 고개를 숙였다. 벽에 머리를 대고 오른손으로 이마를 누르자 뭐라 할 수 없는 감정이 복받쳐 올라왔다. 그게 뭐 어떻다고, 하고 머리로는 생각하지만 이 숨 막힘이 자신이 아직 '아무래도 상관없는' 단계에 이르지 못했다는 것의 가장 확실한 증거였다. 동요하고 있다. 지금은 그럴 때가 아닌데, 하고 생각하지만 스스로도 어쩔 수가 없었다.

미쓰이 아유코. 아유는 가케루가 마미와 교제하기 전에 만났던 여성이다. 가케루가 광고 회사에 근무했을 무렵, 거의 매일 밤 열린 술자리에서 알게 되었다.

중학교 시절 등하교를 함께할 정도의 사이를 '여자친구'라고 부르기 시작했을 때부터 가케루에게는 연인이 없었던 시기가 거의 없다. 옛날부터 여자 친구들도 많았고 자신이 굳이 움직이지 않아도 여성 쪽에서 다가왔다. 짝사랑의 경험도, 실연의 경험도 남들만큼은 했다고 생각하지만 여성이 없어서 아쉬웠던 기억은 없다.

아유는 직장의 여성 동료가 대학 후배라며 데려왔다. 가케루보다 여섯 살 아래. 만나던 사람과 헤어진 직후였던 가케루가 웬일로 '귀엽다'는 생각으로 먼저 말을 건넸다.

약간 갈색빛이 도는 단발머리가 건강하고 밝은 인상을 주었고 눈동자는 크고 힘 있어 보였다. 아유가 그 눈으로 자신을 바라보면 가케루는 마치 자신의 모든 것을 그녀가 꿰뚫어 보고 있는, 그런 기분이 들었다. 그녀에게는 반듯하고 올바른 정신에서 엿보이는 건전하고 밝은 모습이 있었고 실제로 말투도 똑 부러졌다. 그런 꾸밈없는 말투 덕에 대화하면서 불쾌한 느낌을 가진 적이 전혀 없었다.

"가케루 씨는 멋있기는 한데, 아무나 다 꼬실 것 같아. 가벼워 보여."

처음에는 그렇게 말하며 경계했지만 좋아하는 영화와 술 이야기, 그리고 당시 가케루가 취미로 하고 있던 달리기 이야기를 하는 사이, "나도 달려 볼까" 하고 그녀가 관심을 기울였다.

아유는 달리기에 있어서는 초보였지만 가케루의 조언을 받으며 둘이서 운동화를 고르거나 가케루의 달리기 동료들 사이에서 함께 도쿄의 달리기 코스를 도는 사이 점점 친해지다가 자연스럽게 단 둘이 만나게 됐다.

휴가 일정을 맞춰 전국 각지의 마라톤 대회는 물론 해외에서 열리는 대회에도 참가 신청을 했다. 호놀룰루와 피렌체를 비롯해 해외에도 함께 다녔다. 아유는 성격이 활발해 가령 가케루가 추첨에 떨어져도 "그럼 나 혼자 갔다 올게" 하고 가벼운 발걸음으로 나서곤 했다. 여자 혼자 해외에 가는 것이 걱정되어 가케루가 따라간 적도 있고, "제발 친구든 누구든 함께 갔다 와" 하고 부탁한 적도 있다.

옛날부터 여행과 영화를 좋아했는지 다방면에 친구가 많고 대화가 무척 재미있었다. 가케루도 아유의 영향으로 그동안 관심 없던 야외 뮤직 페스티벌에 따라가는 등 관심의 폭을 단숨에 넓혔다.

가케루가 대학 동창들에게 아유를 소개하는 술자리에서도 그녀는 까다로운 성격의 여자 동창들과 순식간에 친해졌다. "며칠

전에 미나코 씨네 집에서 잤을 때 말이야" 하고 아유가 느닷없이 말을 꺼냈을 때 얼마나 놀랐는지 모른다. 언제 그렇게 친해졌을까 싶었다. 또 미나코가 아유를 여동생처럼 끌어안고 "우리 되게 친한 사이야. 가케루를 안줏거리 삼아 얼마든지 마실 수 있지롱" 하며 키득키득 둘이 웃는 모습을 보고 있으면 싫지 않았다. 오래도록 이어 온 자신의 교우 관계 속에 그녀가 가족처럼 녹아드는 것이 흐뭇했다.

외국계 패션 브랜드 숍에 근무하는 아유는 가케루와 사귀기 시작할 무렵 주임으로 승진했다. 아오야마 점의 점장 후보로 큰 기대를 받고 있다는 이야기를 그녀의 동료에게 들은 적이 있다. 일도 척척 잘하는 모양이었다. 함께 있을 때면 연상인 가케루가 되레 "잘 좀 해!" 하고 혼나는 경우도 많았다.

사귀던 당시에는 특별한 연인 사이는 아니라고 생각했다.

아유와 함께 있으면 물론 재미있었지만 그것은 그동안 사귀어 온 연인과 다를 바 없다고 생각했다. 따라서 아유가 대뜸 결혼 이야기를 꺼냈을 때 가케루는 순간 반응을 할 수가 없었다. 가케루가 서른두 살, 아유가 스물여섯 살의 일이다.

사귄 지 1년쯤 지났지만 아직 그럴 단계는 아니라고 생각했다. 가케루의 주변에서는 여자 친구들은 하나둘 결혼하기 시작했지만 남자는 독신이 훨씬 많았다.

"가케루는 나랑 결혼할 생각 있어?"

아유다운 거침없는 말투였다. "결혼이라니……" 하고 대답하는 자신의 목소리가 무의식중에 웃고 있었다. 아유가 진지하게 묻는 것일 줄은 몰랐다.

"나는 결혼이 하고 싶어. 옛날부터 스물다섯 살쯤에는 결혼하고 싶다고 생각했어."

"그럼 직장은?"

"계속 다녀야지. 다니기는 할 건데, 나중에 아이가 태어나더라도 한 살이라도 젊을 때가 체력도 좋고, 출산휴가나 육아휴직을 내더라도 미리미리 장기적으로 생각해서 직장 동료들에게 가장 부담이 되지 않는 시기를 고르고 싶어."

"그런 먼 훗날의 일까지 생각하는 거야?"

놀라서 어리둥절해하며 물었다. 이때 가케루는 마음속으로 흠칫 뒷걸음질을 치고 있었다.

아유는 아직 스물여섯 살인데.

솔직한 마음으로 그렇게 생각했다. 주변에서 연인이 결혼에 조바심을 내고 있다는 이야기를 들었을 때 상대 여성의 나이는 대체로 서른 안팎이었다. 그렇다면 서두르는 마음도 이해할 수 있다. 따라서 가케루는 아유와 교제하면서 그런 압박과는 인연이 없을 줄 알았다. 이때 아유의 말을 '압박'이라고 생각한 자신의 판단이 오만했다고 지금은 인정할 수 있다.

"내가 워낙 늦둥이라."

아유가 띄엄띄엄 말하기 시작했다.

"요즘이라면 그리 늦은 게 아니겠지만 엄마가 서른 아홉에 나를 낳으셨어. 그래서 어렸을 때부터 부모님께서 장난으로 '아유가 결혼할 무렵에는 아빠랑 엄마는 벌써 저세상에 있겠구나' 하고 말씀하시는 걸 들으면서 자랐거든. 상상하면 너무 외로워서 운 적도 있어. 웨딩드레스 입은 모습을 최대한 빨리 보여 드리고 싶어. 가능하면 손주도."

"……그랬구나."

대답하면서 기분이 점점 가라앉았다. 그런 이야기를 다 받아들일 수는 없다는 생각이 들었다.

어머니가 서른아홉에 낳으셨으면 그녀의 부모님은 아직 육십 대일 테고, 딱히 지병이 있다는 소리도 듣지 못했는데 왜 혼자 조급해하는 걸까 싶어 기가 막혔다.

서른두 살의 가케루는 오만했다.

결혼은 언젠가 안정된 생활을 하고 싶을 때 하면 된다. 지금은 아니다. 아유가 결혼 상대로 어떻다는 것이 아니라 그저 '재촉당하는' 것 자체가 싫었다. 혼자 앞서가지 좀 마, 하고 생각했다.

"언젠가는 할 거라 생각해. 그런데 지금 당장은 좀 생각하기가 힘들어."

아유를 좋아하지만 결혼, 그리고 자식을 낳는다는 것은 전혀 상상이 가지 않았다. 지금처럼 해외 마라톤 대회에 가거나 자유롭게 둘만의 시간을 즐기는 한편 아유가 자신의 일과 연관시켜서 속으로는 결혼과 출산까지 생각하고 있었다는 사실에 그때는 어렴풋이 '여자란 무섭구나' 하고 생각했다.

상대방은 그럴 마음이 없는데 '결혼'을 재촉하는 여자를 덮어 놓고 '무섭다'고 생각해도 될 것 같은 그런 기분이 들었다.

지금 생각하면 아유는 현실을 직시하고 있었을 뿐이다. 앞날에 대한 인생 설계를 제 손으로 빈틈없이 해 두려 한 것이다. 그것을 '무섭다'고밖에 받아들이지 못한 것은 가케루가 미숙하고 방자해서다.

가케루의 대답을 들은 아유는 겉으로는 평정을 잃지 않았다. "그래?" 하고 조용히 대답하고 "알겠어" 하고 읊조렸다.

그로부터 몇 년 뒤 설마 이렇게 자신의 생각과 결혼에 대한 의식이 바뀔 줄은 그때는 상상도 하지 못했다.

아유와 그런 대화를 나누고 반년이 채 지나지 않아 가케루의 아버지가 돌아가셨다.

청천벽력 같은 아버지의 죽음. 그리고 회사를 물려받아야겠다는 결심.

상냥하고 야무진 아유는 아버지의 죽음으로 충격을 받은 가케루 곁을 지켰다. 직업을 바꾸겠다고 말했을 때도 반대하기는커녕 응원해 주었다. "나도 할 수 있는 일이 있으면 도울게" 하고 말해 주었다. 장례식에 온 그녀를 어머니에게 소개했더니 어머니도 "야무진 아가씨로구나" 하고 마음에 들어 했다.

결혼하고 싶다는 아유의 마음은 그 이후에도 어렴풋한 압박감으로 항상 느끼고 있었다. 하지만 지금은 아니라고 생각했다. 아버지 회사를 물려받은 직후라 눈코 뜰 새 없이 바빴다. 거래처 방문 차 출장이 계속되는 와중에 전문 지식과 경영 공부에 죽기 살기로 매달렸다. 직원들과도 새로이 관계를 쌓다 보니 당연하게도 아유와의 시간은 줄어들었다. 마라톤 대회도, 해외여행도 가지 못하게 되고 매일 주고받던 연락마저 전화는 물론 문자도 예전만큼 활발하지 않았다.

회사를 궤도에 올리는 것이 급선무다. 좀 안정되면 아유와의 결혼을 진지하게 생각하자. 전에는 귀 기울여 듣지 못했던 아유의 '부모님에게 웨딩드레스 입은 모습과 손주를 보여 주고 싶다'는 소망이 얼마나 간절했는지, 자신이 아버지를 여의어 실현하지 못하게 되자 비로소 뼈저리게 느껴졌다.

회사가 안정될 때까지.

앞으로 몇 년 동안은.

그 기간을 그녀가 기다려 주리라 생각한 것 또한 가케루의 오만이었다.

아유가 헤어지자는 말을 꺼낼 때까지 가케루는 단 한 번도 아유가 자신의 곁을 떠날 가능성을 염두에 두지 않았다. 그만큼 길고 깊은 관계가 되었다고 생각했고 가족처럼 여겨서 그녀의 배려를 당연하게 받아들였다.

아직 가족이 되지 않았건만.

가족처럼 여기고 싶다면 가족이 되었어야 했건만.

"헤어지고 싶어"라고 말하는 아유의 의지는 확고했다.

이제 와서 "그럼 결혼하자" 하고 말을 꺼낸 가케루에게, 아유는 웃으며 "늦었어"라고 말했다.

무척 쓸쓸한 표정으로.

"이미 늦었어. 나는 더는 못 기다려."

아유는 아직 이십 대다. 그러나 이때의 가케루는 더 이상 "아직 스물여덟 살이잖아"라는 말은 할 수 없었다. 자신이 결혼을 너무 쉽게 받아들이고 잘못 생각하고 있었을지도 모른다는 생각이 처음 들었다.

가케루의 일이 안정될 전망은 연인이었던 아유에게도, 가케루 본인에게도 보이지 않았다. 그런데 얄궂게도 어느 날 갑자기 '이제 괜찮겠어' 하고 생각되는 순간이 찾아왔다. 자신과 회사 이외의 일을 생각할 수 있는 여유가 싹튼 그때에 가케루는 미련이 남아 아유에게 연락했다.

다시 시작하고 싶어. 이번에는 괜찮아, 하고.

가케루의 제안에 아유의 대답은 명료했다.

나 곧 결혼해, 하고 그녀는 대답했다.

새로운 상대와는 알게 된 지 몇 달 만에 결혼을 결정했다는 소식을 전해 듣고는 질투도 나고 원통하고 한심해서 한동안 몹시 침울하게 지냈다. 이렇게 되고 보니 자신이 잃은 것이 얼마나 큰지 새삼 가슴에 와닿았다.

시간이 생겨 옛 친구들과의 모임에 얼굴을 내밀어도 그곳에는 이제 아유가 없다. 입이 거친 여자 친구들이 "그렇게 괜찮은 애를 왜 소중히 대하지 않았어?" 하고 말할 때마다 그 말이 그녀들의 생각보다 몇 배는 더 큰 위력으로 가케루에게 상처를 주었다. 꼴사납다는 것을 알면서도 아유를 잊지 못하고 있었다.

특별하지 않다고 생각했던 연인이다. 그러나 애초에 그렇게 생각하는 것 자체가 오만이며 잘못이었다.

결혼하고 싶다는 생각이 간절해진 것은 아유가 떠나고 얼마 뒤였다.

떠나버린 아유가 야속해서 일부러 더 결혼이 하고 싶어졌을지도 모른다. 하지만 그보다 단순히 결혼한 친구들이 부러워진 게 훨씬 컸다.

자유분방한 연인끼리가 아닌 서로의 가족까지 끌어들인 사회적 관계를 이루어 부모를 안심시키는 것. 그토록 꺼려했던 결혼에 따른 '책임'이야말로 이젠 오히려 갖고 싶어서 안달하게 되었다.

한때의 연인이 앞으로 누군가와 생애를 함께 보낸다는데 자신은 평생 혼자서 사는 걸까. 일단 그런 생각이 들자 자신의 사십 대, 오십 대, 그리고 그 이후가 두려워서 견딜 수가 없었다.

누군가와 함께 살고 싶다.

자신과 살아 줄 누군가와 가정을 꾸리고 싶다.

취미와 일에 쓰는 시간을 그토록 귀중히 여겼건만 앞으로 계속 이 상태로 살아갈 생각을 하니 홀로 지낼 나머지 인생이 몹시 길게 느껴졌다. 그 세월을 버틸 수가 없을 것 같았다. 억지로라도 좋으니 누군가에게 속박과 제약을 받고 싶었다. 성가시기만 했던 그런 것이 까닭 없이 그립고 갖고 싶어졌다.

생각이 하나 바뀌자 보이는 풍경은 백팔십도 달라졌다.

그동안 아이가 있는 친구들이 힘들다고 하소연을 할 때면 단순히 '힘들겠다', '내 시간이 없구나' 정도로만 생각했지만, 보는 관점이 바뀌자 그 '힘들다'는 말 속에 고생스러우면서도 행복하다는 뜻이 담긴 것처럼 들렸다.

아유와 헤어진 뒤 주변에서는 "가케루라면 금방 다른 여자가 생길 거야"라고 말했다. 가케루 또한 아유를 잊지 못하면서도 마음 한구석으로는 은근히 그렇게 되리라 생각했다.

그러나 단 몇 년 사이에 가케루 주변의 세상은 바뀌어 있었다. 사회인이 된 초기에 하루가 멀다고 열린 술자리는 이제 없다. 직업을 바꾼 영향도 있겠지만 무엇보다 가케루가 나이를 먹었기 때문이다. 간단히 말하면 삼십 대 후반이 되면 주변 사람들이 결혼을 하고 안정된 가정을 꾸리기 때문에 술자리가 없어지는 것이다.

친절하고 오지랖 넓은 친구들이 좋은 여자가 있다며 소개해 주는 일도 아주 없지는 않았다. 하지만 그 또한 삼십 대 초반의 부담 없는 소개팅보다 장벽이 높아서 마음에 들었으니 몇 번 만나 본다는 가벼움이 허락되지 않는 분위기가 있었다. 상대도 신중한 까닭에 결혼을 전제로 진지하게 사귈 수 있는지 여부를 항상 따져 보고 그렇지 않으면 데이트조차 허락하지 않는 그런 분위기였다. 어느 날 그런 과정을 "피곤하다"고 당시 주선자였던 미나코에게 털어놓자 "다른 것도 아니고 혼활(결혼 활동의 줄임말로 취업 준비를 하듯 결혼을 하기 위해 상대를 찾는 행위를 일컫는 신조어다. – 옮긴이)인데 당연하잖아" 하고 혼났다.

그 말을 듣고 아아, 내가 하고 있는 이것이 세상에서 말하는 혼활, 즉 '결혼 활동'이구나, 하고 뒤늦게 깨달았다.

미나코는 대학교 때부터 가케루의 여자 친구들 중에서도 가장 신랄하고 솔직하게 말하는 유형이었다. 가케루가 근무했던 곳보다 규모가 큰 광고 회사에서 일하며 오랫동안 혼자 지내다 '질긴 인연이었던 동료'와 얼마 전 결혼했다. 그런데도 여전히 가케루를 잘 챙겨 준다. 대학교 때 진지한 관계까지는 가지 않았어도 사귈 뻔한 적이 여러 번 있어 그런 의미에서는 두 사람도 질긴 인연 비슷한 사이였다.

미나코가 '혼활'이라는 말을 내뱉은 것을 계기로 가케루는 그럼 어디 한번, 하고 행동에 나섰다.

자연스러운 만남을 갖거나 이해타산을 고려하지 않아도 될 만큼 자신은 물론 주변도 더는 젊지 않은 이상 '제대로 된 상대'를 만나고 싶으면 남은 것은 결혼 활동밖에 없다. 알아보니 결혼 활동에도 다양한 방법이 있고 그것을 특집으로 다룬 신문 및 잡지 기사도, 중개 업체도 많이 있었다.

대학교 때 친구 한 명이 결혼 활동 앱으로 만난 상대와 결혼을 했다. 그 결혼식에 초대받아 참석한 가케루는 놀랐다. 신부는 국가공무원으로, 일하느라 바빠서 남자를 만날 기회가 없었다는 똑똑해 보이는 여성이었고 그 옆에서 헤벌쭉 웃고 있는 친구는 무척 행복해 보였다. 조건과 용모만으로 상대를 판단한 것은 아니지만, 피로연에 나란히 선 두 사람의 정다운 모습이 가케루는 못내 부러웠다.

친구가 알려 준 그 앱에 가케루도 회원으로 가입했다. 그러나 결혼 활동은 예상만큼 잘 진행되지 않았다. 첫 만남에 결혼할 만한 상대와 바로 만나기는 어려울지도 모른다. 하지만 그것이 세 명, 다섯 명으로 이어지고 나니 마음이 꺾일 것 같았다.

상대 여성 쪽에서 가케루를 마음에 들어 하는 경우는 이때도 많았다.

하지만 앱에서 괜찮겠다 싶은 사람과 만나기까지의 과정은 만만치 않았다. 매번 복사 붙여넣기 하듯 똑같은 대화를 주고받는 것도 피곤했고 막상 둘이서 직접 만나 봐도 뭔가가 안 맞는 느낌이 들었다.

결혼 활동은 그런 과정의 반복이었다.

이대로 누구도 만나지 못하는 게 아닐까 외로웠던 적도 한두 번이 아니었고 속으로는 그동안의 연애와 지금 하고 있는 결혼 활동을 비교하기 일쑤였다.

지금까지 아유를 비롯해 부담없이 만났던 전 여자친구들과 결혼 활동에서 '결혼'을 배경으로 저울질하고 또 저울질당하는 마음으로 만나는 여성들은 역시 뭔가가 결정적으로 달랐다. 한마디로, 즐겁지가 않았다.

연애의 끝에 있어야 할 것은 결혼이라고 믿어 왔건만, 만나는 여성마다 그동안의 연애 같은 즐거움이 느껴지지 않았다. 홀가분한 놀이 부분은 배제되고 사회적 존재로서의 가치만이 평가의 대상이 되는 이것은 오히려 연애의 즐거움과 극단적으로 먼 관계에 있는 것처럼 느껴졌다. 뭔가와 비슷한데, 하고 생각하다 아아, 취업 준비와 비슷하구나 하고 깨달았다. 그때의 저울질당하며 선택받도록 노력해서 마침내 선택받거나 떨어지는 고달픔과 어딘가 닮아 있다.

아무런 부담 없이 연애해 온 과거가 오히려 자신의 것이 아닌 듯 여겨졌다.

무슨 바람이 불어 그랬는지 모르지만, 그러던 어느 날 가케루는 아유의 페이스북에 들어가고 말았다. SNS가 지옥임을 알게 된 것은 그때였다. 메인 화면에서 순백의 웨딩드레스를 입은 옛 연인의 모습을 보고 머릿속이 새하얘졌다.

사내답지 못하게, 하고 생각해도 마음이 동요하는 것은 어쩔 수 없었다.

괜찮다 싶어 만남을 거듭하는 상대가 몇몇 있었지만 그 존재가 머릿속에서 몽땅 날아갔다. 눈구석을 누르고 심호흡을 한 뒤 오하라에게 문자를 보냈다.

"아무래도 상관없는 일이긴 한데, 조금 전에 전 여친의 페이스북을 봤더니 그저께 결혼했나 봐. 뭘 또 충격까지 먹는지 나도 참 우습다."

오하라에게 금방 답장이 왔다.

『뭐야. 별 시답잖은 이야기네. 그보다 이번에 네가 좋아하는 밴드가 일본에 온대. 티켓 예매해 놓을게. 가서 술이나 실컷 마시자.』

이럴 때 친구가 있어 진심으로 고마웠다. 그리고 스스로에게 질려 버렸다. 반올림해서 마흔 살 먹은 다 큰 어른이 고작 실연 때문에 이토록 가슴을 후벼 파듯 괴로워 하다니.

잠시 후 오하라가 답장을 한 줄 더 보내 왔다.

『마미짱은 잘 있고? 또 우리 집에 데려와.』

썩 내키지도 않고, 심적으로 지치는 결혼 활동 가운데 그래도 한 번의 데이트로 끝나지 않고 관계를 유지하고 싶은 상대가 서너 명 생겼다. 그중 한 사람을 오하라 부부와의 식사에 데려갔다.

그 사람이 마미였다.

　군마 현 마에바시에 있는 마미의 본가에는 세 번째로 가는 것이었다.

　첫 번째는 그녀와 약혼하기로 결심하고 부모님에게 인사하러 갔을 때. 두 번째는 그로부터 얼마 후 군마 현에 있는 그녀의 외갓집에도 인사하러 가라고 해서 그때 들렀다.

　세 번째 방문이 설마 이런 식일 줄은 몰랐다.

　요코가 가케루를 맞이했다. 현관 앞에서 인사를 하고 뒤돌아앉아 신발을 벗고 있자, 뒤에서 마미의 아버지인 쇼지가 "가케루 군" 하고 불렀다.

　그 목소리에 등줄기가 곧게 펴졌다. 가케루는 앉은 채 천천히 뒤로 돌았다.

　시청에서 근무했던 쇼지는 정년퇴직하여 지금은 공무원 시절에 인연이 닿은 가까운 사립대학에서 촉탁직으로 사무를 본다. 현역에서 완전히 물러나지 않아서인지 그 연배에도 얼굴에 명민함을 잃지 않고 있다. 키도 큰 것이 마미의 늘씬하고 큰 키는 아버지를 닮았구나, 하고 처음 만났을 때 생각했다.

"아버님."

마미와 연락이 닿지 않게 된 뒤 요코와는 자주 연락해 왔지만 쇼지와 얼굴을 맞대고 이야기하는 것은 처음이었다. 순간적으로 든 생각은 사과해야 할까 하는 것이었다.

스토커에 관해서는 요코를 통해 이미 들었을 터였다. 약혼자로서, 교제 중인 연인으로서 가케루가 마미를 지켰어야 했는데 그러지 못했다.

과거에 두 차례 인사하러 왔을 때 만난 쇼지는 온화한 사람으로, 딸과 결혼하겠다는 가케루를 따뜻하게 대해 주었다. 그런 아버지의 심정이 지금 어떨까 생각하니 숨이 막혀서 일어서서 바로 "죄송합니다" 하고 머리를 숙였다.

"제가 곁에 있는데도 이런 일이 벌어져 정말 죄송합니다."

쇼지가 당황한 듯 숨을 삼켰음을 고개를 들지 않아도 알 수 있었다. 그가 난처한 목소리로 "괜찮네"라고 말했다. 가케루를 위해 한 말이라기보다는 그저 이런 이야기를 얼굴을 맞대고 하는 상황에 익숙지 않아 어쩔줄 몰라서 어색한 분위기를 적당히 어르는 것처럼 들렸다.

"우선 안으로 들지. 여보."

"그래, 가케루 군. 일단 안으로 들어와."

여보, 하고 아내를 부르는 목소리가 도움을 청하는 듯하다. 가케루는 고개를 숙인 채 두 사람을 따라 거실로 들어갔다.

잘 정돈된 아늑한 집이라는 인상은 세 번째 방문에서도 변하지 않았다. 요코가 고심해서 골랐을 곡선이 아름다운 탁자와 의자, 곳곳에 놓인 액자에는 마미 자매가 어렸을 때부터 찍은 사진과 가족사진이 담겨 있다. 구석에 놓인 연지색 피아노에는 요코가 직접 뜬 것으로 보이는 레이스 달린 덮개가 씌워져 있고 바닥에는 먼지나 얼룩 하나 없다. 전업주부인 요코가 세심하게 가꾼 정성스러운 생활이 엿보인다.

"마미한테는 아직 연락이 없나?"

요코가 물었다. 방금 똑같은 질문을 하려던 가케루는 한숨을 쉬고 싶은 심정으로 "네" 하고 고개를 끄덕였다.

요코가 막막하다는 표정을 띠며 차를 준비하러 부엌 쪽으로 물러갔다. 가케루는 안내 받은 대로 쇼지와 마주 앉았다. 마미의 스토커에 관해 이것저것 물어 올 것이라는 생각에 마음의 준비를 하고 있었지만 예상과 달리 쇼지는 딸의 약혼자와 마주 앉는 것이 그저 부담스러운지 가케루와 눈을 맞추려 하지 않았다.

덩달아 가케루까지 어색해져 무슨 말을 어떻게 해야 할지 몰랐다. 그러자 쇼지가 간신히 입을 열었다.

"힘들었겠군. 자네도 일이 있는데."

"아닙니다."

다시 사과하려 생각한 가케루는 그 말에 안도하면서도 고개를 크게 휘저었다. 자신의 일 따위 아무래도 좋았다. 두 사람에게 죄송한 것은 사실이고 그 일로 비난을 들어도 할 말이 없다.

진작 스토커 이야기를 진지하게 듣고 대응했어야 했다. 마미와의 결혼도 진작 결심했더라면 스토커가 그녀의 집을 찾아가는 일 없이 포기했을지도 모른다.

결코 가케루를 탓하지 않는 쇼지의 상식적인 말투에 외려 가슴이 아팠다.

성실하고 따뜻한, 선량한 사람인 것이다.

시청 직원이라는 건조한 일을 했던 것도 관계 있을지 모르지만 분명히 쇼지는 화를 내야 마땅한 장면에서도 언성을 높이고 사람을 탓하는 행동을 해 오지 않은 사람일 것이다. 그런 그가 이번 비

상사태에 황망해 하고 있다는 것이 전해진다. 서로 감정을 터뜨려 심각한 대화를 하는 것에 대한 거리낌과 당혹감을 이 집 안에서 도무지 주체하지 못하고 있었다.

가케루의 부모님은 가족은 물론 남에게도 솔직하고 스스럼없이 말하는 사람들이었다. 세대가 비슷해도 그 집이 어떤 분위기인지는 사람에 따라 다르다.

요코가 홍차를 내왔다. 가케루 앞에 찻잔을 내려놓으면서 말한다.

"가케루 군, 우리가 생각해 봤는데, 마미 일을 다시 한번 경찰에 조사해 달라고 할 수는 없겠나? 뭣하면 이번에는 나와 이 양반이 부탁하러 가겠네."

"괜찮으시겠습니까."

홍차를 받고 "고맙습니다" 하고 작게 말하고 나서 가케루는 지난번에 이야기한 아사가야서의 형사들을 떠올렸다.

"한번 사건성이 낮다고 판단한 일에 형사들이 진지하게 나서려면 뭔가 새로운 사실이 나오든가, 그에 상응하는 이유가 필요하다고 생각합니다. 아버님과 어머님이 직접 가신다 해도 상황은 바뀌지 않을 겁니다."

가케루는 조용히 심호흡을 하고 요코 쪽으로 몸을 돌렸다.

"흥신소에 의뢰하는 건 도저히 내키지 않으십니까."

"그건……."

요코와 쇼지가 얼굴을 마주 보았다. 이미 두 사람은 이 일에 관해서도 이야기를 했을 것이다. 의미 있는 눈짓을 준 뒤 요코가 눈을 내리떴다. 나머지 홍차를 내려놓는다. 쟁반을 가슴에 끌어안더니 이내 바닥에 내려놓았다. 그러고는 가케루의 얼굴을 보았다.

"저기, 가케루 군. 마미를 스토킹한 사람 말일세. 딸아이가 여기서 지냈을 때 알던 사람이라고 그랬다지?"

"네."

가케루가 고개를 끄덕였다.

"이름은 듣지 못했지만 여기서 지냈을 무렵 교제를 제의받아 거절한 사람이라고 하더군요."

"자네 기분이 상할까 봐 지난번에는 말하지 않은 것이 있어."

요코의 말에 가케루의 등골이 쭈뼛했다.

올 것이 왔구나, 하는 예감이 들었다.

요코가 쇼지의 눈치를 보면서 이윽고 입을 열었다.

"마미가 여기서 지냈을 무렵에 혼활을 했었네."

"혼활이라면 결혼 활동 말입니까?"

엉뚱하게도 혼활이라는 말의 울림이 가볍게 느껴졌다. 그러나 가케루의 반응에 바짝 긴장한 요코의 표정에 초조함이 더해졌다. 빠른 말투로 계속한다.

"그래. 결혼 활동이라고 해야 할지, 진지하게 결혼했으면 해서 제대로 된 곳에 부탁을 했으니 절대 경망스러운 일이 아니라네. 미팅 같은 게 아니라 제대로 된 결혼을 위한 활동 말일세."

활동이라는 말 또한 낯설고 딱딱한 울림이 있어 희미하게 위화 감이 느껴졌다.

"마미 씨가 맞선을 봤다는 말씀입니까?"

"그래. 그런데 자네도 결혼 활동을 했었다지? 서로 결혼 활동을 하다가 마미를 만났다고 하지 않았나?"

요코의 눈빛이 왠지 절박한 기색이다. 가케루는 답답한 나머지 대놓고 물었다.

"마미 씨가 결혼 활동을 하다 알게 된 남성이 군마에 있다는 말 씀입니까?"

마미가 군마에서 지냈을 무렵에 결혼 활동을 했다는 것쯤 가케루는 개의치 않는다.

요코의 말대로 마미와 가케루도 결혼 활동 앱으로 알게 되었고 요즘 세상에 결혼 활동을 하는 것쯤은 당연할 텐데 아무래도 요코 세대는 '결혼 활동'을 가케루 세대가 생각하는 것보다 훨씬 어마어마한 일로 받아들이는 모양이다.

"다 제대로 된 중매였어."

요코가 가케루의 질문에 직접 대답하지 않고 고개를 흔들었다. "그렇지, 여보?" 하고 쇼지를 쳐다본다.

"제대로 된 결혼상담소에 의뢰해서 몇 명 소개받은 걸세. 그 전에는 딸아이가 혼자서 상대를 찾았던 모양이야. 친구에게 부탁해서."

"스토커가 된 상대가 그중에 있을지도 모른다는 건가요?"

"그 말이 아니라, 그런 사람은 없을 거란 말이야. 마미에게 들은 바로는 모두 제대로 된 사람인 것 같았고, 그 결혼상담소도 내가 알아봐서 마미와 같이 찾아간 거야. 다만 옛날 맞선과 달리 요즘은 당사자끼리 만나는 일이 많다고 하니까 나도 상대 남자에 대해서는 사진밖에 본 적이 없어. 마미와 그 사람이 둘이서 어떻게 지냈는지 정확하게는 모르지."

요코가 미적지근하게 말했다. 제대로 된 곳, 제대로 된 상대, 제대로 된 결혼상담소, 제대로, 제대로, 하고 반복함으로써 그중에 스토커가 있었을 가능성을 애써 지우려는 것처럼 보이지만, 그렇다면 왜 가케루에게 지금 결혼 활동에 대한 이야기를 밝힌 걸까. 요코 스스로도 그 의혹을 깨끗이 해소하지 못하기 때문이 아닐까.

"요코."

가케루의 목소리가 거칠어지려던 그때 다른 나직한 목소리가 끼어들었다.

내내 조용했던 쇼지의 목소리였다. 남편의 부름에 요코가 번개를 맞은 것처럼 입을 다물었다. 쇼지가 계속했다.

"자네한테 제대로 이야기하지. 미안하네만 가케루 군, 이런 일이 벌어져 우리도 아직 혼란스럽다네."

"아닙니다……."

가케루도 허를 찔린 듯 작게 고개를 내저었다. 쇼지가 말했다.

"그 결혼상담소는 내가 신세를 진 현의회 의원의 부인이 하고 있는 곳이네. 그곳에 등록하고 마미는 상대를 여러 명 소개받아 만났지. 이번 스토커 이야기를 듣고 어쩌면 그중 한 명일지도 모른다고 생각했어. 그렇다면 흥신소 같은 요란한 곳에 의뢰하기 전에 우리가 결혼상담소에 가 보는 게 낫다고 판단했네."

요코의 흥신소에 대한 그 시원찮은 반응은 역시 짚이는 데가 있어서였다. 남편에게 혼난 모양새가 된 요코가 토라진 얼굴로 눈을 딴 데로 돌리고 있다. 쇼지가 가케루에게 물었다.

"여기서 지냈을 때 있었던 일에 대해서는 마미에게 들은 적이 없는가?"

"네, 거의 아무것도. 도쿄에 온 뒤의 일밖에 듣지 못했습니다."

두 사람이 알게 되었을 때 마미는 상경한 직후였다. 그 전에 어떻게 살았는지에 대해 그러고 보니 거의 들은 적이 없다. 요코가 그제야 고개를 들었다.

"딸아이가 왜 군마에서 도쿄로 갔는지 말하던가?"

"성인이 되어서도 쭉 군마의 본가에서 살았으니 한 번쯤은 멀리서 혼자 살아 보고 싶었다더군요."

그 말 또한 가슴에 깊이 담아 두지 않았다. 그저 평범한 독립의 이유로 받아들였지만, 막상 마미가 살았던 마에바시의 본가에 와

보니 희미한 위화감이 느껴졌던 것도 사실이다. 이 집에서 안정된 생활을 하고 직장도 정직원은 아니지만 견실한 곳에 다니고 있었다.

그 모든 것을 내팽개치고 홀로 도쿄로 나갈 결심을 했을 때 마미는 서른이 넘었을 터였다. 가케루도 직업을 바꾼 적이 있어 알지만 이십 대라면 모를까 서른 넘어서의 변화는 그 두려움의 크기가 어마어마하다. 하물며 마미는 도쿄의 일자리도 파견 회사에 등록해서 찾는 것부터 시작했으니 뭔가 믿는 구석이 있었던 것도 아닌 듯하다.

"어찌나 불쌍하던지."

요코가 입을 열었다.

"결혼 활동 막바지로 갈수록 궁지에 몰려서 몹시 괴로웠을 걸세. 여기서 지냈을 무렵에 아마 친구가 소개해 준 사람까지 포함하면 열 명은 족히 만났을 텐데."

열 명, 이라는 인원수를 듣고 가케루의 머릿속에서 어떤 스위치가 켜지는 소리가 작게 울렸다.

머릿속에 기억이 되살아났다.

아유가 떠나고 결혼 활동을 시작하고 나서 마미와 진지한 교제에 이르기까지 가케루가 겪은 일이다. 복사해서 붙여넣기 하듯 앱을 통해 상대와 만나기까지의 과정을 거듭하는 루틴에서 벗어나지 못하는 나날. 직접 만나고 나서 이번에도 아니었다는 허탈감에 빠지는 나날. 두 번째 데이트 때 전에는 이 여자다 싶은 직감은 없었지만 이번에 만나면 뭔가 다르지 않을까 기대했지만 특별한 두근거림이 손톱만큼도 느껴지지 않은 채 시간을 보낸 뒤 집으로 향하던 길.

마미도 그랬다니.

그녀 또한 자신과 다를 바 없었다니. 마미가 이 지역을 떠난 것은 그 피로감 때문이기도 하다는 건가.

가케루가 잠시 침묵한 것을 어떻게 해석했는지 요코가 다시 황급히 말했다.

"그 사람들이 다 마미를 거절했다는 소리가 아니네. 오히려 상대는 마음에 들어 했는데 마미가 계속 거절했다니까. 그게 심적으로 상당히 지치는 일이지 않은가. 그 많은 사람과 뭐가 있었다는 소리는 당연히 아니고."

"어머님."

가케루가 요코 쪽으로 몸을 틀었다. 그녀의 입을 막아야겠다는 생각에 작정하고 조용히 물었다.

"그 결혼상담소가 어디인지 알려 주시겠습니까."

요코와 쇼지가 말없이 가케루를 쳐다본다. "제가 찾아가겠습니다" 하고 가케루가 덧붙였다.

"내키지 않으시면 흥신소에는 의뢰하지 않겠습니다. 제가 직접 결혼상담소에 가서 이야기를 들어 보겠습니다."

요코가 열 명이라는 말을 내뱉었을 때 가케루는 내심 그녀가 허술하게 인식했던 것이 아닌가 생각했다.

부모가 인식하기에 그 정도이면 마미는 아마 실제로 '결혼 활동'을 하며 그 갑절 아니면 더 많은 상대를 만났을 것이다. 요코는 미팅을 '경망스럽다'는 식으로 이야기했지만, 결혼 활동을 하다 보면 곁에서 챙겨 주는 친구도 있기 마련이기에 친구가 주선해 주는 미팅이나 소개팅도 이십 대 때보다 더 절실한 마음가짐으로 참석했을 것이다. 자신이 할 수 있는 온갖 수단을 동원해 상대를 찾았을 것이다. 그것이 보통인데 경망스럽다니, 가케루는 그렇게 생각하지 않는다. 얼마나 절실했는지 알 수 있었다. 미팅, 소개팅, 결혼상담소. 그 모든 것을 통해 만난 상대를 자신의 결혼 상대로, 연애 상대로 걸맞은지 생각한다. 계속 생각한다.

참고로 가케루는 오십 명 가까이 만났다. 여럿이 함께하는 술자리에서 만난 상대도 포함하면 백 명이 넘는 인원을 '후보'로 봤을지도 모른다. 이번이야말로, 하고 벼르며 나갔지만 단 한 번도 이 여자다 싶은 직감을 얻지 못했다.

――마미짱이랑 결혼 안 해?

마미와 교제한 지 1년 반이 지났을 무렵 모임에 나가면 친구들이 묻곤 했다.

미나코처럼 다른 사람을 잘 챙기는 여자 친구들뿐 아니라 오하라를 비롯한 남자 친구들까지 가케루에게 근황을 물으며 결혼 소식을 궁금해했다. 그 시기에 가케루는 "아, 그게……" 하고 대강 얼버무렸다.

결혼 활동으로 알게 된 상대 중 '미래'까지 생각할 만한 여성은 결혼 활동을 시작한 지 반년쯤 되었을 무렵에는 마미 외에도 몇 명 더 있었다. 동시에 여러 상대를 만나는 것은 양다리를 걸치는 것처럼 보이기도 하지만, 결혼 활동에서는 흔히 있는 일이며 상대 여성들에게도 가케루 외에 '후보'가 여러 명 있는 상태였다고 생각한다.

결혼 활동으로 알게 된 상대란 참으로 신기한 존재다. 상대를 결혼 후보자로 본다는 것을 서로 의식하면서 아직 연인 관계도 아닌데 표면상으로는 교제하는 것이나 다름없이 데이트를 거듭한다. 아직 '교제' 관계까지는 아닌 걸 알면서도 개중에는 '부모를 만나 달라'는 경우까지 있어 자신의 마음도 어중간한 상태로 상대 부모와 식사부터 하는 일도 있었다.

그중에서 왜 마미였느냐고 하면, 일이 흘러가는 대로 놔두었더니 얼떨결에 그렇게 된 요소도 많았다고 생각한다.

친구인 오하라 부부와의 식사 자리에 그녀를 데려간 것도 큰 계기다.

그러나 그 또한 가케루의 원래 계획으로는 실은 다른 여성과 함께 갈 작정이었다.

좀처럼 직감이 오는 상대를 만나기 힘든 결혼 활동이지만 그래도 '이 사람이라면 괜찮지 않을까' 싶은 사람을 만나는 경우가 있다. 그리고 가케루의 경우 그 상대가 이혼한 여성일 때가 많았다. 오하라 부부와의 식사 자리에 동석하고 싶은 여성도 이혼 경력이 있었다. 그녀는 가케루보다 나이는 어리지만 전남편과의 사이에서 낳은 두 살배기 아들을 키우는 싱글 맘이었다.

상대의 과거는 최대한 개의치 않으려 노력했고 결혼 활동에서 만나는 이혼 경력이 있는 여성들은 인생 경험이 풍부한 만큼 대화하고 있으면 즐거울 때가 많았다.

그러나 역시 상대로부터 이혼 경력이 있다는 고백을 받으면 마음 어딘가에서 실망스러운 것은 감추지 못했다. 자신의 첫 결혼이 상대에게는 그렇지가 않다. 처음이라는 설렘을 공유하지 못해 쓸쓸하기도 했고, 끌리는 상대가 아이의 존재를 밝히면 이 사람이 이혼녀가 아니면 당장 결심했을 텐데, 하면서 마치 부동산 매물 찾는 기분으로 몰상식하게 생각한다.

결혼 활동에서 수많은 상대를 봐 온 끝에 마음이 마비된 것이다. 상대를 '사람'으로 보지 못하게 된 것이다. 조건에 라벨을 붙인 리스트 중에서 설정이나 배경만을 추출해 함부로 품평하는 눈으로 상대를 보고 있다는 것을 깨닫자 숨이 턱 막혔다.

그런데도 그때 만났던 싱글 맘 여성은 대화가 잘 통하고 얼굴도 아름다워서 함께 있으면 즐거웠다. 아이가 태어난 뒤로는 취미에 시간을 들이지 못하게 되었지만 예전에 달리기를 했다는 이야기를 듣고 더욱 끌렸다. 아이를 만난 적은 없지만 이 사람의 아이라면 왠지 괜찮을 것 같다고 생각하기 시작했다. 지금 생각하면 그렇게 믿고 싶었는지도 모른다.

"결혼 활동하면서 마음 가는 여자 있으면 우리 집에 데려와. 한 명쯤은 있을 거 아냐."

오하라가 사실상 진전이 없는 가케루의 결혼 활동을 밀어주려고 그렇게 말했다는 것은 쉽사리 짐작이 갔다. 친구 부부와 함께 식사하는 이벤트는 관계를 공적으로 만든다는 의미에서도 결혼을 향한 서로의 거리를 확 좁히는 계기가 될 것 같았다.

가케루는 싱글 맘인 그 여성에게 같이 가자고 권했다. 그 당시 그녀가 1순위 '후보'였기 때문이다. 아직 사귀는 사이인지 그렇지 않은지는 모호한 시기였지만 그녀도 가겠다고 대답해 주었다. 그런데 약속 전날 그녀에게서 아이가 열이 나서 못 가겠다는 전화가 걸려 왔다. 어쩔 수 없다고는 해도 가케루는 낙담했다. 그리고 깨달았다. 이 사람과 사귄다는 것은 이런 것이구나. 가케루는 상대의 삶을 받아들일 각오가 아직 되어 있지 않았다.

지금 생각하면 그 여성은 가케루의 마음속에 있던 그 망설임을 꿰뚫어 봤는지도 모른다. 아이의 열은 핑계일 뿐 원래 가케루를 거절할 생각이었다 해도 이상할 것은 없었다. 그 후 가케루는 그녀에게 다시는 연락하지 않았고 마찬가지로 그녀 또한 가케루에게 연락하는 일은 없었다.

마미는 가케루에게 그 시점에는 2순위 후보였다.

모처럼 기회를 마련해 준 오하라 부부에게 미안해서 밑져야 본전이라는 생각으로 "내일 저녁에 만나지 않을래요?" 하고 연락했다. "대학 때부터 친하게 지낸 친구 집 식사에 초대 받았거든요" 하고.

가벼운 기분으로 보낸 문자에 마미는 "기꺼이"라고 답했다.

"가케루 씨의 친구 분을 소개받다니 영광입니다" 하고.

오하라에게 사정은 설명해 두었다. 가장 유력한 후보였던 여성에게 거절 당했다고 하자, 눈치 빠른 오하라가 더 가벼운 모임으로 보이도록 다른 동창들도 초대해 그날의 식사가 딱딱한 자리가 되지 않도록 배려해 주었다.

오하라의 집에는 개구쟁이 초등학교 1학년생과 아장아장 걷는 두 살배기 아이가 있다. 친구의 아내가 직접 음식을 만들어 대접하는 가정적인 모임. 가벼운 마음으로 권했지만 그곳에 마미를 데려간다는 것이 뭘 의미하는지 도착하고 나서야 생각했다. 이 장소에서 앞으로 그들과 가족 단위로 어울리는 상대로 마미를 처음 의식했다.

가케루의 여자 친구 부부가 오하라의 첫째 아이를 어르며 놀아주고 있었다. 그 옆에서 마미도 울음을 터뜨린 두 살배기 아이를 "괜찮아?" 하고 들여다보았다. 오하라의 아내가 음식 준비를 하는 동안 안절부절못하며 엉거주춤 일어나 "내가 뭐라도 돕는 게 좋을까?" 하고 가케루에게 물었다. 다른 여성들이 의자에 꼭 붙어 앉아 있는 것과 달리 마미는 미안하다는 듯 내내 부엌 쪽을 신경 썼다.

집에 가는 길에 마미가 "중요한 모임에 참석할 수 있어서 기뻤어요"라고 말했다. "오하라 씨 아이들도 무척 귀여웠고" 하고.

얼마 후 오하라가 "좋은 여자더라"라고 말했다.

결혼 활동에서 만난 다른 여성들과 마찬가지로 마미에게도 이 여자다 싶은 명확한 순간은 없었다. 그때까지 1순위였던 그 싱글 맘 여성에게조차 그런 감각은 없었던 것 같다.

그런데 이렇게 시작하는 것도 괜찮지 않을까.

그 무렵에는 이미 그렇게 생각하게 됐다. 다른 상대에 비해 마미에게 더 끌리는 것도 사실이다. 과거의 연애에서 느꼈던 열정이나 짜릿함은 아닐지라도 이게 나이에 맞는 연애일지도 모른다.

단 하나의 인연을 찾기 위해 수없이 만나야 하는 결혼 활동의 지난한 과정에도 지칠 대로 지쳐 있었다. 게다가 솔직히 말하자면 이렇게도 생각했다.

더 이상 계속해 봤자 마미**보다 나은** 여성은 못 만나지 않을까.

그렇다면 마미를 붙잡아 두고 소중히 대해야 하지 않을까.

교제해 달라고 확실히 고백한 순간이 있었던 것은 아니다. 단지 다른 여성과의 연락을 끊고 마미 한 사람만 만나게 됐다. 마미 또한 그렇다는 것이 함께 있으면 전해져 왔다. 극적인 로맨스는 없었을지언정 가케루와 마미는 어느덧 연인이라 부르는 관계가 되어 있었다.

열정이나 설렘과는 다르다. 그 대신 평온하고 안정된 교제를 하다 보니 시간이 흘러 어느덧 1년 반이 넘게 흘렀다.

그 무렵 친한 친구들과의 술자리에서 자주 질문을 받았다. "마미짱이랑 결혼 안 해?" 하고.

사실 가케루는 고민하고 있었다. 결혼 활동을 통해 마미를 알게 되었지만 막상 결혼을 하자니 선뜻 내키지가 않았다. 결심이 서지 않았다. 이 여자다 싶었건만, 정말 이 여자일까 하는 의문이 계속 가슴속에 맴돌았다.

오하라를 포함해 서로 속속들이 아는 유부남 친구들과 만날 때마다 그들에게 "왜 결혼해야겠다고 다짐했어?" 하고 참고삼아 물었다. 누군가 등이라도 떠밀어 주면 좋겠다고 생각했다. 물어볼 때마다 그들은 "그냥 분위기가 그렇게 흘러갔어" 혹은 "너도 빨리 해" 하고 격려를 받았지만 이럴 때 역시 가장 가차 없는 것은 여자 친구들이었다.

마미와도 여러 번 만난 적이 있는 미나코가 어느 날 "답답해서 정말" 하고 내뱉었다. "자연스럽게 만난 게 아니라 결혼 활동에서 알게 되었잖아" 하고.

"그럼 교제하고 1년 내에 결혼해 주는 게 예의 아니야? 왜 질질 끌기만 하는 건데? 제대로 사귀고 있는 거 맞아?"

"그렇긴 한데, 결정적인 게 없다고 해야 할지……. 결혼하면 뭐가 달라지나 싶고."

그래서, 하고 가케루가 덧붙였다.

"우선 같이 살아 볼까 생각 중이야."

가케루의 말에 여자 친구들이 일제히 얼굴을 찡그렸다. "나는 반대야" 하고 오하라까지 가세했다.

"그 동거 기간에 무슨 의미가 있어? 같이 살 정도면 아예 프러포즈해서 결혼하는 게 어때? 같이 살아 보고 그걸로 만족해서 결혼까지 가지 않는 경우도 많다던데."

"그렇긴 한데 막상 결혼을 하자니 정말 이 사람과 잘 살아갈 수 있을까 걱정도 되잖아. 여태껏 전혀 다른 환경에서 살아 왔고. 그리고 왜 있잖아, 같이 살다 보면 무조건 이 사람 아니면 안 된다고 생각되는 결정적인 걸 발견할지도 모르고, 그 반대로 도저히 맞지 않는 부분도 보일지도 모르지."

"뭐어? 그 결정적인 걸 발견하면 다행인데. 역시 맞지 않다는 걸 깨달으면 그때는 어쩌려고? 그때 가서 헤어지는 게 더 괴롭지 않겠어? 관계가 진전된다면야 괜찮겠지만, 동거를 끝내고 헤어지는 과정도 만만치 않아."

미나코와 친한 아즈사가 말했다. 비난받은 모양새가 되어 가케루는 약간 위축되었다. 미나코가 몰아붙였다.

"가케루, 그럼 지금 몇 퍼센트 정도 결혼하고 싶은 건데?"

"어?"

"그 애랑 결혼하고 싶은 마음을 퍼센트로 바꾸면 몇 퍼센트냐고."

"……70퍼센트 정도?"

가케루가 그렇게 대답한 순간 미나코의 얼굴에 짓궂은 미소가 떠올랐다. "너무하네" 하고 그녀가 말했다.

"너무하다니?"

"방금 내가 퍼센트로 물어봤지만 그건 그대로 가케루가 마미짱한테 매긴 점수 그 자체야. 가케루에게 그 애는 70점짜리 여자친구라고 말한 것이나 다름없어."

"뭐? 그럴 리 없잖아. 방금 나는 결혼 생각에 대해 물어보니까 대답했을 뿐 그것과 마미짱은."

"가케루, 너, 만약 아유짱이었다면 백 점이나 이백 점을 매겼을걸."

그 이름이 튀어나왔을 땐 심장이 멎는 줄 알았다.

마미와 사귀기 시작한 초기에 본 아유의 페이스북 메인 화면이 떠올랐다. 만약 아유가 돌아온다면 자신은 방금 그 질문에 몇 점을 매겼을까. 그렇게 한순간, 단 한순간이지만 생각하고 말았다. 생각하고 말았다는 사실에 양심의 가책을 느껴 가케루는 할 말을 잃었다.

미나코가 빈틈을 노린 듯 덧붙였다.

"가케루는 자기 여자친구를 마미짱이라고 부르더라. 짱을 붙여

부르다니 가케루답지 않아서 전부터 이상했는데. 같이 있어도 왠지 상대를 조심스러워하는 느낌이 들었어. 아유짱뿐만 아니라 그 애는 가케루가 여태껏 사귄 여자들과는 거리감이나 말투가 완전히 달랐어. 좀 어색하다고 해야 할까."

"아아, 나도 그렇게 생각했어."

미나코도, 아즈사도 아닌 다른 여자 동창까지 무책임하게 말했다.

"가케루 군, 그 애랑 사귀면서 싸움 같은 거 한 적 있어? 혹시 하고 싶은 말도 제대로 못 하는 거 아냐? 아유짱이랑 사귈 때는 시답잖은 소리도 주고받고 싸움 같은 것도 하고 그랬잖아. 지금 무리하는 거 아냐?"

"맞아, 왠지 찰떡궁합은 아닌 것 같아. 원래 살아 온 세계가 달라서 그런가."

"가케루 군."

미나코가 가케루의 얼굴을 들여다본다.

"스스로도 어렴풋이 알고 있는 거 아냐? 실은 두 사람이 찰떡궁합은커녕 70퍼센트밖에 어울리지 않는다는 걸. 그런데 왜 사귀는 거야?"

"어……."

"가케루는 그 애한테 70점을 매겼지만, 만약 마미짱이 다른 사람과 사귀면 백 점을 받을 수 있을지도 몰라. 그런데 고작 70점짜리 마음으로 그 애를 붙잡다니 잔인하다고 생각 안 해? 결혼할 생각이 없으면 자유롭게 놔 줘."

"결혼 활동에서 수많은 상대를 만나다 보면 마미짱처럼 제대로 된 상대가 나를 좋다고 해 주는 것만으로 고맙게 여기게 돼."

가케루의 입에서 체념한 듯한 목소리가 나왔다.

70점, 70퍼센트. 마미의 이름과 아유의 이름. 한때 확실히 느꼈던 백 점을 매기고 싶을 만큼 즐거웠던 기억.

어떤 면에서는 미나코를 포함한 여자들의 말이 맞을지도 모른다고 생각하고 말았다.

마미는 제대로 된 여자이며, 가케루도 '제대로 하고 싶다'는 생각으로 교제하고 있다. 마미도 그럴 것이다. 마미와의 관계에는 아유와 싸웠을 때만큼의 허물없는 분위기는 없고 서로 조심스러워한다는 자각도 있다. 아유와 사귀었을 때만큼 스스럼없는 관계를 찰떡궁합이라고 한다면 확실히 마미와 자신의 사이는 찰떡궁합은 아닐지도 모른다.

하지만, 그렇지 않다.

결혼 활동을 지겹도록 해 온 가케루는 마미만큼도, 찰떡궁합의 'ㅊ'에도 못 미치는 상대를 많이 알고 있다. 점수를 매기는 게 미안하지만, 그야말로 50퍼센트 상대와도, 40퍼센트 상대와도, 그 이하의 아예 맞지 않는 상대와도 수없이 만났던 것이다.

여자 친구들의 신랄한 말과 꿈 같은 이상론에, 이때는 정말 지긋지긋했다.

백 점짜리 상대라니, 결혼 활동에서 만날 수 있을 리가 없다. 마미의 70퍼센트는 가케루의 마음속에서 엄청나게 높은, 웬만해서는 만날 수 없는 수치다.

"그런데 그 애는 분명히 가케루랑 결혼하고 싶어 할 거야."

아즈사의 말에 가케루는 더 이상 대꾸할 기력도 없어 잠자코 그녀를 봤다. 아즈사와 미나코가 눈을 마주치더니 어깨를 낮게 으쓱거렸다.

"전에 오하라 군 집에서 밥 먹었을 때도 되게 필사적이라고 해야 할지, 어필하려고 했잖아. 유미짱이 우니까 일어나서 달래려

하고 부엌에서 음식 준비하는 거 도우려고 하던데."

"어필이라니."

술이 들어갔기로서니 너무 고약한 말투가 아닌가. 눈살을 찌푸리는 가케루에게 다른 여자 친구까지 "맞아, 나도 느꼈어" 하고 덩달아 말을 보탰다.

"미키짱은 워낙 음식 솜씨가 좋아서 우리도 어쩌다 다 맡겨 버리게 되고, 유미짱이 울어도 우리가 나서면 괜히 낯가릴까 봐 섣불리 손대기도 뭐해서 가만히 있었는데, 그 애는 아주 안절부절 어쩔 줄을 몰라 하더라. 일어날락 말락 모임 내내 엉거주춤하고."

"너희랑 달리 착해서 그래."

불에 기름을 붓고 싶지 않아서 겨우 그렇게 말했을 뿐인데, 가케루의 말에 그들이 "뭐?", "아니야!" 하고 냅다 소리를 질렀다.

"그건 그냥 착한 척이잖아. 일어날까 말까 망설이는 기색은 보여도 결국 일어나진 않았고, 아이도 어떻게 보는지 모르는 것 같던데, 뭐. 아마 요리며 육아며 다 서투를 걸."

"아, 나도 봤어! 자기가 뭐라도 돕는 게 좋겠느냐고 가케루한테만 귓속말하듯 물어 놓고 실제로는 말을 꺼내지도 않았잖아."

"적당히들 해."

그녀들의 입을 막은 것은 가케루가 아닌 오하라였다. 쓸쓸히 웃으며 "너희 설마 마미짱한테 질투해?" 하고 묻는다.

"오랫동안 독신이었던 가케루가 결혼하는 게 남동생이 데릴사위로 들어가는 것 같아서 서운한 거 아냐?"

오하라의 말에 "웩-", "우리가 미쳤니!" 하고 장난스러운 반응이 나왔다. 미나코 혼자 반웃음을 치며 "뭐, 그것도 좀 있을지도 모르겠네"라고 말해서 가케루는 머리에 피가 확 거꾸로 솟는 것을 느꼈다.

까불지 마, 하고 생각했다.

다시 오하라가 입을 열었다.

"어필이었다 해도 나는 그게 나쁘다고 생각 안 해. 실제로 미키와 유미가 걱정됐을 거고, 남자친구의 친한 친구들이 모인 술자리에 혼자 손님 같은 입장으로 왔으니 당연히 안절부절못하지."

"아, 나도 어필이 나쁘다고 생각하지는 않아."

타이르듯 말하는 오하라에게 미나코가 입술을 삐죽인다. 이내 가케루를 쳐다본다.

"오히려 노력하는 걸 보면 호감이 가지. 가케루를 위해서 그런다고 생각하면 갸륵하기도 하고. 다만 어필하는 방식이 좀 서투른 게 안타까울 뿐이야."

미나코가 가케루를 쳐다본 채 의미심장한 미소를 머금었다. 그러고는 "착한 애더라"라고 말했다.

"그런 행동쯤은 우리가 다 간파할 게 뻔한데 말이야. 밀당이나 계산 같은 걸 아예 모르는 것 같아. 지금까지 얼마나 착한 애로 살아 왔으면 그럴까. 미안하지만 난 그런 거, 좀 짜증나."

가케루의 친구들이 마미가 없는 곳에서 웬만해서는 그녀를 이름으로 부르지 않는다는 것을 그때 알아차렸다.

아유는 여전히 '아유쨩'이라고 부르면서 마미는 '그 애'다. 오하라 부부가 '마미쨩'이라고 부르는 것과 다르다.

"가케루, 그 애 있잖아", "그 애 말이야."

그렇게 부르는 것을 듣고 있으면 조만간 상관 없어질 사이라고 덮어놓고 단정하는 기분이 들었다. 이름을 기억할 것도 없이 언젠가 가케루 옆에서 그녀가 사라지기를 기대하는, 그런 분위기가 있었다. 붙잡는다, 라는 말 하나만 해도 그렇다.

무책임한 그녀들의 이야기를 진지하게 받아들인 적은 없다.

가케루와 마미의 관계는 두 사람이 알아서 발전시키고 또 결정하면 된다.

주변에서는 반대했지만 일단 같이 살자고 가케루는 마미에게 제안할 작정이었다. 그 다음, 즉 결혼에 관해서도 생각하고 있다. 그러니 우선 동거부터.

마미에게서부터 그 심야의 전화가 걸려 온 것은 그러고 있던 참이었다.

『그놈이.』

전화기 너머에서 마미가 목멘 소리로 말했다. 울고 있었다.

『그놈이 집에 있는 것 같아. 어떻게 해? 집에 못 들어가겠어.』

"그놈이라니⋯⋯."

마미가 스토킹 이야기를 털어놓은 것은 그 전화보다 훨씬 전이었다.

――가케루, 뭐해? 아, 전화? 여자친구랑?

훼방을 놓는 친구들의 목소리에 "거참, 시끄럽네!" 하고 짜증스럽게 대꾸했다. 일어나서 가게를 나갔다.

『부탁이야. 제발 빨리 와!』

평소 소극적인 그녀가 그런 식으로 강력히 부탁하는 것은 처음이었다. 뒤늦게 아차 싶었는지 마미가 전화기 너머에서 『미안⋯⋯』 하고 말한다.

『미안해, 이런 말해서. 그래도 빨리 와서 구해 줘, 가케루 군.』

"하, 미치겠네. 나야말로 술이나 마시고⋯⋯, 혼자 둬서 미안해."

그렇게 말하고 밤 깊은 거리로 뛰쳐나갔다.

진작 결혼하기로 결정했다면, 하고 그때도 후회했다.

자신이 결심할 수 있을지 어떨지는 차치하고, 마미의 마음이 결혼으로 기울었다고 믿고 그 자신감 위에 안주하고 있었다.

마미와 만나기 전의 가케루에게 이야기와 과거가 있었던 것처럼 가케루와 만나기 전의 마미에게도 마찬가지로 그녀의 이야기와 과거가 있을 터였다. 그 과거를 만만하게 봤다.

따라서 순수하게 알고 싶었다.

군마에서 지냈을 무렵 그녀에게 무슨 일이 있었는지를.

"잘 오셨습니다."

마미가 결혼 활동을 위해 방문했다는 결혼상담소는 주택가에 있었다. 프랜차이즈 레스토랑 등이 있는 국도에서 벗어난 간간이 편의점만 있는 주택가에는 집 사이사이 밭과 비닐하우스가 드문드문 보였다. 뒤얽힌 골목길 모퉁이를 돌고 또 돌자 저 앞에 유독 큰 일본 가옥이 있고 그 옆에 비교적 새로 지은 듯한 작은 건물이 있었다. 그 앞에 간소한 간판이 나와 있다.

'결연結緣 오노자토'

우연히 찾아온 손님이 아닌, 어디까지나 소개받은 사람이 찾아오도록 안내하기 위해 있을 뿐, 눈에 띄지 않는 간판이다. 이곳에 대해 알지 못했다면 인연을 맺어 주는 부적이 걸려 있는 어떤 신사 정도로 여겼을지도 모른다.

가케루는 자신을 맞아 준 노부인을 바라보았다. 연한 녹색 기모노 차림에 눈빛이 상냥한 여성이었다. 그녀가 가케루에게 슬리퍼를 내주었다. 손짓, 몸짓 하나하나가 군더더기 없이 깔끔하여 일상적으로 일본식 복장에 익숙하다는 것을 알 수 있었다.

"사모님, 이런 일로 갑자기 찾아와 죄송해요."

가케루를 따라온 요코가 몹시 송구스러워하며 오노자토라는 노부인에게 머리를 숙였다. 가케루도 같이 "감사합니다" 하고 머리를 숙였다.

마미가 다녔던 결혼상담소를 찾아가고 싶다고 말한 가케루를 두고 요코와 쇼지는 잠시 얼굴을 마주 보고 생각에 잠겼다. 이윽고 그럼 연락을 한번 해 보면 어떻겠느냐고 하여 요코가 그 자리에서 전화를 걸었다.

ㅡㅡ여보세요, 사모님? 실은 의논드릴 것이 있어서…….

전화 도중에 이야기가 복잡하게 얽히자 요코가 복도로 나갔다. 조그맣게 들리는 통화 소리가 스토커 화제에 접어들었을 무렵 "부끄러운 말씀입니다만 실은" 하고 운을 떼는 것을 가케루는 복잡한 심정으로 듣고 있었다. 부끄러울 것이 없는 데다 마미는 피해자다. 그런데 누구에게 무슨 신경을 쓰고 있는 걸까.

통화를 마치고 돌아온 요코가 "사모님이 만나 주신다네"라고 말했다.

"가케루 군이 와 있다고 했더니 오늘 저녁에 시간이 난다면서."

"다녀오겠습니다."

가케루는 도쿄에서 차를 운전해서 왔다. 장소만 알려 주면 갈 수 있다. 그럴 생각이었건만, 요코가 "그럼 나도 얼른 채비를 하겠네"라고 말했다. 가케루가 뭐라 말할 새도 없이 "잠깐 기다리게" 하고 두르고 있던 앞치마를 벗고 안으로 들어가 버렸다. 가케루가 혼자 갈 수도 있다는 생각은 전혀 염두에 없고 자신이 동행해 마땅하다고 생각하는 듯했다.

그리고 어쩌면 불안한 것일지도 모른다.

자신이 모르는 곳에서 가케루가 '사모님'에게 무슨 말을 할지. 그것이 염려되는 것일지도 모른다. 상대는 쇼지도 신세를 진 현의회 의원의 부인이라고 한다. 작은 마을에서 그런 사정이 신경 쓰이는 심정을 가케루도 모르는 것은 아니다.

어쩔 수 없이 쇼지와 요코와 함께 결혼상담소에 나타난 가케루에게 오노자토 부인이 조용히 미소를 지었다.

"당신이 마미 씨의……. 만나서 반갑습니다. 여기서는 인연을 만나지 못했지만 그 후에 마미 씨가 약혼했다는 소식을 듣고 상대분을 한 번 만나고 싶었습니다. 먼 곳까지 와 주셔서 고맙습니다."

"아닙니다……."

"그리고 마미 씨의 아버님과 어머님."

가케루 뒤에 서 있는 요코와 쇼지에게 오노자토가 살짝 인사를 했다. 그리고 말했다.

"오시느라 애쓰셨습니다. 대화가 길어질 것 같으니 끝날 무렵에 다시 연락드리겠습니다."

"네?"

요코의 목에서 쉰 목소리가 새어 나왔다. 가케루도 짧게 숨을 들이마셨다. 방금 그 말투는 마치 두 사람에게 돌아가라고 하는 것 같았다. "저기" 하고 요코가 말을 꺼내려던 순간 오노자토가 우아한 미소를 머금었다.

"실은 이쪽……니시자와 씨였던가요? 니시자와 씨하고만 이야기를 나누어도 될까요? 마미 씨의 이야기도 조금 듣고 싶군요. 니시자와 씨가 저희 쪽에서 소개해 드린 남성에 관해 걱정하고 계시다면 그 일에 관해서도 제가 말씀드리겠습니다."

거부를 허락하지 않는 강한 어조였다. 기세에 눌린 듯한 요코가 그래도 여전히 불만스러운 얼굴로 "그러……시겠어요?" 하고 눈을 치뜨고 오노자토를 본다. 오노자토가 확고하게 "네" 하고 고개를 끄덕이자 요코도 알겠다며 물러났다. 설마 자신이 홀대를 받을 줄은 상상도 못했으리라. 가케루가 신경 쓰이는지 흘끔흘끔 쳐다보며 쇼지에게 이끌려 밖으로 나갔다.

홀로 남은 가케루는 어안이 벙벙한 채 눈앞의 기모노 차림의 노부인을 봤다. 그녀는 변함없는 태도로 "그럼 이쪽으로. 좁은 곳이라 미안하군요" 하고 가케루를 안쪽 응접탁자와 의자가 있는 구석으로 안내했다.

그 고장의 명사의 부인이 운영하는 결혼상담소라고 들어 가케루는 만나기 전에 마음의 준비를 했다. '중매쟁이 할멈'이나 '중매 아줌마'라는 말이 있지만 그 말에서 연상되는 시골의 그야말로 참견하기를 좋아하는, 좋은 의미에서든 나쁜 의미에서든 방정맞은 분위기의 아주머니가 하는 줄로만 알았다. 낡은 생각에 얽매인 성가신 부인의 상대는 일을 하다 보면 가끔 있는 일이라 어느 정도 각오했건만 뒤통수를 얻어맞은 기분이었다.

눈앞에 있는 노부인의 청초하면서도 위엄 있는 몸가짐은 가케루의 선입견을 뿌리째 뒤흔들었다. 전화로 사정은 이미 어느 정도 들었을 테지만 요코의 역성을 들어 주지 않고 가케루와 단 둘이 이야기하고 싶다고 말할 줄은 몰랐다. 이 연령대의 여성들은 자신과 입장이나 나이가 비슷한 동성의 편을 들어 주게 마련이라 생각했다.

"여기는……혼자 운영하시는 건가요?"

오노자토가 직접 차를 끓여 가케루 앞에 놓았다. 직원이 있는 기척이 없어 물었더니 오노자토가 가케루에게 차를 권하며 대답했다.

"가끔 서류 정리를 도와주는 아이는 있습니다만. 기본적으로 이곳은 고객이 상담하러 오실 때만 열어서 저 혼자입니다. 원래 남편이 선거 때 사무실로 이용한 공간을 빌린 거죠."

"아, 네……."

"만날 수 있는 시간이 다 늦은 시간밖에 안 되어 미안하군요. 오늘 다카사키의 호텔에서 제가 주선한 맞선이 있었는데 꼭 동석해야 했거든요."

"맞선이요?"

요코의 이야기로는 마미는 여기에서 알게 된 상대와 부모의 동석 없이 단 둘이 만났다고 들었다. 가케루가 무심코 되묻자 오노자토가 흥미롭다는 듯 훗 하고 웃었다.

"니시자와 씨는 도쿄 분이죠. 고향도 도쿄인가요?"

"네. 도쿄에서 나고 자랐습니다."

"그렇게까지 격식을 차리는 맞선은 주변에서 별로 들어 본 적이 없나요? 사람에 따라 원하는 방식이 제각각이거든요. 당사자끼리 편하게 만나고 싶다는 분도 계시는 반면 처음부터 부모님이나 제가 동석한 상태를 희망하는 분도 물론 계십니다."

오늘 그런 자리가 있어서 기모노를 입었는지도 모른다. 가케루는 수긍하면서 "잘 먹겠습니다" 하고 그녀가 끓여 준 차에 손을 뻗었다.

건물 자체는 작지만, 대리석 탁자와 가죽 의자가 한 벌인 응접 세트는 고급스럽고 그 옆에 장식된 꽃도 센스가 돋보이는 생화 꽃꽂이였다. 오늘은 방문 예약이 없는 날일 터인데 실내에 은은한 향냄새가 퍼져 있었다.

"당연히 싫죠."

느닷없이 오노자토가 말했다. 그 말에 허를 찔린 가케루가 그녀를 쳐다봤다. 오노자토가 짓궂게 장난하는 어린아이 같은 눈으로 자신을 보고 있었다.

"자기 여자친구에 관해 이것저것 묻고 싶고 또 이야기하고 싶은데, 그 자리에 여자친구 부모님이 계시면 마음이 불편하고 하고 싶은 말도 제대로 못 하는데 말이에요."

"아뇨……, 그런."

가케루가 황급히 차를 내려놓으며 도리질을 쳤다. 속으로는 오노자토 연령대의 사람이 마미를 '연인'도 '약혼녀'도 아닌 가볍게 '여자친구'라고 부른 것에도 놀랐다.

"저도 어쩌면 아버님과 어머님 앞에서는 말씀드리기 어려운 것이 있을지도 모르고 또 괜한 소리를 할지도 모르겠다는 생각이 들더군요. 그래서 두 분께 자리를 비워 주십사 말씀드린 거예요. 잘한 거죠?"

"……네."

가케루는 앉음새를 바로 했다. 그러고는 감사 인사를 했다.

"배려해 주셔서 감사합니다."

"마미 씨가 걱정이네요."

오노자토가 말했다. 내내 밝았던 표정에 희미하게 그늘이 져 있다.

"처음부터 말씀해 주시겠어요? 우선 마미 씨가 도쿄에 갔다고 들었는데, 니시자와 씨와는 어떻게 만났나요? 직장에서 만난 건가요?"

"결혼 활동을 하다가 알게 되었습니다."

이 사람에게는 그럴싸하게 둘러대 봤자 소용없다는 생각이 들어 말을 고르지 않고 솔직히 대답했다.

"마미 씨가 마에바시에서 지냈을 무렵 여기서 상담을 했다고 들었습니다만, 저도 도쿄에서 결혼 활동을 하고 있었고 마찬가지로 결혼 활동을 하던 마미 씨를 알게 되었습니다."

"그랬구나. 마미 씨는 도쿄에 가서도 계속 상대를 찾고 있었네. 그곳도 여기 같은 결혼상담소? 아니면 인터넷 사이트 같은 건가?"

"아뇨, 휴대폰으로 하는, 결혼 활동 앱이 있습니다."

앱이라고 하면 알아들을까 하고 생각하며 가케루가 대답하자, 오노자토가 눈을 동그랗게 떴다. "스마폰으로 한다고?" 하고 묻는 그녀의 말에, '스마폰'이라는 줄임말에 이번에는 가케루가 놀랐다.

"그렇습니다. 앱에 등록한 사람끼리 연결해 주는 시스템이 있는데 가볍게 시작할 수 있습니다. 등록한 상대의 사진과 프로필도 볼 수 있고요."

"그걸 하려면 돈이 드나요? 가입비 같은 건?"

"유료 앱도 있고 무료도 있습니다. 다만 역시 돈을 지불하는 쪽에 등록한 사람들이 더 진지해서 정말 마음먹고 결혼 활동을 해야겠다는 사람은 유료 앱이 좋은 것 같습니다."

"보고 싶다."

오노자토가 소녀처럼 발랄하게 말했다. 가케루는 "아, 네" 하고 자신의 스마트폰을 꺼냈다. 마미를 알게 된 유료 앱은 이미 탈퇴했지만 무료 앱은 그냥 방치해 두어 화면에 아이콘이 남아 있었다. 아이콘을 터치하자 바로 앱이 열렸다.

"지금 본인이 있는 곳 근처에서 등록한 사람들의 사진과 프로필이 나옵니다. 군마 현이면 군마 현, 마에바시 시면 마에바시 시로 지역 범위를 좁혀서 검색할 수도 있고요."

오랜만에 앱을 열었지만 여전히 이 앱을 이용하는 사람은 많아 보였다. 그러나 도쿄에서 검색했을 때 나오는 인원에 비해 이 지역 등록자의 수는 훨씬 적었다.

"이 근방에서도 하는 사람이 있어요?"

"많지는 않지만 있군요. 보시겠습니까?"

화면을 터치하자 상대의 사진이 나타났다. 등록 가능한 사진 수는 어느 앱이든 대체로 다섯 장 정도다. 모두 잘 나온 사진을 선별해 올리기 때문에 실제로 만났을 때 사기 당한 기분이 들었던 경험이 문득 떠올랐다. 밝기를 조정해 피부 톤을 보정하거나 얼짱 각도로 얼굴 윤곽선을 갸름하게 보이도록 잘 만진 사진을 그 시기에는 정말 숱하게 봤다.

"어머나, 이렇게 젊고 근사한 여성이 상대를 찾고 계시네? 우리 상담소로 오시면 좋으련만."

이십 대로 보이는 여성의 사진을 오노자토가 손가락으로 자연스럽게 넘기며 보는 것을 보고 가케루는 감탄했다. 낡은 생각에 얽매인 중매 아줌마라니 당치도 않다. 스마트폰 조작에도 능숙하고 이 사람의 감성은 아마 엄청나게 유연할 것이다.

"이걸 이용하면 마음에 드는 상대에게 메시지를 보낼 수도 있어요?"

"그런 경우도 있지만 저와 마미 씨가 만난 앱의 경우는 상대에게 하트 표시를 합니다. 페이스북의 '좋아요' 같은. 아, '좋아요'라는 건……."

"그건 알죠."

오노자토가 싱긋 웃었다.

"그 '좋아요' 같은 것을 표시하면 상대도 누가 표시했는지 알게 됩니다. 그러면 상대가 그 사람의 프로필을 보고 마음에 들면 똑같이 하트 표시를 하는 거죠."

"다시 말해 자기가 '마음에 듭니다' 혹은 '좋아합니다' 같은 말을 일부러 쓰지 않아도 된다는 거네요. 원터치로 체크만 하면 되는구나."

"네, 맞습니다. 서로 하트 표시가 달리면 만나자는 뜻이라 그다음은 어떻게 만날 것인지 하는 이야기로 넘어갑니다."

"세상에, 정말 편리하고 좋네. 그럼 문자 메시지를 주고받을 메일 주소 같은 건 교환하지 않아도 되나요?"

"직접 대화하고 싶으면 물론 그것도 가능합니다. 그 편이 만나기 전에 서로를 더 잘 알 수 있어서 좋다는 사람도 많거든요. 다만 제가 아는 사람 중에는 메시지를 주고받으며 대화하다가 자기 개성을 너무 드러내는 바람에 만나는 단계까지 좀처럼 도달하지 못했다는 사람도 있는 걸 보면 일장일단이 있는 것 같습니다."

가케루는 결혼 활동에서 만난 한 여성이 불평하던 일을 떠올렸다.

상대 남성이 자신이 좋아하는 영화와 만화에 대한 이해심이 있는 것 같아서 처음부터 그런 주제의 이야기를 마구 쏟아냈으며, 대화하면서 소개팅의 정석을 따르지 않았더니 상대로부터 연락이 끊겼다는 것이다.

실제로 만나는 단계까지 도달한 가케루에게도 그런 식으로 세상의 남성들이 실은 자기주장이 없는 여성을 얼마나 원하는지에 대해 지론을 펼칠 정도이니, 이 여자의 결혼 활동은 무척 혹독하겠구나 하고 생각한 적이 있다. 재미있는 사람이었지만 가케루와도 한 번의 만남으로 끝났다.

그녀의 심정도 모르는 것은 아니지만, 결혼 활동을 거듭해 온 가케루의 눈에는 그녀 또한 이상에 사로잡혀 있는 것처럼 보였다. 결혼 활동의 첫 단계에서 가장 중요한 것은 상대를 만나는 것이지, 그 시점에서 상대에게 자신을 이해시키는 것이 아니다. 첫 단계부터 상대가 자신의 독특함과 매력을 받아들이고 이해해 주리라 믿고 있는 것부터가 이미 이상에 얽매여 있다는 증거다.

만나기까지의 과정은 매번 복사해서 붙여넣은 개성 없는 내용이어야 마땅하고 거기에 과잉 어필은 필요 없다. 그것은 이미 학교 시험 등과 마찬가지로 단순한 요령 문제인데 그 요령에 휩쓸리기가 싫어서 개성을 버리지 못하겠다면 애초에 결혼 활동이 적성에 맞지 않는 것이다.

나의 가치를 보여 주기 위한 결혼 활동인데 개성이 없어야 일이 잘 진행된다니 아이러니하다. 하지만 원래 그런 것이니 어쩔 수 없다.

"그, 자신이 너무 개성적이라 잘 풀리지 않는다고 말씀한 분은 여성? 아니면 남성?"

"네?"

"방금 이야기한 분 말이야."

방금 이야기한 것은 메시지 교환에 대한 것이었지 '자신이 너무 개성적'이라는 말은 하지 않았는데, 하고 의아해하며 가케루는 여성이라고 답했다.

"복장과 머리 모양도 자기 스타일을 고집하는 사람이었고 취미도 많은 것 같았습니다. 그래서 남들처럼 무난한 문장을 쓰지 못했겠죠. 상대를 적당히 칭찬하기보다 재치 있게 대답하려 분발했던 거라고 생각합니다. 그게 어떻다는 말씀이신가요?"

"아니, 별것 아닙니다. 그런데 우리 상담소에 오시는 분 중에도 그런 분이 많으시거든요."

결혼상담소는 사람이 개입하여 직접 상대를 소개하는 방식이니 메시지를 주고받는 번거로움은 없을 것이다. 대체 무슨 의미인가 싶어 가케루가 고개를 살짝 기울이자, 오노자토가 계속했다.

"결혼 활동이 잘 풀리지 않을 때, 자신이 상처 입지 않기 위한 이유를 준비해 두는 것이 중요하죠. 자신이 개성적이고 **자기 주관이 확고해서** 상대의 마음이 식어 버렸다거나, 자산가이기 때문에 집안에 별의별 고생이 많을 것 같아서 상대가 피한다거나, 혹은 여성인 자신이 고학력자라 남성이 기가 죽는다거나, 그런 거요."

오노자토가 다시 어린아이 같은 눈으로 설명했다.

"그리고 사실 외모에 자신이 있는데 얼굴이 너무 예뻐서 상대가 다른 남성이 있을지도 모른다고 의심하는 것 같다, 하는 것도. 자산가인 것도 개성있는 것도 미인인 것도 사실 나쁜 것이 아닌데 결혼 활동이 잘 풀리지 않는 이유를, 본래는 자신의 장점인 부분을 상대가 잘 이해하지 못하는 탓이라 생각하면 상처 입지 않아도 되니까요."

엄청난 말을 시원시원하게 내뱉는 모습에 가케루는 말문이 막혔다. 한때 비슷한 생각을 하지 않았던가. 자신을 뒤돌아보게 될 것 같아 괴로운 나머지 이렇게 물었다.

"그런 분이 많습니까?"

"그럼요. 요즘 들어 부쩍 많아졌다고 생각해요."

오노자토가 가케루의 스마트폰을 "잘 봤습니다" 하고 돌려주었다. 가케루는 쓸쓸히 웃으며 그것을 받아 들었다.

"화내실 것 같아 걱정했습니다. 오노자토 씨처럼 제대로 된 결혼상담소를 운영하시는 분이라면 앱처럼 가벼운 결혼 활동 방식은 반칙이라고 생각하지 않을까 하고."

"그럴 리가요. 새로운 방법이 생겨 재미있는걸요."

"원래 결혼 활동이나 연애를 위한 것이 아니라 외국에서 친구 찾기 시스템으로 개발된 것이 시초였다고 하더군요. 이직이 잦은 개발자가 그 지역에서 친구가 될 만한 사람을 찾기 위한 시스템으로 개발한 것이 계기라고 들은 적이 있습니다."

"어머, 그런데 그거 혹시 거짓말 아닐까?"

오노자토가 이번에도 시원하게 말했다.

가케루는 벌써 몇 번째인지 모를 놀라움을 맛보았다. 말없이 그녀를 보니 오노자토는 변함없이 미소를 머금고 있었다.

"불순한 목적을 위해 개발된 게 아니라고 주장하기 위해 꾸며

낸 이야기 아닐까요? 결혼을 하고 싶거나 연인을 만들고 싶다는 마음이 '불순하다'고 여겨지는 분위기에는 할 말이 많지만."

"……그렇군요. 듣고 보니 저도 그런 기분이 듭니다."

오노자토와 대화하다 보니 몸도 마음도 발가벗겨지는 기분이다. 실전 경험이 많은 무척 노련한 사람인 듯했다.

처음에 '시골의 중매 아줌마'일 거라 생각한 것이 몹시 부끄러웠다. 어쩌면 가케루가 세상 물정에 어두웠을 뿐, 세상의 '중매 아줌마'의 대부분이 오노자토처럼 위엄 있는 분위기를 갖추었을지도 모른다. 마치 산전수전 다 겪은 노련한 점술가가 운명을 점치는 듯한 박력이 느껴져, 자신의 모든 것을 털어놓고 일임하고 싶은 두려운 충동에 휩쓸릴까 덜컥 겁이 났다.

마미도 오노자토 앞에 앉아 자신의 운명을 맡겼던 걸까. 가케루가 지금 앉아 있는 이 의자에 앉아 유능한 상담사 혹은 신부님에게 고해성사하듯. 눈앞의 이 사람에게는 그런 관록이 있었다.

"뭘 알고 싶나요?"

가케루의 눈을 가만히 바라보며 오노자토 부인이 물었다.

"우리 상담소에서 마미 씨에게 소개한 남성은 두 명입니다."

오노자토가 단도직입적으로 말을 꺼냈다. 그 말에 가케루는 오노자토 부인을 바라보았다. 바로 입이 떨어지지 않는 가케루에게 오노자토가 "무슨 문제라도?" 하고 물었다.

"아뇨……. 마미 씨 어머니 말씀을 들었을 때는 마미 씨가 여기서 많은 남성과 맞선을 봤다는 인상을 받았습니다."

"어머님이 어떻게 말씀하셨나요?"

"마미 씨가 마에바시에서 지냈을 무렵 결혼 활동으로 몹시 지쳐 있었고, 다 합하면 열 명쯤은 만나지 않았을까 하시더군요."

다만 그것은 오노자토의 결혼상담소를 찾아오기 전에 마미가 스스로 상대를 찾기 위해 친구에게 소개받은 인원도 포함해서라는 뉘앙스였으니 이곳에서 소개받은 인원이 두 명이라도 이상할 것은 없다. 그러나 예상과 달라도 너무 달라 맥 빠진 기분이 드는 것은 부정할 수 없었다.

가케루의 말에 오노자토가 입가에 손을 대고 품위 있게 웃었다.

"어머, 그런가요. 사카니와 씨답군요. 역시 어머니는 딸이 애쓰는 모습을 보면 안쓰럽고, 잘 풀리지 않으면 그 정도로 걱정도 하시죠."

"괴로웠을 거라고 말씀하셨습니다."

"그런데 말이죠, 니시자와 씨. 저는 마미 씨가 그렇게 많은 사람을 만나지는 않았다고 생각해요. 우리 상담소도 포함해서 결과가 좋지 않았다는 건 기껏해야 네다섯 명과의 이야기 아닐까요?"

"네?"

"마미 씨뿐만 아니라, 열 명쯤 만났는데 잘 안되더라, 지쳤다고 말씀하시는 분 중에는 실제로는 대여섯 명 만나 보고 이제 싫증났다는 분도 많이 계세요. 다들 호들갑이 심하죠. 반올림해서 대략 열 명이라는 숫자를 내면 자신이 노력을 많이 한 것처럼 느껴지고 그 수에 만족하거든요."

"그런데 저는 나름대로 결혼 활동을 열심히 해서 그야말로 열 명이 넘는 여성을 만났습니다."

"네. 그럼 당신은 실제로 애를 많이 썼겠군요."

오노자토가 신랄하게 말한 뒤 가케루를 부드럽고 맑은 눈으로 바라본다. 시치미 떼는 얼굴을 하며 그녀가 계속했다.

"마미 씨에게 소개한 분들은 각각 마에바시와 다카사키 시내에 살고 있고 두 명 다 신원은 확실합니다. 제가 보증해요. 마미 씨에게는 6년쯤 전에 소개했는데 한 명은 다른 여성과 결혼해서 가정을 이루었죠."

"다른 남성은 어떻게 되었습니까?"

"결혼은 하지 않았지만 그쪽도 아마 마미 씨의 스토커는 아닐 겁니다. 아까 전화를 받고 어떻게 지내는지 넌지시 확인했더니 이렇다 할 이상한 점은 없었으니까요."

가케루는 말없이 오노자토 부인을 봤다. 어조와 표정 모두 유연한데 이번에도 이견을 허락하지 않는 견고함이 느껴졌다.

스토커라는 말이 나옴과 동시에 본론에 들어갔음을 알아차렸다. 가케루가 물었다.

"여기서 소개해 주신 남성은 두 명 다 지금은 마미 씨와 무관하다는 말씀입니까."

"네. 저를 믿어 달라는 것 말고는 다른 방법이 없지만 두 남성에게도 사생활이 있습니다. 마미 씨에게 소개한 지 6년도 넘었으니 이번 일과는 무관하다고 생각합니다."

오노자토는 이 말을 전하기 위해 오늘 가케루를 만나 준 것이다. 여기는 좁고 평화로운 시골이다. 자신의 결혼상담소에 이상한 소문이 나는 것은 무슨 일이 있어도 막으려 할 것이다. 오노자토 부인이 벌써 전화까지 해서 그 사람의 상황을 확인했다는 신속함도 놀라울 따름이다. 다만 가케루로서는 그 말만 믿고 물러날 수도 없는 노릇이었다.

"그 두 명을 소개해 주실 수는 없을까요. 그쪽에 폐가 되지 않도록 조심하겠습니다."

지금 마미와 연결된 실마리는 이들뿐이다. 그러나 오노자토는 매몰차게 고개를 저었다.

"그건 곤란합니다. 두 명에게 확인하고 싶은 것이 있으면 제게 말씀하세요. 제가 대처하겠습니다."

오노자토가 가케루의 눈을 지그시 바라본다. 그 두 눈을 가늘게 뜨고 거듭 말했다.

"마미 씨가 우리 상담소에 오기 전에 다른 분과 만났던 것 같으니 우선 다른 데 짚이는 것이 있으면 찾아보시는 편이 서로 시간 낭비가 되지 않을 것 같군요. 여기 외에는 아직 아무것도 알아보지 않으신 거죠?"

"……네."

고개를 끄덕일 수밖에 없었다. 계속 물고 늘어지고 싶은 마음도 있었지만 한편으로는 오노자토가 말한 '두 명'이라는 인원수가 그녀의 말에 설득력을 주기도 했다. 소개한 것이 두 명뿐이라면 마미의 스토커는 다른 친구에게 소개받거나 직장에서 알게 된 사람일 가능성도 크다.

"마미 씨가 이 상담소에 왔을 때 그동안의 결혼 활동에 대해 오노자토 씨에게 이야기한 것이 있습니까?"

오노자토가 말없이 가케루를 본다. 가케루가 "아는 게 아무것도 없더군요" 하고 체념하는 심정으로 말했다.

"마미 씨가 군마에서 결혼 활동을 했다는 사실도 오늘 처음 알았을 정도로 그녀가 여기서 어떻게 지냈는지 아무것도 모릅니다. 정말 짚이는 데가 없습니다. 만약 그녀가 오노자토 씨에게 이야기한 것이 있다면 어떤 것이든 좋으니 가르쳐 주십시오."

오노자토 부인은 신기한 매력이 있는 사람이다. 이 사람이 이야기를 들어 줬으면 좋겠고 상담해 줬으면 하고 바라는 사람도 많을 것이다. 결혼상담소인 만큼 그동안의 연애에 관해서도 털어놓기 쉬울 것이다.

그렇기는 하나 마미가 이곳을 찾아온 것은 벌써 6년 전이다. 소개받은 상대와 잘되지는 않은 모양이고 마미는 그리 눈에 띄는 유형도 아니다. 수많은 혼담을 주선하는 오노자토가 당시 상황을 어디까지 기억하고 있을지 모르는 일이다.

그렇게 생각하고 있는데, 오노자토가 천천히 시선을 들어 가케루를 쳐다본다.

"마미 씨의 경우 우리 상담소에 처음 오신 것은 본인이 아니라 어머님입니다. 상담하러 오신 그날에 등록하셨고 처음에 소개해 드린 남성이 그때 어머님이 선택한 사람입니다."

"부모가 등록하고 상대까지 선택한단 말씀입니까?"

저도 모르게 말이 나왔다. 그 반응을 예상했는지 오노자토가 고개를 끄덕인다.

"드문 일도 아닙니다. 특히 최근 몇 년간은 그런 부모님이 많아졌죠. 자식을 걱정하는 마음에 부모님끼리 대리로 당사자보다 먼저 맞선 같은 자리를 마련해 만나는 경우도 있습니다."

"네?"

가케루가 큰 소리를 내자 오노자토가 우아한 얼굴로 말했다.

"거부감이 드나요?"

"아뇨……. 죄송합니다, 약간."

그 상황에 자신을 대입하여 마미의 부모님과 자신의 어머니가 만나는 모습을 상상하자 엄청난 거부감이 들었다. 자식 일에 부모가 그렇게까지 개입해야 할까. 심지어 연애 관련된 일에 개입하다니 거부감을 넘어서 기괴하게 느껴지기까지 했다.

가케루였다면 단연코 거절했을 것이다. 자신의 결혼 상대 일로 부모에게 간섭받고 싶지 않다.

가케루의 반응에 익숙하다는 듯이 오노자토가 엷은 미소를 머금고 말을 이어갔다.

"결혼에 대한 생각은 저마다 다르겠지만 결혼은 원래 집안과 집안의 만남이죠. 부모가 나서야 마땅하다고 생각하시는 분도 많습니다."

"등록하는 건 자식의 동의를 얻고 나서 하는 겁니까? 아, 물론 마미 씨의 경우가 아니라 일반적으로 말입니다."

자식은 결혼할 마음이 없는데 부모가 의욕이 넘쳐 맞선 상대를 찾는 모습이 머릿속에 그려진다. 오노자토가 이번에도 "저마다 다르답니다" 하고 대답했다.

"부모님이 등록부터 하신 다음 자식에게 말씀하시는 경우도 물론 있습니다. 다만 최종적으로 상대를 만나고 안 만나고는 본인의 의사가 있어야만 가능한 일이라 소개받을 것을 강요할 수는 없습니다."

"소개에 앞서 신상명세 같은 걸 교환합니까?"

"네."

그렇다면 마미에게 소개한 두 남성의 신상명세서를 적어도 요코는 한 번은 봤다는 뜻이다. 지금도 보관하고 있을지 여부는 몰라도 상대가 누구인지 정도는 알지도 모른다. 가케루가 그 생각에 도달했음을 알아차린 듯하지만 오노자토는 아무 말도 하지 않았다. 가케루가 물었다.

"신상명세서는 당연히 본인이 쓰는 거겠죠? 부모가 권해서."

가케루는 웹사이트와 앱에서만 결혼 활동을 했기 때문에 중매인이 있는 맞선은 경험이 없고 신상명세서를 쓴 적도 없다. 이력서 같은 것을 상상하며 묻자 오노자토가 고개를 저었다.

"신상명세서는 등록과 동시에 받기 때문에 부모님이 쓰시는 경우가 많습니다. 마미 씨도 마찬가지였죠."

오노자토가 담담히 말했다. 그 맑은 목소리에 가케루는 살짝 당황했다. 다행히 입 밖에 내지 않고 넘겼지만 속으로는 '부모가 쓴다고?' 하고 기겁했다.

결혼 활동을 위한 서류에 본인의 학력, 가족 구성을 기입하는 정도라면 모를까 장점과 단점 같은 것까지 부모가 기입한다는 것인가. 생각할수록 견딜 수 없는 거부감이 들었다. 만약 가케루였다면 어머니가 쓴 자신의 장점과 단점은 엉뚱한 내용일 거라고 확신한다. 자신이 부모에게 보이는 부분은 일면에 지나지 않으며 지금까지 실컷 어울린 이성 관계 하나만 봐도 가케루의 어머니는 아무것도 모를 터였다. 태연히 아들의 장점란에 '성실'이나 '근면'이라고 쓸지도 모른다. 그것은 가케루가 평가하는 자신과는 상당히 차이가 있다.

마미는 어땠을까. 마미와 요코는 나름대로 사이좋은 모녀 같지만 그래도 요코가 딸의 신상명세서를 객관적으로 쓸 수 있을 것 같지는 않다.

"마미 씨는 부모님이 적은 그 신상명세서 그대로 결혼 활동을 했습니까? 수정하고 싶다는 말은 안 하던가요?"

"특별히 그런 말은 없었습니다. 마미 씨는 이십 대 후반의 젊고 아름다운 아가씨였기 때문에 만나기를 희망하는 상대도 많았죠. 어머님이 선택한 상대와 만나고 난 뒤 그분은 관심을 보였지만 마미 씨가 다른 분을 만나고 싶다고 하더군요. 그래서 이번에는 마미 씨가 우리 상담소를 방문해 후보 남성 중에서 두 번째로 만날 분을 직접 선택했습니다."

"직접 선택한 그 상대까지 결국 거절한 거군요."

"네. 나쁜 분은 아닌 것 같고 조건도 자신에게는 아까울 만큼 좋지만 결혼 상대로는 이 남자다, 싶은 확신이 들지 않는다고 말입니다."

이 남자다, 싶은 확신이 들지 않는다.

그 말을 듣자 가슴 한구석이 그리움으로 뻐근해졌다. 가케루도 결혼 활동을 하며 '이 사람이다 싶은 확신에 가까운 직감' 그 한 가지를 얻지 못해 괴로워했다. 그런 가케루의 심정을 아는지 모르는지 오노자토가 웃는다.

"그런 마미 씨가 이 남자다, 싶은 확신이 든 사람이 바로 니시자와 씨였군요. 그래서 꼭 만나고 싶었어요."

"……그런 거라면 좋겠습니다만."

그러나 마미가 지금 어디에 있는지 알지 못한다.

"마미 씨가 이곳에 오기 전에 있었던 일에 대해 뭐라고 말하지 않던가요? 상담소를 의지하지 않고 상대를 찾았을 때 겪은 일 같은 거 말입니다."

"그동안 좀처럼 좋은 인연을 만나지 못했다고 하더군요. 다만 우리 상담소에 왔을 때는 늘 어머님이 함께하셔서 가령 교제한 사람이 있었다 해도 솔직히 말하기는 어려웠을 겁니다."

"아아……."

가케루도 납득이 갔다. 오노자토의 표정이 조금 어두워졌다.

"별로 도움이 되지 못해 미안하군요."

"저, 애초에 마미 씨는 왜 결혼 활동을 하려고 생각한 겁니까?"

"왜, 라 하면?"

"아니, 그러니까 오노자토 씨 말씀을 들어 보면 결혼 활동에 적극적이었던 쪽은 마미 씨 본인보다 어머님이었던 것 같아서 말입니다."

그 또한 드문 일이 아닐지도 모른다. 서른을 앞둔 딸이 결혼할 기미가 보이지 않아서 걱정된 요코가 먼저 이곳을 찾아온 것이다.

가케루가 신경 쓰이는 것은 그 과정에 자신이 아는 마미의 존재가 보이지 않는다는 것이다. 요코가 결혼상담소에 등록하기 전에 미리 딸에게 말했을까. 만약 마미가 동의했다면 가케루가 아는 마미라면 본인 혼자 이곳에 오든가, 적어도 첫 단계부터 어머니와 동행했을 터였다. 다름 아닌 자신의 결혼에 대한 일이기 때문이다.

"자식에게 말없이 마음대로 등록한 부모들은 만약 자식에게 연인이 있으면 어떻게 할 생각인 걸까요?"

그 오지랖을 상상하면 좀 웃기지만 오노자토의 표정은 여전히 진지하다.

"그런 경우도 있을지 모르겠지만, 우리 상담소에 오시는 부모님은 그 부분에는 확신이 있어 보이더군요. 우리 아이는 당최 만나는 사람이 있는 것 같지가 않다니까요, 있으면 얼마나 좋을까요, 하고."

"그 자녀들의 나이가 이십 대 후반이나 삼십 대 정도면 부모가 모르는 일도 있기 마련인데 말입니다."

지나치게 걱정해서 앞서 가는 부모도 어떨까 싶지만, 만약 부모가 그 연령대 자식에 관해 정말 하나부터 열까지 다 파악하고 있다면 어떤 의미에서는 그쪽이 더 공포 영화처럼 오싹하다. 중학생이면 모를까 그들도 이제 나이를 먹을 만큼 먹은 성인인데.

"사람에 따라 부모 자식 관계도 제각각이니까요."

오노자토의 표정은 이번에도 변함이 없었다. 자기 자신의 감상이 아닌 일반론을 언급하듯 말하고 괜한 소리는 하지 않는다. 가케루와 논의할 생각이라고는 털끝만큼도 없는 것 같았다.

게다가.

가케루는 생각해 냈다.

마미의 연애, 과거에 대해 오직 가케루만 아는 것이 있을 것이다. 그 부분에 관해서는 마미는 아마 아무에게도 말하지 않았을 것이다.

"마미 씨는 이곳에 오기 전에 따로 결혼 활동을 하고 있었던 겁니까?"

방식을 바꿔 묻자 오노자토가 이번에도 조용히 시선만 들어 가케루를 보았다.

"오노자토 씨가 보셨을 때는 마미 씨가 이곳에 오기 전에 따로 결혼 활동을 하며 그리 많은 상대를 만난 것처럼 보이지는 않았다고 하셨지만, 그래도 본인이 직접 움직여 봤지만 결과가 좋지 않아서 최후의 수단으로 이쪽에 왔다는 것이군요. 먼저 가자고 한 쪽은 어머님일 수도 있겠지만 말입니다."

"그렇죠. 최후의 수단이라는 생각으로 우리 상담소를 의지한 것 같습니다."

그렇게 말하고는 오노자토가 왜인지 후훗 하고 소리 내어 웃었다. 큰 반응에 놀라 가케루가 그녀를 쳐다보자 오노자토가 입가를 가리며 이쪽을 봤다.

"미안해요. 사람들은 역시 결혼상담소를 '최후의 수단'으로 생각하는구나 싶어서."

"아."

기분을 상하게 한 걸까. 무의식중에 사용한 말이었다.

그러나 가케루뿐만 아니라 그렇게 생각하는 사람은 많지 않을까. 결혼을 생각하고 움직일 때 우선 스스로가 할 수 있는 범위에서 시작한다. 친구의 소개, 미팅, 지역 상점가에서의 단체 미팅, 앱이나 웹사이트 등록.

만만치 않은 비용이 드는 결혼상담소에 등록하는 것은 결혼 활동을 한 기간이 몹시 길어졌을 때의 '최후의 수단'이라는 생각이 들었다. 오노자토 같은 타인을 끌어들여 본격적으로 맞선을 보는 것은 책임이 따르고 심리적인 장벽도 압도적으로 높다.

오랜 기간 결혼 활동을 하면서 가케루도 결혼상담소를 전혀 염두에 두지 않은 것은 아니다.

"죄송합니다. 저도 결혼 활동을 하면서 제 힘으로 도저히 안 되면 마지막에 결혼상담소로 달려가면 어떻게든 도와주겠지, 하고 생각했습니다. 도움 받을 수 있는 곳이 있다는 것만으로 마음 한 구석이 편해져서 그만……."

"'결혼상담소는 최후의 수단이 아니라는 걸 기억해 둬'."

"네?"

"평소 젊은 사람들이 좋아할 법한 잡지를 자주 읽어요. 특히 결혼이나 결혼 활동을 특집으로 꾸민 잡지 말이에요."

"네."

이 사람이라면 충분히 그럴 것 같았다. 자신의 지식에 안주하지 않고 요즘 젊은이의 사고방식에 대한 정보 수집도 게을리하지 않을 것이다. 그리하여 젊고 예리한 감성을 지닌 것이다.

"방금 한 말은 그중 한 잡지에 실린 거예요. 제 말은 아니지만 명문장이란 생각에 기억하고 있어요."

"결혼상담소에서 잘 풀리지 않더라도 희망을 잃지 말라는 뜻입니까?"

최후의 수단이 아니니 아직 희망이 있다.

결혼 활동을 하는 사람을 격려하는 취지의 다정한 말이겠거니 생각했다. 그런데 오노자토가 단호히 고개를 저었다.

"아뇨. 그 잡지는 결혼 활동을 매우 실용적이고 객관적으로 조명한 특집 기사를 싣고 있었어요. 결혼상담소에 관한 내용도 매우 현실적이었죠. 결혼상담소는 결혼 활동을 해야겠다고 생각한 그날 등록할 것, 가 볼 것을 추천하더군요. 특히 여성의 경우 출산 문제가 있어서 남성 측에서 이십 대 여성을 희망하는 일이 많고, 그래서 이십 대 때 소개받을 수 있는 인원과 삼십 대가 되어 소개받을 수 있는 인원에는 차이가 있으니, 진지하게 결혼을 생각한다면 당장 움직이라고 그 기사에서 권하고 있었습니다. 저도 그 기사에 완전히 동감합니다."

오노자토가 가케루를 바라본다.

"결혼상담소는 최후의 수단이 아닙니다. 최초의 수단입니다."

그 얼굴에 떠오른 평온한 미소와는 대조적으로 상대를 내치는 듯한 단호한 말투였다.

"그 부분을 착각하면 곤란합니다. 자신이 직접 여러모로 손을 써 봤지만 잘되지 않았다고 울며 매달려도, 그럼 그 세월을 낭비하기 전에 왜 우리 상담소를 진작 찾아오지 않았을까, 좀 더 젊었더라면 이쪽에서도 방도가 있었을 텐데, 하고 속상해하는 일도 많습니다."

신랄하게 말한 뒤 오노자토가 옅은 미소를 지은 채 장난치듯 고개를 가웃거렸다.

"말이 심했군요. 농담으로 받아 주세요."

가케루는 농담일 리 없다고 생각했다.

이 사람은 비즈니스를 하고 있다.

인연 맺기나 결혼상담은 정서적인 면만 강조되기 십상이지만 이 사람은 그 일을 선의로만 하는 것이 아니다. 그 점에서 전문가로서의 자부심이 느껴졌다.

몸이 움츠러들었다. 오노자토는 필시 이렇게 말하고 싶은 것이다. 결혼 활동을 만만하게 보지 말라고.

"마미 씨의 경우는 어땠습니까?"

정신을 가다듬을 겸 가케루가 물었다.

"오노자토 씨의 생각은 알겠습니다. 그런데 마미 씨가 이곳을 최후의 수단으로 생각하는 것처럼 보이던가요?"

"그와 비슷하게 생각하는 것 같았습니다. 특히 어머님은."

"그런데 잘 풀리지 않았군요."

"도움이 되지 못해 죄송했죠. 처음에는 말이죠, 금방 인연을 찾을 줄 알았어요. 결혼 활동에서는 이십 대 여성이 가장 인기가 있고 또 우리 상담소에는 사십 대 등록자도 많으니 마미 씨가 삼십 대에 들어섰다 해도 소개 가능한 남성은 얼마든지 있었으니까요."

"두 명을 소개받은 뒤 또 다른 사람을 소개해 달라는 요청은 없었습니까?"

"본인이 지친 상태라 당분간 쉬고 싶다고 하더군요. 결국 그것을 끝으로 발길을 끊었죠."

오노자토가 사용한 '쉰다'는 말이 가슴에 와 꽂혔다.

가케루도 지쳤을 때 수없이 생각했다. 당분간 쉬고 싶다, 결혼에 대해 생각하는 것을 그만두고 싶다. 그리고 실제로 결혼 활동은 업무가 아니므로 쉴 수 있다.

하지만 이 '쉴 수 있다'는 것이 결혼 활동을 서서히 괴롭게 했다고 이제 와서 생각한다. '그만둔다'가 아닌 '쉰다'. 쉴 수 있기 때문에 그만두지 못한다. 그리고 쉬고 있어도 상황이 바뀌지 않는 이상 그 괴로움은 계속 이어진다.

이곳은 어떨지 몰라도 월 회비가 있는 결혼상담소에서는 '쉴 경우 그 달 회비는 50퍼센트 할인'으로 안내하는 곳도 많다고 한다. 그 정도라면 회비를 내고 쉬는 기간을 갖되 탈퇴하지 않는다. 따라서 언제까지고 끝나지 않는다.

"오노자토 씨가 보셨을 때 결혼 활동의 결과가 좋은 사람과 그렇지 못한 사람의 차이는 뭡니까?"

스토킹 사건과는 동떨어진 질문이지만 궁금했다. 마미를 만나 약혼해서, 결혼 활동을 하던 무렵의 출구 없는 고통에서 꽤 멀어졌다고 느꼈다. 그러나 오노자토를 앞에 두고 생각났다.

결혼 활동을 통해 결혼에 골인하게 되었다는 남의 성공담을 듣고 수없이 생각했다. 그들과 내가 뭐가 다른가. 알맞은 상담소나 앱을 이용해 바로 인연을 만나는 사람이 이렇게나 많은데.

이곳에 왔을 무렵의 마미도 그러지 않았을까.

"결과가 좋은 사람은 자신이 무엇을 원하는지 정확히 아는 사람입니다. 자신의 생활을 앞으로 어떻게 해 나가고 싶은지가 보이는 사람. 비전 있는 사람이죠."

오노자토의 말에 문득 헤어진 아유의 얼굴이 떠올랐다.

가케루에게 결혼하고 싶다고 명확히 말했던 아유의 목소리가 되살아난다. 페이스북에서 본 그녀의 웨딩드레스 차림이 목소리에 포개어진다. 오노자토가 '비전'이라고 표현한 것이 정확히 맞아떨어진다. 예전에는 가케루에게도 보이지 않았던 미래. 자신이 남편이 되는 것도 아버지가 되는 것도 먼 훗날의 일로만 여겨져 실감이 나지 않았던 그 무렵.

오노자토가 젊은 사람들이 쓸 법한 '비전'이라는 말을 딱 맞게 사용해도 가케루는 더 이상 놀라지 않았다.

"여성은 특히 결혼 다음에 출산이 있으니 비전은 명확할수록 좋겠죠."

"마미 씨에게는 그 비전이 없는 것처럼 보이시던가요?"

"적어도 우리 상담소에 왔을 때는 그랬습니다. 이제는 다르겠지만요."

오노자토가 눈을 가늘게 떴다.

"본인이 뭔가를 원해서 결혼을 생각했다기보다는 결혼 적령기가 되었고 주위에서 소식을 물으니 **그래야 하는 줄 알고** 찾아온 분위기였습니다. 따라서 니시자와 씨가 아까 말한 결혼 활동에 적극적이었던 쪽은 어머님 아니었나, 하는 것도 아주 틀리지는 않을 겁니다. 출산과 노후, 이대로 혼자가 되면 두렵지 않을까 하고 당사자인 자식보다 오히려 부모님이 더 두렵고 못 견뎌서 일단 움직이고 보는 겁니다. 자식을 부추기고요."

오노자토가 입가를 당겨 미소 지으며 고개를 흔들었다.

"부모가 시키면 자식은 으레 그래야 하는 줄 알고 의욕을 내겠지만 그것은 공포와 불안에 못 이겨 움직인 사회적 요청이지 본인의 의사가 아닙니다. 그리고 그런 이유로도 좋은 사람을 만나 결혼하게 된다면 저는 그 또한 좋다고 생각합니다. 그렇게 하지 않으면 그 사람들은 결혼하지 않을 테니까요."

오노자토의 말투가 짓궂게 들려 가케루는 얼굴을 찡그렸다.

"그런가요? 모든 사람이 무조건 결혼해야 하는 건 아니지 않습니까. 결혼하기 싫으면 하지 않을 자유가 있습니다. 저는 우연히 결혼을 생각했지만 그렇지 않은 인생도 존중해야 한다고 생각합니다."

말하면서 깨닫고 말았다. 좀 더 부드러운 어조로 계속했다.

"도쿄와 달리 이곳에서는 그런 사고방식이 통하지 않을지도 모르겠습니다만."

라이프스타일의 다양성은 도시에서나 허락된 것으로, 마미가 살던 이 지역에서는 쉽게 인정받지 못할지도 모른다. 결혼하지 않음으로써 느끼는 위축감이 도시와 시골에서는 다르다는 것은 결혼 활동을 논할 때 자주 나오는 이야기다. 그런데 오노자토가 고개를 내저었다.

"도쿄라서 혹은 군마라서, 그런 것은 관계없습니다. 아까부터 말씀드렸다시피 독신을 선택하든 뭐든 처음부터 본인의 의사가 **아니었으니까요.**"

"네?"

"마미 씨를 포함해 부모님에게 떠밀려 결혼 활동을 하는 사람의 대부분은 결혼 같은 거 하지 않고 그냥 이대로 지내고 싶다고 생각합니다. 서른쯤 되면 직업도 안정되고 취미와 교우 관계도 그럭저럭 고정되어 여성과 남성 모두 나름 편안한 생활을 갖추게 되니까요. 하지만 그대로 유지하는 것을 선택할 용기도 없죠. 결혼 상대를 찾지 않고 혼자 살아가는 삶을 선택할 의사조차 없는 겁니다."

가케루는 말문이 막혔다. 오노자토가 계속했다.

"그러므로 부모의 성화에 못 이기든 뭐든 억지로라도 새로운 무대로 뛰어드는 편이 좋습니다. 본인이 직접 선택하지 않더라도 말이에요. 아무 생각 없이 결혼과 출산을 하고 그걸로 충분하지 않을까 생각합니다. 물론 결혼하지 않은 삶을 스스로 선택한 사람들을 부정할 생각도 없습니다. 그것과 이것은 전혀 별개의 이야기니까요."

"……마미 씨 역시 본인의 의사가 없었다는 말씀입니까. 부모의 성화에 못 이겨 그냥 이곳에 왔을 뿐인가요?"

문득 알아차린 것이 있었다. 과연 그랬을까.

"하지만 정말 그랬다면 처음에 소개받은 상대와 결혼하기로 하지 않았을까요? 왜냐하면 그 사람은 어머님이 신상명세서를 보고 선택한 사람이니까요. 그런데 마미 씨는 본인의 의사로 거절하지 않았습니까."

마미는 사실 속으로는 요코의 그런 행동을 싫어하지 않았을까.

차라리 그랬으면 좋겠다고 생각했다. 가케루는 자신이 왜 그런 식으로 생각하는지 알지 못했다.

다만 가케루가 알고 있는 마미는 하나부터 열까지 부모가 하라는 대로 하는, 자신의 의사라고는 없는 여성은 결코 아니었다.

"저도 상담소를 운영한 지 꽤 오래되었습니다만, 옛날에는 말이죠, 처음 소개받은 상대와 결혼하는 경우가 훨씬 많았답니다. 모두들 그때까지 교제한 사람이 없는 경우도 많아서 아아, 나한테는 이 사람이구나, 하고 쉽게 수긍하여 혼담이 성사되었지요. 연애기간을 중시하기보다 결혼부터 하고 나서 부부가 되어 가는 분위기였지요."

오노자토의 눈이 또 짓궂게 변한 느낌이 들었다. 그녀가 후훗하고 웃었다.

"하지만 지금은 정보가 넘쳐서인지 어떤 분이든 일단 결혼을 전제로 한 연애부터 요구하는 경향이 강하죠. 그리고 드라마에서 보거나 유명한 이야기에서 본 것처럼 특별한 연애일 가능성이 없으면 가령 본인에게 연애 경험이 부족해도 '이 사람은 아니'라고 생각해 버립니다. 이 사람은 아니다, 직감이 오지 않는다 하면서요. 그런 데다 남들로부터 눈이 너무 높은 거 아니냐는 지적을 받으면 또 완강히 부인하죠. 눈이 높다니 말도 안 된다, 그저 이번 상대가 나와 맞지 않았을 뿐 나는 결코 분에 넘치는 걸 바라는 게 아니다, 내가 분에 넘치는 걸 바랄 수 있는 사람이 아니라는 것쯤은 충분히 안다, 하고요. 매우 겸손한 모습으로 정색하고 화를 내죠."

그런데 말이죠, 하고 오노자토가 치뜬 눈으로 시험하듯 가케루를 본다.

"맞선 결과가 좋지 않은 사람들은 모두 겸손하고 자기평가가 낮은 반면 자기애는 무척 강하답니다. 상처받기 싫어하고 변화하기를 싫어하죠. 분에 넘치는 걸 바라는 게 아니라 그저 소소한 행복을 찾고 싶을 뿐인데, 왜 그러느냐고. 부모가 시키는 대로 결혼 활동에 뛰어들었어도 연애 취향만큼은 순순히 타협할 수 없는 겁니다. 마미 씨도 그러지 않았을까요?"

가케루는 입을 다물고 오노자토를 쳐다봤다.

'눈이 너무 높은 거 아니냐'는 말은 결혼 활동을 하는 동안 가케루도 귀가 따갑도록 들었다. 그러고 보니 그때마다 생각했다. 분에 넘치는 걸 바라는 게 아니다, 그저 잘 맞는 사람을 아직 못 만났을 뿐이라고.

"……다르더군요."

가케루의 목에서 쥐어짜는 듯한 목소리가 흘러나왔다. 오노자토가 말없이 시선을 들었다. 가케루가 고개를 저었다.

"연애 상대를 찾는 것과 결혼 활동은."

오노자토가 조용히 웃었다. 오늘 본 것 중 가장 다정한 얼굴로 "이제 와서 무슨" 하고 진심으로 재미있다는 듯 말한다.

"『오만과 편견』이라는 소설을 아세요?"

"제목은 들어봤지만, 죄송하게도 읽은 적은 없습니다."

영화로도 만들어진 소설일 것이다. 제목을 들은 것은 영화 개봉 당시일지도 모른다. 오노자토가 계속했다.

"영국의 제인 오스틴이라는 작가의 소설입니다만, 그걸 읽으면 18세기 말부터 19세기 초 영국 시골의 결혼 사정을 잘 알 수 있습니다. 연애소설의 명작이라 불리지만 연애 끝에 예외 없이 결혼을 생각한다는 점에서 저는 '궁극의 결혼 소설'이라 해도 되지 않을까 생각합니다."

"네……."

왜 지금 그런 이야기를 들어야 하는지 모른 채 고개를 갸웃하는 가케루를 놀리듯이 오노자토가 미소 짓는다.

"당시에는 연애하는 데에도 신분이 큰 영향을 미쳤죠. 신분이 높은 남성이 자존심을 버리지 못하기도 하고 또 여성 쪽에서도 상대에 대한 편견을 품고 있었습니다. 각자가 품은 오만과 편견 탓에 연애와 결혼이 순조롭지 않습니다. 오만을 영어로 하면 프라이드죠."

"네."

"현대사회에서 결혼이 순조롭지 않은 이유는 '오만함과 선량함'에 있는 게 아닐까 생각합니다."

오노자토가 말했다. 매끄러운 어조였지만 가케루의 귀에 묘하게 남는 문구였다.

"현대 일본은 눈에 보이는 신분 차별은 이제 없지만 개개인이 자신의 가치에만 중심을 두는 탓에 모두가 오만합니다. 한편 선량하게 살아온 사람일수록 부모의 말에 복종하고 남이 정해 준 대로 따르기 십상이라 '나 자신이 없는' 상태가 되죠. 오만함과 선량함이 모순 없이 한 사람 속에 존재하는, 신기한 시대라고 생각합니다."

오노자토가 천천히 가케루를 바라본다. 그리고 혼잣말처럼 아무럼 어떠냐고 덧붙였다.

"그 선량함이 지나치면 세상 물정 모르는 사람, 무지한 사람이 될지도 모르겠군요."

오노자토의 눈이 눈앞의 가케루를 통해 누군가 다른 사람을 보고 있는 것처럼 느껴졌다. 그것은 가케루와, 가케루 뒤에 있는 수많은 사람들을 향한 말처럼 들렸다.

"도움이 되지 못해 미안하군요."

오노자토는 자신이 소개한 맞선 상대의 신원은 밝힐 수 없다고 했다. 그 말을 들은 이상 더는 이곳에서 들을 말이 없어 보였다.

여기까지 왔건만, 하는 분한 감정이 스치지만 가케루는 "아닙니다" 하고 자연스럽게 고개를 저었다.

"감사합니다. 이야기를 나눌 수 있어 좋았습니다."

아무런 성과도 얻지 못했다고는 생각하지 않는다.

마미의 스토커의 정체는 여전히 모르지만 그래도 군마에서 지냈을 무렵의 마미가 어렴풋이나마 가케루의 안에서 상을 맺는다. 가케루가 아는 자신의 약혼녀와 그 마미는 조금 다른 것 같다.

"결혼 활동에 항상 따라다니는 '이 사람이다 싶은 직감이 오지 않는다, 확신이 들지 않는다'라는 건 도대체 뭘까요?"

가케루가 그렇게 물은 것은 '결연 오노자토'를 나서려고 신발을 신고 마지막으로 오노자토 부인과 마주본 그때였다. 자연스럽게 마음속에 떠오른 의문이 그녀를 앞에 두고 불쑥 튀어나왔다.

오노자토가 가케루를 본다. 가케루는 쓸쓸히 웃었다.

"오늘 오노자토 씨와 이야기하다 여러 번 나온 말이지만, 저도 사실 결혼 활동을 하면서 그 확신인지 직감인지 하는 것 때문에 괴로워했습니다. 여성을 만나 보니 조건은 나무랄 데가 없는데도 이 여자다 싶은 직감이 들지 않아 결단을 내리지 못하겠더군요. 결혼한 친구들은 직감이니 확신이니 하는 게 있을 리 없다고 저를 나무라지만요."

'이 사람이다 싶은 확신이 들지 않는다'는 말은 마법의 말이다. 그것만 있으면 결단할 수 있건만 그 확신이 없기 때문에 사람들이 아무리 설득해도, 스스로를 타일러도 결혼 상대로 결단을 내리지 못한다.

마미도 이곳에서 그 확신에 고통받지 않았을까, 가케루처럼.

"'직감이 오지 않는다, 확신이 들지 않는다'의 정체에 대해 저 나름대로 찾은 해답은 있습니다."

갑자기 입을 연 오노자토의 말에 가케루는 눈을 휘둥그레 떴다.

"뭡니까?"

그 감각에 정체 같은 것이 있단 말인가. 가케루의 시선을 오노자토가 정면에서 받아낸다. 기모노 띠 밑으로 두 손을 기품 있게 모은 노부인이 다시 미소를 지었다.

"'직감, 확신이 들지 않는다'의 정체는 당사자가 자신에게 매긴 값입니다."

가케루는 들이마신 숨을 그대로 멈췄다. 오노자토를 바라본다. 그녀가 계속했다.

"값이라는 표현이 나쁘다면 점수라고 바꿔도 될 것 같군요. 무의식중에 자신은 얼마, 몇 점이라고 점수를 매긴 뒤 그에 합당한 상대가 나타나지 않으면 사람들은 이 사람이다 싶은 직감이 오지 않는다고들 합니다. 내 가치는 이렇게 낮지 않다, 더 높은 상대가 아니면 내 값과는 맞지 않는다, 라고 말이죠."

가케루는 말없이 오노자토를 보고 있었다.

"소소한 행복을 바랄 뿐이라고 하면서 다들 자신에게 매긴 값은 상당히 높답니다. 그 직감이 온다, 오지 않는다는 감각은 상대를 거울삼아 보는 나 자신의 자기평가액입니다."

몸 어디에선가 전율을 느꼈다. 떠올린 것은 대학생 때부터 허물없이 지내는 여자 친구들과의 대화였다.

ㅡㅡ그 애랑 결혼하고 싶은 마음을 퍼센트로 바꾸면 몇 퍼센트냐고.

ㅡㅡ너무하네. 방금 내가 퍼센트로 물어봤지만 그건 그대로 가케루가 마미짱한테 매긴 점수 그 자체야. 가케루에게 그 애는 70점짜리 여자친구라고 말한 것이나 다름없어."

――가케루, 너, 만약 아유짱이었다면 백 점이나 이백 점을 매겼을걸."

오노자토가 '값'이라고 표현한 탓에 그 숫자의 의미가 묵직하게 몸을 덮쳐누른다. 가케루가 자신에게 매긴 값이라는 것과 그대로 공명하는 것인가.

아까 들은 '오만함'이라는 말이 새삼 가슴에 내리꽂히는 것 같았다.

"그래서 말이죠, 꼭 만나 보고 싶었답니다."

오노자토 부인이 말했다. 그러고는 현관으로 내려가 신발을 신은 가케루를 머리끝에서 발끝까지 높은 곳에서 내려다본다. 그 얼굴에 우아하다고밖에 표현할 수 없는 미소가 떠올라 있다. 가케루의 팔과 등에 오싹 소름이 돋았다.

"우리 상담소에서 소개해 드린 남성은 어느 쪽과도 좋은 결과를 얻지 못했던 마미 씨가 자신과 잘 맞는다고 판단한 상대가 어떤 분인지. 마미 씨가 자신에게 매긴 값이 어느 정도인지. 니시자와 씨를 꼭 만나 보고 싶었어."

결연 오노자토를 나온 가케루는 마미의 부모님에게 연락했다.

두 사람은 집으로 돌아가지 않고 근처에서 시간을 때우고 있던 모양이다.

『우리가 다시 상담소에 가 보는 게 좋겠나?』

전화기 너머로 요코가 묻기에 가케루는 "아뇨……" 하고 답했다. 곧장 집으로 가시라 하고 가케루도 거기서 만나기로 했다.

집으로 들어온 가케루에게 두 사람이, 특히 요코가 염려스러운 눈빛을 보낸다.

"어땠던가?"

마미만을 걱정한다기보다 가케루가 오노자토 부인에게 무례한 짓을 한 건 아닌가 하는 의미도 포함된 질문인 것 같았다. 가케루는 고개를 저었다.

"오노자토 씨의 상담소에서 소개한 남성은 두 명 다 지금은 마미 씨와는 무관할 거라고 하더군요. 연락처도 가르쳐 줄 수 없다고 합니다."

두 명이라는 인원수를 일부러 말했지만 요코도 쇼지도 반응하지 않았다. 열 명 정도 만났다고 하던 말이 딸을 예뻐하는 마음에서 부풀린 숫자였을지도 모른다는 것, 오노자토의 상담소까지 찾아갔지만 허탕으로 끝날 것 같은 짜증이 가슴에 엷게 맺혔다. 요코를 봤다.

"마미 씨는 그곳에서 두 명만 소개받았다고 하더군요."

"맞네."

"어머님께서 열 명이라고 하셔서 좀 더 많이 만난 줄 알았습니다. 제 친구 중에는 수십 명을 소개받아 만난 경우도 드물지 않거든요."

무심결에 자신의 결혼 활동에 빗대어 말하자, 요코가 "세상에!" 하고 얼굴을 찌푸렸다.

"남자 같으면 수십 명을 만나도 괜찮을지 몰라도, 여자인데 수십 명을 만날 수는 없잖은가."

당혹스러운 듯 말하는 요코를 보고 가케루는 입을 다물었다. 진심으로 그렇게 믿고 있다는 것이 느껴졌기 때문이다.

남자라면 괜찮지만 여자라서 안 된다. 오노자토였다면 이런 사고방식까지 당연히 꿰뚫어 본 상태에서 요코를 대했을 것이다.

오노자토 부인을 만나 마음이 흔들리고 그녀의 사고방식에 크게 끌리고 말았다. 결혼을 향해 진심으로 움직이는 법, 그리고 결혼에 대한 사고방식을 스파르타 식으로 배웠다. 결혼 활동을 만만히 보는 태도로 임하는 사람을 받아들이는 것처럼 행동하지만 속으로는 경멸하기까지 하는 듯한, 그 표면적으로는 우아하다고밖에 할 수 없는 미소.

"한 가지 여쭙고 싶습니다만."

"뭔가?"

"오노자토 씨의 결혼상담소에 의뢰할 경우 비용은 얼마 정도입니까?"

요코가 순간 입을 다물었다. 난처한 듯이 남편을 바라보자 부부가 서로 얼굴을 마주 보았다.

전에 들은 적이 있다. 지금은 옛날에 비해 제대로 된 맞선 자리가 많이 줄어 제대로 된 곳에 의뢰하면 수십만 엔이나 든다고. 제대로 된 곳이라면, 요컨대 오노자토의 상담소 같은 곳일 테다.

요코가 어딘지 불편하다는 듯 에둘러 대답했다.

"오노자토 씨의 상담소는 꽤 양심적이라고 생각하네. 가입비도 2만 엔 정도인 데다 성공 보수라고 해야 하나, 소개비는 비교적 저렴하고. 혼담이 성사되었을 때 어느 정도 금액을 내면 돼."

"그게 얼마인가요?"

"30만 엔. 그런데 실제로 딸이 그곳 소개로 결혼했다는 사람한테 들었더니 그 외에도 감사의 표시로 10만 엔 정도 더 얹어서 드리는 게 예의 아니냐고 하지 뭔가."

그럼 40만 엔이다. 금액을 듣고 가케루는 혼자 감탄의 한숨을 내쉬었다. 오노자토의 그 시치미 떼는 얼굴을 떠올리고 새삼 방심할 수 없는 사람이라고 생각했다.

가케루는 요코를 향해 몸을 틀었다.

"오노자토 씨께는 나중에라도 뭔가 알아차린 것이나 생각나는 것이 있으면 연락해 달라고 부탁해 놓았습니다만, 큰 기대는 할 수 없을 것 같습니다. 그래서 어머님께 부탁드릴 것이 있습니다."

"뭔가?"

"결혼상담소에서 소개받은 남성의 신상명세서를 어머님과 아버님은 실제로 보셨을 겁니다. 혹시 복사본 같은 걸 갖고 계시지는 않습니까."

가케루의 말에 요코와 쇼지가 다시 얼굴을 마주 보았다.

"갖고 계시다면 보여 주십시오."

오노자토가 가르쳐 줄 수 없다고 하니 어쩔 수 없다. 이쪽에서 알아서 움직일 수밖에.

마미의 행방도, 상대가 과연 스토커인지도 물론 신경 쓰이지만, 그게 전부가 아닌, 말로 표현할 수 없는 기분에 사로잡히기 시작했다.

――우리 상담소에서 소개해 드린 남성은 어느 쪽과도 좋은 결과를 얻지 못했던 마미 씨가 자신과 잘 맞는다고 판단한 상대가 어떤 분인지. 마미 씨가 자신에게 매긴 값이 어느 정도인지.

가케루는 오노자토의 말을 듣고 생각했다.

마미는 이곳에서 무슨 생각을 하며 지냈을까. 그리고 왜 자신을 선택했을까.

2년간 교제했건만 그것을 전혀 모르겠다. 그녀가 가케루에게 매긴 값이, 점수가 얼마쯤 되고 그 이유는 무엇인지. 가케루 자신이 마미에 대해 생각한 적은 있어도 그 반대에 대해서는 지금껏 한 번도 생각하지 않았다.

제3장

마미를 생각할 때 가장 먼저 떠오르는 것은 착한 여자라는 점이다.

전에 가케루의 회사에서 맥주를 납품하는 바에 마미를 데려갔는데 가케루가 자리를 비운 사이 마미가 다른 손님과 이야기를 나누고 있었다. 밤 아홉 시가 지난 시간이라 바에는 취기가 도는 손님도 많았다. 마미는 오십 대 회사원으로 보이는 무리와 무슨 이야기를 나누고 있었다.

나이가 비슷한 가케루의 친구들과는 그리 친근한 분위기가 만들어지지 않았지만, 생각해 보면 마미에게는 나이 차가 많이 나는 사람들이 먼저 말을 걸어오는 일이 많았다. 염색하지 않은 듯한 머리와 얌전해 보이는 외모가 편안함을 주었을지도 모른다. 실제로 마미는 남의 말을 잘 들어 주는 편이었다.

그런가요? 와아, 정말 대단하세요.

맞장구를 치는 마미에게 상대도 신이 나서 떠들다가 손을 흔들며 자리에서 일어났다. 계산을 마치고 바에서 나가려던 참이었던 모양이다.

가케루가 자리로 돌아가 "무슨 얘기했어?" 하고 묻자, 마미가 "맥주" 하고 수줍게 미소 지었다.

"여기서만 마실 수 있는 영국의 지역 맥주가 있는데, 굉장히 맛있어. 알아? 이러면서 말을 걸었어. 무조건 마셔야 한대."

"그랬구나."

가케루는 자기 회사에서 납품 중인 브랜드를 몇 가지 떠올렸다. 마미도 예전에 마신 적이 있는 맥주다.

"내 이야기도 했어?"

"어?"

"그 맥주를 납품한 사람이 남자친구라는 거."

그 질문에 마미는 이번에는 다소 난처한 얼굴로 "안 했어" 하고 대답했다.

"가케루 군이 한 일은 내 자랑처럼 늘어놓으면 안 되지. 물론 기뻤고 말하고 싶었지만."

"싶었지만?"

"……참았어."

쑥스럽게 웃는 그 얼굴이 사랑스러웠다. 그대로 끌어안고 가게의 시끌벅적한 소리에 뒤섞여 입을 맞췄다.

"나는 못 참았을 텐데. 마미짱에 대해 자랑할 기회가 있으면 내 여자친구라고 냉큼 말했을 걸."

"앗! 나에 대해 자랑할 만한 건 아무것도 없잖아."

가벼운 키스라도, 2년 가까이 사귀었어도 이럴 때 여전히 부끄러워하는 모습도 좋았다.

그날은 마미의 생일이었다. 바에 오기 전에 가케루는 마미를 위해 큰마음 먹고 고급 프렌치 레스토랑을 예약했다. 몇 번 와 본 적이 있는 가케루가 "맛있지?" 하고 묻자, 마미가 "응. 정말 맛있어” 하고 대답한 뒤 “그런데” 하고 고개를 숙였다. 그리고 말했다.
“왠지 부모님께 죄송하네.”

“부모님도 이렇게 맛있는 가게에서 식사한 적이 없을 텐데, 나 혼자 먹기가 왠지 죄송해.”

바에서 그 말이 생각나 가케루는 마미를 살며시 끌어안았다.

“마미짱은 착한 사람이야.”

자랑할 만한 게 없다는 그녀에게 말하자, 마미가 “에이, 무슨” 하고 민망한 듯 겸손하게 말했다.

그 수줍게 웃는 얼굴을 마냥 바라보는 게 가케루는 좋았다.

가케루가 군마에서 도쿄로 돌아온 다음 주에 전화가 왔다.

모르는 번호가 떠 있어 어쩌면 마미일지도 모른다고 생각하며 받는데, 예의 바른 목소리가 『갑자기 전화해서 미안해요. 가케루 군?』 하고 물었다.

『나, 노조미예요. 마미 언니.』

“아아…….”

순간 숨이 막혔다. 그만큼 마미의 목소리와 비슷했다. 다소 실망하며 “그간 안녕하셨어요?” 하고 맥 빠진 인사를 했다. 전화기 너머에서 목소리가 들렸다.

『부모님한테 마미 소식 들었어요. 내가 할 수 있는 게 없을까 해서 가케루 군의 전화번호를 알려 달라고 했어. 멋대로 걸어서 미안해요. 지금 일하는 중?』

“아뇨, 괜찮습니다. 고맙습니다.”

『놀랐어. 스토커라니. 마미가…….』

사라지다니. 납치당하다니.

노조미가 이어서 하려던 말은 그 이상 어떻게 말해야 할지 망설렸던 건지 도중에 멈췄다. 충격을 받은 것도 전해졌지만, 어머니 요코와 달리 말투에서 어느 정도의 냉정함이 느껴졌다.

노조미는 도쿄의 증권사에 근무한다. 디자이너인 남편과는 사이에 세 살배기 딸이 있지만 출산 후 복직했다고 들었다. 근무 중에 짬을 내서 연락했을지 모른다. 야외에서 걸 때처럼 작게 웅성거리는 소리가 들렸다.

마미와 사귀기로 한 직후 고이와에 사는 언니 부부와 조카를 소개받았다. 마에바시의 부모님을 만난 것은 약혼을 결정한 후였지만 마미의 언니 부부는 도쿄에 살아서 가케루도 그동안 여러 번 집에 초대받았다.

노조미는 얼굴은 어머니를 닮았지만 요코나 마미와는 분위기가 다른 사람이었다. 말을 시원시원하게 하는 명랑한 성격이라 가케루는 첫 만남에 호감을 가졌다. 집안일도 척척 해내고 딸을 대하는 모습도 똑부러지는 것을 보면서 회사 일도 잘하겠구나 생각했다. 요코처럼 감정적이지도 마미처럼 소극적이지도 않다.

마미가 사라진 지 벌써 2주 이상이 지났다.

"죄송합니다. 처형께는 진작 연락을 드렸어야 했는데."

『아니야. 괜찮아. 그보다 마미한테 아직 연락은 없는 거지?』

"네. 스마트폰도 아직 꺼져 있는 것 같습니다."

『경찰은 사건성이 낮다고 판단했다며? 움직이지 않는다던데.』

"네."

대답하면서 진작 노조미에게 연락했어야 했다고 후회했다.

"스토커는 마미 씨가 마에바시에서 지냈을 때 고백을 거절한 상대인 것 같습니다. 처형은 짐작 가시는 것 없나요?"

그 당시 노조미는 이미 마에바시를 떠난 상태였다. 그러나 마미가 만약 자신의 연애에 관해 누군가에게 털어놓았다면 그 대상은 어머니인 요코가 아니라 언니인 노조미가 아니었을까.

『엄마, 아빠도 나한테 묻더라. 뭐 들은 거 없냐고.』

요코 부부도 가케루와 똑같은 생각을 한 것이다. 자매는 가케루가 봤을 때도 확실히 사이가 좋아 보였다.

『그래서 반대로 물었지. 맞선을 추진한 건 엄마였고, 그중 누군가일 가능성은 없는 거냐고. 엄마랑 아빠는 아니라고 부인했지만.』

"저한테도 제대로 된 중매인을 내세운 맞선 자리였으니 그럴 리 없다고 하셨습니다. 심지어 상대 남성의 연락처도 모른다고 하시더군요."

요코와 쇼지는 마미의 맞선 상대의 신상명세서를 한 번 본 적이 있다. 아직 그것을 보관하고 있는 것이 아닐까.

그날 그렇게 물은 가케루에게 요코와 쇼지는 서로 얼굴을 마주 보았다. 이윽고 요코가 이름 하나를 불쑥 말했다.

가나이 씨.

마에바시 시내에 살고 시내의 전자기기 제조회사에 근무하는 엔지니어. 전에는 도쿄에서 같은 업종의 대기업에 근무했지만 고향으로 돌아와 재취업을 했다고 요코가 회사명을 언급하며 가르쳐 주었다. 고향에서 재취업을 한 곳이 아니라 전 직장인 대기업의 이름이었다.

"오노자토 씨의 상담소에서 보여 준 신상명세서 중에서 내가 그 사람으로 정했어. 실은 다섯 건의 신상명세서를 받아 와서 이 양반과 의논해서 결정했지. 이름은 가나이 도모유키 씨였다고 기억해. 신상명세서는 미안하지만 갖고 있지 않네."

마미가 가지고 갔으니까.

요코가 목소리를 쥐어짜며 대답했다.

"처음에는 내가 보관했는데, 그 무렵에 내가 친구에게 별생각 없이 이번에 마미가 이 사람과 맞선을 본다며 보여 준 일이 있었는데, 그때 마미가 왜 멋대로 보여 주느냐며 엄청나게 화를 냈지. 그대로 가져갔어. 딸아이가 좀 섬세한 구석이 있잖아."

"애초에 신상명세서에는 사진과 이름은 있어도 연락처나 자세한 주소까지는 적혀 있지 않았어. 신상명세서가 남아 있다 해도 연락을 취하는 건 무리라고 생각해."

아내를 두둔하듯 그때까지 말수가 적었던 쇼지가 입을 열었다. 요코가 계속했다.

"상대 남성은 마미를 만나 보고 마음에 든다며 계속 만나고 싶다고 했지. 그런데 세 번 정도 만난 뒤에 마미가 '엄마, 죄송해요. 거절해도 될까?' 하면서."

울더라니까.

요코가 말한다.

"울면서 나한테 미안해, 엄마, 라고 몇 번을 말하던지."

요코가 몹시 괴로워하며 말했다. "딸아이가 워낙 착하고 여려서"하고 같은 말을 반복했다.

"내 마음에 든 상대라서, 부모의 기대를 저버리는 것 같아서 괴로웠겠지. 나도 잘못했어. 몰아붙였을지도 몰라. 그래서 다음 상대는 직접 선택해 보면 어떻겠냐며 제 손으로 선택하게 했네."

"그런데 다음 상대의 신상명세서를 보고 당신이 트집을 잡았지. 마미한테 이런저런 잔소리도 하고."

쇼지가 별것 아니라는 말투로 말했다. 쇼지는 지극히 가벼운 기분으로 한 말인 듯하나 그 순간 요코의 얼굴색이 변했다. "트집이라니, 무슨!" 하고 소리를 지른다.

"마미가 정말 아무 생각 없이 골랐다는 게 금방 티가 났으니까 그랬지. 사진은 확실히 딸아이가 좋아할 만한 유형의 남자였지만, 직업란에 집안의 치과의사를 돕는 치과 조무사라고 쓰여 있었다니까. 아버지가 하는 치과 의원이면 자영업이나 다름없으니 고생이 이만저만이 아닐 것 같고, 무엇보다 실력이 뛰어났으면 의원을 물려받을 생각으로 아예 치과의사가 되었을 것 아니야. 그렇지가 않았으니까 내가 그랬지. 신상명세서를 보려면 그런 부분까지 제대로 봐야지."

가케루는 정색하고 화내는 요코를 보며 이 사람은 실제로 남편의 말대로 꼬투리를 잡았겠구나 싶었다. 제 손으로 선택하게 했다고 말하면서 막상 그렇게 되자 허점이 눈에 보였고 그것을 말하지 않고는 못 배긴 것이다.

가케루 역시 자영업자다.

자영업자 집안은 역시 고생이 많다는 취급을 받는군요, 비아냥거리고 싶은 마음이 목구멍까지 차오른 것을 겨우 삼키자, 요코도 아차 싶었는지 겸연쩍게 고개를 저었다.

"마미가 고른 사람은 나도 별로 내키지가 않아서 가나이 씨와 만났을 때보다 더 아는 것이 없네. 마미도 언제인지 몰라도 이미 거절한 것 같았고. 마미는 고등학교 때부터 쭉 고와 여자였으니 상대 부모도 마미의 신상명세서를 보고 가족끼리 그런 점까지 다 마음에 들어 했겠지. 오노자토 씨에게 들기로는 마미가 거절하고 나서도 상대 부모로부터 계속 만나고 싶은데 어떻게 좀 안 되겠느냐는 연락이 왔다고 했어."

마미에 대해 이야기하는 요코는 어딘지 자랑스러운 듯 보였다. 들으면서 고와 여자라는 울림이 머릿속에서 글씨로 변환되기까지 시간이 걸렸다. 마미가 고향에서 졸업한 여대 이름이었다.

왜 그런 이야기를 하는지 영문을 몰라 반응을 채 못한 가케루에게, 요코가 "미안하네, 가케루 군" 하고 사과한다.

"딸아이의 이런 옛날이야기는 듣고 싶지 않겠지. 딸아이의 결혼이 결정되기까지 고생이 이만저만이 아니어서 가케루 군이 와 주었을 때 얼마나 기뻤는지 모르네. 그런데 이런 일이 생기다니."

요코가 목이 메어 말을 잇지 못했다. 쇼지가 조용히 한숨을 내쉬었다.

"……딸아이가 도쿄에 가겠다고 결심한 것은 오노자토 씨 상담소에서 결과가 좋지 않았기 때문이라 생각해."

목소리에 피로가 배어 있다. 쇼지가 자조적으로 말했다.

"우리는 반대했지만 말일세. 집에서 통근 가능한 직장이 있고 특별한 이유도 없는데 왜냐고. 집에 있으면 월세와 관리비가 들지 않으니 그만큼 저축도 할 수 있는데 왜 그런 낭비를 하느냐고 말일세."

"직장을 그만두겠다고 했을 때 핏기가 싹 가시는 게 스스로도 느껴졌지."

요코가 말한다. 그 당시 일이 생각났는지 표정이 어두워졌다.

"모처럼 소개받은 현청의 일자리인데 그걸 굳이 그만두면서까지 도쿄로 가야겠다니, 우리 부부는 당최 이해가 가지 않았네. 결혼할 때까지는 마미는 내가 책임지고 이 집에서 보살피겠다고 마음먹었건만."

요코의 시선이 먼 곳을 향한다.

"여기서 지냈으면 나도 이렇게 걱정할 일 없었는데, 제 언니랑 의논해서 마음대로……. 내가 모르는 사이에 전부 혼자 결정하고 준비하다니. 노조미도, 마미도 나한테 아무 소리 없었네."

요코가 그렇게 말하자 이번에는 쇼지가 황급히 덧붙였다.

"그래도 뭐, 결과적으로는 도쿄로 나간 덕분에 자네를 만났으니 참으로 다행일세."

마미가 사라진 것은 부모 곁을 떠난 탓이다--.

정확히 그렇게 말하지는 않았지만 두 사람은 그렇게 믿고 있는 눈치였다. 스토커는 원래 마에바시에 있을 때 만났으니 부모 곁에 있었다 해도 똑같은 일이 발생할 가능성이 있다.

하지만 앞뒤 맥락에 상관없이 두 사람이 그렇게 믿고 있다는 것을 알 수 있었다. 가케루를 만나 다행이라고 스스로를 타이르듯 말하면서도 왠지 모르게 후회가 느껴진다. 역시 이 지역 남자와 결혼시켰어야 하지 않았을까, 하고.

초췌하기 짝이 없는 그들의 모습을 보면서도 가케루의 가슴에 치밀어 오른 것은 동정도 죄스러움도 아니었다. 그것은 걷잡을 수 없는 짜증이었다.

이 사람들은, 오만하지 않은가.

마미는 서른이 훌쩍 넘은 어엿한 성인이다. 그런 그녀가 걸어갈 길과 선택에 일일이 참견하고 자신들 곁을 떠나 보내서는 안 됐다고 후회하는 것은 아무리 부모라도 너무 오만하지 않은가.

--결혼할 때까지는 마미는 내가 책임지고 이 집에서 보살피겠다고 마음먹었건만.

그 한마디를 입 밖으로 낸 요코에게 한 치의 망설임도 보이지 않았다는 것이 가케루의 등골을 시리게 한다.

마음먹었다는 그 결의는 어디까지나 요코 혼자만의 생각이다. 집을 나갈지 어떨지는 마미의 선택이지 요코가 정할 일이 아니다.

'결혼할 때까지는'이라는 말에도 무의식 속의 오만함이 드러나 있다. 그럼 마미가 결혼하지 않는다면 당신들은 그때 어떻게 할 작정이었나. 결혼하는 것을 전제로 딸을 자립시키지 않는 것에 무슨 의미가 있는가.

가케루로서는 도대체 알 수가 없었다.

약혼녀의 부모님과 이런 상황에서 언쟁을 벌일 생각은 없다. 분위기를 험악하게 만들고 싶지도 않다. 그러나 솔직히 말하면 이렇게 묻고 싶었다.

당신들은 딸이 자립하지 않기를 원하십니까.

"어머님."

질문 대신 가케루가 나직하게 말했다. 요코가 고개를 들었다.

"마미 씨의 현청 일자리를 소개해 주신 분이 오노자토 씨의 남편되시는 분입니까?"

마미가 예전에 현청에서 임시직으로 일했다는 말을 한 적이 있다. 아버지가 잘 아는 의원님이 소개해 주었다고.

"맞네."

요코가 고개를 끄덕이며 의아하다는 듯이 가케루를 쳐다본다.

"갑자기 그건 왜?"

"아뇨. 그냥 궁금해서 여쭤봤습니다."

마미가 말하기 전까지 가케루는 임시직이라는 말을 들은 적이 없다. 그 말 자체로 보아 정규직이 아니라는 것은 짐작이 가지만, 뭔가 일정 기간에 한해 특별한 업무를 위해 고용되는 입장인가 했더니 그녀의 말투로 보아 아무래도 1년이나 2년의 기간이 정해진 계약직이나 파견직에 가까운 형태라는 것을 알 수 있었다.

그렇다면 요코가 그 일자리를 고집하고 그만두지 말라고 반대한 이유는 어디에 있을까. 가케루는 그 점이 이상했다.

'결혼할 때까지'라는 말이 이때도 거듭 울려 퍼진다. 요코는 딸이 결혼하기 전에는 부모 곁에서 통근할 수 있는 '제대로 된 직장'인 현청에서 일하길 바랐던 것이다.

"자네가 나온 대학 소유의 경기장 있잖아."

마에바시의 사카니와 가를 나오기 직전에 요코가 문득 가케루에게 말을 걸어왔다.

경기장이라는 말을 들어도 얼른 알아듣지 못했다. 가케루가 졸업한 대학은 스포츠가 활성화되어 있기로 유명하다. 가케루는 놀이 수준의 가벼운 동아리 활동밖에 하지 않은 데다 스포츠에 진심인 다른 학생은 물론 모교의 명성도 자신과는 관계없다고 생각해 딱히 의식하는 일이 없었다. 가케루의 반응이 미적지근한 것을 약간 답답해하며 요코가 계속했다.

"왜 있잖아, 마에바시에. 옆에 휴양소가 있고 대학생들이 합숙하러 자주 오는 곳 말이야. 그 옆이 마미가 다녔던 고와여자고등학교였거든."

이야기가 어디로 흐르는지 알지 못해 가케루는 "아, 예" 하고 건성으로 대답했다. 요코가 가케루를 올려다보며 "그래서 처음에 마미에게 호의를 가진 건가?" 하고 묻는다.

"자네도 그곳에 와 본 적 있으니까, 그래서 더 딸아이에게 친근감을 느낀 게 아닌가 하고 이 양반하고 이야기한 적이 있네."

그런 거 아닌가?

요코가 가케루를 쳐다본다.

가케루는 본격적으로 할 말을 잃었다. 그저 애매하게 "그⋯⋯렇죠" 하고 대답하기로 했다.

이 사람들은, 세계가 완결되어 있다.

자신의 눈에 보이는 범위 내의 정보가 전부이며 그 정보끼리 연결하는 일에는 열심이지만 그 외에 다른 가치관이나 세계가 있다는 것은 깨닫지도 못하며 관심도 없다.

우물 안 개구리라는 말을 떠올렸다. 매우 좁은 범위의 상식과 지식으로 살아가는.

가케루는 마에바시에서 도쿄로 돌아오는 차 안에서 마음이 지칠대로 지쳐 한숨을 내쉬었다. 그리고 마미를 생각했다. 고통스럽지 않았을까.

요코와 쇼지가 좁은 범위의 상식 안에서 살아왔고 앞으로도 그 안에서 살아가는 것은 그들의 자유다. 하지만 부모라는 이유만으로 그것을 딸에게까지 강요하는 건 고통스럽지 않았을까.

가나이 씨. 요코가 그 이름을 곧바로 말한 것을 떠올렸다. 가르쳐 달라고 한 것은 자신이지만 요코는 신상명세서를 한 번 봤을 뿐인 딸의 맞선 상대의 이름을 지금도 정확히 기억한다. 가케루는 내심 놀랐다. 왜 아직까지 기억하고 있을까. 자신이 선택한 상대와 딸의 맞선은 요코에게 그만큼 중요한 관심사였다는 것일까.

요코는 자신의 친구에게도 딸이 맞선 볼 상대의 신상명세서를 보여 주었다. 어쩌면 가케루가 모를 뿐, 벌써 지인들에게 딸의 약혼남이라며 가케루에 관해 말하고 다니고 사진도 보여 주었을지도 모른다.

그래서였을까, 하고 생각했다. 마미에게 물어보고 싶었다.

교통 정체가 시작된 마에바시와 도쿄를 잇는 고속도로에서 멈춘 차창 밖 가드레일 너머로 펼쳐지는 전원 풍경을 바라보았다.

그래서 마미가 마에바시를 떠난 걸까. 부모로부터 자유로워지고 싶어서.

"처형, 부탁이 있습니다."

『뭔데?』

전화기 너머의 마미와 꼭 닮은 목소리를 향해 말한다.

"가까운 시일 내에 시간 좀 내주시겠습니까. 마미 씨가 군마에 있을 무렵의 이야기를 자세히 듣고 싶습니다."

토요일 오후, 도쿄 미타카 시에 있는 가케루의 본가에 노조미가 딸과 함께 나타났다. 밝은 하늘색 니트와 흰색 데님. 아이를 동반해도 굽이 낮은 펌프스를 신고 있었는데 그 모습이 잘 어울리는 노조미는 잡지에 나와도 위화감이 없는 멋쟁이 엄마 같은 분위기였다. 그런 엄마 옆을 세 살배기 딸 기리카가 엄마 니트와 똑같은 색 원피스를 입고 포셰트(어깨에 비스듬히 메는, 끈이 길고 크기가 작은 핸드백 - 옮긴이)를 어깨에 메고 아장아장 걸어왔다.

그 모습을 보고 가케루의 어머니가 안에서 부랴부랴 두 사람에게 뛰어간다. 눈이 기리카를 보고 있었다.

"세상에 귀엽기도 하지. 이름이 뭐니?"

어머니가 아이를 상대할 때 특유의 높은 목소리로 말하자, 낯을 가리는지 기리카는 머뭇머뭇한 채 대답하지 않는다. 이에 노조미가 "기리카입니다" 하고 대신 대답하자, 잠시 후 "기리카입니다" 하고 혀 짧은 소리가 엄마를 따라했다.

노조미는 여동생의 일이니만큼 최대한 빨리 만나는 것이 좋겠다며 딸을 남편에게 맡길 수 있는 가장 빠른 휴일에 가케루와 만날 약속을 했다. 그러나 남편에게 급한 일이 생겨 딸을 돌볼 수 없게 되었다. 딸을 데려가거나 날짜를 변경해야 한다는 전화를 가케루가 사무실에서 받고 있자 무슨 일인지 알아차린 가케루의 어머니가 제안한 것이다. 그럼 우리 집으로 오라고 하렴, 딸아이는 내가 볼 테니, 하고.

"푸딩을 만들어 놨는데, 줘도 괜찮을까?"

기리카의 얼굴을 들여다보며 노조미에게 묻는 어머니의 표정이 흐뭇해 보인다. 푸딩이라는 말이 나오자 기리카의 표정도 조금 바뀌었다. 간절하게 노조미를 보는 그 표정에 노조미가 고개를 끄덕였다.

"그래, 받아도 돼. 정말 감사합니다."

노조미가 가케루의 어머니를 향해 돌아서서 덧붙였다.

"이번에 제 동생이 걱정을 끼쳐드려 정말 죄송합니다."

"아니에요. 우리 집도 그렇지만 부모님과 언니 분도 걱정이 많겠어요."

고개를 가로저은 뒤 어머니는 기리카와 함께 부엌 쪽으로 사라졌다. 맡겨도 괜찮을지 걱정됐지만 뜻밖에도 아이를 능숙히 대하는 것 같아 안심이 되었다.

가케루는 어머니가 아이를 좋아하는 사람일 줄 몰랐고 특별히 손주를 바란다고 생각하지도 않았지만 알고 보면 그게 아니었을지도 모른다. 이 나이가 되어 최근 그렇게 생각하는 일이 늘었다.

"고마워. 가케루 군의 어머니는 좋은 분이시구나. 평소에는 남편이 보는데 갑자기 일이 생겨서 미안해."

"아뇨, 저야말로 죄송합니다."

가케루도 황급히 말했다. 한동안 만나지 않은 노조미의 남편 얼굴이 떠올라 물어봤다.

"쓰요시 씨는 잘 지내시죠?"

"응. 가케루 군을 보고 싶어 하더라. 마미도 걱정하고 있고."

맞벌이라고는 하나 휴일에 아내를 대신해 남편이 어린 딸을 돌보는 건 대단한 일이다. 좋은 아버지이자 좋은 남편인 것이다. 같은 입장이 되었을 때 자신이 할 수 있을지 잘 모르겠다. 예전에는 이런 이야기를 들어도 자신을 그 입장에 놓고 생각하는 일은 없었지만.

약혼녀에 관한 일이기도 하고 어머니에게 알리고 싶지 않은 이야기라 생각했다. 가케루의 어머니도 그 점을 이해하는지 가케루와 노조미에게 차를 내준 뒤 아이와 함께 툇마루가 있는 작은 다다미방 쪽으로 갔다. 어머니가 능숙한 말솜씨로 "기리카짱에게 보여 주고 싶은 게 있어. 그림책 좋아하니?" 하고 권하는 소리가 들렸다.

그 모습을 보고 안심이 됐는지 노조미가 새삼 실내를 둘러본다.

"좋은 집이네."

"낡긴 했지만요. 넓기는 꽤 넓죠."

집을 지은 것은 가케루가 초등학교에 들어가기 전이다. 아버지와 어머니가 아는 건축사와 상담하면서 두 사람의 취향을 반영해 지은 집이고 가케루는 대학 졸업과 동시에 독립했다. 아버지가 돌아가신 뒤 지금은 어머니 혼자 살고 있지만 그렇다고 해서 같이 살 생각은 하지 않고 있다. 어머니 쪽에서 같이 살기를 바라는 듯한 느낌을 받은 적도 없을뿐더러 무엇보다 회사에서 일하는 한편 친구들과 여행을 하거나 뭔가를 배우러 다니는 것을 즐기는 어머니는 일명 '취미 부자'로, 아들 부부와의 동거라면 나서서 귀찮다고 거절할 듯한 분위기마저 내비쳤다.

"마미 일로 가케루 군한테도 걱정 끼쳐서 미안해."

"전화로도 말씀드렸다시피 마미 씨를 스토킹한 남자에 대해 알아낸 것이 거의 없습니다. 마미 씨가 방문했다는 결혼상담소에서도 이야기를 들었지만 그곳에서 소개한 남성은 아닐 거라고 하더군요."

노조미에게는 전화로 미리 요점을 간추려서 전해 두었다. 가케루가 물었다.

"처형은 마미 씨가 결혼 활동을 하고 있었다는 걸 알고 계셨습니까?"

"……음, 알았다기보다는."

노조미가 왠지 조금 겸연쩍은 표정을 짓는다.

"결혼 활동이라는 거, 어디서부터를 가리키는 거지?"

"네?"

"남자친구를 사귀고 싶어서 미팅을 한 것도 포함되나?"

"글쎄요. 뭐, 네, 아마도."

대답하면서 새삼 질문을 받으니 잘 모르겠다. 굳이 말하자면 그것이 결혼 활동인지 아닌지는 본인의 각오나 마음가짐의 문제라는 기분이 들었다. 진심의 정도라고 해야 할까.

노조미가 씁쓸히 웃는다.

"마미는 워낙 성실한 애니까. 미팅 같은 것도 친구나 동료가 권하면 거절하지 못하고 갔을 것 같은데, 기본적으로 결혼 활동은 엄마가 움직인 맞선이 처음 아니었을까? 그리 많이 만나지는 않았을 거야. 물론 사귀지도 않았을 테고."

"결혼상담소 사람도 같은 말을 하더군요."

"그 사람, 오노자토 씨?"

"아십니까?"

"마미의 취업 때 신세 진 현의회 의원의 부인이지? 엄마랑 마미한테 들었어."

노조미가 작게 한숨을 내쉬었다. "미안해" 하고 읊조렸다.

"가케루 군도 눈치챘겠지만 우리 엄마는 자식 걱정에 한시도 마음을 놓지 못하고 집착하는 경향이 있어. 특히 마미한테는 더 그래. 마미가 사회인이 되고 나서도 같이 지낸 시간이 긴 만큼 애착이 강해졌나 봐. 가케루 군한테 엄마가 무례하게 행동했다면 내가 대신 사과할게."

"무례까지는 아닙니다."

가케루가 무슨 일을 당한 것은 아니지만 요코와 이야기하다 보면 떨쳐낼 수 없는 위화감이 드는 것은 사실이다. 그 부분을 친딸인 노조미에게 어떻게 설명해야 할지 고민하는 사이에 그녀가 입을 열었다.

"성인이 되어서도 집을 떠나지 않아서 그런지 엄마 눈에 마미가 너무 밟히는 거지. 그래서 지나치게 뒷바라지를 하는 거고."

"옛날부터 그런 식이었나요? 처형에게는 별로 그런 것 같지 않은데."

"나는 엄마의 그런 부분에 일찌감치 질색을 해서 고등학교 때부터는 참견도 못 하게 했어. 그런데 그만큼 마미에 대한 간섭이 심해진 걸지도 몰라. 본인들은 간섭이라고 생각하지 않았겠지만."

"본인들이라면?"

"엄마랑 마미."

노조미가 냉큼 말했다.

"마미는 나랑 달리 상냥하고 정말 착한 애였거든."

"마미 씨가, 어머니가 간섭하시는 대로 놔두었다는 말씀입니까? 저는 마미 씨가 그런 성격일 줄은 생각도 못 했습니다만."

오노자토가 한 말이 생각났다. 자신의 의사가 없다. 결혼 활동을 하는 것도, 결혼하지 않는 길을 택하는 것도 저 혼자서는 하지 못한다. 요코도 말했다. 결혼할 때까지는 책임지고 이 집에서 보살피겠다.

"그럼 마미 씨가 혼자 아무것도 못 하는 것 같지 않습니까. 절대 그렇지 않은데."

가케루의 말에 노조미가 엷게 미소 지었다. 왠지 "고마워" 하고 말했다.

"마미가 가케루 군을 만나서 정말 다행이야. 그런데 말이지, 부모의 걱정이라는 건 논리가 통하지 않는 건가 봐. 최대한 뭐든 다해 주는 게 당연하다고 생각한다더라."

"생각한다더라, 그 말씀은?"

가케루의 질문에 노조미가 어깨를 움츠린다. "옛날에 나한테 그러더라고" 하고 고개를 흔들었다.

"마미 일로 엄마한테 뭐라고 할 때마다 그렇게 말하더라고. 부모니까 걱정하는 게 당연하고 그게 애정이며 부모의 사명임을 진심으로 믿는다, 너도 부모가 되면 알 거다, 라고. 마미도 그때그때 사소한 말대답이나 반항은 했겠지만."

노조미가 안타깝다는 표정을 한다.

"마미는 기본적으로 부모를 슬프게 하고 싶지 않다는 마음이 강해서 결국 엄마가 시키는 대로 하는 거야. 나하고 엄마 흉을 볼 때도 있지만 결국 '엄마 마음도 알 것 같아' 하면서 많은 걸 양보하더라. 고등학교와 대학교도 엄마가 가라는 곳으로 불평 한마디 없이 진학했고."

"아아."

마미의 모교의 이름을 요코가 자랑스럽게 밝힌 게 생각난다.

"마미 씨가 졸업한 고와 여대가 고향에서 꽤 유명한 대학인가요?"

가케루의 질문에 노조미가 얼굴을 찌푸렸다. 하아, 하고 길게 한숨을 내쉬더니 다시 "미안해" 하고 사과했다.

"엄마가 뭐라고 했어? 고향에서는 요조숙녀 대학 같은 이미지인 모양인데 가케루 군은 솔직히 학교 이름도 들어 본 적 없지?"

"네."

"마미는 옛날부터 학교 성적이 별로 좋지 않았어. 내가 응시한 고등학교도 희망했는데 선생님이 무리라고 했대. 그래서 엄마가 응시하라고 한 곳이 고와 여고였지. 그리 어려운 학교는 아닌데 고향에서는 나름 인지도가 있으니까."

"청순한 여학생들이 다니는, 뭐 그런 곳인가요?"

그 말에 노조미가 민망하다는 듯이 한숨을 토했다.

"좀 바보 같기는 한데. 옛날에는 고와 여대를 나온 여자는 신붓감 1순위라고 했거든. 중학교 때부터 다닌 아이는 '순금', 고등학교 때부터 다닌 아이는 '18K', 대학교 때부터 다닌 아이는 '도금'이라고 불렸어."

"뭐라고요?"

들어 본 적도 없는 이야기였다. 노조미가 왠지 민망해하는 것 같다.

"가케루 군이 봤을 때는 조금 웃기다고 생각하겠지만, 아무튼 엄마는 마미를 그 학교에 보낸 걸 뭐라도 된 것처럼 생각했나 봐. 우리 애는 순금까지는 아니어도 18K라나. 도금 아이들과는 다르다면서."

노조미가 쓸쓸히 웃는다.

"자기 서사에 심취한 거야. 남들은 그런 거 아무렴 어떠냐 싶겠지만, 자기 얘기를 좋게 포장하려고 자꾸만 살을 붙이는 거지. 지망 학교인 공립 고등학교에 못 가서 선택한 학교였는데, 처음부터 고와에 보낼 예정이었다, 실은 중학교 때부터 다니려고 했는데 초등학교에서 사귄 친구와 떨어지는 게 불쌍해서 고등학교 때부터 다닌 것이다 이렇게 변하더라."

"자기 서사라니……. 그건 애초에 어머님 이야기가 아니라 딸 이야기 아닙니까."

"그러게."

체념했는지 담담한 말투로 수긍했다. 가케루가 물었다.

"그, 신붓감 1순위는 지금도 고향에서 통용되는 사고방식입니까?"

"뭐, 나름대로. 그 지역 기업도 여전히 고와에 추천 취업 정원이 있을 정도이니."

"추천 취업요?"

또다시 처음 듣는 말이 등장했다. 노조미가 가케루를 본다.

"평범하게 힘든 취업 활동을 한 사람 입장에서 보면 기가 막힐지도 모르지만 지방에서는 흔히 있는 일이야. 대학 추천 입학 정원과 마찬가지로 그 지역의 향토기업이 근처 사립대학이나 전문대학에 취업 정원을 할당해서 몇 명을 채용하는 거야. 남자 직원이 많은 전문직이나 연구직 현장에서는 고와 여대를 졸업한 여자 직원은 그대로 직장의 신붓감 후보가 되고."

"와."

시대착오적인 이야기라고 생각했지만 동시에 짜임새 있는 시스템이라는 생각도 들었다. 노조미의 얼굴빛이 흐려졌다.

"그래서 고와 여대를 졸업한 사람은 취업 활동을 건너뛰는 경우가 많아. 다만 마미는 그 추천 정원이 아니었고 취직 자리도 부모가 찾아다 준 곳이었지만. 임시직이긴 해도 현청은 견실한 직장이니만큼 우리 부모님 입장에서는 바라 마지않던 자리였겠지."

"취직할 때도 마미 씨는 따로 가고 싶은 회사가 없었나요?"

"딱히 없었을 걸. 졸업 후 진로가 확정되지 않으면 안 된다는 불안감은 당연히 있었겠지만, 부모가 일자리를 찾아줘서 횡재했다는 가벼운 마음이지 않았을까. 사실 나는 반대했어."

노조미와 가케루의 눈이 마주쳤다. 노조미가 어깨를 움츠린다.

"어떤 직장이든 좋으니 마미 스스로 취업 활동을 열심히 해서 임시가 아니라 정직원으로 오래 다닐 수 있는 곳을 찾는 게 좋지 않겠냐고. 그런데 그때도 엄마가 그러더라. 모처럼 좋은 일자리가 들어왔는데 무슨 소리냐고. 자기가 고생해서 일자리를 알아본들 좋은 곳에 들어갈 거라는 보장도 없고 굳이 안 해도 될 고생이면 안 하는 게 당연하다고. 나더러 부모가 되면 알 거라고, 그때 또 그러셨지."

당시 일을 떠올리고 있는 모양이다. 노조미가 말을 이었다.

"나는 그깟 고생 좀 하면 어떠냐고 생각했지. 마미는 대학도 입시 없이 가서 그동안 고생다운 고생을 해 본 적이 없거든."

가케루가 봤을 때 동생의 진로에 대해 이야기할 때 정작 당사자는 빼놓고 언니와 어머니, 둘이서만 이야기하는 모습도 충분히 위화감이 있지만, 그 또한 마미가 집에서 어떤 존재였는지 나타내는 것 같았다.

"스토커 말인데."

노조미가 갑자기 화제를 되돌렸다. 가케루를 본다.

"마미는 여고를 나왔고 대학에서도 그런 짓을 할 만한 상대를 만날 기회는 없었을 거야. 그러니 대학교 때 아르바이트하던 곳이나 취업해서 일로 알게 된 사람이지 않을까? 마미의 당시 친구와 동료 중에 사이가 좋았던 사람의 연락처를 내가 알아볼게. 연락이 닿으면 가케루 군에게도 알려 줄게."

"고맙습니다."

"그리고 오노자토 씨와 엄마는 아니라고 하는 것 같은데, 역시 결혼 활동에서 만난 사람이 아닐까?"

그렇게 말하고 나서 노조미가 작게 숨을 들이마셨다. "솔직히 말하면" 하고 계속했다.

"마미가 결혼 활동을 생각한 건 어쩌면 나 때문일지도 모르겠어."

"네?"

"마미와 이야기했을 때 그러더라고. 내가 결혼하고 나서 엄마가 마미도 누구 좋은 사람 없느냐고 묻는 일이 많아졌다고. 우리 집은 원래 남자 이야기가 금기시된 분위기였는데 갑자기 그렇게 나와서 황당했나 봐."

"남자 이야기가 실제로 금기였던 겁니까?"

"으음. 글쎄, 미묘하네. 엄마는 딸과 좋아하는 남자나 연애 이야기를 하며 실컷 열을 올리는 친구 같은 모녀 사이를 동경하는 눈치였지만, 아빠는 그런 부분은 옛날부터 고지식하셨어. 다만 단순한 연애와는 다르게 '결혼'은 갑자기 사회적인 느낌이 들잖아? 내가 결혼한 걸로 우리 집에서는 연애 이야기가 마치 금지령이 풀린 것처럼 됐지."

"원래 그런 겁니까?"

"응. 그런데 이제 결혼 문제가 되니까 부모님도 어색하고 민망한 느낌 대신 노골적으로 바뀌셨어. 우리 입장에서도 남자와 몰래 연락할 때에 비해 막상 금지령이 풀리니까 이성에 대한 설렘이나 찔리는 마음 같은 것도 없어져서 좀 시시해졌고."

노조미가 피식 웃고는 다시 진지한 얼굴로 말했다.

"마미는 엄마가 갑자기 남자 이야기를 꺼내도 만날 기회가 없다며 한탄했어. 직장의 인간관계도 고정돼서 이제 와서 연애 대상으로 볼 만한 사람도 없는데 엄마가 앞으로 어쩔 거냐고 들볶을 때마다 너무 상처받는데. 결혼하고 싶어도 좋은 사람이 없고, 자기도 좋아서 솔로인 게 아닌데, 이대로 쭉 혼자 살 작정이냐고 타박하면 자기도 앞날이 어떻게 될지 전혀 모르겠는데 자꾸 그러니까 조바심이 나서 못 견디겠다고 했어."

"그 당시 마미 씨는 이십 대 후반이었습니까?"

"스물 여덟인가 아홉이었을걸? 서른을 앞두고 갑자기 마음이 급해졌을지도 모르지만, 엄마도 너무 대놓고 말하니까 질렸대. 그런데 지금 생각하면 누구보다 엄마가 가장 초조해했던 것 같아. 그리고 심심해서."

"심심하다뇨?"

"마미를 무사히 취직시키고 아빠가 직장에서 은퇴할 때가 됐으니 엄마로서는 할 일이 없어져 시간이 남아돌았던 것 같아. 친구들이 손주 자랑을 하는 걸 보고 괜히 더 그러지 않았을까? 마미의 맞선 상대를 찾겠다고 나섰을 때 엄마가 갑자기 생기가 넘쳤거든."

취직해서 안정된 직장에 다니는 딸의 뒷바라지를 다시 할 수 있어 기뻤다는 건가.

듣다 보니 왠지 기운 빠지는 이야기지만 가케루의 생각을 간파한 듯 노조미가 고개를 절레절레 흔들었다.

"그런데 이거, 우리 엄마만 그러는 게 아닐걸. 우리 회사에서도 부모가 정년퇴직을 하자마자 딸에게 맞선 상대의 사진을 마음대로 보낸다는 이야기를 자주 듣거든. 다들 한가해지면 자식을 걱정하는 것조차 취미가 되기 마련이거든. 취미라고 하면 본인들은 화낼지도 모르겠지만. 아무튼 스스로를 너무 몰라서 힘들어."

"실제로 어머님께 그렇게 말씀드려서 화내신 적이 있습니까?"

그 순간 청산유수로 말을 늘어놓던 노조미가 입을 딱 다물었다. 그러고는 가케루를 본다.

아까부터 듣자하니 노조미는 어머니가 동생에게 지나치게 간섭하지 않도록 충고하는 입장이었던 모양이다. 어머니에게 누누이 당부해 왔다는 것을 알 수 있었다.

"응"하고 노조미가 고개를 끄덕였다.

"그놈의 걱정 타령. 걱정된다는 이유라면 뭘 해도 용서받는다고 생각하는데, 난 그렇게 생각 안 하거든. 마미가 투덜대면서도 결국 엄마한테 말대꾸 한 번 시원하게 못 하는 걸 보면 속이 부글부글 끓었지. 그래서 그 무렵에 마미한테도 말해 버렸어."

"뭘 말입니까?"

"그럼 엄마한테 책임지라고 그러라고."

노조미의 눈빛에 슬며시 그늘이 드리워졌다. "책임요?" 하고 되묻는 가케루에게 그녀가 고개를 끄덕여 보였다.

"학교와 직장처럼 결혼 상대도 엄마한테 책임지고 찾게 하라고. 내가 봤을 때 마미가 혼자서는 아무것도 결정하지 못하게 된 건 부모님이 무슨 일이든 앞에 나서서 마미 대신 정해 준 결과였고, 실제로 옛날에는 맞선이 당연시된 문화도 있었잖아. 그런데 지금은 맞선 시스템이 붕괴돼서 부모도 자식도 그제야 뜻대로 되지 않는 현실과 부딪히고 고민하지. 그래서 마미에게 말한 거야."

노조미가 말했다.

"그럴 바에는 차라리 엄마한테 책임지게 하라고."

"마미 씨가 화를 냈겠군요?"

가케루는 안타까운 심정으로 그 이야기를 듣고 있었다. 노조미의 그 발언은 에둘러서 비아냥대는 말이다. 그런데 노조미의 표정이 뚜렷이 흐려졌다. "그게 말이지" 하고 계속한다.

"내가 그렇게 말하고 나서 얼마 있다가 마미한테 연락이 온 거야. 언니 말대로 엄마한테 의논했더니 좀 놀라시긴 해도 알겠다고, 찾아보겠다고 딱히 화내지도 않고 들어 주셨다고."

가케루는 말문이 막혔다.

노조미의 눈이 먼 곳을 바라본다.

"어찌나 놀랐던지. 마미가 정말 엄마한테 부탁할 줄은 몰랐어.

나도 모르게 이런 말이 나오더라. 넌 그걸로 괜찮냐고."

가케루도 같은 의견이었다.

마미는 언니의 비아냥조차 알아채지 못한 것이다. 혼자서 결정하는 데 익숙지 않은 인생은 이번에도 '언니가 정해 준' 것에 따라 부모에게 의지했다.

"마미 입장에서는 언니가 시키는 대로 따랐을 뿐인데, 왜 그런 식으로 말하는지 몰랐을 거야. '언니, 갑자기 왜 그렇게 말해?' 하면서 당황하더라."

"마미 씨는 정말 그걸로 괜찮다고 생각했던 걸까요?"

"아마도. 그런데 나는 그때 확 깨는 느낌이 들었어."

확 깬다는 솔직한 말에 안타까운 마음이 들었다. 하지만 어쩔 수 없다. 가케루도 그때의 마미의 기분은 이해가 되지 않는다.

"연애와 결혼 같은 가장 개인적인 문제를 부모가 정해 주다니, 절대 그렇게 되고 싶지 않아서 나는 스스로 이런저런 선택을 하고 부모님에게 반항하며 살아왔는데, 마미는 그런 부분에서 거부감을 느낄 줄 모르는 애였던 거지. 내 동생이지만 좀 무섭더라."

"그래서 마미 씨가 맞선을 봤던 거군요."

오노자토의 말이 떠올랐다. 자신의 의사가 없다. 뭘 원하는지 모른다.

맞선에 적극적이었던 쪽은 요코가 아니었을까 하는 가케루의 직감은 확실히 맞았다. 그렇다고 마미가 맞선을 싫어한 것도 아니었다. 마미는 이때 그저 주변 사람의 의견에 물들어 있었을 뿐이다.

한창 결혼 활동을 하면서 느꼈을 괴로움은 똑같았을지 몰라도 가케루의 결혼 활동과 마미가 한 결혼 활동은 다르다.

――그런 이유로도 좋은 사람을 만나 결혼하게 된다면 저는 그 또한 좋다고 생각합니다.

오노자토의 목소리가 귓가에 되살아난다. 이 일을 꿰뚫어 보기라도 한 듯해 새삼 오싹했다.

노조미가 땅이 꺼져라 한숨을 쉬었다.

"마미가 결혼 활동을 하고 싶다고 했을 때 엄마는 뛸 듯이 기뻤대. 마미는 착한 애니까. 오노자토 씨도 이렇게 곱고 젊은 아가씨라면 금방 상대를 찾을 수 있을 거랬다고 나한테까지 연락이 왔어. 그걸 보니 왠지 엄마까지 딱해서."

노조미가 작게 숨을 들이마신다.

"혼기가 지난 딸이 결혼할 남자를 부모에게 소개하는 여느 집처럼 엄마도 딸내미 남자친구를 자랑하고 싶어서 좀이 쑤시던 참이었는데, 또 그 뒤틀린 가치관 때문에 점점 생색내기 좋은 쪽으로 가는 거야. 마미는 여대 중에서도 남자만 밝히는 다른 여대 애들과 달리 정말 고와 여대에 걸맞은 아이인데, 지금은 그런 아이가 되레 손해를 본다면서, 주변에 휘둘리지 않고 자신을 잘 지키는 아이라는 식으로 말씀하시더라."

"그때도 '자기 서사'에 심취하신 거군요."

가케루가 요코를 비꼬며 말하자 노조미가 쓸쓸하게 웃었다.

"맞아. 내가 엄마한테 마미가 남자친구가 없는 건 여대를 다닌 탓도 있는 것 같다고 말한 적이 있어. 그때 엄마는 여대를 다니면서도 남자친구를 사귀는 애는 많고 더구나 혼자 자취하든 아니든 상관없이 시집 잘 가는 애들도 많다면서 불같이 화를 내셨어. 자기가 딸의 진로를 정해준 탓이라고는 죽어도 인정하고 싶지 않은 거지. 그럴수록 도달하는 곳이 점점 암담해지는데 그것도 깨닫지 못하고."

"암담하다니요?"

"엄마의 주장대로 가면 결혼하지 못하는 원인은, 그럼 마미가 단순히 인기 없는 탓이 되고 말잖아. 같은 환경의 다른 애들이 모두 결혼했다면, 마미가 매력이 없어서라는 결론이 되고."

'인기 없다'는 단순한 말. 때로 말은 단순해서 더욱 잔인하다.

순간적으로 말문이 막힌 가케루 앞에 노조미가 살며시 고개를 저었다.

"그런데 엄마는 그 점이 가장 인정하기가 싫은 거야. 마미는 그저 운이 나빴을 뿐. 절대로 딸이 노력하지 않았다고는 하고 싶지 않은 거야. 하물며 자기 딸이 이성에게 인기가 없다니 죽어도 인정하기 싫은 거지."

요코는 딸이 사랑스러워 못 견디겠는 것이다.

자신의 딸이니 당연할 수도 있다. 그러나 가케루의 가슴속에서 마에바시에서 느낀 것과 같은 위화감이 다시 팽팽하게 부풀어 올랐다.

어쩌면 마미도 그것으로 괜찮았을지 모른다. 부모가 결혼 상대까지 정해 주는 인생에 거부감이 없었을지도 모른다. 하지만 이 위화감은 더 정확히 말하자면 불쾌감이었다. 마미의 인생이 좁은 가치관 속에서 유린되고 있었다.

고생하지 않도록 더 나은 길을. 요코가 진심으로 그렇게 생각한다는 것은 안다. 그럼에도 불구하고 이런 생각이 든다. 자식 잘되라고 한 행동일지라도 그것은 지배가 아닌가.

맞선이라는 옛날 방식에 의지하면서도 인기가 있냐 없냐 하는 현대적인 가치관도 버리지 못한다. 그런 어머니에게 등 떠밀린다기보다 어머니 손에 이끌려 마미는 결혼 활동을 시작했다.

"마미가 내 말대로 엄마한테 의논해서 맞선을 시작하니까, 포기하게 되더라."

노조미가 말했다.

"그 무렵에는 엄마보다 마미한테 더 화가 났어. 엄마가 자식을 정서적으로 독립시키지 못하고 계속 집착하는 건, 마미가 그걸 원하고 있어서일지도 모른다는 생각이 들었거든. 엄마는 마미를 뜻대로 휘두르고 싶고 마미도 엄마가 시키는 대로 하고 싶은 거야. 공의존(타인과의 관계에서 자신보다 타인의 요구를 중요시하여 그 요구에 자신을 끼워 맞춤으로써 정체성을 찾는 상태 – 옮긴이)이라고 하면 너무 과하지만 그 비슷한 것을 느끼고 이제 내가 뭘 해도 소용없다는 걸 뼈저리게 깨달았지."

"그럼 맞선을 보고 결혼 활동을 시작한 뒤 처형은 마미 씨의 이야기를 듣거나 상담해 주지 않은 건가요? 상대 남성에 대해 묻는다거나."

"안타깝게도 그렇지. 마미가 맞선을 보고 결혼하면 그 또한 경사스러운 일이지만 솔직히 더는 상관하고 싶지 않았어. 좋을 대로 하라고. 마미도 그걸 느꼈는지 나한테 더 이상 연락하지 않았지."

노조미가 다시 묵직하게 한숨을 뱉었다.

"그 맞선도 결국 잘되지 않았지만."

"그렇죠."

"맞선을 보는 단계까지는 부모가 시키는 대로 해도 연애 취향만큼은 양보하지 못한 거지. 혼자서는 결정하지 못해도 취향만큼은 꿈에 부풀어 있는 게 세상 사람들의 결혼 활동이 잘되지 않는 근본적인 원인일지도 몰라. 결국 가케루 군 같은 꽃미남이 아니면 이 남자다 하고 가슴에 딱 꽂히지 않았던 걸지도."

"그만하세요."

농담이 아니라 진심으로 말했다.

이 남자다 싶은 그 확신에 가까운 감각이 마미가 가케루에게 투영한 자기평가액이었다는 오노자토의 말을 떠올리자 아직도 살갗에 소름이 돋는 것 같았다.

노조미가 "미안, 미안" 하고 가볍게 사과한다. 이내 진지한 얼굴로 돌아왔다.

"엄마뿐만 아니라 마미도 분명히 '자기 서사'에 심취한 걸 거야. 이런 과거와 취향을 지닌 '자신을 이해하는 상대'를 갈망하다 보니 반대로 상대한테도 그런 이야기가 있을 수 있다는 걸 망각한 거지."

"오노자토 씨가 그러더군요. 다들 자신에게 높은 점수를 매긴다고요."

노조미가 흥미진진한 표정을 지었다. 가케루가 계속했다.

"오노자토 씨 말로는 맞선 결과가 좋지 않은 사람은 모두 자신에게 걸맞은 상대가 아니면 납득하지 않고, 자기는 기준이 낮은 편이라고 주장하지만 실은 상당히 높다고 합니다. 심지어 상대가 수입도 높고 사회적 지위가 있는 경우에도 그렇게 생각하는 것은 예외가 아니라 하니, 참으로 신기하더군요."

"그런 경우에는 상대의 외모가 부족하거나 이성을 대하는 게 서툴러서가 아닐까? 다들 자신의 조건 중 좋은 부분으로만 승부하려 하잖아. 자신이 수입이 적거나 외모가 부족해도 상대보다 나은 부분만 보이지. 오만하지만 사람이 원래 그렇지 않나?"

노조미가 술술 내뱉은 말에 가케루는 입을 다물었다. 어떤 면에서는 그것도 진리인 것 같다. 무엇보다 가케루가 한창 결혼 활동을 하던 중 상대 여성을 그런 눈으로 봤을 수도 있다.

"마미가 맞선을 본 뒤 엄마한테 자주 연락이 왔어. 좋은 상대인 것 같은데 마미가 거절하려 한다, 도대체 뭐가 마음에 차지 않는지 물어봐라, 설득해라, 같은 전화가 수없이 왔지."

"처형은 실제로 그렇게 하셨습니까?"

"아니. 아까 말했다시피 더 이상 관여하고 싶지 않았거든."

노조미가 딱 잘라 말했다.

"엄마가 하는 말만 들어도 아주 지긋지긋했어. 맞선을 두 번 봤나? 엄마가 맞선 상대를 놓고 별로 좋은 대학을 나오지 않았다거나 사교성에 문제가 있는 것 같다고 말하는 걸 듣고 도대체 자신의 딸을 얼마나 대단하게 생각하는 걸까 싶어 화가 치밀더라."

"그건 마미 씨가 선택했다는 두 번째 상대인가요? 치과 조무사로 일한다는."

치과의사 아들인데 치과의사가 아닌 조무사가 되었다고 요코가 불만스러워했다. 그 말을 들은 가케루는 어떻게 저런 소리를 아무렇지 않게 입에 담을 수가 있을까 싶어 기가 막혔다.

노조미가 고개를 끄덕였다.

"맞을 거야. 엄마가 직접 고른 사람이 아니라는 것도 못마땅했을지 모르겠지만, 아무튼 마음에 들지 않았던 모양이야. 마미의 대학이나 경력도 그리 대단할 것이 없는데 우리 집은 제대로 된 집이라면서 근거 없이 자신만만하더라. 내가 결혼할 때도 마찬가지였고."

"그렇습니까."

노조미의 남편인 쓰요시는 가케루가 봐도 좋은 남편이자 아버지다. 직업도 문제 없고 부부 사이도 좋다. 노조미가 휴우 하고 한숨을 내쉰다.

"일단 프리랜서 디자이너라는 것부터가 아웃이었어. 괜찮겠느냐고 몇 번을 물어서 진절머리가 났었지. 부모님도 뭐가 걱정되는지 정확히 모르셨던 것 같아. 그냥 제 손으로 직접 고른 사윗감이 아니라는 그 한 가지 때문에 덮어놓고 걱정이 되었던 거야. 딸을 믿지 않는 거지."

"왜 믿지 않으시는 걸까요? 제가 말하기는 좀 뭣하지만 처형은 일도 뚝 부러지게 하시는 것 같고 걱정할 게 아무것도 없어 보이는데 말입니다."

노조미는 자립한 성인이다. 가케루가 봤을 때는 오히려 시골의 좁은 가치관 속에서 지내는 그녀의 부모들이야말로 훨씬 미덥지 못하다. 납득이 가지 않아 묻자, 노조미가 희미하게 웃은 뒤 대답했다.

"믿은 적이 없으니까."

"부모님의 눈에 보이는 범위 내에서 딸의 모든 것을 두 분이 알아서 결정해 와서 우리에게 뭘 맡긴 적이 없어. 자신들의 상식을 넘어서는 일이 일어나면 불안한 거지. 내가 마미와 달리 고등학교와 대학 진학을 부모님이 시키는 대로 하지 않았더니, 번번이 반대하더라. 대학도 현 밖에서 다니겠다니까 걱정된다고 처음에는 허락하지 않은 걸 겨우 설득한 거야."

오해하지는 마, 하고 노조미가 조용하고 상냥한 목소리로 말했다.

"우리 부모님은 극단적인 학력 차별주의자 같은 건 아니야. 평소에는 그런 걸로 사람을 판단해서는 안 된다고 우리를 가르쳐 왔지만, 막상 딸의 결혼 상대 문제가 되면 딴 이야기가 된달까."

"왠지 알 것 같군요."

"맞선이 잘 풀리지 않는다는 걸 듣고 생각했어. 마미도, 엄마도 왜 그렇게 오만한 걸까."

오만.

그 말은 오노자토 부인에게 들은 말임과 동시에 가케루도 최근 들어 생각한 것이었다. 과거의 자신에 대해, 그리고 마미의 장래에 개입하는 요코 부부에 대해.

그러나 노조미의 눈에는 동생 또한 그렇게 비치는 모양이다.

"자기들이 그렇게 가치 있다고 생각하는 걸까. 뭘 근거로 그렇게 자신만만할 수 있는지 수수께끼였어. 당신들이 그렇게 생각하면 다른 집도 똑같이 생각한다는 걸 알아야지. 당신들이 봤을 때 대단할 것 없어 보이는 남자도 그 집에서는 어디 내놔도 빠지지 않는 귀한 자식인데."

가족을 감싸고 있는 보호막이 두꺼운 것이다.

노조미가 하려는 말이 가케루에게도 전해진다. 모든 집은 저마다 자기 서사가 있어서 거기에 심취해 있고 자기 사정에만 민감하기 때문에 이를 이해하지 못하는 다른 집을 받아들이지 못하는 것이다.

"그 무렵에 엄마가 '마미도 쓰요시 씨 같은 사람을 만나면 좋았겠다'길래, 양심도 없지, 무슨 염치로 그런 말을 하는지 열이 확 뻗치더라. '너는 쓰요시 씨와 친구였지, 대학생 때 만나서 다행이구나'라는 말도 했어. 대학도, 쓰요시도 엄마가 처음에는 반대하고 걱정했던 건 까맣게 잊고 갑자기 관대한 척하는 거야. 자신이 잘 못했다는 걸 절대 인정하지 않아. 부모는 늘 제멋대로지."

"처형 때도 그러셨군요."

이번에는 가케루가 한숨을 토했다. 노조미의 말대로 요코는 자신에게 유리하게 말하는 경향이 많다. 그러나 그것을 지적한다 해도 요코는 이해하지 못할 것이다. 그녀에게 악의는 없다. 그저 무신경한 것이다.

"마미가 엄마가 시키는 대로 맞선을 봤을 때 옛날 일이 생각났어."

가케루가 말없이 다음 말을 기다리자 노조미가 계속했다.

"대학생 때 마미의 친구가 다른 대학 남자와 사귀어서 더블데

이트처럼 서로 친구를 데리고 넷이서 1박으로 스키를 타러 가기
로 했어. 저렴한 펜션을 잡아서."

"네."

"소개받은 남자가 멋있는 사람인 데다 왠지 좋은 분위기라 가
고 싶은데, 어떻게 하면 좋겠느냐고 마미가 내게 의견을 구했지.
남자 낀 외박은 우리 집에서 허락하지 않겠지, 하고."

"충분히 있는 일이지요."

부모 몰래 외박한 경험 한두 번쯤은 누구에게나 있을 수 있는
일이다. 여대를 다닌 마미에게도 이성과의 그런 만남이 있지 않았
을까. 이제 와서 질투할 것도 없는 과거의 일을 가케루가 흐뭇해
하며 말하자, 노조미가 "응" 하고 고개를 끄덕였다.

"나도 비슷한 일이 있었고, 그래서 말해 줬어. 남자도 끼어 있다
는 말만 안 하면 된다고. 여자끼리 가는 스키 여행이라고 말하고
다녀와서 사진 같은 거 안 보여 주면 된다고, 나도 무슨 일 생기면
말 맞춰서 도와주겠다고. 마미가 그 말을 듣더니 고맙다고 했고
여행도 가게 되었어."

"네."

"그런데 마미가 여행 갈 기색이 전혀 없는 거야. 그대로 봄이 되
고 어느 날 그러고 보니 그 여행은 어떻게 되었나 궁금해서 나중
에 마미한테 물었더니 못 가게 됐대."

"네?"

얼굴을 들여다보자 노조미가 난처한 표정으로 엷은 미소를 지
었다.

"부모님에게 차마 거짓말을 할 수가 없어서 여행 가기 직전에
일행에 남자도 있다고 털어놓았대. 죄책감을 견디지 못했나 봐."

마미의 얼굴을 떠올렸다.

가케루가 아는 삼십 대의 마미는 물론 그때와는 조금 다를 것이다. 그러나 가케루가 거듭 생각해 왔던 '착한 여자'라는 말이 포개어진다. 틀림없이 이것은 마미의 이야기다.

"미련해도 정도가 있지. 솔직히 질려 버렸어. 자기가 먼저 말하지 않는 한 절대 들키지 않는데, 그래 가지고 이 험한 세상을 어떻게 살아가나, 살아갈 힘이라고는 아예 없구나 하는 생각이 들더라. 요령이 없어도 너무 없어."

"마미 씨는 옛날부터 정직했군요."

"응. 그런데 정직하고 착한 사람이 득을 본다는 보장도 없잖아. 그렇게 살아온 애가 연애 경험도 없는데 갑자기 결혼 상대를 찾아야 하다니, 그건 불가능해."

오노자토가 말한 '오만'과 짝을 이루는 또 하나의 말이 머릿속에서 터졌다. '선량'이다.

가케루의 가슴속에 기억 하나가 공명한다.

두 사람이 함께 갔던 레스토랑의 기억이다. 고급 프렌치 레스토랑의 음식을 먹고 그녀가 말했다. "왠지 부모님께 죄송해"라고. 가케루는 그 말을 듣고 착한 여자라고 생각했다.

그런데 만약 노조미에게 그 이야기를 하면 뭐라고 할까. 그녀라면 대학교 때의 외박 거짓말을 솔직히 털어놓았을 때와 똑같은 기분을 느낄지도 모른다.

마미는 매우 선량한 여성이었다.

"규중처녀閨中處女라는 말이 있는데 마미도 그런 경우였을지도 모르겠어. 우리 집은 그리 대단하지도 않지만. 그런데 정직하고 착한 사람의 가치관은 집에서 배울 수 있어도 세상을 살아가는 데 필요한 악의나 타산 같은 건 아무도 가르쳐 주지 않아."

노조미의 시선이 다시 먼 곳을 향한다. 가케루가 물었다. 마미를 두둔하고 싶었다.

"처형이 마미 씨에게 그런 걸 가르쳐 줄 생각은 하지 않으신 건가요?"

"나?"

노조미가 어리둥절한 얼굴을 하고 잠시 후 고개를 저었다.

"그런 생각을 내가 왜?"

"그럼."

그럼 마미를 '규중처녀'로 만든 책임이 부모에게만 있다고 생각하지 않는다. 이어서 말하려 한 가케루에게 노조미가 딱 부러지게 말했다.

"왜냐하면 악의 같은 건 남에게 배울 수 있는 게 아니야. 어떤 일에 휘말려서 원치 않아도 강제로 깨닫는 거잖아. 배우지 못했다고 생각하는 것 자체가 터무니없는 거지."

가케루는 입을 다물었다. 노조미가 안타깝다는 듯이 숨을 뱉으며 "그래도, 하긴 그러네" 하고 계속한다.

"결혼 상대를 찾거나 연애하는 데에도 그동안의 연애 경험이 쌓이지 않았으면 움직이지 못하지. 그런 것도 아무도 가르쳐 주지 않았다고 마미는 그렇게 생각했을지도 모르겠어."

아무도 가르쳐 주지 않았다는 말이 가케루의 가슴에 묵직하게 가라앉는다.

악의를 알고 타산을 배운다. 그러한 부정적인 감정을 제거하여 자식이 고생하지 않도록 부모가 닦아 놓은 길을 마미는 걸어온 것이다.

마미뿐만이 아닐지도 모른다.

결혼 활동에서 알게 된 사람들의 면면이 떠오른다. 그 사람들은 어땠을까.

가케루는 결단코 자신의 일은 스스로 결정하고 싶고 자유롭길 원한다. 그러나 세상에는 남의 말에 복종하고 누군가의 기준에 따라 사는 것이 적성에 맞는, 그런 삶의 방식밖에 알지 못해 그 방식에 자신 있는 사람들도 분명히 있다. 특히 성실하고 상냥한 사람일수록 그렇게 되는 경우가 많다.

－－현대사회에서 결혼이 순조롭지 않은 이유는 '오만함과 선량함'에 있다.

이 때도 오노자토 부인의 말이 생각났다. 선량하게 살아온 사람일수록 부모의 말에 복종하고 남이 정해 준 대로 따르기 십상이라 '나 자신이 없는' 상태가 되죠. 오만함과 선량함이 모순 없이 한 사람 속에 존재하는.

그리고 그 선량함이 지나치면 세상 물정 모르는 사람, 무지한 사람이 된다.

"부모가 되면 안다는 말을 그동안 온갖 다양한 상황에서 엄마한테 귀가 따갑도록 들어 왔는데, 실제로 부모가 되어 보니 확실히 알겠더라."

노조미의 목소리가 마치 독백처럼 울린다.

"단순히 엄마가 걱정하는 마음을 이해하고 용서할 수 있게 된 것이 아니라, 오히려 반대야. 걱정하는 마음을 아는 만큼, 자신의 불안감을 우선하여 자식을 믿지 않고 자식이 스스로 결정할 때까지 기다리지 않았던 우리 부모님을 더더욱 용서할 수 없어서 내 아이에게는 절대로 같은 일을 하지 않겠다고 다짐했어."

안쪽 방에서 기리카와 가케루의 어머니가 대화하는 소리가 들려온다. 벌써 친해졌는지 서로 즐겁게 웃고 있다.

"결혼 활동의 막바지에 마미에게 무슨 일이 있었는지 그 무렵에는 연락이 뜸해서 안타깝게도 나도 잘 몰라. 그런데 어느 날 마미에게 전화가 걸려 온 거야. 마에바시의 본가를 나와서 가능하면 도쿄에서 혼자 살아 보고 싶은데 상담에 응해 주겠느냐고."

"저도 궁금했던 부분입니다."

가케루가 노조미를 향해 몸을 내밀었다.

"마미 씨가 왜 갑자기 직장을 그만두고 도쿄에서 혼자 살기 시작했는지."

"나도 놀라서 물었어. 그랬더니 원래 혼자 살아 보고 싶었대."

"그렇다고 직장까지 그만두고 도쿄로 오다니, 무슨 계기가 있었던 게 아닐까요?"

"모르겠어. 그래서 혹시 뭔가 있었던 곳은 직장이 아니었을까 생각했어. 업무 관련해서 무슨 일이 있었고 같은 곳에서 일하기 꺼려진 것이 아닐까. 집을 나오고 싶다기보다는 직장을 그만두는 시점에서 처음부터 새롭게 다시 시작하고 싶었던 게 아닐까?"

노조미가 미간에 주름을 잡았다.

"그렇게 생각하면 마미의 스토커는 직장 관련한 사람일 가능성도 있어. 그 사람과 무슨 일이 있어서 군마를 떠나려고 했을지도 몰라."

"저, 마미 씨가 군마에 있을 때 다녔던 직장 동료의 연락처를 알아보실 수 있다 하셨는데, 본격적으로 부탁드려도 되겠습니까."

가케루가 탁자에 손을 짚었다. "부탁드립니다" 하고 정면에서 노조미를 봤다.

"방금 그 이야기를 들으니 마미 씨가 마치 군마에서 도쿄로 도망쳐 온 것처럼 느껴졌습니다. 전 직장의 동료든 누구든 그 무렵의 일을 알고 있는 사람에게 자세히 좀 듣고 싶습니다."

"알겠어. 뭐든 알아내면 좋으련만."

노조미가 숨을 깊이 들이마셨다.

"마미는 식상 관련한 일은 나한테 아무것도 말해 주지 않았어. 그리고 동생의 입에서 난생처음 집을 나가고 싶다는 말을 듣고 그 생각 자체를 굉장히 좋게 받아들여서 무조건 응원하겠다고 다짐했거든. 무슨 계기가 분명히 있을 테지만, 그때는 그냥 마미를 돕겠다는 마음 하나로 깊이 묻지 않았어. 상담에 응했고 집 찾기와 이사도 도와줬지. 엄마와는 대판 싸운 모양이지만."

마미의 원룸을 열 때 부동산 보증인이 부모가 아닌 노조미였다는 것이 생각났다. 이런 사정이 있었던 것이다.

"도쿄에 온 이후 마미 씨에 대한 어머님의 간섭은 어떻게 되었습니까? 지금까지 들은 바로는 본가에서 도쿄까지 자주 드나드셨을 것 같은데요."

"나도 처음에는 그게 걱정이었는데, 그렇지도 않았나 봐. 마에바시의, 자신의 눈에 띄는 범위 내에 있으면 신경 쓰이지만 물리적으로 떨어지면 엄마의 관심도 딴 데로 가나 봐. 결국 억지로라도 집을 나오는 게 중요했던 거야. 다만."

"다만?"

"이사하고 나서 얼마 후 엄마에게 전화가 왔어. '이사도 언니인 네 도움이 없었다면 못 했을 건데, 이로써 마미도 혼자서는 못 하는 게 많다는 걸 깨달았겠구나'라고 말해서 어찌나 기가 막히던지. 엄마는 역시 마미가 아무것도 못하는 어린애인 채로 있어 주기를 바라는 거야. 서른을 훌쩍 넘었는데도."

"아무것도 못하는……그건 마미 씨가 그렇게 믿도록 부모님이 세뇌한 거 아닙니까?"

마에바시에서도 뼈저리게 느꼈다. 자식이 자립하지 않았으면 좋겠다, 계속 보살피고 싶다는 그들의 마음을 가케루는 도저히 이해할 수 없다. 말은 그렇게 해도 부모는 정년이 되면 수입이 끊기고 자식보다 먼저 세상을 뜬다. 노조미가 말한 '세상을 살아가는 힘'과 '요령'을 키우지 못한 자식을 남기고.

그때 가서 어쩔 작정인지 싶다가, 아, 그래서였구나 하고 납득이 되었다. 그래서 그 시점에 결혼 이야기가 나오는 것이다. 자신의 다음 비호자를 찾게 하기 위해.

"도쿄에 온 이후 마미의 얼굴이 굉장히 좋아졌어. 본가에서 살때와 달리 월세와 관리비가 드는 만큼 생활에 쪼들리는 일이 있었을지 몰라도 여러모로 자신감도 생겼을 거라 생각해. 결혼 활동도 엄마에게 떠밀려서가 아닌 제 힘으로 해내고 실제로 가케루 군을 만났잖아."

"마미 씨처럼 착하고 좋은 사람이 왜 이제껏 결혼을 못 했는지 이상할 정도였지요."

그러자 노조미가 고개를 살짝 갸웃했다. 복잡하면서 애매한 미소를 띠고 "그래?" 하고 묻는다.

"그렇게 말해 줘서 고마운데, 오히려 그 반대 아닐까?"

"반대라뇨?"

"착한 사람인데 결혼을 못 한 게 아니야. 마미는 착한 사람이라서 결혼을 못 한 거지."

가슴 한가운데에 마치 날카로운 화살이 관통한 듯한 통증이 느껴졌다.

가케루의 이야기가 아닌 마미 이야기다. 그러나 강한 충격이 있었다. 왜인지는 알지 못한다. 하지만 걷잡을 수 없는 안타까움과 동시에 마음 어딘가에서 납득이 가기도 했다.

"착한 성격이라 대학 생활도 성실하게 보내고 부모를 걱정시키기 싫어서 남자친구도 만들지 않았지. 연애 경험의 축적이 없으니까 막상 성인이 되어도 쉽사리 나아갈 수가 없고 가족의 보호 아래서만 지냈기 때문에 남이 무서운 거야. 상처받기도 싫고. 연애를 해도 착한 성격이라 타산적이지 못하지. 요령이 없으니까 남에게 선수를 뺏기는 거야."

귓가에 되살아나는 목소리가 있었다.

――오히려 노력하는 걸 보면 호감이 가지. 가케루를 위해서 그런다고 생각하면 갸륵하기도 하고. 다만 어필하는 방식이 좀 서투른 게 안타까울 뿐이야. 그런 행동쯤은 우리가 다 간파할 게 뻔한데 말이야.

미나코가 말했다. 오하라의 집에서 아내를 도우려 하거나 아이를 달래려고 자리에서 일어나려던 마미를 보고.

"부모가 바라 온 '착한 아이'가 인생을 살아가는 데 있어 반드시 도움이 되는 건 아니야."

노조미가 말한다. 가케루도 어정쩡하게 고개를 끄덕였다.

"듣고 보니……실제로는 성실하고 착실한 사람보다 아첨을 잘하고 바람기 있는 사람이 더 인기 있거나 결혼과 이혼을 반복하기도 하니까요."

결혼 활동의 현장에서도 수없이 봐 온 것이다.

여성만 그런 것은 아니다. 결혼 활동에서 만난 상대에게 가케루는 '사교적'인 면에서 좋은 평가를 많이 받았다. 그들에게 '그동안 만난 사람은 얌전해서 대화에 활기가 없었다'는 말을 듣고 성실하지만 사교에 서툰 남자가 많다는 것을 알게 되었다. 성실하고 착실하다는 것은 결혼 상대에 대한 칭찬의 말이지만, 현실의 결혼 활동에서는 그것이 첫 번째 걸림돌이 되는 일도 많은 모양이었다.

'아첨에 능하다'는 것은 바꿔 말하면 그만큼 인생 경험이 풍부하다는 말의 반증일지도 모른다. 반대로 얌전하고 사교에 서툰 남성은 아첨을 할 줄 모른다. 무엇보다 성실한 사람이 웬만해서는 타산을 하지 못하는 것은 남성 측에서도 마찬가지이리라.

오만함과 선량함.

결혼 활동에 오만함이 걸림돌이 된다는 것은 몸소 체험해 알게 되었다. 그러나 미덕인 줄 알았던 선량함이 걸림돌이 되는 것은 너무나 견디기 힘들다.

안타까운 이야기라고 가케루는 생각했다.

"마미가 돌아와도 화내지 말아 줘."

가케루와 대화를 마친 뒤 노조미가 기리카를 데리고 집을 나선 직후 속삭이듯 그렇게 말했다. 가케루는 순간 할 말을 잃고 노조미를 봤다. 가케루의 어머니는 현관 앞에서 배웅하여 이미 근처에 없었다.

노조미의 얼굴에 난처한 듯 엷은 미소가 떠올라 있었다.

"만약 마미가 그 스토커와 무슨 사정이 있어서 지금 함께 있더라도."

노조미가 하고 싶은 말이 무엇인지 알 수 있었다. 가케루는 그래서인가, 하고 생각했다.

마미의 언니는 동생이 상대 남자와 함께 자신의 의사로 모습을 감춘 것이 아닌가 의심하고 있다. 실제로 경찰도 가케루에게 그 가능성을 시사했다.

오늘 노조미와 대화를 나누며 그 냉정함에 안도되는 한편 위화감도 느꼈다. 마미의 행방에 대해 더 절박하고 애타는 심정으로 걱정해도 이상할 것이 없건만, 하고. 하지만 노조미는 아마도 그 가능성을 생각하고 있기 때문에 그리 크게 걱정하지는 않는 것이다.

"자신이, 없네요."

만약 그게 사실이라면, 가케루의 심정은 복잡했다. 그 남자와 마미가 지금 이 시간에도 함께 있다. 그렇게 생각하기만 해도 걱정되고 머리가 이상해질 것 같다. 하물며 마미가 스스로 결정한 행동이라니, 죽어도 그렇게 생각하고 싶지 않다.

노조미가 쓸쓸하게 웃었다.

"가케루 군의 마음은 충분히 알고 나도 마미가 걱정돼. 그래도 만약 마미가 스스로 결정한 거라면 그 애의 의사를 존중하고 싶은 마음도 조금은 있어."

딸 바보가 아닌, 여동생 바보일지도 모르겠지만.

노조미가 말하는 것을 옆에 있는 기리카가 잠이 오는지 커다란 눈을 끔뻑이며 올려다본다. "미안해" 하고 노조미가 말했다.

"이상한 말을 해서 미안해."

노조미 모녀를 배웅하고 집으로 들어가자 어머니가 그녀들이 마신 차와 주스를 치우고 있었다. 빈 수제 푸딩 용기는 가케루가 어릴 때 어머니가 사용하던 것과 똑같은 것이었다. 아직 집에 있었구나. 물건을 소중히 오래 쓰는 어머니의 습관에 감탄했다.

"기리카짱 모녀는 갔니?" 하고 묻는 어머니에게 "응, 고마워" 하고 대답했다.

그때 문득 궁금해졌다.

"엄마."

"응?"

"엄마는 우리가 결혼하면 이 집에서 같이 살았으면 해?"

취미 부자인 어머니는 손주 돌보기에 쫓기거나 아들 부부에게 신경 쓰는 생활은 당연히 사절일 것이다. 지금껏 그렇게 생각했다. 그런데 어머니는 정리하던 손을 멈추지 않고 가케루 쪽을 보지도 않고 대답했다.

"그야 언젠가는 같이 살면 좋겠다고 생각하지. 마미짱에게도 벌써 그렇게 일러 뒀고."

"마미에게?"

금시초문이었다. 어머니가 서슴없이 대답했다.

"딱히 진지하게 말한 건 아니야. 그래도 아이를 돌볼 때 내가 곁에 있어야 편할 테니 언제든지 우리 집에 와도 좋다고 했지."

가케루는 숨을 들이마시고 그대로 멈췄다. 믿기지 않았다.

마미에게 그런 말을 했다니. 진지하게 말하지 않았다 해도 손주도 동거도 재촉한 셈이지 않은가.

아이를 어떻게 할지는, 낳을지 낳지 않을지도 포함하여 마미와 가케루 사이에서조차 아직 제대로 이야기한 적이 없건만.

그게 뭐 어떻냐고 말하듯 어머니가 악의 없는 눈으로 가케루를 바라본다. 입 안이 바싹 마른 것을 느끼며 가케루가 물었다.

"마미짱은 뭐라고 했어?"

"알겠다고, 어머니가 계셔서 든든하대."

"엄마, 나한테는 동거든 손주든 아무 말도 안 하셨잖아요."

순간 입에서 튀어나온 말에 어머니가 다시금 별것 아니라는 듯이 "그랬나?" 하고 중얼거린다.

가케루는 말없이 어머니가 있는 거실에서 벗어났다.

어머니와 기리카가 놀던 다다미방에 들어가 혼자가 되었다. 평소에는 별로 사용하지 않던 방에 오늘은 아이가 잠시 다녀갔다. 떠들썩함과 명랑함이 남아 있는 기분이 들었다. 툇마루의 유리문에서 아직 엷은 햇살이 비쳐 들어온다.

어머니를 잘 안다고 생각했건만 실은 가케루가 어머니에 대해 모르는 것이 한둘이 아니었다. 하물며 마미에 대해서는 정말 알고 있다고 말할 수 있을까.

마미가 군마를 떠나겠다고 말한 것은 오노자토의 상담소에서 두 번째 맞선을 보고 그것을 거절한 뒤였다. 상대는 마미가 직접 고른, 그녀의 취향에 맞는 외모의 치과 조무사.

그 남자일까, 하고 생각한다.

그러자 가슴을 쥐어뜯고 싶도록 답답해서 미칠 것 같았다.

마미가 지금 그 남자와 함께 있다. 사귀지는 않았다, 아무 일도 없었다고 말한 그 상대와 마미는 자신의 의지로 모습을 감춘 것일까.

마미의 과거에 관해 오직 가케루만 아는 사실이 있다.

아마도 가족에게조차, 어머니와도 언니와도 이야기한 적이 없을 것이다.

――처음이야.

마미와 교제를 시작하고 얼마 후. 처음 그녀의 집에 머물렀던 날 밤에 마미가 그렇게 말했다.

교제를 시작하여 이제 그녀 말고는 특정한 누군가와 만나지 않게 되고 서로 나이를 먹을 만큼 먹은 성인이기에 일이 그렇게 흘러가는 것은 당연했다.

샤워를 하고 서로 알몸이 된 침대 속에서 끌어안은 마미의 몸은 돌처럼 굳어 있었다. 부드러운 살결과 따뜻한 체온과는 달리 긴장한 탓에 팔과 등, 다리 안쪽이 통나무가 된 것처럼 뻣뻣했다.

마미는 떨고 있었다.

이제껏 잠자코 가케루의 키스를 받아들이고 가케루의 품속에서 그가 하는 대로 가만히 있던 마미가 견디지 못한 듯 돌연 내뱉은 말이었다.

울 것 같은 가냘픈 읊조림에 가케루가 어? 하고 짧게 소리 내자, 마미가 자신의 얼굴을 감싸안았다. 오렌지색 알전구 불빛이 전부인 어둑어둑한 방 안에서도 그녀의 얼굴이 새빨갛게 변한 것을 알 수 있었다.

눈을 가린 팔 밑으로 마미가 입술을 깨무는 것이 보였다.

남자를 기쁘게 하기 위해 일부러 잠자리에서 하는 유형의 말이 아님을 그제야 깨달았다. 말해 버린 마미는 울음이 터질 듯이 긴장하여 수치심과, 그리고 굴욕이라고까지 할 수 있는 견딜 수 없는 심정에 당장에라도 이 자리에서 도망칠 것만 같았다. 말해 버린 것을 그녀가 말한 직후에 후회하고 있다는 것이 깨문 입술에서 느껴진다. 마미는 얼굴을 보여 주려 하지 않았다.

창피한 것이다.

창피해서 정말 지금 당장 사라져 없어지고 싶어 하는 간절함이 느껴졌다.

서른세 살이라는 그녀의 나이를 떠올렸다. 순간 당연히 거짓말이지, 하고 생각한 뒤 다음 순간 그렇게 생각한 것을 후회했다.

가케루는 이해했다.

마미도 원래는 말할 생각이 없었을 것이다. 아무렇지 않다는 듯 자연스럽게 있고 싶었을 텐데, 그런데도 입에서 튀어나왔다.

거짓말이나 연기가 아니다. 마미는 지금 몹시 두려운 것이다.

"마미짱."

이름을 부른다.

마미는 여전히 얼굴을 가리고 있다.

"마미짱, 날 봐."

끈질기게 말을 걸었다. 키스는 지금까지도 해 왔다. 그녀의 몸을 풀어 주듯이 얼굴을 감싼 손에, 그 사이로 엿보이는 뺨에 입맞춤을 하고 머리를 어루만졌다.

몇 번째인지 모를 만큼 부르고 나서야 마미가 얼굴에서 팔을 뗐다. 눈에 눈물이 글썽글썽하고 호흡이 얕고 흐트러져 있었다. 말없이 울던 마미가 가냘픈 목소리로 "미안해"라고 말했다. 과호흡이 온 것처럼 숨이 끊어질 듯한 목소리였다.

"뭐가?"

"부담스러운 소리를 해서, 미안해. 나…….'

"괜찮아."

그 이상 그녀가 입을 열게 하고 싶지 않았다.

이어질 말을 빼앗듯이 입을 맞추고 지금껏 하던 것 중에 가장 거칠게 혀를 넣었다. 아, 하는 마미의 목소리가 가쁜 숨으로 바뀌고 목소리라고 할 만한 것이 사라졌다. 이제 마미가 그 입으로 아무 말도 하지 않아도 되도록 정신없이 그녀를 탐했다.

마미의 팔에, 다리에, 배에, 등에 힘이 들어간다. 마지막 저항을 시도하는 듯한 굳센 힘이 가케루의 손을 순간 거부했지만 혀를 녹이듯 집요한 키스와 애무를 반복하는 사이 그녀가 몸의 긴장을 푸는 것이 느껴졌다.

이토록 필사적으로 누군가를 안는 것은 오랜만이라는 생각이 들었다.

그녀가 처녀라는 사실에 흥분한 것이 아니다. 그저 그녀가 그런 애처로운 생각을 다시는 품지 않기를 바랐다.

마미의 숨결이 점점 거친 신음 소리로 바뀐다.

가케루 군, 나…….

뭔가 말하려는 마미의 귀에 얼굴을 묻고, 굳게 닫힌 몸속에 들어갈 때까지 내내 가케루는 그녀의 귓가에 대고 사랑해 하고 반복했다. 사랑해. 그러니 이제 울지 마.

가케루의 말에 마미가 울음을 터뜨렸다. 그때까지도 눈물을 흘리고 있었지만 마치 자신이 울고 있다는 것을 그제야 알아차렸다는 듯이 갑자기 소리 높여 울었다. 마미의 감정이 그 순간 터지고 말았다.

긴장과 공포로 뻣뻣해졌던 몸은 한 번 열리자 부드럽고 순조롭게 가케루를 받아들였다. 얼굴을 살짝 일그러뜨리는 마미를 보고 아프냐고 묻자 마미가 그 얼굴을 가리듯이 가케루의 팔에 매달렸다.

그리고 가케루의 손을 아프도록 붙잡고 울음소리와 신음 소리가 뒤섞인 숨결 아래 겨우 말했다.

가케루 군, 사랑해, 멈추지 마, 하고.

부모 곁에서 살았을 무렵의 마미를 생각해 봤다.

스토커와는 사귀지 않았다. 그 사람과 무슨 일이 있었던 것도 아니다. 그저 고백한 것을 거절한 상대일 뿐. 그 말은 사실일 것이다.

가케루는 마미의 첫 연인이 자신이라는 것을 의심하지 않는다. 그런데 만약 자신이 그 사실에 무의식적으로 안주하고 있었다면.

마미에게는 다른 남자의 흔적이 없다. 그것이 곧 그녀에게 다른 이야기가 없음을 뜻하는 것이 아니건만.

생각지도 못한 상대에게서 전화가 온 것은 그 다음 주의 일이었다. 근무 중에 개인용 스마트폰이 진동했다. 모르는 번호로 걸려 온 전화는 낯선 지역 번호로 시작된 번호였다. 어떤 예감이 들어 가케루는 황급히 전화를 받았다.

『이 번호가 니시자와 씨 전화번호가 맞는지요?』

고상한 목소리를 듣고 등줄기가 곧게 펴졌다. 긴장이 된다. 마에바시에서 만났을 때 이 사람 앞에 서서 이야기하는 내내 재판관의 질문에 답하고 심판을 기다리는 듯한 긴장감이 들었던 것이 생각났다.

『잘 지내셨어요? 갑자기 연락을 드려 죄송합니다. 지금 통화 괜찮으세요?』

오노자토 부인이었다.

부드럽고 온화한 목소리는 겉치레일 뿐이라는 것을 가케루는 이미 알고 있다. "네" 하고 대답하고 인사하는 자신의 목소리가 목구멍에 살짝 감긴다.

『만나시겠다고 합니다.』

오노자토가 불쑥 말했다. 가케루가 "네?" 하는 짧은 소리를 내려던 찰나에 그녀가 계속했다.

『마미 씨의 맞선 상대 말이에요. 우리 결혼상담소에서 처음 소개해 드린 남성이 사정을 듣고 니시자와 씨를 만나 주겠다고 하셨어요. 성함은 가나이 도모유키 씨.』

가나이 씨, 하고 요코가 밝힌 이름이 오노자토의 목소리와 겹친다. 요코가 선택하여 마음에 들어 한 전자기기 제조회사의 엔지니어.

오노자토가 틈을 주지 않고 덧붙였다.

『마에바시에 거주하고 지금은 결혼하셨지만 여기로 오신다면 만나시겠다고 합니다. 어떻게 하실 건가요, 마에바시까지 오실 건가요?』

오노자토가 왜 가케루에게 그를 연결해 줄 마음이 생겼는지는 알 수 없다. 재미있을 것 같다고 생각했을지도 모른다. 오노자토의 속을 알 수 없는 우아한 미소를 떠올리자 그럴 가능성도 있을 것 같았다.

하지만 설령 그렇다 해도 상관없다.

"만나고 싶습니다" 하고 가케루는 대답했다.

누가 그 사람인지 알아보기까지는 시간이 걸렸다.

일요일 점심의 이탈리안 레스토랑은 꽤나 붐볐다. 이 부근에서 인기 있는 가게인 모양이었다. 젊은 여성 팀과 커플, 아기를 보호대가 있는 아기 의자에 앉힌 부부, 조부모부터 삼대가 함께 식사하는 가족까지 식당 안은 다양한 층의 손님으로 꽉 들어차 있었다. 문을 열자 대기자 명단을 작성하는 표가 먼저 눈에 띄었고 그 옆에는 자리를 기다리는 사람들로 복작였다.

실내에 올리브유와 마늘 향기가 감돌았다.

약속 장소가 정말 이 가게가 맞나 싶어 실내를 둘러보자, 한 남성이 엉거주춤 일어나 자리에서 뒤돌아보며 입구에 있는 가케루에게 가볍게 고개 숙여 인사했다. 그 모습을 보고 저 사람이구나 하고 직감했다.

"가나이 씨십니까?"

창가 자리로 다가가 묻자 그 남성이 "아, 네. 그렇습니다" 하고 고개를 끄덕였다.

"니시자와 씨이시군요?"

'이시군요'의 '이시'가 짤막하게 발음되어 '니시자와 씨군요'로 들렸다. 젊은 사람이 예의를 차리지 않고 말할 때와는 달리 더 소박하고 느긋한 어감이었다.

"죄송합니다. 약속 장소를 이 부근에서 가장 맛있는 곳으로 잡으려고 아내에게 물었더니 여기가 좋다고 해서 깊이 생각하지 않고 골랐는데 대화를 하기에는 좀 시끄러울 것 같네요."

"아뇨, 괜찮습니다. 그보다 기다리시게 한 것 같아 죄송합니다."

약속 시간에 딱 맞춰 도착했는데도 가케루가 사과하자, 가나이가 "뭐 어떻습니까" 하고 고개를 젓는다.

"여기는 일요일에는 예약이 안 되거든요. 그래서 먼저 왔죠."

"그러셨군요. 죄송합니다. 게다가 3월이니 회계 연도 말이라 한창 바쁜 시기에."

가케루가 걱정스레 말하자 가나이가 소탈한 분위기로 고개를 젓는다.

"아뇨, 아뇨. 오늘은 나도 쉬는 날이긴 해도 약속도 없고."

가게가 붐비는 모습으로 보아 가나이는 매우 이른 시간에 왔을 것이다. 가케루는 머리를 살짝 숙이고 나서 그의 맞은편에 앉으면서 가나이의 얼굴을 다시 훔쳐봤다.

뜻밖이다, 라는 것이 그를 처음 봤을 때의 솔직한 소감이었다.

도쿄에서 대기업에 근무한 경험도 있는 전자기기 제조회사 엔지니어. 그렇게 듣고 가케루는 무의식중에 안경을 쓴 정장 차림의, 굳이 말하자면 선이 가는 외모의 남성을 상상했다. 그런데 눈앞의 가나이 도모유키는 체격이 좋고 이과계라기보다는 체육계라고 하는 편이 훨씬 더 어울렸다.

햇볕에 잘 그을린 피부에, 어린아이가 쓸 만한 야구 모자를 쓰고 있었다. 몸에 걸친 체크무늬 셔츠와 그 밑에 받쳐 입은 티셔츠도 허름해 보이고, 일어섰을 때 보인 청바지 뒷주머니는 옷감이 뜯어져 구멍이 뚫려 있었고 그 구멍으로 지갑 모서리가 튀어나온 상태였다. 생각해 보면 일요일이니 정장 차림이 아닌 것은 당연하지만 그래도 예상치 못한 인상이었다.

자신의 옷차림이나 패션에 그리 신경 쓰지 않는 유형의 남성이라 생각했다. 오늘 아침 집을 나설 때 가장 새 옷에 가까운 깃 달린 재킷을 일부러 골라 입고 나온 자신이 왠지 되레 창피해졌다.

자신의 연인이 과거에 퇴짜 놓은 상대를 만난다는 것, 게다가 마주 앉아 이야기까지 나누는 것은 살면서 한 번도 경험한 적 없는 일이었다. 그래서인지 이상한 기분이 들었다. 상대는 그녀에게 선택받지 못한 사람이고, 자신은 선택받은 사람이다. 그 점에 우월감이 없다고 하면 거짓말이다. 그를 경쟁상대로 의식하는 것은 아니지만 지고 싶지 않다는 마음은 있었다. 가케루가 오늘 옷장 속에서 가장 좋은 재킷을 꺼내 입은 이유다.

"모처럼 쉬시는 날에 죄송합니다."

"별말씀을. 그쪽이 고생이시죠. 오늘 도쿄에서 바로 오신 건가요?"

"네. 오늘 아침에."

"차로 오셨어요?"

"네."

"그렇구나. 기차로는 멀리 돌아가고 갈아타기도 번거로우니 마에바시에는 차로 오는 게 편하겠네요."

활달하고 구김살 없는 가나이의 말투에 가케루는 어깨에서 힘이 쑥 빠졌다. 그 순간 자신이 몹시 긴장하고 있었다는 것을 깨달았다.

"뭘로 드시겠어요?"

가나이가 익숙한 손짓으로 메뉴판을 내밀었다. 가케루는 고마워하며 받아들었다. 이런 상황에서도 음식 메뉴보다 와인이나 맥주 리스트를 먼저 확인하는 것은 어쩔 수 없는 직업병이다. 그러자 그것을 알아차렸는지 가나이가 "낮이긴 한데, 한잔 하실래요?" 하고 물었다.

고개를 들자 가나이가 사람 좋아 보이는 미소로 맥주잔을 들이켜는 시늉을 한다. 털털하고 시원시원한 말투였다.

"만약 다음 일정에 지장이 없다면 말이에요."

"아뇨, 죄송합니다. 아쉽게도 차로 오는 바람에."

"아차, 그랬죠. 방금 들었는데 죄송합니다. 대리운전을 불러서 갈 만한 거리가 아니었죠."

이어서 "다만 나도 대낮부터 대리를 부르는 건 좀 심하지만 말입니다" 하고 혼잣말처럼 말했다. 이에 가케루도 덩달아 얼굴에 웃음을 띠었다.

"술이 맛있을 것 같은 가게라 정말 안타깝군요. 차로 오지 말 것을 그랬습니다."

"여기는 피자와 파스타, 뭐든 다 맛있답니다. 그리고 밤에 오면 생햄을 안주로 먹기도 하죠."

"평소 가족과 함께 자주 오시나 보군요."

"그렇죠. 평소에는 아이들과 아내와 함께. 아이용 의자와 식기도 따로 준비해 줘서 어린이 동반한 손님이 이용하기 편리한 가게거든요."

초면인 데다 과거에 잠시 만나볼까 했던 상대의 현 약혼남을 만나는 일은 가나이 입장에서 봐도 있을 수 없는 일이니 당연히 복잡한 심경이 들 것이다. 그런데 아까부터 가나이가 가케루를 대하는 모습에는 무리하는 기색이 전혀 없었다. 대범하고 마음씨가 착하고, 그리고 조금 둔감한 것이다. 하지만 그 둔감함이 가케루를 편하게 해 주었다. 오히려 마미에게 선택받은 우월감이니 경쟁이니 하는 것과 복장을 신경 쓴 자신이 가나이에 비하면 훨씬 보잘것없는 존재처럼 느껴졌다. 가나이에게는 가케루와 경쟁할 생각이 전혀 없었다. 처음부터 적으로 여기지도 않았고 가케루가 자신을 그런 식으로 생각한다는 것은 상상조차 못했을 것이다.

"오늘 일은 아내 분도 알고 계십니까?"

주문을 마치고 가케루가 묻자, 가나이가 이번에도 시원스레 고개를 끄덕였다.

"네, 압니다. 처음에 오노자토 씨에게 연락이 왔을 때 니시자와 씨를 만나 보라고 권한 것도 아내거든요."

"아내 분께서요?"

"네. 스토킹인지 뭔지 뒤숭숭한 이야기인 데다 조금이라도 의심 받고 있다면 차라리 만나는 게 낫겠다, 우리 집은 전혀 관계없으니 한 번 만나면 그걸로 끝이다, 우리 집에는 남을 숨겨 둘 만한 공간도 없으니 뭣하면 집에 들어와서 확인하면 된다고 말입니다."

가나이가 아내의 말투를 흉내내며 말하고 나서 쓸쓸한 미소를 지었다.

"실은 우리 집이 정말 좁거든요. 아이가 태어나고 나서 더 비좁아져서 지금 이사를 할지, 아예 내 집 마련을 할지 의논 중인데, 내가 그 부분을 전부 아내에게 맡기고 나 몰라라 했더니 요즘 바가지를 긁더라고요."

몹시 난처한 표정을 지으면서도 아주 싫지만은 않은 모습이다. 가케루는 "죄송합니다" 하고 사과했다.

가나이의 아내가 말할 필요도 없었다.

그는 아니다. 그가 마미의 스토커가 아니라는 것은 이곳에 와서 얼굴을 본 순간부터 알았다. 그는 절대로 아니다.

마미의 행방에 대한 실마리가 사라져 원점으로 되돌아온 듯한 실망감이 잠시 가슴을 스쳤지만 안심하는 마음이 더 컸다. 실마리를 간절히 원하는 한편 마미에 관한 심각한 사태와 직면하기를 두려워하는 마음도 지울 수가 없었다. 한심하게도 가나이를 만나고 그 쾌활한 분위기에 마음이 놓였다.

가나이는 가케루 주변에 거의 없는 스타일의 남성이었다. 그리고 이런 남성이 마미가 나고 자란 이 지방에서는 많은 사람들의 사랑을 받으며 살아가리라는 점이 이유를 불문하고 이해가 되었다.

어쩌면 그것은 지방이라는 것과는 관계가 없을지도 모른다. 대범하고 둔감한 성격으로 깊이 생각하지 않고 사람을 대할 수 있는 것은 일종의 재능이라 할 수 있다. 그 재능을 지닌 가나이 같은 사람은 '가정'을 꾸리는 것이 적성에 맞다. 가나이가 행복한 가정을 이루었다는 것을 가케루는 잘 안다. 자신에게는 없는 것이기에 부러운 동시에 수긍이 간다.

"아내 분께도 괜한 걱정을 끼쳐 죄송합니다. 가나이 씨를 의심한 건 아닙니다. 정말 아무런 실마리가 없어서 조금이라도 이야기를 듣고 도움 받고 싶은 마음에 오노자토 씨를 통해 뵙기를 청한 것입니다."

새삼 가나이의 얼굴을 정면에서 바라보았다.

"저희 사정은 오노자토 씨에게 어느 정도는?"

"들었습니다."

가나이가 심호흡을 하더니 돌연 심각한 표정을 지었다.

"놀랐어요. 마미짱과는 아주 오래전에 만났을 뿐이라 당연히 아직 마에바시에 있는 줄 알았죠. 그런데 웬 스토킹을 당했다 하고 지금 어디에 있는지도 모른다 하니 이것 참 뭐라고 해야 할지."

가나이답게 거리낌 없는 말투였다. 마미의 실종에 관해 다른 사람들이 말을 신중히 고르는 것과는 대조적이다. 그런데도 불쾌한 기분은 전혀 들지 않았다. 종기를 만지듯 조심스러워하지 않는 말투가 훨씬 기분이 상쾌했다.

"경찰서에도 갔었습니다. 다만 스토커가 누군지 모르는 이상 움직일 수 없다고 하더군요. 제가 마미 씨를 알게 된 건 그녀가 도쿄에 온 이후라 예전의 그녀에 대해서는 아는 바가 거의 없습니다. 만약 가나이 씨가 마미 씨를 만났을 무렵에 있었던 일 중 뭔가 짚이는 것이 있으시면 아무리 작은 것이라도 좋으니 들려주시면 좋겠습니다."

"그렇게 말씀하셔도 참 난감한 게, 내가 마미짱을 만난 것이 아주 오래전이고 다 합해서 아마 세 번쯤 만났을 겁니다."

가케루를 귀찮아하기는커녕 그 말투에서 미안해하는 뉘앙스마저 느껴졌다.

"그렇지 않아도 일단 앞으로 더 만날지 말지 하는 분위기에서 만났던 터라 서로 과거의 연애 이야기는 거의 하지 않았던 것 같은데. 마미짱도 그렇고 나도 당연히."

거기까지 말하고 가나이가 문득 깨달았다는 듯이 "아" 소리를 냈다. 그가 가케루를 향해 몸을 틀었다.

"아까부터 마미짱이라고 엄청 친한 것처럼 불러서 미안합니다. 만났을 때 그렇게 부르는 바람에 오히려 성을 잊고 있었어요. 오노자토 씨에게 전화가 왔을 때 듣고 오랜만에 생각났었는데, 마미짱은 성이 뭐였죠?"

"사카니와입니다. 사카니와 마미. 그런데 괜찮습니다. 당시 부르셨던 호칭대로 하시죠."

가케루의 말에 가나이가 "미안합니다" 하고 다시 말하고 어깨를 살짝 움츠렸다.

"마미짱과 만났을 무렵에는 내가 마에바시에 돌아온 직후라 솔직히 한꺼번에 많은 일이 생겨서 정신이 하나도 없었어요."

"전에 도쿄에서 근무하셨다고 들었습니다."

"네. 고향은 여기지만 대학교 때 도쿄로 나갔어요."

"도쿄의 회사에는 몇 년 정도 근무하셨습니까? 아, 실은 저도 직업을 바꿨거든요."

상대가 이야기하기 편하도록 가케루도 자기 이야기를 했다.

"제 경우에는 서른 넘어서 직업을 바꾼 것이라 불안하기도 했습니다."

"아…….. 나는 사실 거기서 그리 오래 일한 건 아닙니다. 취직도 늦게 했고. 이과 계열이라 대학원까지 가는 놈들이 많아서 나도 자연스럽게 대학원까지 가서. 그러고 나서 취직했거든요."

그렇다면 최종 학력은 대학원 졸업이다. 그 내용을 빠르게 쏟아 내는 말투로 보아 가나이가 졸업한 곳은 필시 이름난 대학이라는 직감이 들었다. 결혼 활동은 물론 지금 하는 업무에서도 가끔 있는 일이었다. 학력을 자랑하는 것이 아니라 학력이 높기 때문에 오히려 겸연쩍어하며 감추는 것이다. 결혼 활동을 하는 여성의 경우에는 높은 학력 때문에 상대 남성이 뒷걸음질을 칠까 봐 학력을 감추지만, 가나이의 경우에는 순수하게 겸손한 성품이라 그렇게 말하고 있다는 기분이 들었다.

가나이의 그런 말투에 호감이 가는 한편, 한 가지 깨달은 것이 있다. 가슴속이 서늘해진다.

마미의 어머니는 그 학력까지 포함해서 그를 맞선 상대로 선택한 것이다.

가나이가 머리에 쓴 야구 모자의 챙을 괜히 만지작거리며 뒤로 살싹 젖히고 웃었다.

"짧은 기간 일했을 뿐인데 도쿄에서 근무하던 그 회사와 뭔가 잘 안 맞는 것 같았어요. 지금 생각하면 느닷없이 사회인이 된 탓에 모라토리엄이라고 해야 할지, 정말 여기서 일하는 게 맞는지 고민도 되고 생각도 많아졌죠. 직장 업무라는 게 어디를 가도 힘든 건 마찬가지잖아요."

그런데 말이에요, 하고 가나이의 표정이 진지해졌다.

"그해에 지진이 있었어요."

"지진이요?"

"네, 동일본 대지진. 도쿄에서 일하며 이거 큰일났구나, 여기 있을 때가 아니라는 생각이 들었어요."

"그 감각은 저도 알 것 같습니다."

전에 없던 대재해라 불린 도호쿠 지역의 쓰나미 영상. 매일 들어오는 새로운 피해 소식을 들었을 때는 교통기관이 마비되어도 이튿날이면 복구되는 도쿄에 있었을지라도 모두가 느끼지 않았을까. 변함없는 일상을 그저 변함없는 것으로 보내는 것조차 주저되었던 그 감각은 가케루도 선명하게 기억한다.

"그럼 가나이 씨는 지진을 계기로 마에바시에 돌아오신 겁니까? 회사를 그만두고."

본가가 걱정되어 고향에 돌아간다는 사람도 그 무렵에는 있었다. 도쿄에서 나고 자란 가케루도 그 심정은 이해가 간다. 그런데 가나이가 고개를 저었다. 얼굴에 학력을 밝혔을 때와 같은 쑥스러움을 감추기 위한 어색한 표정이 떠오른다.

"아니, 바로 돌아온 건 아니에요. 그때는 왠지 모를 기세에 휩쓸려서 도호쿠에 갔습니다. 후쿠시마 현 미나미소마 시에서 1년 정도 지내며 마을 사람들과 함께 건물 잔해를 치우고 진흙 제거 작업도 했어요."

가케루는 눈을 휘둥그렇게 떴다.

"자원봉사 활동을 가셨다는 겁니까?"

"뭐, 그렇죠."

"회사를 그만두면서까지?"

"그건 결과가 그렇게 되었다고 할까. 뭐랄까, 자원봉사를 하기 위해 그만둔 게 아니라 아까도 말했다시피 회사가 나와 맞지 않는 다고 생각하던 차에 지진이 계기가 된 것뿐이에요. 오로지 자원봉 사가 목적이었다면 반대로 회사를 그만두지는 않았을 거예요."

종업원이 샐러드를 곁들인 파스타 접시를 가져다주었다. "먹읍 시다." 가나이가 말했다.

"자원봉사 활동에는 다양한 사람들이 오는데 의외로 푹 빠지는 사람도 제법 많죠. '푹 빠지다'니 경솔하게 들릴 수도 있겠지만요. 그래도 삽으로 진흙을 퍼서 나르고 목장갑과 고무장화가 너덜너 덜해질 때까지 하다 보면 아무 생각이 없어지고 한없이 계속할 수 있을 것 같은 기분이 들죠. 봉사 활동이라 하면 남에게 칭찬받고 싶어서 한다는 식으로 치부하는 경우도 많은데, 칭찬 같은 걸 바라 서 하는 것도 아니에요. 물론 칭찬 받으면 기분이 좋긴 하지만요."

실제로 누군가 그런 식으로 말하거나 물은 적이 있을지도 모른 다. 가나이의 말투가 다시 빨라졌다. 난처한 듯 미소를 지었다.

"대의나 정의감 때문에 갔던 건 아니에요. 다행히 그동안 회사 에 다니며 저축해 놓은 돈도 어느 정도 있었고, 자원봉사자가 지 낼 수 있는 공간도 마련되어 있었죠. 뭐랄까, 나는 그 시기에 지금 생각하면 중독에 가까운 상태로 작업했던 것 같습니다."

"중독, 이요?"

"이렇게 말하면 좀 그렇지만, 충실감도 상당했거든요. 자원봉사자끼리 공동생활을 하느라 불편하긴 했어도 마치 합숙 같은 분위기에 들뜨기도 했죠. 그렇게 동료가 생기고 또 마을 사람들과 친해지다 보니 회사에서 일하며 보람을 느끼지 못한 만큼, 아, 여기가 바로 내가 있을 곳이구나 하는 생각이 들었어요. 거기서 사귄 동료와 마을 사람들과는 지금도 연락을 유지하고 있죠. 그런 유대 관계는 내 인생에서 앞으로도 쭉 좋은 재산으로 남을 거라 믿습니다. 그런데 지금 생각하면 큰 지진이 발생한 직후라 그 영향 탓인지 나도 아주 정상은 아니었던 것 같아요."

가나이가 다시 어딘지 겸연쩍은 얼굴을 했다.

"내가 그런 동기로 움직인다 해도 실제로 진흙이 제거되니 마을에 도움도 되고 기뻐해 주는 사람도 있고 나름대로 다행이라 생각하지만요."

"대단히 훌륭하다고 생각합니다."

건넬 말을 신중히 찾으려 했더니 그 한마디밖에 나오지 않았다.

지진이 발생한 뒤 수많은 사람들이 자신도 뭔가 할 수 있는 일이 없을까 고민했을 터였다. 가케루도 그중 한 사람이었지만 실제로 뭘 했나 생각해 보면 구체적으로 몸을 움직인 기억은 거의 없다. 도쿄에 있으면서 할 수 있는 얼마 안 되는 기부와 격려. 그로부터 몇 년이 지난 지금도 재해지에는 한 번도 찾아가지 않았다. 다른 사람들도 마찬가지라고 생각했건만 가나이는 행동에 나선 것이다. 가나이라면 그랬을 것이라는 걸 대화를 나누며 알게 되었다. 그런 행동력이 있는 상대 앞에서 가케루가 무슨 말을 하든 어차피 가벼워질 것 같은 기분이 들었다.

"그런가요?" 하고 가나이가 쓴웃음을 지었다.

그의 속에는 어쩌면 그 시절의 기분이 아직 정리되지 못한 채 남아 있는 부분이 있을지도 모른다. 가나이가 김이 모락모락 나는 파스타를 포크로 돌돌 말고는 작은 소리로 "잘 먹겠습니다" 하고 먹기 시작했다. 가케루도 덩달아 파스타에 시선을 떨어뜨렸다.

가나이가 파스타를 먹다 문득 고개를 들었다. 이야기를 계속했다.

"그렇게 봉사 활동을 하며 1년이 지났을 무렵 본가의 부모님이 역정을 내시더라고요. 애써 취직한 회사를 그만두고 도대체 언제까지 거기에 있을 거냐고요. 아버지는 호통을 치시고 어머니는 우시고. 그쯤 되니 도쿄에 굳이 갈 필요가 있나 싶어서 고향으로 돌아가기로 했어요. 그래서 일단 갔더니 그다음 주에 바로 지금 다니는 회사의 면접이 잡혀 있었다니까요. 아버지의 지인이 임원으로 계시는 곳이라 억지로 막 밀어 넣은 거죠."

그러니까 뭐, 연고 채용 같은 거죠. 자조 섞인 가나이의 이야기에 가케루는 얼마 전 마미의 언니에게 들은 추천 취업 이야기를 떠올렸다. 본인이 원해서 선택하는 것이 아닌, 마련되어 있는 자리를 나눠 갖듯 직장을 선택하는 것이 이곳에서는 당연한 사고방식인 것이다.

마미가 졸업한 여대에는 지역 기업에 들어갈 수 있는 추천 취업 정원이 마련되어 있어 그대로 직장의 신붓감 후보가 되기도 한다고 들었다. 만약 운명의 수레바퀴가 조금씩 어긋났더라면 마미와 가나이는 가나이의 현재 회사에서 맞선이 아니라 자연스러운 형태로 만났을 가능성도 있지 않았을까. 여기서도 지방의 가깝고도 좁은 생활 범위가 실감된다.

"오노자토 씨가 하는 곳의 맞선도 비슷한 과정이었죠."

가나이가 말했다.

"고향에 돌아와 직장에 다니고 얼마 후 부모님이 갑자기 맞선을 보라고 하셨어요. 그 전까지 결혼은 생각해 본 적도 없어서 황

당했는데, 상대가 벌써 내 사진과 경력을 봤고 마음에 든 눈치라면서 일단 만나 보라고 하셔서."

"결혼상담소에 등록하기 전에 부모님께서 가나이 씨에게 따로 말씀해 주시지는 않았습니까? 전혀?"

"결혼상담소…… . 아, 그런가, 오노자토 씨가 하는 곳이 일종의 결혼상담소인가요?"

그런 격식 있는 자리인 줄 모르고, 하고 쓴웃음을 짓는 그를 보며 이번에도 가나이라면 충분히 그랬으리라고 생각했다.

"오노자토 씨는 좋은 분이시죠."

가나이가 이어서 말했다. 그 천진한 목소리를 들으며 가케루는 애매한 미소와 함께 얼버무리듯 물을 마셨다.

친인척도 아닌데, 그는 오노자토가 오로지 선의로만 혼사를 주선해 주었다고 믿는 눈치였다. 도시가 아닌 이 고장에서 나고 자란 사람들은 자연스레 그렇게 믿게 되는 것일까. 어쩌면 가나이는 등록비가 필요한 것과 다음 단계의 성공 보수에 대해 부모에게 아무것도 듣지 못했을지도 모른다. 그리고 마미도.

"고향에 돌아오자마자 부모님께서 여자친구가 있느냐고 물어보시긴 하셨죠. 없다고 했더니 어느새 일이 착착 진행되어 있더라고요. 이력서에 필요하니 증명사진을 달라고 하시길래 드렸던 사진이 맞선용으로 사용되었다는 걸 알고 기겁했습니다."

"엄청나네요."

"그렇죠? 당하는 나는 미칠 노릇이었다니까요."

가나이가 쓴웃음을 짓지만 말투는 여전히 활달하다.

"나더러 부모가 신붓감을 찾아주지 않으면 평생 독수공방할 처지라며 생색은 있는 대로 내시고. 나도 그동안 여자친구를 사귄 적이 있는데 부모님은 아무것도 모르면서 왜 저러시나 싶어 짜증이 났죠."

"그것도 당연하다고 생각합니다."

심각하게 들리지 않도록 가케루가 가볍게 맞장구를 치자, 가나이가 장난기 섞인 말투로 "그렇지요?" 하고 가케루의 눈을 들여다본다.

그 동작을 보면서 가케루는 그는 그랬구나, 하고 생각했다. 부모가 모르는 곳에서 다양한 경험을 쌓아 온 것이다. 연인도 있었다. 그러나 부모 곁으로 돌아온 자식을 부모는 자신이 알고 있었을 당시의 모습 그대로라고 생각하는 것이다. 그래서 맞선 자리도 부모가 준비한다. 자식이 알아서 연애를 할 수 있을 리 없으니까.

--믿은 적이 없으니까.

문득 마미의 언니가 한 말이 생각났다.

자식 일을 부모가 정해 주지 않으면, 나서 주지 않으면 안된다고 생각하는 부모들의 착각 또한 그들이 성실하고 선량하기 때문에 드는 걸지도 모른다. 자식이 남 못지않은 사교성과 사회성을 획득한다는 것을 도무지 상상할 줄 모른다.

"그런데 맞선 이야기는 이미 진행된 데다 상대가 나를 마음에 들어 한다고 하니, 이왕 이렇게 된 거 만나기로 했죠. 그 사람이 마미짱이었어요."

니시자와 씨, 하고 가나이가 목소리를 가다듬어 부른다. 그가 가케루의 눈을 보고 계속했다.

"마미짱은 내가 별로 마음에 들지 않는 눈치였어요."

"아니, 그럴 리가요."

반사적으로 말했지만, 가나이가 가케루 앞에서 손을 가볍게 내저었다.

"괜찮아요, 괜찮아. 내가 마음에 든다고 하더니, 막상 만났는데 처음부터 별로 내키지 않아하는 것 같아서 어? 이상하다 싶었죠. 몇 번인가 만났는데 결국 퇴짜 맞았습니다. 실제로 만나 보니 나한테 상상과 다른 점이 있었던 건지, 원."

가나이가 마음에 들어서 선택한 사람은 마미가 아닌 그녀의 어머니다. 가나이의 생각이 거기까지 이르렀는지는 몰라도 그의 입장에서는 헛물을 켠 심정이었을 것이다. 본인도 부모에게 떠밀려 상대가 마음에 들어 한다는 말을 믿고 마미를 만났건만, 마미가 냉담한 태도를 보였다면 그리 유쾌하지는 않은 경험이었을 것이다.

"마미 씨는 어때 보였습니까?"

가케루가 조심스럽게 물었다. 가나이가 대답한다.

"얌전하던데요. 긴장해서인가 원래 그런 사람인가 했는데, 지금 생각하면 재미없어서 그랬던 것 같아요. 내가 탐탁지 않았나 봅니다."

좋은 추억이 아닐 텐데 가나이는 담담하고 차분하게 말했다. 애써 그렇게 한다기보다는 마미를 스쳐 지나간 인연으로 여기고 크게 신경 쓰지 않는 듯했다.

"그래서 대화라기보다는 나 혼자 떠드는 일이 많았죠. 고스기 몰에 가서 영화도 보고 그리고 드라이브도 했었나? 실은 마미짱이 워낙 착해서 이대로 계속 만나도 되겠다고 생각했습니다."

가나이의 얼굴에 쓴웃음이 떠올랐다.

"세 번째로 만났을 때, '역시 안 되겠어요, 죄송해요' 하는 말을 듣고, 그제야 아, 뭐야, 내가 마음에 안 들었구나, 하고 깨달았습니다. 그럼 처음부터 말해 줬으면 좋았을 텐데 조금 서운했죠. 남자는 그런 데에는 둔하지 않습니까."

"그러셨군요."

순간 사과의 말이 튀어나올 뻔하여 가케루는 숨을 삼켰다.

요코에게 듣기로는 가나이가 더 적극적으로 관계를 지속하고 싶어 하는 인상이었다지만, 정작 그는 매우 가벼운 마음으로 생각한 듯하다. 여기서도 요코의 과도한 착각과, 그랬으면 좋겠다는 바람 같은 것이 느껴졌다.

가케루가 물었다.

"마미 씨와는 처음부터 단 둘이 만나셨다고 들었습니다. 부모님이 동석하지 않은 상태로."

"그랬죠. 맞선이라고 하길래 어디 고급 요릿집이나 호텔 같은 곳에서 부모님과 중매인까지 모인 자리에서 '우리는 빠질 테니 청춘 남녀끼리 잘해 봐요' 하는 뻔한 멘트를 듣나 싶었더니, 요즘에는 그렇지 않아서 좀 놀랐습니다."

"마미 씨와 만나셨을 때 뭔가 기억나는 건 없습니까? 아주 사소한 거라도 좋습니다."

"음, 마미짱의 스토커와 관련 있을 만한 걸 물어보시는 거죠?"

말투 자체는 느긋해도 가나이는 눈치가 빠른 사람이었다. "뭐가 있었더라" 하고 중얼거리며 파스타를 포크에 돌돌 말아 식사를 계속한다.

마주 앉은 가케루도 파스타를 먹기 시작했다. 묵묵히 생각에 잠긴 가나이를 보면서 일단 물어보긴 했지만 뭔가 나올 가능성은 희박하리라고 생각했다.

마미가 스토커를 만난 것은 가나이와 맞선을 본 이후일 가능성이 높은 데다 무엇보다 꽤 오래전 일이다. 기억나지 않는 것이 당연할지도 모른다. 그런데 가나이가 돌연 "아, 그렇지" 하고 고개를 들었다. 그가 고개를 살짝 갸웃거리며 말했다.

"전혀 상관없을 것 같은 이야기인데 괜찮겠습니까? 아주 사소한 일이거든요."

"물론이죠. 뭡니까?"

"마미짱과 둘이서 고스기몰에 영화를 보러 갔다가 끝나고 차를 마시러 가고 있었는데 우연히 마미짱의 친구를 마주친 겁니다. 남자가 아닌 여자였지만요. 그 친구는 남편으로 보이는 사람과 함께였는데 그때 아마 임신한 상태였을 거예요. 배가 불룩했거든요."

"네."

"마미짱을 불러 세운 뒤 '오랜만이야', '잘 지내?' 하고 말을 건네고 나를 힐끔 쳐다보더니 '남자친구?' 하고 묻는 것을 마미짱이 '아니, 그냥' 하고 대답한 걸 기억합니다."

그런데 말입니다, 하고 가나이가 계속했다.

"그 친구 부부가 가고 나서 내가 친구냐고 물었죠. 그랬더니 마미짱이 이렇게 말하더군요. 친구이긴 한데 별로 좋아하는 친구는 아니라고요. 좀 의외여서 기억하고 있습니다."

가나이의 눈에 어렴풋이 곤혹스러움이 깃들었다.

"그동안 마미짱과 함께 있으면서 줄곧 착한 여자라고만 생각했는데 친구를 그런 식으로 말하기도 하는구나 싶었죠. 나와 마미짱도 그때는 초면이나 마찬가지였는데, 나한테 그렇게 말한 것도 좀 당황스러웠습니다."

가나이가 그 대답을 듣고 마음이 식었다는 것을 알 수 있었다.

그 정도 말에 마음이 식는 이 사람의 선량함을 가케루는 바람직하게 생각했다. 대학교 때부터 입이 험한 여자 동창들의 신랄한 독설에 익숙한 가케루에게는 그의 그런 감각이 흐뭇하게 느껴지기조차 했다.

그러나 가케루 또한 마미의 그 말에는 희미하게 위화감이 느껴졌다. 싫어하는 친구가 있는 것쯤이야 당연하지만 그것을 데이트 상대에게 거리낌 없이 털어놓는 것은 마미답지 않다.

"기억나는 건 그 정도예요. 별로 도움이 못 되어 죄송합니다."

가나이가 미안해하며 말했다.

"고스기몰이라는 건 이 부근의 쇼핑센터 같은 겁니까?"

"네. 영화관도 있고 규모가 굉장히 커서 우리 부부도 쇼핑할 때는 대체로 거기로 가요."

가나이의 표정이 겨우 누그러졌다.

"오늘도 실은 아내와 아이들이 쇼핑하러 갔거든요. 아이 물건도 없는 게 없다니까요."

"아내 분과도 오노자토 씨 상담소에서 알게 되셨습니까?"

마미와의 맞선 결과가 실패로 끝난 뒤 다른 상대를 소개받았나 싶어 가케루가 묻자, 가나이가 고개를 내저었다.

"아뇨. 오노자토 씨가 하는 곳에서는 결국 그걸 끝으로 아무와도 만나지 않았어요. 그런데 뭐, 마미짱과의 맞선이 계기가 된 셈이죠."

"계기요?"

"네. 솔직히 결혼에 대해 별 생각도 없었고 그냥 언젠가는 하겠거니 하고 막연히 생각했거든요. 그런데 마미짱에게 거절을 당해보니, 아, 이거 내가 더 적극적으로 나서야지 안 그러면 진짜 혼자 살겠다 싶어 위기감을 느낀 겁니다. 그래서 전에는 관심도 없던 지역 상점가의 단체 미팅과 시에서 하는 맞선 파티에 참석해서 지금의 아내를 만났어요."

자치단체가 침체된 지역 경제를 활성화하기 위해 결혼 활동에 적극적으로 뛰어들고 있다는 것은 가케루도 알고 있었다.

지역 상점가의 단체 미팅에는 가케루도 결혼 활동 초기에 여러 번 나간 적이 있다. 참석 인원이 많은 대신 그만큼 가벼운 대화만 이어지기 십상이라 가케루는 그곳에서 만난 상대와는 다음 만남으로 이어지지 않았다. 가나이가 그곳에서 아내가 될 여성과 만난 것은 가히 기적적이라 할 수 있다.

"꽤 많이 참석하셨습니까?"

"네?"

"맞선 파티와 단체 미팅 말입니다."

가케루가 호기심에 못 이겨 물었다. 그런데 가나이가 대답한 횟수는 예상과 달리 매우 적었다.

"단체 미팅과 맞선 파티 둘 다 한 번씩 나갔어요. 아내와는 맞선 파티에서 알게 되었는데 실은 행사 당일에는 못 만났지 뭡니까."

"못 만나셨다고요?"

"내가 참석한 그 맞선 파티는 주최자가 따로 명부를 작성했어요. 당일에는 참석 인원이 엄청나서 서로 인사 한번 나누지 못하는 사람도 많을 테니 '이런 사람들이 참석했습니다' 하고 리스트를 만들어서 나눠 준 거죠. 사진과 약력이 올라와 있는 거 말이에요."

"오호!"

절로 감탄이 나왔다. 사건 사고가 많아 개인 정보에 민감한 이 시대에 몹시 드문 일이 아닐 수 없다. 당연히 참석자에게는 동의를 구했을 것이다. 반대로 말하면 지금은 그런 시대착오적인 둔감함이 없어진 탓에 결혼 활동이 되레 옹색해졌을지도 모른다.

가나이가 미소를 지었다.

"나는 그러고 보니 그런 명부도 있었지, 하는 정도로만 인식하고 있었는데, 아내가 행사가 끝난 뒤 집에 가서 그 리스트를 살펴보고 내 존재를 알아낸 거죠. 이런 사람도 참석했구나 하고 왠지 궁금한 마음에 주최자 측에 연락해서 나와 연락하고 싶다고 문의한 겁니다."

"굉장하군요."

가케루는 이번에도 감탄을 금치 못했다. 결혼 활동을 해 본 사람으로서 그 행동력이 얼마나 굉장하고 귀중한지 뼈저리게 안다. 그야말로 박수를 보내고 싶을 정도다.

가나이가 쑥스러우면서도 흐뭇한 표정으로 계속했다.

"그래서 연락을 받고 둘이서 만났는데, 비교적 처음부터 대화가 잘 통하더군요. 좋은 여자구나 싶어서 내가 먼저 결혼을 전제로 사귀어 달라고 했죠."

가나이의 얼굴이 갈수록 쑥스러우면서도 조금 어색해하는 그 특유의 표정을 띠었다. 아내를 자랑스러워한다는 것이 목소리에 배어난다.

"그 무렵 회사에서 부서 이동 이야기가 나왔어요. 니가타 현과 나가노 현에도 공장이 있어서 만약 이동하게 되면 군마 현 밖으로 나갈 가능성이 높았죠. 그래서 그 전에 이 여자를 붙잡아 둬야겠다 싶어서 교제를 제안했던 겁니다. 그런데."

"네."

"그녀가 그러더군요. 결혼을 전제로 사귀었는데 만약 잘 안되었을 경우 서로 나이만 먹고 더 힘들지 않겠느냐고요. 자기는 내가 좋고 나와 결혼하고 싶다며 사귈 바에는 아예 결혼을 하자고 밝게 말했어요."

숨을 삼켰다.

이번에는 굉장하다는 말조차 나오지 않았다. 말로 표현할 수 없는 어마어마한 충격을 받았다. 역시 오노자토 부인의 말이 떠올랐다.

결혼 활동의 결과가 좋은 사람과 그렇지 못한 사람의 차이가 무엇이냐고 가케루가 물었을 때 그녀가 한 대답이었다.

――결과가 좋은 사람은 자신이 무엇을 원하는지 정확히 아는 사람입니다. 자신의 생활을 앞으로 어떻게 해 나가고 싶은지가 보이는 사람. 비전 있는 사람이죠.

그야말로 가나이의 아내 같은 사람이다.

가나이의 아내가 된 여성에게는 그 비전이 있었다. 보이는 것이다.

그와 동시에 이런 생각도 들었다. 지금 서른아홉 살로, 결혼 활동이 어떤 것인지 아는 가케루는 그녀에게 존경심마저 느끼지만, 과거 아유와 사귀었던 서른두 살의 가케루는 가나이 아내의 말을 어떻게 생각했을까. 그 적극성을 '무섭다'는 말로 표현하지 않았을까. 결혼을 요구하는 여성을 무섭다는 말로 치부하는, 그런 오만을 가케루도 부린 적이 있다.

"그 말을 듣고 내가 단순해서 그런가, 엄청나게 감격했죠. 나 같은 놈과 결혼하고 싶다고 진심으로 말해 주는 여자가 있다니."

당시 가나이는 몇 살이었을까. 그러면 나이에 상관없이 그녀의 말을 의심 없이 순수하게 받아들였을 것이다.

결혼 상대로 따져 봤을 때 가나이의 학력과 직장은 결코 나쁜 조건이 아니다. 오히려 좋을 정도다. 그러나 가나이가 자신을 '나 같은 놈'이라고 한 것은 꼭 겸손해서만은 아닌 듯했다. 자신의 가치를 낮게 책정하여 상대의 마음을 고맙게 받아들이는, 그런 사람도 있는 법이다. 과거 가케루가 아유를 유일무이한 상대로 여기지 않았던 것과 달리 가나이는 이 사람밖에 없다는 마음으로 감사히 받아들인 것이다. 자신의 능력치 중 가장 높은 값이 아닌 오히려 가장 낮은 값을 기준으로 상대를 바라본다. 결혼 활동을 하는 사람 중 그런 사람이야말로 결혼에 성공한다는 것을 가케루는 잘 알고 있다.

이것이 아마도 이 사람이다, 싶은 그 확신이라는 것이리라.

상대의 가치가 내 가치보다 높다고 생각하기 때문에 상대의 말과 마음에 대한 고마움이 생기는 것이다. 가케루는 그 고마움을 갖지 못한 과거 자신의 환영을 기어이 겹쳐 보고 만다.

"감격해서 당장 정식으로 프러포즈를 했어요. 그렇다면 당신이 나와 꼭 결혼해 줬으면 좋겠다고 말이에요. 다만 회사에서 부서 이동을 하면 군마를 떠나야 할 수도 있는데 괜찮겠느냐고 물었죠. 그녀도 직장에 다니고 있어서 조심스러웠는데 막상 물었더니 '기꺼이'라고 말하더군요."

"아내 분은 그때 나이가 어떻게 되셨습니까?"

간신히 물었다. 가나이가 가케루를 본다.

"젊으셨을 텐데 생각이 아주 명확하신 것 같아서요."

"어디 보자, 스물여섯이었나? 나보다 여섯 살 아래거든요."

그렇다면 당시 가나이는 서른두 살이었다. 여섯 살 아래라는 가나이 아내의 나이에도 충격을 받았다. 아유가 가케루에게 처음 결혼 이야기를 꺼냈을 때의 자신들과 완전히 똑같은 나이였기 때문이다.

왜 그런 걸까, 하고 궁금해졌다.

미래가 창창한 그들이 왜 젊은 나이에 결혼을 의식하고 스스로 결혼 활동을 시작할 수 있는 걸까. 부모가 재촉하지도, 서른을 넘어 친구들이 잇따라 결혼하기 시작한 것도 아닐 텐데 어째서 그 젊은 나이에 **제대로 서두를** 수 있는 걸까. 그들과 자신은, 자신과 마미와는 뭐가 다른 걸까.

누가 그렇게 하는 편이 좋다고 가르쳐 주었을까.

남에게 배울 수 있는 게 아니야, 하고 최근 누군가 일러 주었던 말이 떠올랐다. 악의와 타산에 대해 이야기하던 중 마미의 언니가

한 말이었다. 그것은 어떤 일에 휘발려서 스스로 깨닫는 것이라고
했다.

　어떤 의미에서는 그럴지도 모른다. 인생의 비전은 스스로 생각
하지 않으면 결코 보이지 않는다. 보이지 않는 상태에서도 부모가
길을 닦아 놓거나, 혹은 그런 것이 없어도 그저 떠내려가듯 하루
하루 살아갈 수 있다.

　"결혼식은 아주 급하게 치렀어요."

　가나이가 계속했다. 이야기하면서 파스타를 야무지게 먹더니
그의 접시는 이미 깨끗이 비워져 있었다. 듣는 역할에 충실했는데
도 절반 이상이 남은 가케루의 접시와는 대조적이다.

　"이듬해에 정말 나가노의 공장으로 발령이 난 겁니다. 아내가
그 전에 고향에서 제대로 식을 올리고 가자고 하더군요."

　"아내 분은 직장을 그만두셨습니까?"

　"네, 신용금고에서 일했죠. 아내의 상사가 피로연 인사말로, 드
디어 업무를 익혀서 이제 출세 코스에 올릴 생각을 하던 차에 쏙
데려가다니 낭패라며 나를 따끔하게 혼내지 뭡니까."

　그렇다면 그녀는 임시가 아닌 정직원이었다는 소리다. 지역의
신용금고가 얼마나 견실한 직장인지는 가케루도 짐작할 수 있다.
피로연 인사말인 만큼 다소 과장되게 이야기했을 수도 있고 그녀
가 출세 코스의 후보였다는 것도 사실인지 아닌지는 모른다. 그러
나 공개된 장소에서 그런 발언을 할 만큼 그녀는 상사와 동료들에
게 신뢰받는 존재였음에 틀림없다.

　마미의 주변에서는 듣지 못한 이야기였다.

　추천 취업 정원이나 누군가의 소개. 등 떠밀려서 부모가 취직
자리와 결혼 상대까지 찾아 주는 것과 달리 가나이 아내의 이야기
는 가케루도 주변에서 들어 본 이야기다. 결혼 활동도 스스로 생

각하고 행동해서 가나이를 만났다는 것을 분명히 알 수 있었다.

마미가 군마에서 했던 결혼 활동과, 가케루가 도쿄에서 했던 결혼 활동은 전부터 뭔가가 다르다는 생각이 들었지만, 그것은 군마와 도쿄라는 지역 차와는 상관없는 것이었다. 가나이 아내의 결혼 활동과 취업 활동은 가케루가 도시에서 경험해 온 것과 매우 비슷했다.

"그런 사정이 있어서 결혼해서 한동안 나가노에서 살다가 마에바시로 돌아온 건 2년도 채 안 돼요. 그래서 그사이 이쪽에서 일어난 일은 정말 모릅니다. 마미짱의 일도 짚이는 데가 없고요."

"알겠습니다."

가케루는 고개를 끄덕였다. 가나이와 대화를 하면서 자신이 괜히 엉뚱한 요청을 하여 그를 오늘 이 자리에 불러냈다는 것에 불편함을 느끼기 시작했다. 오노자토의 말대로 가나이는 정말 무관하다. 마미나 가케루와는 다른 세계에서 자신의 생활을 영위하고 있다.

"오늘 시간을 빼앗아 죄송합니다."

가케루가 사과하자 가나이가 허둥대며 "아뇨, 아뇨" 하고 눈앞에서 손을 내저었다. 그러고는 가케루의 얼굴을 잠깐 들여다본다.

"그럼 이로써 의심은 풀린 건가요? 마미짱의 스토커가 아니라는……."

"물론입니다. 아까도 말씀드렸다시피 처음부터 의심 같은 부정적인 마음이 아니었습니다. 죄송합니다."

"아니, 아셨으면 된 거죠……. 아아, 정말 다행이네요."

가나이가 진심으로 안도한 듯이 말했다. 그의 선한 마음씨가 그가 한 마디 할 때마다 목소리에 묻어나는 것 같았다. 그 올바르고 바람직한 성품에 새삼 감탄하면서도 동시에 왠지 견딜 수 없는 기분이 자극되었다. 가나이 탓이 아닌 가케루 탓이었다. 가나이 같은 올곧음이 없는 자신이 싫어졌다.

가케루의 파스타 접시 귀퉁이에 묻은 치즈가 굳기 시작했다. 차게 식은 파스타에서는 맛이 거의 느껴지지 않았다.

가나이의 사양에도 불구하고 가케루가 두 사람의 음식값을 계산하기 위해 전표를 재빨리 집어 들었다. 계산대 근처에서 순서를 기다리고 있는데, 가나이가 유리로 된 출입문 쪽을 보고 "아" 하고 짧게 소리를 냈다.

점심시간이 지난 가게 안은 차분한 분위기였다. 가나이가 시선을 던진 유리문 너머로 펼쳐진 주차장도 이곳에 왔을 때에 비해 차량 수가 많이 줄어 있었다. 그곳에 어떤 여성이 두 아이와 함께 서 있었다. 큰아이가 네다섯 살, 작은아이는 두 살쯤 되었을까.

여성은 아담하고 가녀린 체구의 미인이었다. 펑퍼짐한 실루엣의 니트와 롱스커트가 다소 촌스러운 인상이지만 아이를 동반한 엄마라고 생각하면 그리 신경 쓰이지 않는다. 그녀의 발치에 서 있는 두 아이가 이쪽을 향해 손을 크게 흔들었다.

가나이가 창문 쪽으로 손을 흔들어 답한다.

"아내와 아이들이에요. 내가 데리러 간다고 했는데, 정말 못 말린다니까. 이거 미안합니다."

"두 아이 다 사내아이인가요? 활기차네요."

"여름에는 셋째로 딸이 태어나요. 아주 죽겠습니다."

듣고 보니 그녀의 가는 팔다리에 비해 배가 커 보였다. 헐렁한 옷을 입은 게 임신 탓도 있을지 모른다. 가케루의 시선을 알아차렸는지 가나이 아내가 이쪽을 향해 머리를 살짝 숙였다. 가케루도 가볍게 머리 숙여 인사했다. 가나이에게 말했다.

"이제 가셔도 괜찮습니다."

"네?"

"계산은 제가 할 테니 먼저 가시죠. 오늘 정말 감사했습니다."

"그러실래요? 그럼 미안하지만 먼저 실례하겠습니다."

가나이가 미안하다는 듯 "잘 먹었습니다" 하고 말한 뒤 가케루를 본다.

"마미짱을 빨리 찾으면 좋겠네요."

"고맙습니다."

가나이가 밖으로 나갔다. 문에 달린 놋쇠 종이 달그랑달그랑 밝게 울렸고 "아빠!" 하는 아이들의 목소리가 겹쳐 들렸다. 그쪽을 보니 그들 바로 앞에 가나이의 아내가 타고 온 듯한 경차가 세워져 있다. 번호판이 아이들이 좋아하는 디즈니 캐릭터 프레임으로 장식되어 있다.

문득 시선을 느끼고 그쪽을 향하자 가나이의 아내가 이쪽을 보고 있었다.

얼싸안는 남편과 아이들 옆에서 가케루의 얼굴을 빤히 보는 것이 꼭 뭔가를 확인하는 것 같았다. 5초도 안 되는 짧은 시간이었지만 가케루는 그녀가 자신을 쳐다봤다는 것을 분명히 알 수 있었다.

아까와 달리 목례를 하는 일도 없이, 그러면서도 부자연스럽지 않은 타이밍에 그녀가 시선을 홱 돌렸다. 잠깐. 아주 잠깐 동안 그녀의 눈에서 희미한 비웃음이 보였다. 가케루의 기분 탓은 아닐 것이다.

계산서를 쥔 오른손 손가락을 천천히 구부렸다. 가나이의 가족을 자꾸 쳐다보고 싶은 충동을 억누르고 눈앞의 계산대로 몸을 돌렸다.

순서가 되어 계산에 집중하려 애쓰는데도 방금 그 시선의 의미가 가슴에 차오르는 것을 느꼈다.

가나이의 아내는 가케루를 보려고 일부러 남편을 데리러 온 것이다. 가케루가 오늘 아침 가나이를 만나기 위해 깃이 달린 재킷을 고르고 경쟁하는 마음을 품었던 것과 마찬가지로. 그리고 그녀가 경쟁하는 상대는 가케루가 아니다. 가케루 뒤에 있는, 과거 자신의 남편을 거절한 여자, 마미다.

가케루를 통해 자신의 존재와 행복, 그리고 얼굴을 보여야만 직성이 풀렸다면. 복잡한 심경이 들면서도 가케루는 그 기분을 안다. 알 수밖에 없다.

그녀의 착한 남편은 방금 그 시선의 의미를 영원히 알아차리지 못할지도 모른다. 하지만 그래도 괜찮을 것이다. 그저 가케루의 허탈감이 커질 뿐이었다.

피곤했다. 가나이 아내의 비웃음 섞인 시선에도 불쾌감보다 오히려 미안한 감정이 앞섰다. 경쟁하지 않아도, 신경 쓰지 않아도 괜찮습니다. 그렇게 말로 전하고 싶고 그녀에게 패배를 인정하고 싶은 자학적인 기분에 빠졌다.

계산을 마치고 주차장으로 나가자 가나이 가족은 이미 떠난 뒤였다.

운전대를 잡고 그길로 도쿄로 돌아갈 예정이었건만 저도 모르게 내비게이션으로 검색을 하고 있었다. '고스기몰'이라고 입력하자 마에바시 주소의 쇼핑센터가 바로 표시되어 선택하고 터치하자 현재 위치에서 10분이 걸린다고 나왔다.

왜 그랬는지는 모른다. 가케루는 어느덧 고스기몰을 향해 달리고 있었다.

가나이의 말대로 규모가 큰 쇼핑센터였다. KOSUGI라고 큼직하게 표시된 쇼핑센터 이름 밑에 유니클로와 스타벅스, 영화관 간판이 쇼핑센터 이름만큼이나 크게 걸려 있다. 부지 근처에 도착하고 나서 이곳에 온 것을 슬며시 후회했다. 주차장에 들어갈 순서를 기다리는 차량이 건물 근처의 차선 하나를 차지하고 죽 늘어서 있다. 들어갈지 말지 잠시 고민한 뒤 달리 할 일도 없고 하여 차량 행렬의 맨 뒤에 차를 댔다.

고스기몰의 널찍한 주차장을 향해 천천히 차를 몰며 차창 밖을 내다보니 주차장과 고스기몰의 입구 주변의 모습이 훤히 보였다. 차량은 대부분 경차 아니면 다인승 패밀리 왜건이었다. 가나이 아내의 차와 똑같은 캐릭터 번호판 프레임이 눈에 들어와 순간 그들이 또 여기에 있나 싶었지만 아니었다. 주차장 안에는 가나이 아내의 차와 비슷한 경차가 사방으로 수두룩하여 그 차가 결코 희귀한 차가 아니라는 것을 알 수 있었다.

딱히 목적이 있었던 것은 아니다. 10분쯤 기다려서 건물에서 멀리 떨어진 곳에 차를 세우고 안으로 들어갔다. 그러고 보니 일요일 오후는 이런 시간대였구나 하고 들어간 순간 아차 싶었다. 그제야 실감이 되었다.

쇼핑을 할 때도 영화를 볼 때도 이 부근에서는 이곳을 이용한다. 다시 말해 데이트를 할 때도 이곳에 온다는 소리다. 그런데 주위를 둘러보니 젊은 커플은 별로 없었다. 주부도 있고, 고등학생 혹은 대학생쯤 되어 보이는 풋풋하고 앳된 커플의 모습은 있어도, 몇 년 전 이곳에 왔던 가나이와 마미 또래의 커플, 즉 결혼 활동을 했을 무렵의 가케루와 상대 여성과 같은 연령의 커플은 거의 찾아볼 수 없었다. 서점에도, 푸드 코트에도, 스타벅스에도. 남녀 커플의 모습을 발견했어도 그들의 시선이 향하는 모퉁이에서 어린아이가 불쑥 나타나거나 여성의 가방에 임산부 배지가 달려 있다. 그

런 눈으로 봐서인지 배가 불룩하게 나온 여성과 그 옆에서 조심스
레 배려하며 걷는 남성의 조합도 오늘은 특히 눈에 많이 띄었다.

다들 어디에 있는 걸까.

여기서는 어린 시절과 학창 시절을 거친 후에는 당연히 모두가
가정을 꾸려야 한다고 쇼핑센터 전체가 정해 놓은 듯한 분위기였
다. 무언의 압력이 따로 없었다. 마미는 이 고장에서 삼십 대 초반
까지 살았던 것이다.

살 것도, 할 일도 없이 터덜터덜 걸었다. 매장에 진열된 여성복
이 마미가 입었던 옷과 비슷하다. 가나이 아내가 입은 롱스커트와
비슷한 치마도 두 점포에 하나 꼴로 놓여 있을 것 같았다. 트렌드
가 어떤지 알다가도 모르겠다. 이렇다 할 특징이 없는 의류 매장.
센스가 없는 것은 아니지만 그저 흐리멍덩하기만 하다.

옷감이 닳아 뒷주머니가 뜯어진 청바지를 입은 가나이는 패션
센스가 좋다고는 할 수 없다. 오히려 여성들이 기피할 만큼 촌스
러운 유형이었다. 그런데 그런 그가 아내와 아이들 곁으로 돌아갈
때 그들은 더할 나위 없이 조화로운 가족이었다.

가나이의 가족처럼 수많은 가족 단위 손님이 오가는 쇼핑센터
한복판에 벤치가 놓여 있었다. 가케루는 거기에 걸터앉았다.

옆에 에스컬레이터가 보였다. 그곳에는 마미의 스토커도, 마미
도, 그녀가 과거 가나이와 이곳에 왔을 때 만났다는 '별로 좋아하
지 않는 친구'의 모습도 없다. 그것을 알면서도 가케루는 에스컬
레이터가 끊임없이 움직이는 모습을 바라보았다.

지방의 거대한 쇼핑센터도, 그 매장에서 팔고 있는 옷도, 그것
을 몸에 걸친 흐리멍덩한 인상의 가족 단위 손님도, 시끄러운 아
이들도 과거의 가케루였다면 차라리 집어치우라고 생각했을지도
모른다. 혹은 자신과는 인연이 없는 것이므로 신경조차 쓰지 않았

을지도 모른다.

하지만 지금의 가케루는 이렇게 생각했다.

마미와 함께, 이곳에 오고 싶었다, 하고.

실은 나도 당신과 함께 저 흔하디흔한 사람들 속에 섞이고 싶었구나, 하고.

얼마나 앉아 있었을까.

스마트폰을 확인하니 오하라에게 라인 메시지가 와 있었다. 가케루를 걱정하는 내용이었다. 마미를 찾는 일에 진전이 있는지 에둘러 묻고 있다. 다정한 메시지였다.

그것과 별개로 부재중 전화 한 통이 와 있었다. 문자도, 라인도 아닌 부재중 메시지라는 것이 낯설어 혹시 마미가 아닐까 기대했다. 그러나 메시지를 재생하자 아자부 멜란지 하우스였다.

결혼식과 피로연 예약 건으로 확인차 연락을 달라는 것이었다. 가케루는 한숨을 푹 내쉬고 말없이 스마트폰을 귀에서 뗐다.

마미가 실종된 지 벌써 두 달째다.

결혼식인 9월까지 이제 반년 남았다. 식장 예약을 어떻게 할지 아직 아무에게도 의논하지 못했다. 석 달 전부터 20퍼센트의 취소 수수료가 발생한다. 그 기간이 다가오고 있다.

이날 이 예식장에서, 하고 가케루와 마미가 함께 정한 결혼식 일정을 양가 부모님에게 이미 전달한 상태다. 마미를 찾지 못하면 식은 당연히 올리지 못한다. 그러나 식장을 취소하면 마미가 그때까지 돌아오지 않는다는 것을 인정하는 것 같아서 절대로 그렇게 하고 싶지는 않았다.

마미의 언니가 말한 대로 마미가 만일 자신의 의사로 스토커와 함께 사라진 것이라면 그녀가 돌아온다 해도 어차피 식은 올리지 못할 것이다. 가케루는 헛된 기대에 매달려 있을 뿐인지도 모른다.

식장에 전화를 걸 기운이 나지 않는다. 그제야 비로소 인정할 수 있었다.

인정함과 동시에 감정이 끓어오른다.

마미가 실종된 그날 가케루가 생각한 것.

이 또한 오늘까지 아무에게도 털어놓지 못한 것이다.

또 처음부터 다시 해야 하나 하고 그날 가케루는 생각했다. 생각하고 말았다.

마미가 사라지고 경찰서에 가고 그녀가 행방불명됐음을 진지하게 받아들이고 인정한 순간 끓어오른 솔직한 심정이었다.

오하라도 이렇게 말했다.

"이제 겨우 결정을 내렸는데 말이야."

그 말은 슬프도록, 몸이 찢기도록 맞는 말이다. 아유와 헤어지고 그녀를 잊지 못해 길고도 괴로운 결혼 활동을 거쳐 마미 정도면 괜찮다고 결정했건만, 그녀와 교제하고 2년이 지나도록 가케루는 결혼을 결심하지 못했다. 가나이의 아내처럼 교제 기간을 건너뛰어서까지 결혼해야겠다고, 가족이 되어야겠다고 마음먹지 못했다. 결혼하기 전에 일단 한번 같이 살아 보면 어떨까 하고 그런 어중간한 기간을 연장할 생각까지 하고 있었다. 결단하지 못했다.

그런데 스토킹 사건이 일어나 그녀를 지켜 줘야겠다고 처음으로 다짐했다. 혼자 둬서는 안 된다. 그제야 마미와 결혼할 생각을 했다. 마침내 결심했다.

그것은 지금 이렇게 쇼핑센터를 오가는 수많은 가족처럼 행복해지고 싶어서였다. 마미와 가족이 되고 싶었다는 것을 지금은 인정할 수 있다.

그 생각을 하자 가슴에 소용돌이가 휘몰아쳤다. 어디에서 나타난 소용돌이인지 알 수 없었다. 마흔을 앞둔 남자가 한심하기 짝이 없다고 생각하는데도 목구멍에서 뜨거운 숨이 덩어리져 쏟아진다. 울음이 소리로 나올 것 같았다. 눈물이 나기도 전에 울음소리가 먼저 나올 듯이 이렇게 우는 것은 처음이었다. 아무에게도 보이고 싶지 않아 눈구석을 감쌌다.

마미가 사라진 날, 가케루는 순간적으로 생각했다. 마미의 안전을 걱정하기보다, 스토커를 용서할 수 없다고 생각하기보다 가장 먼저 자기 자신을 생각했다.

또 처음부터 다시 해야 하나, 하고.

겨우 마미를 발견했는데, 이 여자라면 가족이 될 수 있겠다 싶었는데 또 잃다니.

또다시 출구가 보이지 않는 결혼 활동에서 누군가를 찾고 그 과정을 처음부터 되풀이해야 하나. 생각만 해도 몸서리가 쳐졌다. 마미가 걱정스러운 한편 자신의 고독과 불안을 마주할 수가 없었다.

나는 왜 마미를 찾고 있는 걸까. 마미를 위해서라기보다 나 자신을 위해서가 아닐까. 사람을 좋아하게 되는 것은 단순한 일일 텐데 어째서 이렇게 어려운 걸까. 이제야 겨우 좋아하게 되었다는 감정을 꼭 붙들고 있어야 한다. 다음 상대를 또 찾아내리라고는 도저히 생각할 수 없기 때문이다. 그래서 마미를 찾고 있다. 사람들은 기쁨과 즐거움이야말로 사랑의 본질이라고 말하지만 왜 이토록 고통스러울까. 왜 이토록 마음이 닳아 없어지는 것 같을까.

에스컬레이터가 눈앞에서 빙글빙글 돌아간다. 많은 사람이 타고 있건만 그곳에 가케루가 찾는 단 한 사람의 모습은 없다. 이런데 있을 리도 없건만 가케루는 벤치를 떠나지 못하고 에스컬레이터를 하염없이 바라보았다. 있을 리 없는 마미의 모습이 나타나기를 기적처럼 마냥 기다렸다.

제5장

마미가 근무했던 군마 현청 건물은 훌륭했다.

크게 우뚝 솟은 본청 건물 옆에 근대적인 건축물인 현의회 의사당이 자리하고 있고 부지 내 주차장에는 차량이 바삐 드나들었다. 본청 건물 옆, 앞이 탁 트인 넓은 길 건너편 부지에는 마치 영화 세트 같은 복고풍 건물이 여러 채 들어서 있는데 이 역시 관공서 건물다운 풍취가 감돌았다. 군마 현의 행정기관이 그곳에 모여 있으리라 짐작된다.

33층 높이의 본청 건물 꼭대기에 전망홀이라도 있는지 관공서의 견실한 분위기에는 어울리지 않는 깃발을 든 가이드가 관광객을 엘리베이터 쪽으로 인솔하고 있다. 손님들 사이에서 중국어 섞인 말소리가 들려 이런 곳에까지 외국인 관광객이 오는구나 싶어 조금 놀랐다. 마침 점심 시간대에 접어든 청사 안은 점심을 먹으러 나가는 직원들로 어수선했다. 여러 팀으로 나누어 엘리베이터를 기다리는 단체 관광객 사이에 끼어 가케루는 엘리베이터를 탔다. 전망홀 바로 아래층에 있는 레스토랑으로 향하는 사람도 많아 보였다.

전망홀은 널찍했다.

별생각 없이 걸음을 옮겨 근처 창문으로 눈을 돌리자 건물 바로 아래 강이 흐르고 있었다. 광대한 부지의 공원 같은 곳도 잘 보였다.

공원에는 벚꽃이 피어 있었다.

평소에는 거의 의식하지 않다가 꽃 피는 시기가 되면 갑자기 존재감이 느껴지는 만개한 벚꽃. 꽃을 봐도 가케루의 기분은 들뜨지 않았다. 마미가 사라진 겨울에서 어김없이 계절이 바뀌었다는 것을 깨달았다. 이곳의 벚꽃은 도쿄보다 늦게 피는구나, 하고 멍하니 생각한다. 꽃놀이 철에 접어든 공원은 역시 사람들로 붐비는 것 같았다. 여기서 봐도 활기가 느껴진다.

멍하니 아래를 내려다보고 있는데 뒤에서 누군가가 말을 걸어왔다.

"니시자와 씨……?"

자신이 없는 듯한 가냘픈 목소리에 뒤돌아보자 한 여성이 서 있었다.

"맞습니다."

가케루는 여성을 보고 작게 숨을 삼켰다.

"아리사카 씨?"

"네."

그녀가 안심한 듯 고개를 끄덕였다.

"여기까지 오시라고 해서 죄송해요. 시간도 저한테 맞춰 주시고."

"아뇨. 제가 부탁드린 것이고 저는 비교적 시간을 자유롭게 쓸 수 있으니 걱정 안 하셔도 됩니다."

"퇴근하고 시간을 내면 좋을 텐데 아이가 아직 많이 어리거든요. 일 끝나면 바로 어린이집에 데리러 가야 해요. 미안합니다."

아리사카 메구미는 마미와 동갑이라더니 나이가 더 들어 보였다. 아주 연한 화장에 색감이 없는 옷. 광택이 있는 흰 셔츠 위로 감색 카디건을 걸치고 옅은 줄무늬가 들어간 감색 정장 바지를 입고 있다. 순간 현청 유니폼인가 싶었지만 일부러 그래 보이는 복장을 갖춰 입은 것이리라. 머리에도 큼직하고 수수한 바레트 핀 하나만 꽂았다.

마미와 같은 직장에서 함께 일했다는 여성. 노조미가 알아보고 연결해 주었다. 게다가 마미와 같은 중학교를 다닌 동창이라 한다.

가케루는 고개를 깊이 숙였다.

"저야말로 자녀도 있으시고 바쁘실 텐데 시간을 내 달라고 해서 죄송합니다."

"지금은 점심시간이니 괜찮아요. 사무실에는 좀 늦게 들어갈 수도 있다고 미리 말해 두었어요."

마미도 차분한 인상의 여성이라 생각했지만 그녀는 한층 더 차분했다. 가정이 있어서일지도 모른다. "앉으시죠" 하고 그녀가 권하기에 전망홀 중앙에 있는 긴 의자에 앉았다.

관광객은 대부분 창가에 서서 경치를 보고 있어 의자에는 아무도 앉아 있지 않았다.

"저 강은 도네 강입니까?" 하고 묻는 가케루에게 메구미가 고개를 끄덕였다.

"네. 비 온 뒤에는 수위가 급격히 높아져서 여기서 보면 무서울 때도 있어요. 그리고 저쪽이 아카기 산이에요. 여기서는 강이 잘 보이고 산은 반대쪽에서 더 잘 보여요."

도네 강은 들어 본 적이 있지만 아카기 산은 처음 들었다. 가케루는 잘 모르지만 "산도 아름답군요"라고 말하자 메구미가 다시 고개를 끄덕였다.

"아카기 산과 하루나 산, 묘기 산. 이 세 개의 산은 이 부근에서는 초등학교 운동회 때 팀명으로 쓰여요. 도쿄에서는 홍군, 백군이겠지만 여기서는 아카기단, 묘기단으로 부르죠."

약간 빠른 말투로 설명하면서 메구미가 산을 향해 시선을 던진다. 그러고는 말했다.

"쇼와 청사에는 아래층에 카페가 있어서 차를 마실 수 있는데 지금 시간대에는 다른 직원도 많거든요. 이런 데서 차도 내드리지 못하고 죄송해요. 음료수라도 사올 걸 그랬네요."

"아닙니다. 신경 쓰지 마십시오."

"전망홀은 관광객은 많아도 직원은 별로 없거든요. 저도 평소에는 거의 오지 않아요. 경치가 아름다워서 안 오면 손해지만요."

쇼와 청사는 아마 이 건물 옆에 있는, 가케루가 분위기 좋다고 생각한 복고풍 건물일 것이다. 본론에 가까워진 것 같아 가케루가 앉음새를 바로하자 예상대로 그녀가 물었다.

"마미의 행방을 모른다니 사실인가요?"

메구미의 목소리가 작아졌다. 가케루는 "네" 하고 고개를 끄덕였다. 메구미는 노조미에게 대강 설명을 들었을 터였다.

메구미가 믿기지 않는다는 듯 숨을 삼키더니 낮은 신음을 토했다. 가케루가 물었다.

"최근 마미 씨와 연락하고 지내셨습니까?"

"그리 자주 연락한 건 아니지만……그래도 니시자와 씨와 결혼한다는 소식은 들었어요. 결혼식이 9월이었나요? 도쿄에서 하니까 왔으면 좋겠다고 하더라고요."

메구미가 염려하듯 가케루를 보는 시선을 견디기가 힘들다. 못내 아무렇지 않은 척 가케루가 다시 물었다.

"그 연락을 받으신 건 몇 월이었죠?"

"1월 중순이었을 거예요. 지금 다니는 직장을 그만두고 결혼할 때까지 시간 여유가 있다며 고향에 갈 테니 만나자고 그렇게 말했어요."

그렇다면 마미가 사라지기 직전이다. 메구미가 시선을 들어 가케루의 얼굴을 본다.

"니시자와 씨에 대해서도 많이 들었어요. 결혼한다면서 무척 행복해했는데. 도대체 어떻게 된 일인가요? 마미의 언니에게 대강 들었지만 도무지 믿기지가 않아요."

"마미 씨가 스토킹을 당했습니다."

그 말에 메구미의 표정이 굳어졌다. "들었어요" 하고 긴장된 얼굴로 말한다. 가케루가 계속했다.

"저는 그 스토커를 만난 적이 없습니다. 그래서 어디 사는 누구인지도 모릅니다. 마미 씨가 군마에 있을 때 알게 되었다고 하더군요. 마미 씨는 지금 그 사람과 함께 있을 가능성이 높습니다."

"무사한 건가요?"

메구미의 목소리가 얼어붙었다. 가케루는 "모릅니다" 하고 대답했다. 그렇게 대답할 수밖에 없다는 것이 가슴을 답답하게 옥죈다.

"경찰은 상대가 누군지 모르는 이상 움직일 수 없다고 하더군요."

메구미를 바라보았다.

"스토커는 마미 씨가 이쪽에서 근무했을 때 알게 된 남자가 아닐까 싶습니다. 마미 씨가 갑자기 직장을 그만두고 도쿄에서 혼자 살지 않았습니까? 어쩌면 그 남자로부터 도망치기 위해서가 아니었을까, 근무하던 중에 무슨 일이 있었던 건 아닐까 하는 것이 제 생각입니다."

"마미가 갑자기 직장을 그만둬서 저도 무척 놀랐어요. 게다가 단순히 혼자 사는 것도 아니고 도쿄까지 가다니요."

"그 이유를 뭐라고 하던가요?"

"딱히 무슨 일이 있었다거나 그런 느낌은 아니었어요. 굳이 말하자면 긍정적인 이유였다고 생각해요. '나도 이제 정신을 바짝 차려야겠어, 나이 서른이면 홀로서기를 해야지'라고 했어요."

"서른이요?"

"서른 살을 넘고 보니 자연스럽게 그런 다짐을 하게 됐나 싶었어요. 실제로는 서른 한두 살 때였는데 그 전부터 생각하던 것이 있었나 보다, 도쿄에 누가 자리를 알아봐 줘서 정직원으로 들어가나 보다, 저는 그렇게 생각했어요."

──나이 서른이면 홀로서기를 해야지.

마미가 수줍어하며 조심스럽게 말하는 것이 쉽게 상상이 갔다.
"근본적인 질문입니다만" 하고 가케루가 물었다.

"현청의 임시직은 장기간 근무가 가능합니까? 몇 년간 계속 일한다든지."

"아, 임시라는 말 때문에 그렇게 들리는 것도 당연하죠. 그런데 오래 근무하는 사람도 많아요. 계약은 1년마다 갱신하지만 그걸 반복하면서 직장에서 나름대로 신뢰 관계도 쌓을 수 있죠. 마미도 그랬고 저도 마찬가지예요."

노조미에게 들었다. 마미의 중학교 동창 중 현청에서 함께 근무한 친구가 있으니 소개해 주겠다고. 그녀도 마미와 같은 임시직이라고.

"저는 출산 때문에 그만뒀다가 지금은 상황이 많이 안정되어 다시 임시직으로 돌아왔어요."

"그것도 가능하군요."

"그동안 근무한 경력을 인정해 주었을지도 몰라요. 고마운 일이죠."

"마미 씨와는 중학교 때 같은 학교였다고 하더군요."

"네. 그런데 졸업하고 나서는 전혀 연락하지 않아서 여기서 다시 마주쳤을 때는 무척 놀랐어요. 세상이 정말 좁구나, 하고."

메구미가 계속했다.

"채용된 부서가 달랐는데 어느 날 우연히 마주친 거예요. 마미가 여기서 근무했을 때는 같이 점심도 먹고 퇴근 후에 술 한잔하러 가기도 했어요."

메구미가 작게 숨을 들이마셨다.

"마미는 남자에 대해 그리 적극적인 편이 아니었어요. 오히려 느긋하다고 할까."

"그랬을 것 같습니다."

가케루가 자신이 받은 인상으로 무심코 말하자 처음으로 메구미가 미소를 지었다.

"미팅 같은 것도 불편해하는 듯했어요. 현청이 워낙 큰 조직이라 다른 부서와의 미팅 겸 술자리가 종종 있었어요. 저도 가끔 거기서 총무를 맡았는데, 당연히 올 거라 생각했던 마미가 자기는 그런 거 됐다고 거절하는 바람에 당황한 적도 있어요. 남자친구가 있는 것도 아닌데 왜 그런가 싶어, 이런 자리는 동료들과의 관계 유지 같은 거니까 같이 가자고 권해도 자기는 이런 거 적성에 안 맞고 자신 같은 여자가 앉아 있어 봤자 참석한 남자들도 다 실망할 거라더라고요."

"그렇게 말했단 말입니까?"

자기 자신을 지나치게 비하하고 있는 거 아닌가 생각하자 메구미가 씁쓸히 웃었다.

"처음에는 특히 그런 식이었어요. 성실했던 거라고 생각해요. 근무를 시작하며 그런 부분은 점점 유연해졌지만, 중학교 때도 이성에게 적극적이지 않았을 거예요."

"이성 이야기를 거의 하지 않은 겁니까?"

"했죠. 마미가 맞선을 봤죠, 아마?"

가케루가 알고 있는지 신중히 살피듯이 일부러 대수롭지 않게 묻는 것 같았다. 가케루는 고개를 끄덕였다.

"마미 씨 부모님께 들었습니다."

"맞선 상대에 대해 묻더라고요. 이런 사람인데 어떻게 생각해? 하는 식으로."

"구체적으로 뭐라고 말하던가요?"

"그리 좋게 말하지는 않았어요. 맞선 자리에서 처음 만나는데, 상대 남자가 애처럼 야구 모자를 쓰고 왔고 그것도 모자라 지갑은 청바지 뒷주머니에 체인 달린 거라 좀 그랬다고 하더라고요."

가나이 이야기였다. 그 야구 모자가 가케루가 그를 만났을 때 쓰고 있던 것과 똑같은 것인지는 몰라도 가나이가 야구 모자를 쓰고 나타난 모습이 상상이 갔다.

"믿기지 않을 만큼 촌스럽고, 맨투맨 티에도 이상한 그림이 그려져 있다면서 그게 민짜였으면 얼마나 좋았을까, 그런 이야기를 했어요. 그냥 유니클로 옷을 입었더라면 훨씬 나았을 텐데 왠지 이상한 고집이 있어 보이는 구석이 또 좀 그랬다고요. 엔지니어라고 들었는데 전혀 그런 분위기도 아니고 자기하고는 맞지 않는 것 같다고 했어요."

여자끼리 대화를 하다 보면 자리에 없는 사람을 안줏거리 삼아 신랄하게 흉보기도 한다는 정도는 가케루도 알고 있다. 마미 또한 예외는 아니었다는 소리다.

실컷 떠들던 메구미가 다소 겸연쩍은 얼굴을 했다. 말이 심했다고 생각했을지도 모른다.

"그리고, 사진을 보고 마음에 들었는데 말을 제대로 못 하는 유형의 사람이었다며 안타까워 하기도 했어요."

"그 사람은 두 번째로 맞선을 본 남성인가요?"

"아마도요. 마미가 맞선을 얼마나 봤죠?"

"제가 아는 건 두 명입니다."

"그럼 아마 맞을 거예요."

"말을 못 하는 유형의 사람이라는 건 무슨 뜻입니까?"

"대화가 아예 안 되었대요. 낯을 가린다고 해야 할지, 마미가 무슨 말을 해도 한두 마디 대답하면 대화가 끝나 버린대요. 남자 쪽에서는 아무것도 묻지 않고 말도 걸지 않는데 그런데도 계속 만나고 싶다고 해서 기가 막혔대요."

"그랬군요……."

그 얘기를 듣고 마음 어디에선가 안심이 됐다. 상대에게 도가 지나친 말이라고 생각하면서도 마미가 자기 취향에 맞는 외모 때문에 직접 선택한 두 번째 맞선 상대를 가케루는 전부터 의식해 왔다. 만약 지금 마미가 그와 함께 있다 해도 그것은 적어도 그녀의 의사에 따른 것이 아니다. 가케루는 그렇게 생각하고 싶었다.

"두 번째 상대가 아마 다카사키 시에 사는 사람이었을 거예요."

메구미가 계속했다.

"처음에는 그 점이 좋아서 선택했다고 했어요. 태어나서 한 번도 마에바시에서 나간 적이 없으니 다카사키에 사는 사람도 괜찮겠다면서요."

"그렇게 차이가 납니까?"

솔직히 가케루는 뭐가 다른지 몰랐다. 마에바시와 다카사키는 같은 군마 현이다.

그러자 메구미가 웃었다.

"뭐, 그렇죠. 마에바시는 현청과 대학이 있어서 진지하고 견실한 분위기인데, 다카사키는 신칸센도 정차하고 상업적인 이미지가 있어서 약간 라이벌 의식도 있어요. 현내 서점에 가 보면 『마에바시 대 다카사키』라는 책까지 팔고 있다니까요."

마미의 마음이 변화를 원했다 해도 같은 군마 현 내에서의 결혼을 생각한 것이 그녀다웠다. 가케루가 아는 마미라기보다는 그녀의 부모님이나 언니에게 들은 마미의 모습에 딱 들어맞는다. 변하고는 싶고 부모의 간섭에서 벗어나 자유로워지고는 싶지만 너무 멀리 가는 것은 두렵다. 그러니 군마 현 내에서 결혼을 해야겠다고 생각했을 것이다.

그렇기 때문에 새삼 생각했다. 그랬던 마미가 도쿄에 가서 혼자 살아야겠다고 다짐한 것은 그녀 입장에서는 정말 큰 결심이지 않았을까.

메구미가 화제를 되돌렸다.

"맞선은 잘 안되었을 거예요. 상대는 마미가 마음에 들었던 것 같은데, 말 그대로 대화가 안 되는 사람이었다고 했거든요."

"그랬군요."

가케루는 고개를 끄덕이면서 실은 속이 꽉 조이는 듯한 통증을 느꼈다.

가케루가 호감을 느낀 착한 마음씨의 가나이가 아내와 아이들과 함께 있는 뒷모습과, 아내가 가케루를 바라본 비웃음 섞인 그 시선이 떠올랐기 때문이다.

대화가 안 되는 사람들.

마미가 맞선을 본 남자들에 대해 친구와 이야기할 때 정말 그런 말로 흉을 봤을지도 모른다. 복장이 촌스럽고 사교성이 없어 대화가 이루어지지 않는다. 그런 남자가 자신과 결혼하려 하다니 상상조차 할 수 없다.

하지만 그런 가나이를 선택하고 그가 좋다며 아내가 된 여자도 있다. 마미보다 젊고 행동력 있고 직장에서도 평판이 좋은 그런 여자가 가나이를 선택했다.

마미는 상대를 제대로 보지 않았을지도 모른다.

어딘지 애처로운 심정으로 가케루는 기어이 그렇게 생각하고 만다. 겉모습이 촌스럽다는 그 한 가지 이유만으로 자신과는 맞지 않는 상대라고 싹둑 잘라 버리고, '대화가 안 된다'고 단정 지은 상대가 뒤늦게 잘 보이는 일은 없을 것이다. 상대의 좋은 점이 아닌, 거절할 이유가 될 만한 나쁜 점, 다시 말해 선택하지 않을 이유를 도리어 열심히 찾는 일이 가케루의 결혼 활동에서도 자주 있었다. 그것이 오만했다는 것을 지금은 잘 알지만 가케루가 다시 결혼 활동을 한다 해도 같은 일을 반복하지 않으리라는 자신도 없었다.

연애 경험과 인생 경험이 모두 빈곤한 마미가 결혼 상대에게 바랐던 것은 무엇일까.

왜 그런 결혼 활동을 거친 마미가 가케루를 선택했을까.

"저는 만난 적이 없지만 거기서 만난 사람들이 마미의 스토커가 되었을 가능성은 분명히 있을 거라 생각해요."

"그 밖에 마미 씨가 다른 남자에 대해 이야기한 적은 없나요?"

맞선 상대에 대해서는 가케루도 어느 정도 알고 있다. 마미가 말하기를 스토커는 군마에 있었을 무렵 그녀에게 교제를 신청했다가 거절당한 상대라고 했다.

"맞선 외에, 예를 들어 직장에서 누군가에게 고백을 받고 거절했다거나, 그런 이야기는 없었습니까?"

"있었을지도 모르겠지만, 글쎄요⋯⋯. 마미와 하는 연애 이야기는 특정 상대에 관한 상담이라기보다는 맞선을 본 것도 포함해서 '좋은 사람이 없어' 하는 식이 많았거든요. '어디 좋은 사람 없나' 하고 막연히 고민하는 쪽이 대부분이었어요."

저한테도 자주 그랬어요, 하고 메구미가 쓸쓸히 웃는다.

"제가 남편과 자연스럽게 만난 게 부럽다고요. 마미의 친구들은 결혼해서 자유를 잃었다고 하는 경우가 많은데, 우리 부부는 균형이 좋은 것 같다고 하더라고요. 마미가 그렇게 말하면 저도 뭐라 답해야 할지 모르겠더라고요."

"아리사카 씨는 결혼을 일찍 하신 편입니까?"

"일찍 했다고 해야 할지⋯⋯."

메구미가 쑥스럽게 미소 지었다.

"아까 말씀드린 다른 부서와의 술자리에서 알게 된 사람과 스물다섯 살에 결혼했으니 일찍 했다고 할 수 있죠. 결혼식에 마미도 와 주었어요. 피로연은 저기서 했고요."

메구미가 의자에서 일어나 창가를 가리켰다. 가케루도 몸을 일으켜 그쪽을 보니 호텔 같은 건물이 보였다. 근처에 천장이 둥근 교회 같은 건물도 보인다. 이 지역의 전통 있는 예식장인 듯하다.

문득 마미의 여대에서 추천 정원으로 취직한 직원이 직장의 신붓감 후보가 된다는 이야기가 떠올랐다. 현청 정직원이 임시직인 젊은 여성과 결혼하는 것은 아마 흔히 있는 일일 것이다. 메구미가 출산하고 직장에 돌아올 수 있었던 것도 남편이 같은 직장의 정직원인 것과 어쩌면 연관이 있을지도 모른다.

노조미의 말도 생각났다.

－－결혼하지 못하는 원인은, 그럼 마미가 단순히 인기 없는 탓

이 되고 말잖아. 같은 환경의 다른 애들이 모두 결혼했다면, 마미가 매력이 없어서라는 결론이 되고.

메구미와 남편이 만나게 된 방식은 나이에 걸맞은 자연스러운 흐름이다. 마미는 미팅을 하기도 전에 비관적인 생각부터 했다. '내가 가 봤자' 하고 상처를 입기도 전에 실제로 상처 입어도 괜찮도록 마음의 준비를 하며 자신을 비하한 마미는 그곳에서도 뒤처져 **메구미처럼 만남을 이루지 못했다.**

"결혼해서 자유를 잃었다고 하는 친구들도 알고 보면 결혼해서 행복하고 마음의 안정을 얻었을 거라고 다독여 주었어요. 그러고 보니 이 전망홀에서 나눈 이야기였어요."

"네?"

"저는 거의 오지 않았지만, 마미는 가끔 여기서 생각에 잠겨 있었어요. 잠깐 휴식을 취하러 왔던 것 같아요. 어느 날 우연히 만났는데 그때도 상담을 청하기에 제가 그랬어요."

메구미가 저 멀리 산을 바라본다. 아까 그녀가 말한 세 개의 산 중 어느 곳인지는 알 수 없었다.

"기혼 친구가 미혼인 친구에게 결혼해도 행복하지 않다, 자유를 잃었다고 하는 건 나름 배려한다고 하는 말일 수 있어서 믿을 게 못 된다고 말해 버렸어요. 제가 그랬거든요."

메구미가 느닷없이 말했다. 눈은 아직 창밖을 보고 있다.

"결혼해서 자유 시간이 없어지고 육아와 일을 병행하는 것도 힘들지만 그만큼 안정된 부분도 있어요. 오히려 자유 시간이 없어서 편하다고 할까요? 친구와 만나 술을 마시거나 취미를 즐기는 것도 다 한때잖아요. 나이 먹어서도 계속 그럴 수는 없고. 그리고 남편도 육아와 집안일에 협조적이에요. 하지만 그걸 남에게 대놓고 말하기도 민망하고 또 상대가 못마땅하게 여길까 봐 일부러 나쁘게 말하곤 해요."

메구미는 정직한 사람이다. 말투에서 마미와는 다른 종류의 성실함이 느껴진다.

전망홀은 조용했다. 아까만 해도 그렇게 많았던 관광객의 모습이 어느새 온데간데없었다.

"저도 평소에는 그런 말을 거의 하지 않는데, 마미는 친구들의 그런 말을 전부 진심으로 받아들일 것 같았거든요. 결혼은 힘든 거구나, 그럼 안 해도 되겠다고 순수하게 곧이곧대로 받아들일 것 같아서, 그래서 말해 줬어요."

그 순수함은 가케루도 잘 알고 있었다. 순수하고 착한 사람이기에 누군가 길을 제시하면 그런가 보다, 하고 몸을 내맡기고 만다. 자기 자신이 없다. 스스로는 결정하지 못한다.

"맞선이 잘 안되어서 '나는 사람을 좋아하는 감정이 결여된 걸까' 하고 고민하길래 그렇지 않다고 말해 줬어요. 꽃미남이 나타나면 언제 그랬냐는 듯 금방 좋아할 거면서, 하고 지적했더니 '그러게' 하고 웃더라고요."

메구미가 가케루를 의식하듯 살짝 이쪽을 봤다. 가케루는 어떻게 반응해야 할지 몰라 "그랬군요"라고만 답했다.

"굳이 말하자면 잘 풀리지 않는 건 마미의 결혼 활동이 재고 처리를 위한 세일 카트 속에 있어서가 아닐까? 하고 말했어요. 운 좋게 진귀한 물건을 찾아낼 수도 있지만 그 희박한 확률에 기대기보다는 새 물건을 제값에 살 수 있는 진열대에 가면 원하는 것이 많이 놓여 있을 테니, 차라리 그쪽으로 가라고 조언해 줬어요."

메구미가 아무렇지도 않게 하는 그 말을 듣고 숨이 턱 막혔다. 말없이 그녀를 쳐다보자 메구미가 태연히 계속했다.

"갑자기 맞선이나 단둘이 만나는 그런 곳에 가니까 좋은 사람이 없는 거 아닐까 싶었거든요. 마미가 멀리했던 미팅이나 그런 곳에서 여러 사람과 대화하고 소통하며 찾는 편이, 상대가 다른 사람을 어떻게 대하는지도 알게 되고 좋지 않겠느냐고요."

"마미 씨는 뭐라던가요?"

"그럼 그런 곳에서도 찾아볼까, 라고 말했어요."

자신의 말이 얼마나 잔혹한지 메구미는 전혀 자각이 없는 것 같았다. 솔직히 말해 당시 마미의 기분을 걱정하기에 앞서 방금 그 말에 가케루가 먼저 상처를 받았다.

재고 처리를 위한 세일 카트.

신간이나 신상품 매대와는 구분되어 있는 곳.

분명 대학생 때 연애 경험도 있고 몇 번의 자연스러운 만남을 거쳐 결혼에 성공한 메구미에게 악의는 없을 것이다. 하지만 그녀는 모른다. 옛날부터 연애 경험이 없어 쉽사리 움직이지 못한 마미 또한, 재고 처리를 위한 카트 속에 있다는 것을. 마미의 처지는 눈요기로 세일 카트를 들여다보는 손님이 아닌 나란히 놓인 카트 속의 상품이다.

가케루 역시 마찬가지였다. 미팅 같은 자리에서 대화와 소통을 통해 나름 인기를 끌었고 사람을 사귀었다고 생각했는데, 어느새 그렇지 않았던 것이다.

자신의 친구는 그렇지 않다고 메구미는 말할 것이다. 재고 처리된 것은 마미가 만난 '대화가 안 되는 남자들'일 뿐이라고. 그러나 제삼자 입장에서 보면 마미 역시 마찬가지였다. 부모가 떠밀지 않았더라면 앞으로 나아가지 못했다.

오노자토 부인은 결혼상담소가 최후의 수단이 아니라고 했다. 하지만 메구미의 기준에 그곳은 재고 처리를 위한 세일 상품을 내거는 곳이다. 오노자토 부인은 세상의 수많은 사람들이 그런 인식을 갖고 있다는 생각에 분개한 것이다.

메구미가 고개를 들어 가케루를 봤다.

"그래서 니시자와 씨와 결혼한다는 소식을 들었을 때 얼마나 기뻤는지 몰라요. 마미도 무척 행복한 것 같았고 도쿄에 가길 잘했다고 생각했죠."

가케루는 여전히 입을 다물고 있었다. 기분이 복잡했다.

한적한 전망홀 창가에 과거의 어느 날 마미와 메구미가 서 있는 모습이 상상되었다. 지금보다 젊고, 미숙하고 어린 마미가 연애 상담을 하며 고개를 숙이는 모습이.

"마미가 도쿄에 가기 전에 중학교 동창들과 다 같이 마지막으로 만났는데, 그때도 딱히 무슨 일이 있어서 이곳을 떠난다거나 그런 분위기는 아니었어요. 친구 중 한 명이 '나 두고 가지 마' 하고 장난을 하기에 마미도 '미안' 하고 웃었어요."

"그, 가지 말라던 친구는 마미 씨와 특히 사이가 좋은 친구였습니까?"

"으음. 그리 자주 만나지는 않았을 테지만, 그러게요. 마미랑 같은 고등학교였으니 뭐랄까, 좀 더 끈끈하다고 해야 하나."

메구미가 살짝 쓴웃음을 띠었다.

"혹시 아세요? 연대감으로 똘똘 뭉쳐 있거든요. 마미의 고등학교."

"고와 여고라고 들었습니다."

"대학교의 추천 취업 정원으로 같은 회사에 취업하는 애들이 많아서 중학교나 고등학교 때부터 사귄 친구가 사회인이 되어서도 쭉 동료이자 절친한 친구가 되는 경우가 많아요. 마미는 아니었지만 다 같이 모이면 역시 그 애들은 대놓고 친한 티를 내더라고요."

나 두고 가지 말라는 그 말은 어떤 상황에서 어떤 심정으로 나온 말이었을까.

"그 친구는 미혼인가요?"

가케루가 궁금한 것을 못 참고 그렇게 묻자, 메구미의 얼굴이 순간 말실수를 저지른 뒤처럼 굳어졌다. 잠시 후 그녀가 "네" 하고 고개를 끄덕였다. 망설이듯이 "마미가" 하고 계속했다.

"마미가 그 친구와 헤어진 뒤 저한테 그랬어요. 저렇게 노골적으로 진심을 말하면 어떻게 하냐고요. 그 애는 농담조로 말하던데, 그거 진심이었지? 하고. 딱히 흉보는 건 아니었고 굉장히 기뻐하면서 말했어요."

마미는 작은 세계에서 우월감에 젖어 있었는지도 모른다. 적어도 곁에서 지켜본 메구미가 그것을 알아차렸음을 가케루는 알 수 있었다. 메구미가 계속했다.

"그래서 마미가 도쿄에 간 건 순수하게 즐거움과 변화를 원해서였다고 생각해요. 스토커나 나쁜 일로부터 도망치는 느낌이 아니었어요."

"궁금한 것이 있습니다만."

가케루의 말에 메구미가 고개를 들었다. 얼마 전에 들은 이야기를 그제야 기억해 냈다.

"마미 씨가 첫 번째 맞선 상대와 고스기몰에 영화를 보러 갔을 때 친구와 마주쳤다고 하더군요. 그때 아마 친구는 임신 중이었고 남편과 함께였다고 합니다. 5~6년 전의 일이라고 생각합니다만, 그 친구가 누구인지 혹시 짚이는 사람이 있습니까?"

깊은 의미는 없을지도 모른다. 하지만 이곳에서 마미에게 있었던 일에 대한 힌트가 너무 적어서 만일을 위해 할 수 있는 질문을 다 하려는 마음으로 가케루는 계속했다.

"남자친구?' 하고 묻기에 '아니, 그냥' 하는 식으로 이야기했다고 합니다."

"글쎄요, 누구일지. 5~6년 전이면, 그 무렵에 아기를 낳은 친구가 누가 있었더라?"

"마미 씨는 그 친구를 별로 좋아하지 않는다고 말했다고 합니다. 거의 초면인 맞선 상대에게 그렇게 말한 것이 왠지 마미 씨답지 않은 것 같아서요."

가케루가 그렇게 말한 순간이었다. 메구미가 "아" 하고 작게 소리를 내더니 "예쁘게 생긴 애였나요?" 하고 물었다. "좀 화려한 느낌에 눈이 커다란."

"제가 만난 게 아니라 거기까지는 저도 잘."

상대의 특징을 들어 설명하려는 메구미를 말리자 잠시 후 그녀가 말했다.

"이즈미일지도 몰라요. 그 무렵에 첫아이를 낳으러 고향으로 돌아왔거든요."

"그 이즈미 씨라는 분도 마미 씨와 같이 고와 여고에 다녔습니까?"

"아뇨, 이즈미는 아니에요. 중학교는 같이 다녔는데 고등학교는 마미의 언니와 같은 곳이었고 대학교는 도쿄에서 다녔어요."

메구미가 일러 준 대학교 이름을 듣고 조금 놀랐다. 가케루와 같은 대학이다.

"지금은 결혼해서 도쿄에 살아요. 상사에서 근무했다고 하던데 남편과 결혼하고 나서는 직장을 그만뒀어요. 그 후에 출산하러 고향에 왔다고 들었어요."

"그 친구를 마미 씨가 불편해했습니까?"

"불편해했다고 해야 할지……. 비슷한 일이 있었던 게 생각났어요."

"비슷한 일이요?"

메구미가 슬쩍 난처한 표정을 지었다. 어떻게 말해야 할지 고민하는 듯한 가벼운 침묵이 흐른 뒤 그녀가 입을 열었다.

"현청 일로 현 내의 전문대학 강당을 빌려 회의를 한 적이 있어요. 타 부서 회의였는데, 저와 마미가 같이 일을 거들었죠. 그때 근처 편의점에서 이즈미를 마주친 거예요. 이즈미는 마침 도쿄에서 돌아와 있던 시기였나 보더라고요."

오랜만이야, 어, 그런데 메구미랑 마미가 왜 같이 있어? 둘이 친했나?

그렇게 묻는 그녀에게 두 사람은 일하는 중이라고 대답했다고 한다. 지금 현청에서 근무한다고.

그때 이즈미가 말했다. 마미를 보고 "아, 마미는 그렇구나, 여기 학교였구나" 하고.

"이즈미는 우리 이야기를 제대로 듣지 않았던 거예요. 맥락없이 그렇게 말하길래 우리도 처음에는 마음에 담아 두지 않았고 마미도 '응?' 하고 되물은 정도였어요. 우리는 곧장 일을 도우러 강당으로 갔고 접수 일이 일단락되고 잠시 후 마미가 갑자기 생각났다는 듯 말했어요."

ㅡㅡ아까 이즈미가 한 말, 잘 생각해 보니 나를 이 전문대학 출신으로 오해한 것 같아.

기운이 없으면서도 화난 듯한 목소리였다고 한다.

ㅡㅡ왠지 분해.

"그때까지 같이 일하면서 마미가 그렇게 분명하게 '분하다'는 말을 하거나 화낸 모습을 본 적이 없어서 깜짝 놀랐어요. 이즈미는 뭐랄까, 정말 활달한 아이라 악의 없이 한 말일 거예요. 마미한테 그건 그리 깊이 고민할 말이 아니라고 위로했지만 한동안 분이 가시지 않는 눈치였어요. 저는 마미가 왜 그렇게 화를 내는지 잘 몰랐는데 조금 시간이 지나서 깨달았죠. 마미는 자기가 고와 여대를 나왔다는 사실에 생각보다 더 자부심을 갖고 있구나, 하고요."

"그건……어쩌면 그럴지도 모르겠군요."

좁은 세계의 그 자부심은 그녀를 키운 요코의 가치관에 의한 것이다. 그때 마미의 반응은 말로 표현한 것은 아니지만 '무시당했다'는 감정에 가까웠다고 생각한다. 나는 분명히 명문 여대를 졸업했는데, 하고.

메구미가 한숨을 내쉬고 계속했다.

"그런데 그것도 이즈미 입장에서는 아무래도 상관없는 일일 테죠. 왠지 그때는 저도 계속 그것 때문에 기분이 상해 있는 마미에게 좀 짜증이 났어요. 그래서 말해 버렸어요."

––이즈미가 봤을 때는 지역의 여대든, 전문대든 다 똑같아.

"이즈미는 옛날부터 머리가 정말 좋았거든요. 예쁜데 공부까지 잘해서 고등학교도 도쿄 대학을 노릴 수 있는 곳으로 갔고, 공부도 엄청나게 했을 거예요. 그런 애 입장에서 보면 우리가 어느 대학을 갔든 자기보다 급이 낮은 대학인 시점에서 다 똑같지 않겠느냐고요."

태연히 계속되는 메구미의 이야기는 태연하기 때문에 가케루의 가슴을 에는 듯 신랄하게 들렸다.

무엇보다 그것은 불과 얼마 전까지만 해도 가케루가 갖고 있던 사고방식이었기 때문이다. 요코가 지역의 명문 여대라고 자랑하는 것을 들으면서 그런 가치관은 여기서밖에 통하지 않는다며 속으로 혀를 찼다.

"그러는 저도 지역의 전문대학 출신이지만요."

메구미가 쓴웃음을 지었다. 그 모습이 불쾌하지 않았다. 일종의 결단이 느껴지는 웃음 뒤에 그녀가 계속했다.

"그래서 말해 버렸어요. 이즈미가 봤을 때는 우리도 다 똑같이 보이고 관심도 없으니까 너무 신경 쓰지 말라고요."

등골이 조금 싸늘해졌다. 가케루는 메구미가 계속 말하기를 잠자코 기다렸다. 그녀가 얕게 숨을 내쉬었다.

"제 남편이 군마 대학을 나왔거든요. 그래서 시댁 식구들과 이야기를 하다 보면 그런 걸 가끔 느끼곤 해요. 시부모님이 아들에게 무슨 공부를 시키기 위해 대학에 보냈다, 하는 이야기를 할 때가 있는데, 우리 집에서는 부모님조차 제가 어느 대학에 갔는지는 기억해도 무슨 학부였는지는 잊어버렸을 거예요. 일단 대학에 보냈다는 게 중요하지 거기서 뭘 공부했는지는 별 상관없었던 거구나 하고 지금은 생각하죠."

들으면서 가케루는 그 당시 마미의 기분을 똑같이 느끼고 있었다.

––똑같지 않아, 하고.

메구미는 자신과 마미가 다 똑같이 보일 거라고 했지만 마미 입장에서는 필시 그렇지 않았을 것이다. 아니라고 생각하며 애가 탔을 것이다.

메구미가 '다 똑같다'고 체념과도 비슷한 온화한 마음으로 그 말을 할 수 있는 까닭은 아마도 그녀가 결혼해서 가정을 이루었기 때문이다. 자신에게는 없는 가치관을 가진 고향의 국립대학을 나온 남편이 없었다면 그녀 역시 지금처럼 달관할 수 있었을지는 모를 일이다.

그렇게 상상해 보았다. 듣고 보니 정말 비슷한 이야기다. 고스기몰에서 가나이와 함께였던 마미가 이즈미처럼 잘난 친구에게

"남자친구?" 하는 질문을 받는다. '믿기지 않을 만큼 촌스럽다'고 평가를 내린 남자와 나란히 걸어가다 그 질문을 받고 "아니, 그냥" 하고 마미가 대답한다.

그때 마미는 무슨 생각을 했을까. 창피하다. 남자친구가 아닌데. 그게 아닌데.

이런 생각도 하지 않았을까. 내 값은 더 높은데, 하고.

하지만 가나이의 선한 마음씨, 반듯한 됨됨이, 아내와 아이들과 함께 떠나는 뒷모습을 떠올리고 가케루는 그럼에도 불구하고 생각하고 만다.

그 친구가 봤을 때는 똑같다고.

그것은 멋이 있으나 없으나 촌스럽거나 세련되거나 하는 차원의 문제가 아니다. 남편을 데리고 불룩한 배를 안은 그녀는 그런 것에는 처음부터 관심이 없었다. 사람은 값을 매기는 눈으로 타인을 보지 않는다. 가족이 된 상태를, 연인끼리 있는 상태를 그저 그런가 보다 하고 볼 뿐이다. 그런데 한창 괴로움에 빠져 있을 때에는 자의식과잉으로 그런 것에 얽매이고 만다.

그래서 결혼 활동을 해도 결혼에 성공하지 못한 것이다.

마미도, 가케루도. 그리고 그것은 본인이 실제로 손에 넣어 여유로운 상태가 아니면 다다를 수 없는, 보이지 않는 경지라는 생각이 들었다.

가케루는 결혼 활동을 하면서 '이 여자다 싶은 직감이 들지 않는다'고 기혼자 친구들에게 수차례 상담했다. 그럴 때마다 친구들은 '직감이니 확신이니 하는 게 있을 리 없다'고 했다. 비슷한 맥락이다.

그들은 결혼했기 때문에 쉽게 말할 수 있는 것이다. 자신도 상대에게 이 사람이다 싶은 직감을 느끼지 못했다고 말한다. 그렇다면 당신은 어째서 지금의 상대와 결혼했느냐고 물으면 그들은 아마 대답하지 못할 것이다. 그저 '그냥 아니까' 하고 말할 수밖에 없다. 실은 '직감이든 확신이든 들었으면서' 하는 마음에 가케루는 그들이 부러운 동시에 꼴도 보기 싫었다. 때가 지나 '자연스럽게' 만나지 못하고 뒤처졌다는 생각 탓에 결혼 활동을 하는 자신의 처지가 괴로웠다.

"이즈미 같은 애한테는 정말 우리가 다 똑같이 보였을 거예요."

메구미가 다시 한번 강조했다. 어깨를 움츠리고 쓴웃음을 짓는다.

"그로부터 몇 년 후 저도 우연히 이즈미를 고스기몰의 키즈 카페에서 만난 적이 있어요. 그때 저한테 그러더라고요. 메구미, 지금 시청에서 일한다며. 아니, 현청이야 하고 말했더니, 아아 그랬나? 공무원이라는 기억밖에 없다고 하더라고요. 제가 임시직이라는 것도 모르는지 남편이 현청에서 일한다고 했더니, 공무원 부부라 안정적이고 좋겠다고 했어요. 사실은 그게 아닌데 말이에요."

창밖을 보는 메구미의 시선 끝에 작은 유원지가 보였다. 평일 낮인데도 나들이객이 있는지 아이와 가족을 태운 열차 놀이기구가 도는 모습이 여기서도 보였다.

"말은 그렇게 하면서 전혀 부러워하는 것 같지가 않았어요. 이즈미의 남편이 뭘 하는 사람인지는 묻지 않았지만 공무원은 안정적이기만한 시시한 직업이라고 여기는 느낌이 좀 들더라고요."

그렇게 말하는 메구미의 말투는 조금도 무겁지 않았다.

가케루는 은근히 놀라고 있었다. 임시직인데도 정직원으로 오해를 받았다는 것. 그때 메구미가 흐뭇해했다는 것이 말끝에서 느껴졌기 때문이다.

방금 그 말투는 분명히 그렇게 들렸다.

이즈미가 봤을 때는 다 똑같다.

현청이든 시청이든 임시직이든 정직원이든 전문대학 졸업이든 지역의 명문 여대 졸업이든.

그것을 다 알면서도 사소한 오해 한번 받은 걸 허세 부리며 기분 좋아하는 건 어째서일까. 메구미 또한 마미와 마찬가지로 좁은 세계에서 우월감을 자랑하며 이 세계를 떠도는 사람인 것이다.

마미도 자신도 똑같다고 말하면서, 그렇다면 메구미에게 있어 마미나 자신과는 선을 그으며 '이즈미와는 똑같지 않다'고 하는 기준은 무엇일까.

퍼뜩 짚이는 것이 있었다. 알아차린 순간 왠지 오싹했다.

그 기준은 이 지역을 떠났는지 아닌지 일지도 모른다.

눈에 보이는 범위의 세계에 머무르며 나고 자란 지역을 떠나는 일 없이 그곳에서 진로를 정한 메구미나 마미와는 다른, 스스로 뭘 하고 싶은지 생각해서 이곳을 떠난 이즈미는 아마도 '그런 애'인 것이다. 그렇기 때문에 동경하고 칭찬하는 식으로 말하면서도 메구미는 그녀와 거리를 두고 있다. '우리와는 다른 애'라면서.

나 두고 가지 마, 라는 마미의 친구의 말을 떠올린다.

고스기몰 안에서 학창 시절을 거친 후에는 당연히 가정을 꾸리고 부부나 부모가 되지 않으면 용납되지 않을 듯한 분위기를 느낀 것을 떠올린다.

이 고장에서 그렇게 하지 않은 마미와 '나 두고 가지 마'라고 말한 친구가 느낀 내 자리가 없는 듯한 그 위축감을 가케루는 알고 있다. 이즈미 같은 애를 '자신과는 다르다'고 메구미가 체념하고 거리를 둘 수 있는 것은 이 고장에 가족과 자신의 자리가 있기 때문이다. 그것을 가지지 못한 마미의 괴로움을 그녀는 이해하지 못한다.

직접적인 원인이 뭔가 있었는지 그것은 알 수 없다. 그러나 설사 스토커에게 쫓기지 않았더라도 마미가 이곳을 떠나기로 마음먹은 심정의 일부가 보인 것 같았다. 휴일에 외출한 쇼핑센터에서조차 지인을 마주치고 마는 가까운 거리감. 메구미도 고향에 돌아온 현 밖에 사는 친구를 마주친 곳이 쇼핑센터의 키즈 카페였다.

결혼하지 않으면 집을 나갈 수도, 독립도 인정되지 않는 이 장소에 녹아들지 못할 바에야 마미는 차라리 밖으로 나가서, 여기 있는 지금의 자신과는 '다른 애'가 되고 싶었던 것이 아닐까. 그 심정을 지금은 가케루도 안다.

"마미가 사라진 이유에 대해 정말 짚이는 것이 없으세요?"

헤어질 때 예상치 못한 타이밍에 메구미가 물었다.

전망홀 엘리베이터 앞에서 이제 사무실로 돌아간다는 메구미와 함께 엘리베이터를 기다리고 있던 참이었다. 그녀를 배웅한 뒤 가케루는 혼자 조금 더 전망홀에 남아 있을 작정이었다.

가케루가 그녀를 쳐다보자 메구미가 "죄송해요" 하고 사과했다.

"무례한 질문이었다면 죄송해요. 그런데 어쩌면 스토커와 상관없이 마미의 마음이 흔들렸을지도 모른다는 생각이 들었어요."

"메리지 블루 같은 거 말씀입니까?"

가케루가 묻자 메구미가 입을 다물었다. 잠시 후 주저하면서 그녀가 "네" 하고 고개를 끄덕였다.

"마미는 상처를 쉽게 받는 애였어요. 니시자와 씨와의 사이에 뭔가 있었던 건 아닌가요?"

"마미 씨가 사라지기 전날까지 우리는 정말 평소와 똑같았습니다. 싸우지도 않았고."

냉정히 말하고 싶지만 말투에서 짜증이 드러나는 것은 어쩔 수 없었다. 단숨에 말했다.

"원인이 만약 저와의 결혼에 있다면 애초에 당신에게 이야기를 들으러 여기까지 오지도 않았습니다."

"그런데 마미는 얌전하게 보여도 고집이 센 구석이 있잖아요."

"고집이 세다……."

분노가 솟구침과 동시에 상대를 깔보듯이 홍 하고 코웃음을 치고 말았다. 가케루가 말했다.

"그래도 그렇지 마미 씨가 사라진 지 벌써 두 달이 넘었습니다. 그사이 도대체 어디에서 뭘 하고 있단 말입니까? 부모님과 친구에게 아무 말도 하지 않고 걱정을 끼친다는 것을 알면서도 도대체 어떤 메리지 블루여야 그렇게까지 할 수 있는 겁니까?"

"그런 뜻으로 한 말이 아닌데, 기분 나쁘셨다면 죄송해요."

마미가 걱정되어 무심코 한 말일지도 모른다. 메구미가 고개를 숙였다.

"마미가 결혼한다면서 무척 기뻐했을 때 사실 좀 걱정이 되었어요. 마미는 연애 경험이 없는 만큼 결혼에 대해 환상이 크다고 해야 할지, 이상이 높은 구석이 있거든요. 현실에서 작은 차질이 생기면 그 후유증이 클 것 같다는 생각을 했어요."

"차질이라니요?"

자신과의 결혼에서 차질이 있을 것이라고 생각하다니 어처구니가 없다. 저도 모르게 험악한 목소리로 말한 가케루에게 메구미가 쓴웃음을 지었다.

"결혼한다면서 마미가 무척 행복해했거든요. 그래서 좀 걱정을 한 거예요. 주제넘고 무례한 말을 해서 죄송합니다."

"아뇨, 저야말로. 걱정해 주셨는데."

"마미가 무사히 돌아오기를 저도 기도할게요. 정말 무사히 돌아왔으면 좋겠어요."

메구미가 말한 그 타이밍에 마침 엘리베이터가 왔다. 가벼운 목례를 남기고 그녀가 안으로 올라탔다. 한 사람만을 태운 엘리베이터 문이 닫혔다.

홀로 남은 가케루는 전망홀 벤치로 돌아갔다. 할 일이 없어 스마트폰을 꺼내자 업무 관련 메일에 섞여 낯선 주소에서 송신된 메일 한 통이 있는 것을 발견했다.

제목은 '마미 씨 관련'.

메일을 열자 가케루의 메일 주소가 적힌 받는 사람 밑에 '메일로는 처음 인사드립니다'라는 문장이 가장 먼저 눈에 들어왔다. 아무래도 마미가 도쿄에서 근무한 영어회화 학원의 동료가 보낸 모양이었다. 마미가 사라진 직후 서로 연락을 주고받고 그 후에도 몇 번인가 전화를 해 준 여성이다. 연락처를 교환해 두었더니 메일을 보내 준 것이다.

마미가 소속된 파견 회사는 변함없이 무성의하고, 마미가 실제로 근무했던 영어회화 학원에 가케루가 직접 연락을 한 것조차 난색을 표하는 지경이었다. 학원 동료들은 마미를 진심으로 걱정하고 지금도 가케루에게 마음을 쓰고 있다.

여러 번 연락을 준 이 여성은 영어와 중국어, 일본어가 능숙한 마미 또래의 대만 사람이었다. 중국어 이름은 모르지만 영어 이름은 재닛. 보낸 사람 란에도 같은 이름이 적혀 있다. 마미가 근무했을 무렵 가케루도 가끔 들었던 이름이다.

『메일로는 처음 인사드립니다. 그 후 마미 씨와 연결된 단서는 찾으셨는지요. 저희도 걱정되어 그녀와 조금이라도 관련된 것은 없는지 지금도 다 같이 이야기하고 있습니다.

그래서 생각해 낸 것이 있습니다. 가케루 씨는 마미 씨의 인스타그램을 보신 적이 있습니까? 그녀가 사진을 많이 올렸습니다. 저희는 몰라도 가케루 씨라면 알아볼 수 있는 것이 그 안에 있을지도 모릅니다.

지금은 새로 올라오지 않는 것 같지만 한번 보시는 것도 좋을 것 같습니다.』

다소 부자연스럽기는 해도 능숙한 일본어였다.

메일을 보고 몹시 놀랐다. 마미가 SNS를 하고 있는 줄도 몰랐고 지금껏 언급한 적도 없었다. 그리 큰 단서가 아닐 거란 생각에 그동안 조사하지 않은 것이 한심했다.

스마트폰을 조작하는 것도 애가 탈 지경이었다. 메일에 링크된 사이트를 손가락으로 클릭했다. 열린 화면에서 먼저 눈길을 끄는 것은 그녀의 계정명이었다.

Mami

daily

love

life

나열된 단어 끝에 1125라는 숫자가 적혀 있다. 마미의 생일은 9월 7일이다.

1125

11월 25일은 가케루의 생일이었다.

마미, 데일리 러브 라이프, 1125.

그것이 그녀의 계정이었다.

눈앞에서는 아까 그 유원지의 놀이기구가 다시 돌고 있었다. 뒤로는 산이 펼쳐져 있고 바로 곁에 강이 흐르고, 그리고 벚꽃으로 물든 거리는 한가롭고 아름다웠다.

가케루는 숨을 삼켰다. 인스타그램을 시작한 것은 가케루와 교제하기 시작한 후일 것이다.

그곳은 마미의 사진으로 넘쳐나고 있었다.

마지막 포스팅이 올라온 건 1월 21일. 그녀가 직장을 그만두기 전이다.

가케루와 함께 간 가루이자와의 사진, 도쿄의 레스토랑, 사전 답사를 하러 간 예식장 사진도 올라와 있다. 사진마다 짧은 멘트가 달려 있다.

다양한 사진으로 기록된 일상의 빈틈을 메우듯이 맥주병과 맥주 라벨을 찍은 사진이 올라온 것을 본 순간, 가슴 깊은 곳이 통증과 함께 강하게 짓눌렸다. 가케루의 회사에서 취급하는 상품의 라벨이다.

『모든 종류를 섭렵한 줄 알았는데 또 이렇게 맛있는 걸 발견하다니. 맥주의 세계는 심오합니다. 여전히 공부 중.』

같이 식사를 하러 가서도 마미는 식사 중에 음식 사진을 찍는 편이 아니었다. 도대체 이 라벨을 언제 찍은 걸까. 가케루가 자리를 비운 사이에 홀로 남은 그녀가 스마트폰을 꺼내 셔터를 누르는 장면을 머릿속에 그렸다. 그 모습을 생각하니 견딜 수가 없었다.

――가케루 군이 한 일은 내 자랑처럼 늘어놓으면 안 되지. 물론 기뻤고 말하고 싶었지만 참았어.

언젠가 나눈 특별할 것 없는 대화가 떠올랐다.

셀카도 많이 올라와 있었다. 필터를 사용했는지 약간 세피아 톤이 들어갔거나 흐릿하고 밝고 근사한 분위기의 사진이 많다. 입에 빨대를 물고 얼굴을 클로즈업한 사진은 평소의 마미와는 인상이 크게 달라 보였다. 보정한 것은 아니겠지만 패션지에서 오려 낸 듯한 매끄러운 피부와 반짝이는 큰 눈동자를 하고 있었다. 자신의 취향에 맞는 각도로 촬영한 사진은 마치 마미 본인이 아닌 것처럼 세련되어 보이고 가케루가 모르는 그녀의 얼굴을 하고 있다.

하지만, 마미가 맞다.

가케루가 찍은 사진도 여러 장 올라와 있었다. 그런데 선별해서 올렸을 사진이 하나같이 가케루가 아는 마미와는 인상이 달랐다. 마치 잡지에 나오는 일반인 모델 같았다. 조명을 이용하는 등 실제 본인의 얼굴보다 더 근사하게 찍힌 사진을 선별해서 올리는 것은 결혼 활동에서도 흔히 있는 일이었기에 이제 와서 놀라지는 않았다. 하지만 생각했다. 이렇게까지 할 필요는 없는데.

마미가 사라진 뒤 오늘에 이르러 처음으로 얼굴에 자연히 미소가 떠올랐다. 무리하지 않아도 되는데, 하고 사진 속 마미를 바라보며 생각했다. 이런 식으로 애써 찍은 사진이 아니어도 그녀의 있는 그대로의 모습이 가케루에게는 매력적이고 사랑스러웠다. 세상의 기준에 맞는 세련된 미인이 아니어도 사랑스럽다고 생각했다.

사진과 문장 속에 스토커의 존재가 엿보이는 것은 당장은 눈에 띄지 않았다. 의미심장한 글 하나쯤은 있지 않을까 싶었지만 한참 거슬러 올라가도 아무것도 나오지 않았다. 지인이 볼 수도 있으니 이상한 글을 써서 괜히 걱정을 끼치고 싶지 않았을지도 모른다. 마미의 친구인지 매번 댓글을 다는 사람이 있었다. 『남자친구네 맥주라니, 좋겠다. 나도 마셔 보고 싶은데』,『언니, 술 진짜 세다……』제법 친근한 말투였다. 재닛을 포함한 영어회화 학원 동료들이 달아 놓은 댓글도 있는 것 같았다. 가케루도 몰랐던 이 인스타의 존재를 외국인인 그녀들에게는 밝혔다는 것도 왠지 마미답다는 생각이 들었다. 사진과 글을 통해 보는 마미는 가케루가 알고 있는 마미보다 훨씬 명랑하고 개방적으로 보였다. 동료들에게 영향을 받아 인스타를 시작했을지도 모른다. 마미에게도 이런 친구가 있었구나, 묘한 기분이 들었다. 가케루는 의외로 마미에 대해 잘 몰랐을지도 모른다.

나중에 집에 가서 제대로 봐야겠다.

그렇게 생각하고 손을 멈추기 직전에 사진 하나가 눈에 들어왔다.

낯익은 티파니 상자와 반지.

가케루가 이것을 건네고 프러포즈한 이튿날의 게시물이었다.

『오늘은 여러분께 말씀드릴 것이 있습니다.

실은 교제 중인 사람과 결혼하기로 했습니다.

정말 믿어지지가 않아서 '정말 나와 결혼해도 괜찮겠어요?' 하고 몇 번이나 물어봤습니다.

지금껏 저는 홀로 태어나 홀로 인생을 걸어갈 거라 생각했습니다. 고독한 사랑이 어울린다고 생각했습니다.

옛날부터 경쟁이나 누군가와 겨루는 것, 무리 짓는 것이 서툴고 조금 소극적이었던 나.

남을 밀쳐내면서까지 눈에 띄고 싶지는 않았고, '나는 나'라는 태도를 무너뜨리지 않고 살아온 탓인지 누군가와 대화할 때 적당히 호응하는 것도 좀처럼 익숙해지지 않아 언젠가부터 혼자 지내는 일이 많아졌습니다.

동성 친구들과 해외여행을 가거나 가수에게 푹 빠져 콘서트에 간 적도 없는 저는, 내가 좀 이상한가 생각할 때도 있었습니다.

그런데 이런 나라도 좋다고 말해 주는 사람이 나타난 겁니다. 자신의 인생을 함께 걸어가는 동반자로 내가 좋다며 선택해 주었어요. 정말 진심으로 감사의 말밖에 전할 말이 없습니다.

사랑합니다. 고마워요.』

화면에서 고개를 들자 산 위의 하늘에 한 줄기 빛이 마치 비 온 뒤 맑게 갠 듯 환하게 빛났다. 그것을 보고 조금 전까지 구름이 끼어 있었다는 것을 알았다.

스마트폰이 약하게 진동한 것은 그때였다.

마치 마미가 가케루가 이곳에 도달하기를 기다린 듯한 타이밍이었다. 황급히 화면을 보니 마미의 언니, 노조미의 이름이 표시되어 있었다.

"여보세요."

『여보세요. 가케루 군? 노조미예요. 지금 통화 괜찮아?』

심장이 덜컥할 정도로 동생과 닮은 목소리였다. 그 목소리에 무너져 내릴 듯한 마음을 다잡고 "네" 하고 대답했다.

그녀가 말했다.

『마미의 두 번째 맞선 상대가 누군지 알아냈어. 다카사키 시에서 치과 조무사로 일하고 있어.』

느닷없는 소식에 당황했다. "네?" 하고 짧게 되묻자 노조미가 계속했다.

『엄마가, 마미의 맞선 전에 인터넷에서 상대 이름으로 다카사키의 치과 의사를 검색했는데, 마침 그 일이 생각났어. 그때 엄마가 하나가키 치과 의원이 그 지역에서는 꽤 평판이 좋은 것 같더라, 하고 말씀하셨거든.』

마미가 선택한 두 번째 맞선 상대를 요코는 그리 흡족해하지 않았을 것이다.

그런데도 그만 자기도 모르는 새에 알아본다. 그 결과 좋은 집안인 것 같으면 잘될지 안될지 몰라도 남에게 그만 이야기하고 만다. 딸의 맞선 상대의 신상명세서를 친구에게 '그만' 보여 주고 마는 심리와 비슷하다.

그만 저도 모르게 그렇게 하고 만다. 요코는 그런 사람이다.

『검색했더니 나왔어. 하나가키 치과 의원에서 이름이 바뀌었는데, 지금은 다카사키의 플라워 덴탈 클리닉. 원장 이름은 하나가키 쓰토무 씨. 아마 맞선 상대의 아버지일 거야.』

맘대로 움직여서 미안하다고 노조미가 사과했다.

『만약 잘못 알아서 가케루 군을 번거롭게 하면 미안하니까 내가 벌써 전화해 뒀어. 마미와 맞선을 봤던 치과 조무사 아드님이 전화를 받아 줬어.』

가케루는 입술을 꾹 다물고 숨을 죽였다. 오노자토의 상담소에서 마미가 선택한 두 번째 맞선 상대는 가케루가 지금 누구보다 스토커가 아닐까 의심하고 있는 인물이다.

"말씀을 나누신 겁니까?"

『응. 오노자토 씨가 마미의 일과 관련해 상황을 살펴본다고 했었다며. 그런데 마미에게 무슨 일이 있었는지 자세히는 몰랐나 봐. 사정을 털어놨더니 많이 놀라더라.』

그 놀란 모습이 진심인지 아닌지는 아직 모른다.

마미의 취향에 맞는 외모를 지닌, 그녀가 선택한 맞선 상대.

하지만 막상 만나 봤더니 '말을 제대로 못 하는 유형의 사람이었다'며 안타까워했다고 한다. 말 그대로 대화가 안 되는 사람이었다고.

가나이 때도 마찬가지였지만 상대는 뒤통수를 맞은 듯한 심정이지 않았을까. 마미가 마음에 들어 한다고 들었건만 막상 만나고 나서 퇴짜를 맞은 것이다.

마미의 어머니도 말했다.

――마미는 고등학교 때부터 쭉 고와에 다녔으니 그쪽 부모도 마미의 신상명세서를 보고 가족끼리 그런 점까지 다 마음에 들어

했겠지. 오노자토 씨에게 듣기로는 마미가 거절하고 나서도 그쪽 부모로부터 계속 만나고 싶은데 어떻게 좀 안 되겠느냐는 연락이 왔다고 하네.

기세등등하게 말하던, 딸의 가치를 뽐내는 잘난 체하던 목소리를 아직 기억한다.

그와 동시에 생각했다. 방금 본 마미의 인스타그램의 문장이 눈앞에 아른거린다.

――지금껏 저는 홀로 태어나 홀로 인생을 걸어갈 거라 생각했습니다.

――고독한 사랑이 어울린다고 생각했습니다.

――그런데 이런 나라도 좋다고 말해 주는 사람이 나타난 겁니다.

가케루 외에도 그런 사람이 있었다. 마미를 '좋다고 말해 주는 사람'이.

있었건만, 다만 마미가 싫어했다. 가나이와 그 치과 조무사인 하나가키 씨로는 그녀가 납득하지 않았다. 그들은 선택받지 못한 반면 가케루는 선택받았다. 그 사실을 순수하게 기뻐할 마음은 사라진 뒤였다. 상대의 마음을 업신여기고 자신이 납득한 상대가 아니면 자신의 인생 이야기에 존재하지 않는 것으로 치부하여 눈에 비추지 않는다. 실제로 가나이를 만나고 그에게 생긴 가족을 봤기 때문에 더 그런 생각이 든다.

마미가 두 사람에게 취한 태도가 오만했다는 것을.

가케루의 가슴속에서 마미에게 선택받았다는 우월감을 물론 다 지울 수는 없다. 프러포즈를 한 그날 그녀가 어떤 마음으로 가케루와 앞으로 함께 걸어갈 길을 생각했는지를 상상하면 기쁘다. 하지만 안타까웠다. 마미에게도 그녀가 좋다고 나선 사람이 있었는데 마미는 그것을 거부했다. 거부하고 없었던 일로 했다. 과연 절묘하다고 생각한다. 상대를 보지 않고 철저하게 자신의 뜻에 맞는 것만 보는 사랑은 확실히 '고독'하다.

『만나 주겠대.』

노조미의 말을 듣고 벤치에 앉은 채 눈만 크게 떴다. "정말입니까?" 하고 묻는 가케루에게 노조미가 계속했다.

『응. 그러니까 나도 같이 갈 거야. 같이 가서 이야기를 듣자.』

스마트폰을 손에 들고 생각한다. 잠시 후 가케루가 물었다.

"처형, 급하게 부탁드려 죄송하지만, 상대 남성과 지금 바로 만날 수는 없겠습니까?"

『어?』

"실은 지금 군마 현청에 와 있습니다. 얼마 전에 처형이 연결해 주신 마미 씨의 전 직장 동료 아리사카 메구미 씨를 아까 만나던 참이었습니다. 이제 곧 다카사키로 출발하겠습니다."

전화기 너머에서 노조미가 숨을 삼키는 기척이 느껴졌다. 가케루가 말했다.

"만약 그 사람이 정말 마미 씨 일로 뭔가 짚이는 것이 있다면 시간을 끌고 싶지 않습니다. 만약, 정말 만약이지만 그 사람이 마미 씨와 지금도 함께 있을 가능성이 있다면 처형의 연락으로 인해 그녀와 또 다른 곳으로 가 버릴지도 모르니까요."

만약이라는 가정의 말을 거듭하면서도 가케루는 반 진심으로 말하고 있었다. 그가 마미를 단념하지 않았을지도 모른다는 생각을 떨칠 수가 없다.

『알겠어.』

잠시 후 노조미가 말했다.

『확인해 볼게. 바로 연락해 줄 테니까 기다려.』

"처형."

그때 왜 그렇게 물었는지 모른다. 정신을 차리고 보니 통화의 끝 무렵에 이렇게 묻고 있었다.

"처형은 마미 씨가 대학에서 무슨 학부였는지 아십니까?"

『뭐……?』

방금 전까지 절박한 이야기를 주고받다 웬 뚱딴지 같은 소리인가 싶었을 수도 있다. 노조미가 순간 맥 빠진 목소리로 말했다.

부모에게 반항하며 자신의 의사에 따라 진학과 취직에 성공한 노조미 같은 사람은 아마도 메구미의 기준에서 '우리와는 다른 여성'으로 일컬어지는 존재다. 노조미는 대학에서 경제학부를 졸업했다. 전에 들은 적이 있는데 가케루의 전공과 가까웠기 때문에 기억하고 있다. 그러나 마미가 무슨 학부였는지는 모른다. 대학에서 무슨 공부를 했는지 이야기한 적조차 없었다. 노조미가 주춤하며 말했다.

『어, 그러니까 아마, 고와 여대에서……. 아, 미안. 금방 알아볼 수 있을 것 같은데, 급해?』

그 말을 듣고 탄식하는 심정으로 지그시 눈을 감았다.

기억하지 못하는 것이다. 지금 진심으로 동생을 걱정하는 언니조차 동생이 대학에서 무슨 공부를 했는지 기억하지 못한다. 그런 것에 의미가 없다고 생각한다.

『거기에 법학부랑 문학부밖에 없었을 거야. 둘 중 하나일 것 같은데.』

── 옛날부터 경쟁이나 누군가와 겨루는 것, 무리 짓는 것이 서툴러서 뭔가 좀 소극적이었던 나.

── 남을 밀쳐내면서까지 눈에 띄고 싶지는 않았고, '나는 나'라는 태도를 무너뜨리지 않고 살아온 탓인지…….

감은 눈 뒤로 마미의 인스타그램 글이 아른거린다.

모두가 가니까 대학에 가고 부모가 알아봐 줬으니 취직하고 원래 그래야 하니까 결혼 활동을 한다.

그 과정에 자신의 의사와 희망은 없어도 취향이나 자존심, 자부심과 작은 세계의 자기애가 있기 때문에 자유로워지지 못한다. 영원히 괴롭다.

하지만 이 세상에 '자신의 의사'가 있는 사람이 과연 얼마나 될까. 마미를 탓할 수 있는 사람이 도대체 얼마나 될까.

가케루는 눈을 떴다.

"아뇨, 괜찮습니다. 죄송합니다."

노조미에게 사과하고 전화를 끊었다.

자리에서 일어나 넓은 창가를 따라 이어지는 난간에 기대면서 그녀에게 다시 전화가 오길 기다린다.

얼마 지나지 않아 마미의 두 번째 맞선 상대, 하나가키 마나부가 만남을 승낙했다는 연락이 왔다.

제6장

맞은편에 앉아 있는 남성 앞에서 가케루는 어떻게 해야 할지 몰랐다. 당혹스러웠다. 아니, 그보다는 맥이 탁 풀렸다.

하나가키 마나부와 만날 장소는 다카사키 시내의 우회도롯가에 있는 프랜차이즈 패밀리 레스토랑이었다. 마미의 첫 번째 맞선 상대인 가나이를 만났을 때와 달리 가케루 쪽에서 급하게 부탁한 것이라 비교적 만만한 장소에서 만나는 것이 당연했다.

오후 세 시가 넘은 패밀리 레스토랑에는 늦은 점심을 먹는 작업복 차림의 남자 손님과 어린아이를 데려온 엄마들로 이루어진 단체 손님이 소란스럽게 차를 마시는 등 나름대로 북적였다.

해가 기울기 시작한 늦은 오후의 가게 안으로 햇빛이 들이쳤다.

손님 중 한 남자가 가케루 쪽을 향해 엉거주춤 일어나 할 말이 있다는 듯 바라보고 있었다. 가케루와 눈이 마주치자 불안한 듯 두 번 깜빡깜빡했다.

가나이를 만났을 때와 달리 한눈에 알아보았다. 그가 하나가키다.

"하나가키 씨이십니까?"

자리로 가서 묻자 그가 "네" 하고 작게 대답했다.

"기다리시게 해서 죄송합니다. 니시자와라고 합니다. 갑자기 무리한 부탁을 드렸는데 나와 주셔서 감사합니다."

그가 "네에" 하고 이번에도 작은 소리로 인사했다. 테이블에는 그가 마시던 멜론 소다와 물이 놓여 있었다.

이목구비가 반듯한 것이 곱상하게 생긴 얼굴이었다. 게다가 말랐다. 허여멀끔하고 작은 얼굴 속에 또렷하게 쌍꺼풀 진 큰 눈과 약간 매부리코 느낌이 있는 오뚝한 코에 가장 먼저 눈길이 갔다. 마미가 사진을 보고 고른 것도 납득이 간다. 다만 머리가 길어서인가 위태로운 느낌이다. 사회인답지 않다고 해야 할까. 대학생 때 모습 그대로 어른이 된 분위기가 있다.

나이는 마미와 같은 또래일까. 삼십 대 중반인 듯한 그가 그렇게 보이는 것은 복장 탓일지도 모른다. 폴로 셔츠가 옷 자체는 좋아 보이긴 해도 몹시 낡아 있었다.

종업원이 주문을 받으러 왔다. 커피는 단품으로는 안 되고 드링크 바를 주문하여 셀프로 이용해야 한다기에 그렇게 주문했다. 종업원이 가고 난 뒤 가케루가 물었다.

"근무 중인데 괜찮으신가요?"

노조미는 그가 자신의 직장인 치과 의원에서 전화를 받았다고 했다. 근무 중에 양해를 구하고 빠져나왔을 것이다. 그 질문에 하나가키가 "네" 하고 그제야 적당히 큰 소리로 답했다.

"괜찮습니다."

"급하게 연락드려 죄송합니다. 우연히 이쪽에 왔다가 뵐 수 있으면 좋겠다는 생각에 무리하게 부탁드렸습니다."

하나가키가 다시 네에, 하며 고개를 끄덕였다. 가케루가 자세를 가다듬고 말했다.

"전화로 이미 노조미 씨, 그러니까 사카니와 마미 씨의 언니에게 사정을 들으셨겠지만, 마미 씨가 지금 행방불명입니다."

하나가키가 가케루를 빤히 쳐다본다. 눈을 깜빡이는 횟수가 많아 신경질적으로 보인다. 가케루는 긴장된 마음을 다잡고 작정하고 입을 열었다.

"행방불명되기 직전까지 마미 씨는 스토킹을 당했습니다."

하나가키는 별 반응이 없었다. 그저 말없이 이쪽을 쳐다볼 뿐이다. 눈을 자주 깜빡이는 것은 습관인지도 모른다. 그가 긴장하고 있는지 아닌지조차 가케루는 알 수 없었다.

"스토커는 그녀가 군마에 있을 때 알게 된 남자라고 합니다만, 제가 아는 것이 거기까지고 짐작 가는 것도 없습니다. 그래서 그 무렵의 그녀를 아는 사람들에게 이야기를 듣고 있습니다. 오늘 시간 내주셔서 정말 고맙습니다."

"아닙니다."

하나가키가 말했다. 짤막하게 대답한 뒤에는 다시 입을 꾹 다물었다. 그가 뭔가 말하는 것은 아닐까 하고 가케루는 잠시 기다렸지만 하나가키는 입을 열지 않았다. 기묘한 침묵이었다.

거리끼는 것이 있어 입을 다물고 그냥 넘어가려는 것은 아닌 듯한 기분이 들었다. 그렇다고 관심이 없는 것도 아니라 그의 눈은 여전히 가케루를 제대로 보고 있었다. 가나이를 만났을 때와는 모든 것이 명백히 달랐다.

하나가키는 가케루에게 뭔가 이야기하려 하지도, 질문하려 하지도 않는다.

"마미 씨와 만나신 것이 벌써 몇 년 전이었겠지만 그 무렵에 있었던 일 중 뭔가 짐작 가는 것은 없으십니까?"

"짐작."

기다리다 못해 가케루가 물어보자 그제야 가케루에게서 시선을 거두고 생각에 잠긴 듯이 허공을 바라보았다. 다시 한번 "짐작……"하고 혼잣말처럼 중얼거린다. 그 긴 침묵에 혹시 뭔가 있었던 것은 아닌가 하고 기대했지만 잠시 후 그가 작게 대답했다.

"딱히, 특별한 건……."

"그렇습니까."

이 짧은 대화를 통해 가케루는 알게 되었다.

마미가 메구미에게 말한 그대로라는 것을.

――말을 제대로 못 하는 유형의 사람.

――낯을 가린다고 해야 할지, 마미가 무슨 말을 걸어도 거기에 한두 마디 대답하면 대화가 끝나 버린대요. 남자 쪽에서는 아무것도 묻지 않고 말도 걸지 않는데 그런데도 계속 만나고 싶다고 해서 기가 막혔대요.

질문에는 대답하지만 그 이상 본인이 먼저 묻지도, 말을 걸 필요도 못 느낀다는 의미를 실제로 만나 보니 알 수 있었다. 말주변이 없고 사교성도 없는 남자들이 다른 조건이 좋아도 결혼 활동의 현장에서 고전한다는 이야기가 무슨 뜻인지 이제야 알 것 같았다.

그렇다고 그가 스토커일 가능성이 사라진 것은 아니다. 지금 이 침묵도 자신에게 불리한 것을 감추기 위해 의도적으로 가장한 것일 수도 있다.

신중하게 지켜봐야 한다.

"하나가키 씨는 다카사키에서 치과 조무사로 일하신다고 들었습니다."

"네."

"마미 씨와 맞선을 보셨을 때도 그랬습니까?"

사실 알고 있었지만 대화의 물꼬를 트기 위해 묻자 이번에도 하나가키는 네에, 하고 짧게 대답했다. 이 작은 "네에"는 본인으로서는 "네" 하고 명확하게 한답시고 하는 듯했다.

"아버지가 원장으로 계시는 곳이라던데요?"

"네. ……아, 아닙니다. 마미 씨와 만났을 무렵에는 그랬지만 지금은 남동생이."

그의 입에서 처음으로 긴 대답이 나왔다. 마미의 이름도 나왔지만 그보다 가케루는 괜한 것을 물어봤다는 생각에 초조해졌다. 홈페이지에서 본 원장 '하나가키 쓰토무'는 그의 아버지가 아닌 동생인 것이다. 노조미의 말에 따르면 치과 의원의 이름이 바뀌었다고 했다. 그 시점에 원장이 아버지에서 동생으로 바뀌었을지도 모른다.

아버지가 운영하던 치과 의원을 형이 아닌 동생이 이어받았고 형은 조무사로 일한다. 그렇게 된 데에는 틀림없이 무슨 사정이 있었을 것이다. 어떻게 반응해야 할지 몰라 가케루가 "그렇군요" 하고 맞장구를 치자 하나가키 또한 "네" 하고 말했다.

그것을 끝으로 다시 대화가 끊겼다.

하나가키는 가케루에 대해서도, 마미에 대해서도 여전히 아무것도 묻지 않았다. 고집을 부리느라 그런 것 같지는 않았다. 관심이 아주 없지는 않을 것이다. 그랬더라면 일부러 시간을 내어 만나 주지도 않았을 것이다. 그런데도 아무 말도 하지 않고 묻지도 않는다. 본인이 나서서 말하는 법이 없었다.

잠시 후 작게 중얼거리는 소리가 들렸다.

"네?"

"드링크 바."

알아듣지 못해 고개를 든 가케루를 하나가키가 보고 있었다.

"드링크 바, 가지러 다녀오시는 편이."

"아……."

잊고 있었다. 하나가키가 음료가 놓인 방향을 가리켰다.

"그럼 잠시 실례하겠습니다."

가케루가 말하자 하나가키가 말없이 고개를 끄덕였다.

드링크 바에서 커피 메이커 작동 버튼을 누르고 컵에 커피가 채워지기를 기다리는데 피로감이 몰려왔다. 대화의 물꼬를 트려고 이야깃거리를 찾았지만 적당한 것이 떠오르지 않아 결국 입을 다물고 말았다. 상대에게 반응을 이끌어내지 못해서 슬그머니 짜증이 치밀고 여기 왜 왔을까 후회마저 들었다.

거기까지 생각하고 자조적인 웃음을 띠었다.

마치 결혼 활동을 했을 때 안 맞는 상대와 하던 데이트 같다.

어떻게든 대화를 이어가려고 애써 분위기를 부드럽게 만들고 있는데 갑자기 드링크 바를 다녀오란다. 상대는 악의는커녕 진지하게 친절을 베푼 것뿐이다. 하나가키에게는 그런 묘한 어긋남이 있다. 그와 마미의 데이트가 어땠을지 상상이 갔다.

엄마들 무리에서 아이들 몇 명이 줄지어 드링크 바로 오고 있었다. 어떤 거 먹을 거야? 나는 멜론 소다. 나는 콜라, 그런데 엄마가 콜라는 안 된다고 할 것 같아. 아이들이 오기 전에 가케루는 그 자리를 벗어났다.

커피를 들고 자리로 돌아가자 하나가키가 스마트폰으로 뭔가를 하고 있었다. 어디론가 연락을 하는 걸까, 어쩌면 마미에게, 하는 생각에 순간 화면에 눈이 갔다. 그런데 그 화면은 문자나 메신저가 아니라 모바일 게임의 전투 화면이었다. 가케루가 자리를 비운 그 잠깐 사이에 하고 있었던 모양이다. 그것을 보니 어깨에서 힘이 쭉 빠졌다.

"……왜 만나 주신 겁니까?"

가케루는 저도 모르게 깊이 생각하지 않고 묻고 말았다. 하나가키가 스마트폰을 내려놓고 네? 하고 짧게 되물었다. 가케루는 이어서 물었다.

"왜 오늘 저와 만나 주신 겁니까. 마미 씨와는 수년 전에 맞선으로 몇 번 만났을 뿐이지 않습니까. 그런데 근무 중에 시간을 빼서까지, 왜 만나러 와 주신 겁니까."

하나가키는 잠자코 있었다. 기분이 언짢은 건 아닌지 그 눈에는 순수하게 당혹스러워하는 빛이 보였다.

"단도직입적으로 말씀드리겠습니다."

목소리가 떨렸다.

"사실 저는 당신이 마미의 스토커가 아닌가 하는 의심을 품고 오늘 만나러 온 겁니다."

하나가키의 눈이 놀란 토끼처럼 회동그래졌다.

물어볼 때 무의식중에 '마미'라고 경칭 없이 이름으로만 말했다. 작전이고 이성이고 다 틀렸다, 스스로를 한심해하며 가케루는 계속 말했다.

"제가 그런 생각으로 왔다는 거, 짐작하셨죠?"

"아뇨……."

하나가키의 눈에는 놀랍게도 아직 당혹스러움이 깃들어 있었다. 말수가 적기 때문이야말로 연기로는 보이지 않았다. 하나가키가 고개를 내저었다.

"전혀, 그런 생각, 하지 못했습니다."

사교성이 없고 못 미더워 보이는 하나가키는 확실히 여자에게 인기가 있는 유형은 아닐 것이다. 하지만 그의 이런 나약한 모습을 보고 마미가 안쓰러운 마음에 정이 들었을 수도 있지 않을까.

언뜻 행동력이 없어 보이는 그가 마미를 납치해 전부터 좋아했다고 고백한다면.

가케루의 머릿속에 떠오른 스토리가 일단 생각하기 시작하자 속도를 낸다. 있을 법한 일인 것 같았다.

마미와의 맞선이 끝난 뒤 그가 어떻게 살아 왔는지 가케루는 모른다. 하지만 가나이가 가정을 꾸리고 안정된 생활을 이룬 것과 같은 변화가 그에게는 있었을 것 같지 않다. 가나이와 아내가 순조롭게 나아가 지금은 '가족'이 된 것과 달리 하나가키에게서는 자신과 마미와 같은 냄새가 난다. 나아가지 않은 냄새가.

"그럼 어째서 오늘 저를 만나 주신 겁니까?"

같은 질문을 반복했다.

켕기는 것이 있어서가 아닐까, 지금도 마미와 함께 있기 때문에 가케루의 존재가 신경 쓰인 것이 아닐까.

"만나고 싶다고, 하셨으니까요."

하나가키가 말했다. 눈을 내리깔지 않고 계속 가케루를 보고 있다.

"그게 전부입니까?"

이번에는 긴 침묵이 이어졌다. 무슨 재미있는 일이라도 있었는지 아까 드링크 바에서 본 아이들이 자지러지게 웃어 대는 목소리가 가케루와 하나가키 사이를 빠져나간다.

이윽고 하나가키가 입을 열었다. 그러나 이번에도 알아듣지 못해 가케루가 되물었다.

"뭐라고 하셨는지?"

"……걱정됩니다. 평범하게."

쥐어짜는 듯한 목소리였다. 그 말을 입 밖에 낸 하나가키의 귀와 얼굴이 순식간에 빨갛게 물들었다.

"걱정이 됐어요."

이번에는 다소 목소리가 커졌다.

그 목소리를 듣고 이번에는 가케루가 입을 다물었다. 거짓말을 하는 것 같지가 않았기 때문이다.

말로 설명할 수 없지만 분명히 알 수 있었다.

그가 아니라는 것을.

만약 그가 더 계산적이고 마미를 납치할 만한 행동력이 있고 심지어 그것을 감추길 원한다면 더 제대로 된 표정을 지었을 것이라는 생각이 들었다. 이제야 입을 연 하나가키는 화난 것 같기도, 울고 싶은 것처럼 보이기도 했다. 평소에는 감정을 드러내는 일이 거의 없을 것 같다. 볼품없는 표정이었다.

몇 년도 전에 만났을 뿐인, 더는 관계없는 사람의 일인데도 걱정되었다는 그 말은 정말 거짓이 아닌 것이다.

그녀가 사라지고 주변 사람들이 힘들어하는 것 같아서 왔을 뿐이다.

무엇 때문에 불려 나왔는지, 의심을 받고 있을 줄은 꿈에도 생각하지 못하고 그가 말한 대로 타산 없이, 생각 없이, 우둔해 보이기까지 하는 순수함으로 '만나고 싶다고 하기에 온 것'이다.

세상에는 그런 사람이 있다. 가케루는 그렇지 않지만 그런 순수함을 지닌 사람이 있다는 것은 안다. 하나가키 또한 성실하고 한 점의 흐림도 없이 선량한 사람인 것이다.

맞은편에 앉아 있는 남자 앞에서 가케루는 어떻게 해야 할지를 몰랐다.

당혹스러웠다. 아니, 그보다는 맥이 탁 풀렸다. 그리고 뼈아프게 반성했다. 그는 아니다.

하나가키가 그때 조용히 자기 앞에 있던 멜론 소다를 입에 머금었다. 빨대로 쭉 빨아 마시다 도중에 가볍게 사레가 들렸다.

그 모습을 보고 가케루는 그에게 진지하고 솔직하게 사과하고 싶은 마음이 생겼다.

"죄송했습니다."

하나가키가 아직 사레들린 것이 풀리지 않은 자세로 등을 살짝 굽히고 이쪽으로 몸을 틀었다.

"걱정해 주셨는데, 의심해서."

"아뇨."

목소리가 다시 작아졌다. 그대로 소곤소곤한 목소리로 뭐라고 중얼거린다. 미안하게도 역시 알아듣지 못해 가케루가 "네?" 하고 되묻자 하나가키가 고개를 들었다.

"······만약 아직도 의심스러우시다면 저희 부모님께 물어보셔도 됩니다. 직장과 집이 같은 곳이니까요."

부모님과 같이 산다는 뜻일까. "알겠습니다" 하고 가케루는 대답했다. 부모와 같이 살고 있다면 마미가 지금도 그와 함께 있을 가능성은 훨씬 줄어든다.

"그리고" 하고 하나가키가 운을 뗐다. 소곤소곤 미덥지 못한 작은 목소리이지만 말은 분명했다.

"뭔가 도움이 될 만한 것이 있다면 연락해 주세요. 아무것도 없을지도 모르겠지만요."

가케루는 자신이 그를 첫 대화만으로 무의식중에 우습게 봤다는 것을 깨달았다.

가케루는 여전히 미안한 마음으로 "고맙습니다" 하고 말했다. 하나가키는 감사 인사를 받는 것에 익숙하지 않은지 어색하게 고개를 살짝 끄덕였을 뿐이었다.

하나가키가 다시 멜론 소다를 마셨다. 손을 쓰지 않고 얼굴과 몸을 테이블 앞으로 숙여 마치 어린애처럼.

　계산을 마치고 주차장으로 나가자, 조금 전 헤어진 하나가키가 아직 밖에 있었다. 그의 차로 보이는 경차 앞에서 가케루를 보고는 가볍게 머리를 숙인다. 입술의 움직임으로 그가 "잘 먹었습니다" 하고 말한 것을 알 수 있었다. 변함없이 분명치 않은 목소리였지만 그가 나름대로 소리 높여 말한 것이 전해진다.

　감색 경차는 가나이의 아내가 타고 온 파스텔컬러의 차와 달리 꽤 오래된 것 같았다. 그녀의 차에 달려 있던 번호판 프레임도 없거니와 백미러에 목걸이처럼 걸린 방향제 장식도 없다.

　지방에 사는 남자는 차에 공을 들인다는 말을 들은 적이 있다. 도시와 달리 지방에서는 차는 없어서는 안 될 생활필수품이다. 그런 차에 돈을 들이는 것이 이해가 된다. 그런데 하나가키는 자신의 차에도 애정이 없는 것 같았다.

　욕구가 희박한 사람이구나 싶었다.

　자신 같은 '선량하지 않은' 사람 눈에 놀라울 만큼 욕심이 없다. 마미를 찾는 과정에서 가케루는 그런 사람들의 존재를 다시금 인식하게 되었다. 많은 것을 바라지 않고 살아가고 그렇기 때문에 '나 자신이 없다'고 일컬어지는 사람들.

　자신의 BMW 열쇠를 저도 모르게 손바닥에 감추듯이 쥐었다. 그가 못마땅하게 볼까 걱정된다기보다 가케루 스스로 진심으로 찜찜하고 창피해졌기 때문이다. 하나가키가 그런 가케루의 생각을 알게 된다 해도 그는 아무렇지도 않아 할 것이다. 그것까지 포함해서 한없이 창피했다.

　그가 싫은 것은 아니다. 그런데도 그를 보고 있으면 괜히 자기 자신이 견딜 수 없이 부끄러워져 그가 어서 가기를 바랐다. 그런데 하나가키는 눈치 없는 어린아이처럼 주차장에 우두커니 서서 이쪽을 보고 있다.

그 모습을 보면서 생각했다. 지금 남 걱정을 할 때가 아니지만, 그래도 하나가키 같은 사람이 행복해지지 않는 것이 안타까웠다. 뭔가가 조금이라도 달랐다면, 그게 무엇인지는 모르지만, 그 또한 고스기몰에 녹아드는 개성 없는 가족 나들이객의 한 사람이 되어 있지 않았을까.

그것이 왜 이루어지지 않는 걸까.

"오늘 감사했습니다. 먼저 가시죠."

가케루의 말에 하나가키가 주뼛거리며 쳐다봤다. 잠시 후 고개를 살짝 끄덕이고는 자신의 차에 올라탄다.

그의 작은 차가 우회 도로에 빨려 들어가듯이 사라질 때까지 가케루는 그 자리에 서 있었다.

하나가키가 저런 사람이었다는 사실에 구원받은 듯한 생각과 막막한 생각이 동시에 들었다. 앞으로 마미를 찾을 수 있는 큰 힌트가 없어졌다. 이제 이 지역에서는 달리 갈 수 있는 곳도 없다. 어디를 가도 핵심에 다가설 만한 이야기는 나오지 않는다. 군마에서 살았을 무렵의 마미에게는 극적인 사건이나 에피소드가 결정적으로 부족하다.

아무 일도 없었다는 이야기밖에는.

생각지도 못한 곳에서 상황이 변한 것은 그 다음 주의 일이었다.

그날 밤 가케루는 술자리에 참석했다.

대학생 때부터 친하게 지낸 친구들이 마련한 자리였다. 솔직히 내키지 않았지만 오하라가 마미를 걱정하는 것을 알고 있었고 회사도 그리 바쁘지 않았다.

"가케루, 오랜만이야."

안내받은 자리에 오하라는 보이지 않고, 술자리에 오라고 문자를 보낸 미나코와 그녀의 절친 아즈사, 두 사람만 있었다. 저녁 일곱 시부터라고 들었지만 일이 늦게 끝난 가케루가 도착한 것은 여덟 시가 넘은 시각이었다.

"어? 다른 애들은?"

여자 둘이 앉은 자리의 맞은편에 앉으면서 그제야 이상하다는 느낌이 들었다. 4인용 테이블 석은 여느 때의 모임과는 달라 보였다. 오하라는커녕 평소 참석률이 높은 남자 녀석들도 한 명도 오지 않았다.

"오늘은 우리 둘뿐이야. 가케루한테 물어볼 게, 아니 할 이야기가 있어서."

"이야기?"

"미안. 다른 친구들도 있는 모임인 줄 알았어?"

아즈사가 걱정스럽게 말하며 가케루에게 메뉴판을 건넸다. 벨기에산 유명 브랜드 맥주를 주문하자, 아즈사가 테이블 위에 놓여 있던 샐러드와 파스타를 가케루의 접시에도 능숙하게 덜어 주었다.

아무래도 여자 두 명에게 불려나온 것 같다.

"도대체 뭐야? 좀 무서운데."

용모가 화려하고 몸매도 늘씬한 두 사람은 이십 대 때보다 많이 차분해졌다고는 하나 여전히 화장과 패션에 빈틈이 없어 남자 혼자 상대하기에는 벅차다.

대학생 때 친구들 사이에 연애 사건이 생기면 그 상담에 불려

가거나 가케루 본인의 연애 일로 "그 애를 차다니 심한 거 아냐?" 하고 여자들 무리에서 곤욕을 치른 일이 가장 먼저 떠올랐다. 당시 서로가 철없고 유치하게 행동한 것은 많이들 그렇게 했고 또 젊었기 때문이다. 그때를 떠올리면 그립지만 서로에게 직장과 가정이 생긴 지금은 옛날처럼 교우 관계나 남의 연애에 자기 일처럼 나서는 일은 없다. 자신을 왜 불러냈는지 짐작 가는 일도 없었다.

"무서울 게 뭐 있나?"

미나코가 살짝 쓴웃음을 지었다. 그런데 평소 같았으면 두세 마디 연달아 독설을 날렸을 그녀가 그 말만 하고 입을 다물었다.

가케루가 시킨 맥주가 오자, 아즈사가 "수고했어" 하고 작게 말한 뒤 자신의 유리잔을 들어 가볍게 건배했다. 어딘지 긴장되어 보이는 아즈사가 "있잖아" 하고 가케루에게 물었다.

"마미짱이 없어졌다는 게 사실이야?"

샐러드를 먹으려던 손을 멈췄다.

가케루가 아즈사를 쳐다보자 이번에는 미나코가 말했다.

"가케루, 찾아다닌 지 좀 됐다는 게 정말이야?"

"마미에 대해서 들은 건가?"

"얼마 전에 오하라 군이 말해 줬어. 우리는 아무것도 몰랐거든. 얼마나 놀랐다고."

미나코가 고개를 끄덕이고 아즈사를 흘끗 본다.

"가케루가 걱정 많이 한다면서 여자끼리 뭐 들은 거 없느냐고 묻던데, 아유짱 때와 달리 우리가 마미짱하고는 별로 친하게 지낸 것도 아니라……."

"그래……."

어떻게 대답해야 할지 몰라 적당히 고개를 끄덕이자, 미나코가 물었다.

"가케루가 마미짱의 본가에도 몇 번이나 갔다는 소리도 들었어. 군마까지 매주."

"매주는 좀 과장된 거고."

소문이 거창해진 듯하지만, 기분 상으로는 가케루도 소문 못지않게 마미를 쉬지 않고 찾아다닌 느낌이었다. 찾지 못해 지친 것도 포함해서 그렇게 느꼈다.

"얼마나 됐어?"

"이제 거의 석 달."

입 밖에 내고 나니 새삼 벌써 그렇게 되었구나, 하고 감정이 복받친다.

하나가키와 만난 뒤 가케루는 완전히 벽에 부딪힌 상태였다. 다음 주에 요코와 쇼지를 만나러 마미의 본가에 다시 갈 생각을 하고 있지만 거기서 진전이 있으리라는 기대는 하지 않고 있다. 범위를 군마로 좁혀 마미의 스토커를 찾아다녔지만 마미가 도쿄에서 근무한 직장 동료들에게도 이야기를 들으러 가는 것이 좋을까. 예전에 메일을 보내 준 재닛에게 연락을 할까 고민하던 참이었다.

"사라진 게 2월이었나?"

"그래."

"가케루, 살 빠졌네."

아즈사가 말했다. 스스로는 몰랐지만 듣고 보니 그럴지도 모른다. 가케루는 대답하지 않고 말없이 맥주를 마셨다.

아무래도 자신이 걱정되어 불러냈구나 하고 생각하고 있는데, 미나코가 운을 뗐다.

"저 말이야."

"응?"

"우리가 만났어."

마미짱을, 하고 이어지는 말에 마시던 맥주를 하마터면 뿜을 뻔했다. 과장이 아니라 이내 그렇게 되었다.

"어디서? 마미짱은 지금……."

흥분해서 묻는 가케루에게, 미나코가 황급히 "아니" 하고 고개를 저었다. 가케루가 조금 흘린 맥주를 아즈사가 옆에서 냅킨으로 닦아 주었다.

"없어지고 나서가 아니라……. 아마 없어지기 전에. 1월 31일은 마미짱이 없어지기 전이지?"

"맞아."

없어지기 전일 뿐 아니라 그녀가 사라지기 직전, 전날이다.

그날은 그녀의 직장에서 송별회가 있어 드물게도 마미가 가케루보다 늦게 귀가했다.

"마미짱한테 아무것도 못 들었어?"

미나코의 목소리가 왠지 당혹스러워하는 것 같았다. 그녀가 정확한 날짜를 언급한 것은 아즈사와 미리 확인한 다음에 가케루를 만나러 와서일 것이다.

"못 들었어. 그날 내가 먼저 잠들었거든. 다음 날도 마미짱이 자고 있는데 내가 먼저 출근해서 제대로 이야기를 못 했어."

무의식중에 두 사람 쪽으로 몸을 기울였다.

"그날 언제 마미짱을 만났어? 없어진 게, 다음 날부터야."

"알아. 오하라 군한테 들었어."

미나코가 진지한 눈길로 고개를 끄덕였다. 그 눈이 왠지 울고 싶어 하는 것 같았다. 아즈사가 설명했다.

"우리가 마미짱을 본 건 밤이야. 그날 여자들끼리 뭉쳤는데, 우연히 같은 가게에 마미짱이 일행이랑 있더라고."

"우리는 대학 때 동아리 애들하고 같이 있었어. 나기사짱이랑 다카코를 포함해 다 같이 술을 마시고 있었는데……."

"송별회였는지 마미짱이 큰 꽃다발을 들고 있었어. 다른 사람들과 계산하고 이제 가려던 참이었던 것 같아."

처음 듣는 이야기였다. 그것이 사실이라면 더 일찍 알고 싶었다. 말문이 막힌 가케루 앞에서 미나코가 "그래서" 하고 계속했다.

"처음에 나기사가 알아본 거야. '어, 저 사람 가케루의 약혼녀 아니야?' 하기에, 우리도 쳐다보고 '어, 진짜 마미짱이네' 하고 말하는 사이에 '어이, 거기, 마미짱!' 하고 부른 거야. '괜찮으면 우리랑 같이 마실래?' 하고. 나기사가 원래 뭘 생각하면 재깍 행동으로 옮기는 면이 있잖아."

"약혼 축하를 하자고 권한 거야."

이 자리에 없는 다른 친구를 감싸는 것 같기도 하고, 책임을 떠넘기는 것 같기도 한 말투가 듣기 답답했다. 슬며시 조바심이 일어 가케루가 다음 말을 재촉했다.

"그래서, 마미짱이 어떻게 했어?"

"마미짱은 송별회가 끝나서 집에 가려던 참이었나 봐. 상사 같은 사람들이 '친구들인가 본데 더 있다 가' 하는 말에 마미짱이 우리 자리로 와 줬어."

"그런데 다들 취한 상태라. ……그때 말해 버렸어."

"뭘?"

미나코가 아즈사와 얼굴을 마주했다. 이윽고 그녀가 말했다.

"마미짱, 솜씨가 보통이 아니더라, 하고."

"그게 무슨 소리야?"

"응. 좀처럼 결혼을 결심하지 못하던 가케루를 꽉 잡아서 결혼하게 만들다니 정말 솜씨가 대단해, 하고. 이미 약혼도 했고 슬슬 말해도 되겠다 싶었어."

"맞아. 결혼 시장에 가케루 같은 남자가 남아 있는 것도 행운인데 그걸 붙잡다니, 완전 대박이라고 생각했거든."

숨이 막혔다. 순간적으로 말이 나오지 않는 가케루의 태도를 어떻게 받아들였는지 미나코가 이어서 말했다.

"그렇잖아. 가케루 정도로 조건이 좋고 연애도 문제없이 잘해 온 남자가 이 나이까지 돌싱도 아닌 상태로 남아 있다니, 이건 기적이야. 마미짱은 운이 상당히 좋았다고 생각해. 가케루 너 스스로도 그렇게 생각하지 않아?"

가케루는 대답하지 않았다. 가슴에 숨 쉬기 힘들 정도의 '네가 뭔데?' 하는 분노가 솟구쳤다.

마미의 과거 동료인 아리사카 메구미가 한 '재고 처리를 위한 세일 카트'라는 말이 떠올랐다. 미나코 일행 또한 자신의 남자 친구가 그 속에 남은 진귀한 물건이라고 말하고 싶은 것이다. 결혼 활동의 그 괴로움은 그런 식으로 간단하게 표현할 수 있는 것이 결코 아니건만.

자신은 연애를 할 수 있는 사람인데 지금에 와서도 결혼 활동을 하며 떠돌고 있는 것은 뭔가가 잘못되었다……그 생각을 전혀 하지 않았다고 하면 거짓말이다. 스스로 의식하고 있기 때문에 남이 무책임하게 그렇게 말하는 것을 참을 수가 없다. 상처 받고 화도 난다.

"그래서 우리는 원래 그 애가 지독히도 운이 좋다고 생각했어. 운이 좋다고 해야 할지, 치사하다고 해야 할지."

"그게 무슨 소리야?"

"아니, 그렇게 빤히 보이는 연극까지 벌이고 야무지게 한 보람이 있네, 하고 다 같이 얘기했거든."

"어?"

"그거 거짓말이잖아. 그 애의 스토커 이야기."

미나코가 태연히 말한 순간 귀에서 소리가 사라졌다.

심장이 쿵 하고 크게 뛰었다. 그대로 시간까지 멈춘 것 같았다.

입을 다문 채 얼굴의 근육이 굳어진 것을 느끼며 눈만 움직여 미나코 일행을 본다. 그러자 가케루의 그 얼굴을 본 그녀들이 뜻밖에 곤혹스러운 표정을 띠었다. 두 사람이 어? 어? 하고 얼굴을 마주 보면서 가케루를 본다.

"아니, 그거 당연히 거짓말이잖아. 가케루, 혹시 여태까지 믿고 있었어?"

"그게······."

심장이 얼어붙은 것 같았다. 숨을 내쉬며 말할 때마다 가슴에서 내쉬는 숨과 말이 냉기를 머금고 하얗게 얼어 가는 것 같았다.

분노인지 뭔지도 모르겠다. 엄청난 충격에 감정을 말로 표현할 수가 없다. 두 사람을 쳐다봤다.

"너희의, 그 악의적인 생각은 어디에서 오는 거지? 사람을 그런 식으로 의심하고 부끄럽지도 않아?"

"하, 참. 남자는 그런 부분이 정말 어수룩하다니까."

미나코가 호들갑을 떨며 한숨을 내쉬었다. 가케루가 받은 충격은 상상도 하지 않은 듯한 가벼운 목소리였다. 그 가벼움이 견딜 수 없었다.

"그야, 네가 그 애를 결혼 활동에서 알게 되었는데 2년 동안이나 결혼할 생각을 안 했잖아. 여자 입장에서는 애가 타는 게 당연하지. 그렇다고 대놓고 결혼하자고 할 용기도 없고."

"아무리 그래도 거짓말을 했다고 생각하다니 사람을 뭘로 보는 거지?"

"어휴, 답답해. 너도 실제로 그 일이 없었더라면 결혼 결심을 하지 않았을 거 아냐."

미나코의 말에 입을 다물었다. 그녀가 계속했다.

"그 이야기는 짜 놓은 각본인 티가 너무 났고 일도 술술 풀리는 게 수상하다고 다들 입 모아 말하더라. 술자리가 한창 무르익는데 살려 달라고 전화하고 도망쳐 와서는 그날부터 네 집에 눌러 살지를 않나…… 이게 솜씨가 대단한 게 아니면 도대체 뭔데?"

"마미짱은 그런 사람 아니야."

가케루는 단호하게 말했다. 마미를 좋아한다거나 믿고 있다거나 하는 자신의 마음을 배제하고서라도 그 점만큼은 양보할 수 없었다.

마미는 그런 약삭빠르고 계산적인 행동이 철저하게 불가능한 사람이다. 답답하고 둔할 정도로 선량해서 미나코나 아즈사가 사람에게 당하기도 저지르기도 한 **그런 행동**을 누구에게도 배우지 못한 여자다. 그렇게 행동할 수 있었다면 훨씬 편했을 텐데, 하지 못했기 때문에 나고 자란 고향에서 고통스러워했다. 그 모습을 가케루는 군마에서 확인했다.

"두둔하려는 게 아니라 그런 잔꾀를 생각해 낼 만한 여자가 아니야."

"그럼 이번만큼은 엄청나게 노력해서 그런 계산적인 행동을 해 본 거 아닐까?"

이번에도 미나코가 단박에 부인했다.

"그 스토커 말이야, 가케루, 너는 이야기만 들었지 만난 적도 본 적도 없잖아. 경찰에 신고하자고 말해 봤어?"

"했는데……."

"그 애가 신고 안 해도 된다고 했다며."

아즈사까지 가세해 가케루는 다시 입을 다물었다.

그것은 결과적으로 그렇게 되었을 뿐이라고 설명했건만, 악의적인 시각에 물든 그녀들이 잘 알아듣도록 타이를 자신이 없었다.

"말이 안 되잖아!" 하고 아즈사가 운을 뗐다.

"스토커가 무슨 짓을 했다고 했더라? 미행하고 도촬한 데다 우편물까지 막 뜯어봤다고 했다며?"

"그래."

――가케루 군, 내가 좀 예민한 걸 수도 있는데, 누가 날 지켜보는 것 같아.

마미답게 조심성 있게 말을 꺼냈다.

"우편물을 뜯어본 게 아니라 도착해야 할 우편물이 우편함에 없는 것 같다고 했어."

"아니, 상식적으로 생각했을 때 그 시점에서 소름이 끼쳐서 이사할 생각까지 하지 않나? 그런데 왜 가만히 있었어?"

"처음에는 구체적으로 피해를 입었다는 확증이 없었고 마미짱도 위화감을 느낀 정도에 불과했어. 그 정도면 네가 같은 상황이었어도 이사하지는 않았을 거야. 이사하려면 돈도 들고 신경 써야할 것도 많으니."

"그럴지도 모르지. 그런데 결국 스토커가 집까지 찾아왔다며? 퇴근하고 왔더니 집 안에 있어서 마주쳤다며."

"마주친 건 아니야. 집에 불이 켜진 것이 창문 너머로 보이기에 도망친 거지."

미나코의 말에 욱해서 대꾸했다.

그 남자가 집에 불을 켜 두어 정말 다행이라고 가슴을 쓸어내린 기억이 있다. 만약 캄캄한 집 안에서 기다리고 있었다면 큰일이 났을지도 모른다고.

그런데 그녀들이 다시 할 말이 있다는 듯 서로 얼굴을 마주한다. 아즈사가 말했다.

"그런데 그 남자도 말이야, 왜 그 애가 퇴근할 시간에 맞춰 집에 있었던 거야? 친절하게 불까지 켜 두고."

"그래, 맞아. 스토킹을 하려면 보통 여자가 근무 중일 때나 들키지 않는 시간을 노리지 않나?"

"내가 그걸 어떻게 알아."

대답은 그렇게 했어도 듣고 보니 일리가 있는 말이었다. 그동안 그 사실에 의문을 품은 적도 없었다. 아즈사가 기가 막힌다는 눈빛으로 어깨를 움츠려 보였다.

"그리고 그런 일이 있으면 보통 바로 경찰에 신고하지 않나? 다른 데도 아니고 집에까지 찾아왔다면서."

"마미짱이 내키지 않아 했어. 스토커가 자신이 군마에 있을 무렵에 퇴짜 놓은 남자라 모르는 사람도 아니니 괜히 큰일 만들고 싶지 않다면서."

"아니, 뭐 훔쳐 갔다고 하지 않았어? 액세서리 같은 거."

"……그래."

이것을 인정하면 그녀들에게 공격할 거리를 제공하는 것이나 마찬가지라고 생각하면서도 고개를 끄덕이자 아니나 다를까 아즈사의 "말도 안 돼!" 하는 비명에 가까운 소리가 귀청을 찢었다.

"물건까지 훔쳤는데 왜 경찰에 신고를 안 하는 건데? 나 같았으면 무조건 신고했어. 소름 끼치고 용납할 수 없어서."

"마미짱은 너희처럼 드세지 않아. 큰일을 만들고 싶지 않다는 말은, 거짓말이 아니었다고 생각해."

"드세고 안 세고의 문제가 아니라니까."

아즈사는 그렇게 말하지만 마미와 교제해 온 가케루는 그 감각

을 조금은 안다. 눈에 띄는 일을 선호하지 않고 일상에 사건, 사고
가 생기는 것도 원하지 않으며 '평범하게' 살아가기만을 바라는
감각. 세상에는 그런 사람도 있는 것이다. 그리고 마미는 틀림없
이 그런 유형이었다.

"궁금한 게 있는데, 애초에 현관문이 잠겨 있었던 거 아니야?
집에 어떻게 들어갈 수 있었던 건데?"

"그 남자가 미리 열쇠를 복사해 놨겠지. 열쇠 구멍에 점토를 발
라서 본을 떴을 수도 있고."

경찰 드라마 등에서 자주 보는 장면이다. 게다가 집주인도 모
르는 사이에 스토커가 불법으로 침입했다는 이야기는 스토킹 피
해 사례로 흔히 듣는 일이다. 그런 것도 모르나 싶어 답답한 심정
으로 아즈사를 쳐다보자 뜻밖에 그녀는 한심하다는 눈빛을 하고
있었다.

"그게 그렇게 쉽게 되는 거였어?"

"어?"

그녀들이 말없이 자신을 보는 그 눈빛에 위축되어 "그럼" 하고
저도 모르게 입을 뗀다.

"그날은 어쩌다 문 잠그는 걸 깜빡했을 수도 있고……."

"뭐가 어째?!"

미나코가 호들갑스레 한숨을 내쉬었다.

"왜 깜빡했는데?"

"왜라니……."

"그걸 깜빡하는 사람이 어디 있어? 여자 혼자 사는데. 더구나
그 시기에 스토킹까지 당했으면 더 조심했겠지."

누구나 문 잠그는 것을 깜빡할 수 있다. 그런데 덮어놓고 '그럴
리 없다'고 단정 짓는 그녀들의 격한 어조에 반박할 수가 없었다.

미나코와 아즈사, 둘 중 한 명이라면 그나마 제대로 대화할 수 있을 것 같지만 두 사람이 쌍을 이루면 도저히 어떻게 할 수가 없다. 여자들의 날카로운 공격은 이쯤 되면 멈출 방법이 없다.

입을 굳게 다문 가케루를 앞에 두고 아즈사가 말했다.

"열쇠 복사는 원본 열쇠가 있어야 가능하지 않을까? 그것부터가 수상하다는 말이야, 우리 말은. 만약 스토커가 정말 옛날 남자였으면 그 집 열쇠를 허락도 없이 몰래 복사해 놨다는 이야기가 그나마 가능성 있는 이야기인데, 마무리가 허술하다고 해야 할지, 어설프다고 다들 한마디씩 하더라."

"어설프다니……."

온몸에 한기가 돌았다. 왜 한기가 도는지 이해하기도 전에 이미 그렇게 되어 마음속을 마구 휘젓는다. 자신의 연인에게 모욕을 주었다는 분노 때문에 그런 줄 알았는데, 마음이 그 이상으로 뭔가 다른 충격으로 요동치는 것을 깨달았다.

마미는 스토커 남성과는 교제하지 않았다고 했다. 고백한 것을 거절했을 뿐이라고 했다.

그런데 그게 아니었던 걸까.

마미가 자신에게 거짓말을 했다는 걸까.

그 남자에 대해 이야기할 때의 마미가 떠올랐다. 그녀의 말과 표정이.

——나만 행복해지는 건데, 그 사람을 경찰에 넘겨서 인생까지 망하게 하기는 싫어.

분명한 말투로 마미가 그렇게 단언했다.

——그냥 그 사람의 마음도 왠지 알 것 같아.

——서른 넘어서 당하는 실연이 얼마나 괴로운지, 뭐랄까 불안한 마음 같은 거 말이야. 결혼이나 그런 미래가, 나한테 거절당한

것으로 갑자기 닫힌 것처럼 여겨졌을지도 몰라.

두둔하듯 말한 것은 마미와 그 남자가 상상 이상으로 친밀한 관계이기 때문이었을까.

"마미가 스토커와 교제한 사이였다고 말하는 거야? 아니면 실은 스토커가 아니라 그녀가 나와 그 남자 사이에서 양다리를 걸쳤다는 건가?"

"아니야, 가케루. 정신 좀 차려. 현실을 보라고."

아즈사의 말에 영문을 몰라 어리둥절해하는 가케루를 미나코가 딱한 사람 보듯 바라본다. 옛날부터 자신과 가장 친했던 여자 친구. 평소에는 친구들 중 가장 독설이 심했던 그녀가 오늘은 아즈사보다 묘하게 얌전하다. 미나코가 가케루를 배려하듯 조심스럽게 말했다.

"우리는 그 애가 어쩌면 네가 생각하는 착하기만 한 여자가 아닐지도 모른다는 이야기를 가끔 했어."

"무슨 뜻이지?"

"스토커는 처음부터 없었다는 이야기를 하는 거야."

미나코가 말했다.

다시, 심장이 방망이질하듯 뛰었다.

가케루는 말없이 미나코를 쳐다봤다.

"스토커는 있지도 않고, 가케루, 너를 걱정시키기 위해 거짓말했던 거 아냐? 결혼하기 위해서?"

"아니, 아니야……아니야. 그거야말로 말이 안 돼."

반사적으로 말했다. 그날 마미는 진심으로 두려워했다. 전화로 무섭다고 호소하는 그 목소리가 연기였을 리 없다. 택시를 잡아타고 가케루의 집 앞에 왔을 때 그녀는 어깨를 떨고 있었다. 그 떨림은 진짜였다.

"마미는 정말 겁에 질려 있었고 무엇보다 울고 있었어."

"그 엄청난 거짓말을 할 정도면 눈물 좀 흘리는 거야 당연하지. 하여튼 남자란 그런 부분이 정말 무디다니까."

아즈사의 말에 미나코가 조심스럽고도 분명하게 동조했다.

"자꾸 물어서 미안한데, 가케루, 그 스토커를 실제로 본 적은 없지?"

"그래."

그래서 이제야 뒤늦게 찾는 것이다. 마미의 이야기를 제대로 듣고 그 남자의 이름과 신원을 알아 두었어야 했다고 후회한다. 아아, 왜 그때 마미에게 묻지 않았을까. 마미가 처음에 기분 탓일지도 모른다고 하기에 가케루도 심각하게 생각하지 않았다. 무슨 일이 생기면 말하라는 정도로 넘어갔을 뿐 진지하게 걱정하지 않았다.

거기까지 생각하자 불현듯 오싹 소름이 끼쳤다.

그렇다. 처음에는 진지하게 걱정하지 않았다. 그저 한 귀로 흘리듯이 듣고 있었다.

마미의 이야기 속에 스토킹의 낌새가 점점 늘어나도. 그날 밤 마미가 도망쳐 올 때까지 가케루는 그 이야기를 줄곧 가볍게 여겼다. 본격적으로 걱정하게 된 것은 그날 밤부터였다.

"가케루도 어렴풋이 눈치채고 있을 줄 알았는데."

미나코가 말했다. 어떻게 해야 할지 모르겠다는 목소리였다.

"그 애의 거짓말을 눈치챘어도 이미 결혼하기로 했으니 그게 거짓말이든 사실이든 상관없다고 여기는 줄 알았어. 정말 다 믿었던 거야? 오늘까지?"

"믿었어."

가케루가 내뱉듯이 대답하자 내내 야단스러웠던 두 사람이 입을 다물었다. 믿었다. 지금도 믿고 싶은데 흔들리고 있다.

　― ―부탁이야. 제발 빨리 와!

마미가 그런 식으로 자신에게 요구하는 것은 처음이었다.

　― ―빨리 와서 구해 줘, 가케루 군.

절박한 목소리였다. 그런데 왜 미나코와 친구들의 그런 억측에 마음이 흔들리는 걸까.

"그럼 스토커도 없는데 그녀가 왜 사라졌다는 거지?"

가케루가 말하자 두 여자가 또 입을 다물고 의미심장하고도 껄 끄러운 눈빛을 교환했다. 그 모습을 보자 불길한 예감이 들었다.

"너희, 설마⋯⋯."

식은땀이 등줄기를 타고 흘러내린다.

"본인에게 말한 거야? 스토킹 이야기가 거짓말이지 않느냐는 것까지."

"⋯⋯말했어."

아즈사의 대답에 가케루는 하늘을 우러러보았다. 비유가 아니 라 정말 그렇게 되었다. 미나코가 변명하듯 설명했다.

"처음에는 나기사가 말했어. '마미짱, 솜씨가 보통이 아니더라' 하고. 그 애는 처음에는 무슨 뜻인지 못 알아듣고 '네, 가케루 씨가 저를 결혼 상대로 선택해 주어 얼마나 고마운지 몰라요' 하고 대 답해서 그때 우리가, 미안하게도 좀 웃었어."

조심스럽게 말하던 미나코가 평소의 거침없는 말투를 점점 되 찾았다.

"웃었다고?"

"그게 아니라 스토킹 이야기 말이야. 거짓말까지 해서 가케루 가 프러포즈하게 만든 거, 정말 솜씨가 대단하더라' 하고⋯⋯. 이 말도 나기사가."

기가 막혔다. 기막혀 말이 나오지 않는 가케루 앞에서 그녀들이 더더욱 믿을 수 없는 말을 쏟아 냈다.

"그런데 그 애가 부인하지 않더라."

"뭐?"

"부인하지 않았다고 해야 하나……. 그건 인정한 것이나 마찬가지였지?"

미나코의 말에 아즈사가 "응" 하고 고개를 끄덕였다. 가케루는 어안이 벙벙하여 "무슨 뜻이지?" 하고 물었다.

"……입을 다물어 버렸어. 놀랐는지 얼굴이 새파랗게 질려서는. 내가 예상한 반응은 웃으면서 얼버무리거나 정색을 하고 반문하는 거였는데, 갑자기 조용해지더니 우리한테 묻는 거야."

――가케루 씨도 그렇게 생각하나요?

"잠긴 목소리로. 그래서 우리도 진지하게 말했어. 가케루는 아무 말도 하지 않았고 두 사람은 이미 결혼하기로 했으니 우리도 더 이상 왈가왈부할 생각은 없다고. 그런데 반응을 보니까 아아, 정말 거짓말이었구나 싶더라. 게다가 거짓말에 서툰 사람이라는 게 느껴졌어. 그런 의미에서는 확실히 가케루, 네 말대로 '착한 여자'라고 생각해."

"맞아. 더 당당하게 얼굴에 철판을 깔았어도 되었는데."

심장이 닳아 없어지는 것처럼 고통스러웠다.

마미의 스토킹 이야기가 거짓말인지 아닌지는 아직 확실하지 않다. 가능하면 마미를 믿고 싶다. 하지만 미나코와 아즈사가 알려 준 장면이 머릿속에 생생히 그려진다. 그려지고야 만다.

그 반응은 정말이지 마미답다. 마미가 그렇게 말하고 얼굴이

파랗게 질리는 모습이 떠오른다. 그 생생함에 몸서리가 쳐진다. 다름 아닌 가케루야말로 제발 부탁이니 더 당당했으면 좋겠다고 생각할 정도로.

미나코와 친구들을 탓할 마음조차 들지 않는다.

"그래서?" 다음 말을 재촉하는 목소리가 갈라져 꼴사나웠다.

"마미가 그다음에 어떻게 했지?"

"입을 꾹 다물더라. 그 모습을 보고 다들 정곡을 찔렸다고 생각했어. 그렇게 생각했더니 가케루의 절친한 친구로서 나도 모르게 말이 튀어나왔어."

미나코가 지금까지 지은 표정 중 가장 껄끄러운 표정을 지었다. 더 이상 무슨 말을 들어도 마음이 더 어지러워지지는 않으리라. 그렇게 생각한 가케루에게 미나코가 말했다.

"마미쨩은 가케루를 운명의 상대로 여기고 100퍼센트의 마음으로 좋아하겠지만, 가케루에게는 예전에 100퍼센트의 상대가 이미 있었고 마미쨩은 70점짜리 상대야' 하고 말해 버렸어."

숨을.

숨을 삼킨다. 한없이 깊이 삼킨다. 그 숨이 몸속 어딘가로 그대로 빨려 들어가 사라진 것처럼 다음에 입을 열어 내뱉어도 아무것도 나오지 않았다.

술에 취해서 그만, 하고 미나코가 변명을 했다. 그 목소리가 들린다.

가케루는 자신이 어떤 표정을 하고 있는지 알지 못했다. 얼굴 근육이 경직되어 있는 것만은 확실하여, 화를 내고 싶은데 되레 입가가 웃을 때처럼 당겨져 부자연스럽게 일그러진다.

술에 취했어, 우리 다 취한 상태였어. 서슴없이 말하던 목소리가 과연 껄끄럽다는 듯이 같은 말을 반복했다.

"······취했다, 는 말로 넘어갈 수 있는 문제가 아니잖아."

겨우 쥐어 짜낸 목소리는 한껏 분노를 담아 말할 작정이었건만 충격에 뒤틀린 듯 한심하고 흐릿한 목소리였다. 미나코와 친구들에 대해 당연히 분노가 치밀었지만 그 이상의 허탈감에 가까운 말로 설명할 수 없는 감정이 가슴을 움켜쥐었다.

스스로 자초한 일이라는 생각이 가장 먼저 들었다.

제 입으로 분명히 그렇게 말했다.

마미와 결혼하고 싶은 마음은 70퍼센트. 다시 말해 상대에게 70점을 매긴 것이나 마찬가지. 결혼을 결심하지 못한 이유가 바로 그것이었다.

부인할 수 없다.

가케루가 그렇게 생각한 것이 맞다. 마미에게 프러포즈하고 난 다음에도 마찬가지였다. 그녀가 사라질 때까지. 정말 이 여자와 해도 될까, 하고 망설이는 마음이 분명히 있었다.

과거의 자신을 진심으로 저주하고 싶었다.

"미안해" 하고 미나코가 사과했다. 그러면서 그 기세로 덧붙여 말했다.

"그런데 가케루, 그 애의 인스타 본 적 있어?"

"봤어. 얼마 전이지만, 인스타그램 한다는 걸 최근에야 알아서 한꺼번에······."

그런 것까지 미나코 일행이 가케루보다 먼저 보고 있었다니. 눈 안쪽이 심하게 욱신거렸다.

"너희, 취미가 너무 고약한 거 아니야? 남의 약혼녀 인스타를 멋대로."

"그냥 어쩌다 눈에 들어왔어. 전 세계 어디에나 공개된 거니까 어쩔 수 없잖아."

미나코가 고개를 절레절레 흔들더니 의미심장하게 눈을 치뜨고 가케루의 얼굴을 들여다본다.

"가케루, 그거 보고도 아무런 생각이 안 들어?"

"어?"

"네가 번번이 착한 여자라고 하길래 우리도 왈가왈부하는 건 좋지 않겠다 싶어서 그동안 가만히 있었는데, 그 애의 인스타그램 말야, 뭐랄까……."

미나코가 말을 신중히 찾듯이 잠깐 사이를 두었다가 말했다.

"뒤틀려 있지 않아?"

"뒤틀려 있다고?"

되물을 때 입가에 다시 바르르 경련이 일었다. 웃고 싶은지 화내고 싶은지 스스로도 알 수 없었다.

자신의 여자 친구들이, 이 두 사람을 포함한 모두가 가케루의 약혼녀를 안줏거리 삼아 신나게 수다를 떨어 왔다는 것을 알 수 있었다. 왜일까, 하고 절망스러운 기분이 드는 한편 그녀들이 어수룩하다고 한 자신조차 아는 것이 있다.

그것은 마미가 그녀들의 무리에 끼지 못해서다.

가케루의 과거 연인들과 달리 그녀들과 마미가 다른 유형의 사람이기 때문이다. 왠지 실제로는 만난 적도 없는 마미의 과거 동급생을, 마미가 가나이에게 '별로 좋아하지 않는다'고 말한 여성을 떠올렸다. 본 적도 없는 그 여성의 얼굴이 눈앞의 미나코와 아즈사와 겹쳐진다.

납득이 갔다. 그리고 미안했다.

마미는 가케루의 이 여자 친구들도 결코 좋아하지 않았을 것이다. 몇 번 만났을 뿐이지만 그때마다 고역이었을 것이 틀림없다.

"자기는 소극적인 사람이라면서 인스타에는 셀카가 되게 많더

라. 그것도 잘 나온 것만 올린 느낌이야. 실은 자기를 굉장히 좋아하고 자신감이 넘치는 사람이라는 생각이 들었어. 자기 자신에 대해 어지간히 좋은 이미지를 갖고 있는 사람이구나, 하고."

"계정명에 붙은 숫자가 가케루의 생일인 것도 좀 깨더라."

"내 말이!"

가케루가 없는 자리에서도 그동안 실컷 떠들어 왔겠지. 두 사람이 마주 보고 고개를 끄덕이더니 이어서 아즈사가 말했다.

"글에는 자기가 소극적이라 눈에 띄는 걸 싫어한다는 식으로 적었는데, 그것도 뭐랄까, 눈에 띄는 여자들에 대한 빈정 그 자체더라. 그런 여자들을 우습게 여기고 자신을 있는 그대로의 모습으로만 받아들여 주길 바라다니, 아무런 노력도 하지 않으면서 뻔뻔스럽다고 해야 할지."

뻔뻔스럽다는 노골적인 말이 그대로 가슴속을 후벼 파듯이 울렸다.

노력이라는 말도 마찬가지였다. 자신을 있는 그대로 받아들여 주기를. 결혼 활동을 하며 괴로워한 적이 있는 사람이라면 누구나 한 번은 가졌을 법한 그 생생한 감정이 되살아났다.

"맞아, 맞아. 이런 나를 선택해 주었다고 쓴 모양새가 우리가 봤을 때는 좀 뭐랄까, 오만하다고 해야 하나, 분수를 모르는 것 같아서 용납이 안 되더라. 이 애에게 있어 가케루는 운명의 상대일지 몰라도 가케루 입장에서는 그렇지 않잖아. 눈을 낮추고 적당히 타협한 프러포즈였는데 왜 들뜨고 난리냐고."

어떤 게시물인지 안다. 가케루에게 프러포즈를 받았다고 올린 그 게시물이다.

SNS의 무시무시함을 깨달은 기분이었다. 그런 개인적인 기쁨을 올린 글조차 타인이 쉽게 접근해 읽을 수 있다. 본인이 전혀 의도하지 않은 방식으로 읽히고 만다.

"화내지 마."

아직 아무 말도 하지 않았는데 미나코가 말했다.

"스토킹 이야기를 지어내지 않았더라면 선택받지 못했을 주제에, 마치 그런 일이 없었다는 듯이 자기 세계에 폭 빠져 있는 꼴이 도저히 용납이 안 되더라. 거짓말을 한 것도, 남이 조금만 뭐라고 하면 마치 자기가 피해자인 양 입을 다무는 것도."

당신은 백 점이 아니다.

상대가 눈에 차지 않지만 70점 선에서 적당히 타협한 결혼 상대라고 알려 주었다.

그 말이 얼마나 잔혹한지, 마미의 세계의 모든 것을 붕괴시킬 수 있는 잔인한 선고였는지를 그녀들은 모른다. 결혼 활동을 하며 서로를 자신의 값에 견주어 보는 그 과정을 모르기 때문이다. 그리고 그 과정을 모르기 때문에 제삼자는 쓸데없이 충고할 수 있는 것이다. 미나코의 입에서 이제 무슨 말이 나올지 가케루는 알고 있었다.

"쓸데없는 참견일지도 모르지만."

예상한 대로 미나코가 말했다. 마음을 쓰듯이 미간에 주름을 잡고 가케루의 얼굴을 들여다본다.

"그 애하고는 그만두는 게 좋다고 생각해."

"……왜 지금까지 아무 말도 안 했지?"

가케루의 목소리에 감정이 사라졌다. 의도한 것이 아니라 저절로 그렇게 되었다. 그때 처음으로 미나코의 눈동자가 겁먹은 듯 미세하게 흔들렸다.

"그 후 마미짱이 없어졌다는 걸 몰랐으니까."

"그래. 가케루도 별말 않길래 그 후에 마미짱하고 당사자끼리 대화해서 잘 해결되었나 보다 생각했지. 게다가 스토킹이 어쩌고 하는 이야기는 가케루에게 아무 말도 하지 않기로 약속했고."

"마미가 잘못되기라도 하면 어쩔 셈이었지?"

가케루의 목소리에 싸늘한 위협이 배어났다. 제 입으로 말한 뒤 처음으로 그 가능성을 깨닫고 가슴이 짓눌리는 듯 갑갑해졌다.

그러나 가케루의 말에 여자들이 서로 얼굴을 마주 보았다. 이 번에도 한심하다는 표정으로 가케루가 알 리 없는 눈짓을 주고받 았다.

"······괜찮을 거야."

가케루 못지않은 싸늘한 목소리였다. 미나코가 "가케루" 하고 다시 한숨 섞인 목소리로 말했다.

"그 애는 자살 같은 거 안 해. 자기를 무척 사랑하거든. 소극적 이고 눈에 띄는 것이 부담스럽고, 그다음에는 뭐였더라? 고독한 사랑이 어울린다고 썼지 아마. 고독한 사랑이 뭔지는 잘 모르겠지 만. 부정적인 말을 쓸 때조차 자신을 가리켜 '어울린다'는 말로 긍 정하는 그런 애야. 자기평가는 낮은 주제에 자기애가 넘쳐나지. 포기했으니 아무 말도 하지 말라는 식인 걸 보면 그동안 온갖 것 에서 도망쳐 왔다고 생각해."

이 지경에 이르러서도 미나코는 가차 없었다.

마미가 지금껏 걸어온 길과는 완전히 다른 길을, 이해타산을 따지고 여자끼리 뭉치는 것을 경험하면서 걸어왔을 눈앞의 그녀 들을 가케루는 지금 처음 보는 타인처럼 봤다.

"가케루는 너무 상냥해" 하고 미나코가 말했다.

"어느 쪽일 것 같아? 마미짱이 사라진 이유. 자기 거짓말을 더 는 견디기 힘들어서일까, 아니면 가케루에게 화가 나서일까."

"어?"

미나코와 아즈사에게 화가 났건만, 그 말을 듣자 기어들어갈 듯 중얼거리는 소리가 새어 나왔다. 한꺼번에 많은 것을 알게 되어 마음이 정리되는 속도가 따라오지 못하고 있다.

가케루가 대답하기도 전에 미나코가 말했다. 입가에 희미한 미소를 머금고 있었다.

"겸손한 마음에서 사라진 게 아니라는 것만은 확실해. 그리고 보통은 아무리 그래도 사라지지는 않아. 다시 한번 말하지만 그 애하고는 그만두는 게 좋아. 가케루는 정말 그런 애라도 괜찮은 거야?"

날이 밝기만을 초조하게 기다렸다가 마미의 원룸이 있는 곳으로 차를 몰았다.

예전에 집 문을 열어 달라고 부탁했던 부동산 담당자는 그 후에도 연락을 주고받아서인지 가케루를 기억하고 있었다. 사정을 잘 아는 그는 다시 집 문을 열어 달라는 가케루의 부탁에 이번에는 부모나 보증인인 언니의 동석 없이도 바로 응해 주었다.

"밖에서 기다릴 테니 끝나시면 말씀해 주십시오."

그는 집에 가케루 혼자 남기고 밖으로 나갔다.

석 달 만에 찾아온 마미의 집은 여전히 누군가가 돌아온 흔적이 전혀 없었다. 실종 직후에 들어왔을 때와 별로 달라진 것이 없었다.

전에는 확인하지 않았던 곳을 이번에는 확인할 것이다. 벽장을 열고 그녀의 옷가지가 들어 있는 서랍이며 옷장까지 샅샅이 살펴봤다.

찾고 있는 물건은 그녀의 속옷이 들어 있는 서랍 안쪽에 가만히, 마치 숨겨진 듯 놓여 있었다.

단정한 조각이 새겨진 카메오 브로치와 가케루가 작년에 선물한 목걸이.

스토커가 침입한 뒤 도난당한 것 같다고 마미가 말했던 것이다. 어머니가 이탈리아 여행에서 사다 준 소중한 브로치는 가케루가 선물한 목걸이와 함께 평소 마미가 자주 하던 액세서리였다. 그래서 스토커가 일부러 훔쳐간 게 아닌가 하는 이야기를 나누었다. 스토커가 훔쳐갔을지도 모른다고 경찰에 이야기했을 때 요코가 "그게 없어졌다고?" 하고 큰 소리를 낸 값비싼 브로치.

가느다란 은 재질의 체인이 오랜 시간 방치된 탓에 약간 칙칙하게 바랬다. 그날 밤까지 매일같이 마미가 목에 걸었던 것. 그런데 스토커가 온 그날따라 그녀는 왜 목걸이를 집에 놔두었을까. 이제야 비로소 의문이 들었다.

두 개의 액세서리를 손에 쥔 채 열어 놓은 서랍 앞에서 가케루는 움직일 수 없었다. 화장대에는 가케루가 프러포즈했을 때 건넨 에메랄드 블루 색 티파니 상자가 변함없이 놓여 있다. 마미는 이 반지조차 가져가지 않은 것이다.

인기척 없는, 먼지가 살포시 내려앉은 냉랭한 방 안에서 가케루는 숨을 깊이 들이마셨다. 그리고 인정했다.

스토커는 없다.

제2부

나는 밤 속을 달렸다.

가로등이 드문드문 서 있는 심야의 주택가 어둠 속을, 적어도 밝은 곳이 나올 때까지는, 하고 쉬지 않고 온 힘을 다해. 멈추면 두 번 다시 달려 나가지 못하기 때문에.

몸이 떨렸다.

내가 이제부터 하려는 일이 무서워서. 저지르면 돌이킬 수 없다는 것을 알기 때문에.

괴롭고 그리고 슬펐다. 내가 이런 짓까지 하게 만드는 가케루 군 때문에.

눈 안쪽이 꽉 조이며 아파서 눈물이 나올 것 같다.

역 앞 상점가의 트인 길로 나가서 오가는 사람들의 모습이 보이고 나서야 비로소 발을 멈췄다. 그러자 내가 몸을 바들바들 떨며 숨을 헐떡이고 있다는 것을 새삼 실감하게 되었다. 공기가 희박하다. 주변 사람들에게 도움을 청할까 잠시 망설였다. 그렇게까지 해서 '증인'을 만들어야 할까. 타인을 끌어들여서 이 일을 '사실'로 하기 위해. 도망갈 곳이 없는 상황까지 나를 몰아넣고 싶었다.

오늘 하기로 마음먹고 집에서 뛰쳐나온 것이다.

한 번에 전부 해치워야 한다. 여기서 마음이 꺾이면 나는 아마 앞으로도 못할 것이다.

잠시 망설인 사이에 바로 옆길에서 차의 전조등 불빛이 눈부시게 비쳐 들어왔다. 그 차가 노란색 차체의 택시인 것과 붉은 색으로 '빈차'라고 표시된 것을 본 순간 주저 없이 달려 나갔다.

"잠시만요! 세워 주세요! 제발요."

주위를 살펴볼 겨를도 없이 손을 들고 택시 앞으로 미끄러지듯 달려가자 다행히 택시 기사가 내 모습을 알아차리고 문을 열어 주었다.

"도요스 방면으로 가 주세요."

뒷좌석에 구르듯이 들어가 앉았다. 문이 닫히자 겨드랑이에서 생각났다는 듯 땀이 솟구쳤다. 주머니에서 스마트폰을 꺼냈다. 손가락이 곱아서 화면이 제대로 눌리지 않는다.

빨리, 빨리, 빨리.

빨리 받아. 빨리.

이 기세를 잃으면 마음이 꺾일 테니까.

하기로 결심했으니까.

최근 통화 목록에서 니시자와 가케루의 이름을 찾는다. 그렇게 자주 만났는데도, 사귀는 사이인데도 통화 목록을 한참 올라가야만 이름을 찾을 수 있다는 것이 답답했다. 신호가 가기 시작했다.

『여보세요.』

전화기 너머로 목소리가 들려온 순간, 들이마신 숨이 풍선에서 바람 빠지듯 쉬익쉬익 비명소리를 내며 새어 나왔다. 만약 그가 전화를 받지 않으면 아무것도 하지 않은 채 끝날 터였다. 그렇게 되어도 어쩔 수 없다고 방금 전까지 마음 어딘가에서 은근히 바란 것 같은 기분이 든다.

그러나 전화를 받았다.

미리 준비한 대사를 온 힘을 다해 절박한 목소리로 말하려 했다. 가케루 군, 가케루 군, 가케루 군, 도와줘.

"그놈이."

『어?』

전화를 받은 가케루 뒤로 술자리의 떠들썩한 기척이 들렸다. 아아, 또 그 사람들과 술을 마시고 있구나. 왜일까. 가케루 군은 교제 중인 나보다 옛날부터 친하게 지낸 친구들과의 거리가 더 가까운 것처럼 느껴질 때가 있다. 나를 깍듯이 대하는 것과 달리 그 여자 친구들을 '너'라고 하거나 허물없이 이름으로만 부르는 것도 솔직히 처음부터 못마땅했다.

시야 끝에 눈물이 차오른다.

핸들을 쥔 택시 기사가 백미러 너머로 이쪽을 흘끗 살피는 것을 알 수 있었다. 아아, 전화해도 되느냐고 양해를 구하는 것을 깜빡했다. 상황이 이런데도 그런 것이 신경 쓰이다니. 택시를 타면 늘 그렇게 해 왔건만. 차 안에서 갑자기 전화를 거는 것은 실례라고 생각해서 늘, 그렇게 해 왔건만.

지금껏 지켜 온 무언가를 지금 제 손으로 버리려 한다는 것을 자각하고 있다.

가슴에 손을 얹자 눈물이 나왔다. 뺨을 타고 흐른다.

"그놈이 집에 있는 것 같아. 어떻게 해? 집에 못 들어가겠어."

『그놈이라니…….』

가케루 군의 뒤에서 목소리가 어렴풋이 들린다. 얘 좀 봐, 네가 그렇게 말하면ー, 그런데 그 녀석도 분명히ーー. 그의 친구인 듯한 몇몇 사람의 목소리. 남자 목소리는 물론 여자 목소리도. 내가 뒤에 '군'을 붙여서 부르는 가케루 군을 이름으로만 부르는 그 사람들의.

전화기 너머의 분위기가 바뀌었다. 가케루의 목소리가 진지해졌다.

『마미짱, 지금 어디야?』

"역 근처. 방금, 택시 탔어. 미안한데, 지금 당신 집에 가도 돼?"

『당연히 되지. 그런데 그놈이 집에 있다는 건…….』

어디 조용한 곳으로 이동했는지 전화기 너머의 떠들썩함이 잦아들었다.

"일 끝나고, 집에 갔는데, 현관문 옆 창문에 불이 켜진 게 보이고, 안에 그놈이. 그래서 못 들어가고, 도망쳤어."

『나도 지금 바로 출발할게. 미안해, 지금 밖이라.』

가케루 군의 뒤에서 다시 목소리가 들렸다.

－－가케루, 뭐해? 아, 전화? 여자친구랑?

가케루 군이 거기에 대고 "거참, 시끄럽네!" 하고 짜증스럽게 대꾸하는 것이 들렸다.

『만약 마미짱이 먼저 도착하면 집 앞에 택시 세워 두고 내리지 말고 있어. 혼자 있지 않는 편이…….』

"알겠어. 그런데, 그런데, 부탁이야. 제발 빨리 와!"

입에서 다시 비명이 터져 나왔다.

말귀 좀 알아들으란 말이야! 하고 생각했다.

나는 지금 큰일이 났는데.

위험한 일이 닥쳐 도망치고 있다. 가케루 군은 더 미친 듯이 절박하게 굴어야 마땅하다. 그래야 하는데, 내가 걱정되지 않아?

한심해서 또 눈물이 난다.

부탁이야. 제발 부탁이니 나를 죽기 살기로 지켜.

다른 남자가 내게 집착한다는 것을 알면 보통은 더 화내고 펄펄 뛰어야 하는데.

내가 아무리 걱정된다고 하소연하고 상대의 흔적을 넌지시 내비쳐도 이 사람은 늘 이성을 잃지 않았다.

나에게 그런 사람이 없다고 생각하는 걸까.

가케루 군에게 이런 식으로 강하게 요구하는 것은 처음이다. 뒤늦게 그가 언짢아하면 어떡하나 불안해졌다. 혹시라도 그가 나를 싫어할까 봐 그동안 노골적인 말은 한 마디도 하지 않았건만. **아차** 싶어 "미안……" 하고 입을 틀어막았다. 손이 뻣뻣하게 경직되어 있었다.

"미안해, 이런 말해서. 그래도 빨리 와서 구해 줘, 가케루 군."

『하, 미치겠네.』

애가 타는지 가케루가 내뱉었다.

『나아말로 술이나 마시고……, 혼자 둬서 미안해.』

통화 중인 채로 가케루가 가게를 나서는 기척이 느껴진다. 아
아, 이제 됐다. 이제야 목소리에 진심이 가득하다.

나는 울고 있었다.

한심했다. 이런 짓까지 하지 않으면 죽을힘을 다해 애쓰지 않
는 그가. 그리고 그런 대접 밖에 받지 못하는 나 자신이.

저기.

부탁이야. 내가 이런 짓까지 하게 만들지 마.

소중히 아껴 줘. 사랑한다고 말해 줘.

택시 기사는 이제 확실히 뒷좌석에 앉은 나를 걱정하고 있었
다. 대화가 끊긴 틈을 타서 그가 "괜찮으십니까?" 하고 물었다.

"손님, 괜찮으십니까?"

"……괜찮아요."

대답하면서 생각했다. 괜찮지 않다. 나는 조금도 괜찮지 않다.
또 솟아오르는 눈물을 꾹꾹 눌러 닦았다.

빨리, 빨리, 빨리.

가케루 군은 서두르고 있다. 고맙고 감사하지만 그런데도 겁이
난다. 언제쯤이면 괜찮아질지 몰라서, 그리고 겁나고 두려워서 눈
물이 난다.

빌었다.

제발. 무서워. 가케루 군. 부탁이야.

구해 줘.

나를 구해 줘.

나는 혼자 살아갈 수 있을 만큼 강하지 않아.

언제 결혼하느냐는 부모님의 성화에 시달리는 것도 이제 지쳤어. 결혼한 친구들이 이상하게 보는 것도 이제 싫어. 결혼하지 않았을 뿐인데 '결혼 못 하는' 사람 취급받는 것도 이제 싫어.

어째서, 하고 생각했다.

사귀면서 나는 당신이 좋다고 생각했어.

그동안 '좋은 사람이 없다'라는 말을 입에 달고 다니다 당신을 만나고 '이 사람이라면 괜찮아' 하고 생각했어. 사귀게 됐으니 다시는 비참한 기분을 느끼지 않아도 되는 줄 알았는데. 이제 괜찮을 줄 알았는데.

재촉하고 싶지 않았어.

다른 사람들은 자연스럽게 받는 청혼을 그저 기다리고 싶었는데.

구해 줘.
내가 이런 짓까지 하게 만들지 마.
괴로워.
가케루 군.
나와 결혼해 달란 말이야.

제1장

면접 볼 당시의 일이 떠올랐다.

"우리 회사가 1지망입니까?"

아버지가 아는 의원님이 현청 일자리를 소개해 줄 수 있다고 했으니 그 회사는 1지망은 아니었다. 대학의 추천 취업으로 졸업생이 다수 입사한 곳이었지만 오히려 그래서 나는 약간 거부감이 들었다. 대학 동창들과 함께 일하는 것도 좋지만 가능하면 다른 곳에서 일하는 게 더 특별한 느낌이 드는 것 같았기 때문이다.

그래서 대답했다.

"아뇨. 따로 소개받을 곳이 있는데 그쪽이 1지망입니다."

남자 면접관이 살짝 놀란 듯했지만 나는 별로 개의치 않았다.

"1지망은 어디입니까?"

"현청입니다."

"거기는 정직원입니까? 아니지 않은가요?"

"아마 그럴 겁니다."

대답하고 나서 긍정과 부정, 어느 쪽으로도 받아들일 수 있는 애매한 말이구나 싶었지만 실은 나도 정확히는 몰랐다. 부모님이

'현청의 일자리'라고만 했지 정직원인지 아닌지는 알려 주지 않았기 때문에.

면접관이 신기해하는 표정을 하더니 더는 아무것도 질문하지 않았다.

그 후 내가 현청에 가게 되었을 때 언니 노조미가 "작은 회사라도 마미한테는 정직원이 훨씬 나았을 텐데!" 하고 어머니에게 말하는 것을 듣고서야 그때 면접이 정직원 채용 면접이었음을 알게 되었다.

대학에서 시키는 대로 정해진 날에 가서 면접을 봤을 뿐이고 어차피 떨어졌으니 그 무렵에는 언니와 어머니가 무슨 말을 했는지 별로 신경 쓰지 않았다.

같이 면접을 본 동창들은 모두 합격 통지를 받았는데 나는 왜 그렇지 못했냐고 묻기에 면접 때 일을 이야기했다. 1지망에 대한 질문을 받고 어떻게 대답했는지 말하자 부모님은 어이없다는 표정을 지었다.

"그럴 때는 적당히 '네, 그렇습니다. 채용해 주시면 여기로 오겠습니다' 하고 대답해야지. 마미는 너무 정직해서 탈이라니까."

"그런데 그건 거짓말이잖아."

"거짓말도 하나의 방편이야. 마미짱도 참."

어느 날 집에 온 언니가 어머니와 이 일에 대해 이야기하고 있었다. 내가 2층에서 거실로 내려가던 참이라 두 사람은 내가 듣고 있는 줄 모르는 것 같았다.

"뭐어? 마미, 걔 진짜 바보 아니야?" 하는 언니의 말에 꽤 상처를 받았다. '바보'라니 너무하다. 어머니가 대꾸하는 목소리가 들렸다.

"어쩔 수 없지, 마미는 정직하니까."

"그놈의 정직 타령은. 그래서 손해 보면 그게 다 무슨 소용이야."

"착한 애라서 그래."

어머니가 언니를 나무란다.

대학생 때 남자들도 끼어 있는 스키 여행을 가려다 결국 거짓말은 옳지 않다는 생각에 부모님께 남자도 같이 간다고 털어 놓은 적이 있다. 언니의 목소리는 그때와 완전히 똑같았다. 그때도 그렇게 말했다.

"너, 바보야?"

왜 갑자기 그 일이 떠올랐는지 모르겠다. 하지만 돌연 그때와 비슷한 구석이 있다는 생각이 들었다.

그런 내가 착한 아이를 버리고.

처음으로 이제껏 지켜 왔던 선량함을 버리고, 아니 더 정확히 말하면 선량함을 버려야만 하는 지경에 내몰려 지어낸 거짓말. 일생일대의 온 힘을 다해 지어낸 거짓말.

과장이 아니라 정말 그렇게 생각했다. 그런데 그 거짓말을 이 사람들은 바로 꿰뚫어 본 것이다.

"마미짱, 솜씨가 보통이 아니더라."

말을 걸어왔을 때부터 불길한 예감이 들었다.

가케루 군의 친구들은 하나같이 내가 그동안 친하게 지내지 않은 유형의 사람들이라, 가케루 군을 좋아하지만 친구들이 있는 자리에 불려 가는 것은 늘 찜찜했다.

하지만 이제 그와 나는 결혼한다. 그래서 그녀들이 술에 취한 채 약혼 축하를 해 주겠다는 말을 순순히 받아들인 것이다.

아주 조금만 타이밍이 엇갈렸다면 이 사람들과 마주칠 새도 없이 집에 갔을지도 모른다.

"괜찮겠어?" 하고 먼저 가는 재닛이 나를 걱정스럽게 봤다. 지금 생각하면 뭔가 안 좋은 낌새를 알아차렸을지도 모른다. 도쿄에 와서 처음 사귄 친구. 학원에서 일하게 되면서 재닛 같은 사람을 알게 되어 사실 이루 말할 수 없이 기뻤다. 어학 실력이 뛰어나 일본에서 장학금을 받으며 유학했고 그후에는 어학을 직업으로 연결한 재닛은 그동안 내가 접해 온 일본의 친구들 중 누구보다 성격이 소탈하고 머리가 좋았다. 가케루의 여자 친구들 같은 사람과 이야기할 때도 나는 종종 재닛을 떠올리며 견디곤 했다.

나는 그런 매력적인 사람과 친구인 만큼 이런 사람들이 뭐라 하든 흔들릴 필요 없다고.

예전에 재닛에게 그녀의 행동력과 어학 실력이 부럽다고 솔직히 말한 적이 있는데 그때 재닛이 "마미는 외국인과 직접 대화해 보고 싶은 거야? 어디 다른 나라에서 살고 싶어?" 하고 물었다.

"마미가 그렇게 하고 싶다고 간절히 바라는 게 아니라면 인생은 본인이 좋아하는 것만 해도 돼. 관심이 생기지 않는 것은 부끄러운 일이 아니니까."

그 말에 얼마나 구원을 받았던가. 특별히 뭔가에 관심이 없는 나를 그동안 많은 사람들이 지적하고 바보 취급했지만 그 사람들이야말로 문제가 있다는 생각이 들었다.

내가 좋아하고 동경하는 전 직장 동료. 재닛이 걱정해 주었건만 나는 괜찮다고 하고 그녀들을 먼저 가게 했다.

방심한 것이다.

"마미짱은 외국계 기업에서 일한다고 했나?"

"뭐래? 아니야. 아마 학원 사무직이었을걸?"

방금 전까지 같이 있던 동료들 중 미국인이나 영국인 강사의 모습을 봤을지도 모른다. 가케루 군의 여자 친구들이 내게 그런 식으로 물었고 그 말투에서 이미 꺼림칙한 느낌이 들었다.

　내가 근무하던 영어회화 학원은 성실한 수강생이 많은 곳이었다. 중고등학생 때부터 어학 실력을 다지고 시험 점수를 획득하려는 아이들도 많고 또 강사들도 대부분 일본어를 열심히 공부하려는 사람들이었다. 그들은 나뿐만 아니라 이 경박한 사람들과는 완전히 다른 견실하고 훌륭한 사람들이었다. 그래서 그 질문은 순전히 나를 향한 것이었지만 전 직장 동료들까지 싸잡아 얕보는 느낌이 들어 굉장히 불쾌했다. 무슨 말이든 해서 받아쳐야겠다고 생각했지만 잠시 후 "나기사는 영어 끝내주게 잘하잖아, 학원 같은 데 다녔다고 했나?" 하고 화제를 돌리는 바람에 말할 타이밍을 놓쳤다.

　"아니, 유학은 했는데 일본에서는 딱히."

　"아, 그렇구나. 해외에서 오래 살다 온 줄 알았어."

　"다섯 살까지 캐나다에서 살았는데 그때 기억은 당연히 없지."

　"아즈사도 영어 웬만큼 하지?"

　"외국인 상사하고 같이 일할 때도 있으니까. 고생하다가 늘었지 뭐."

　영어 할 수 있구나, 하고 알게 되었다.

　말로 표현할 수 없을 만큼 충격이었다. 이렇게 화려한 외모에 경망스러워 보이는 이 사람들이 머리가 좋다니. 내 성실한 동료들처럼?

　"그런데 요즘에는 영어 좀 하는 정도로는 이직도 마음 먹은대로 못 해."

　누군가 그렇게 말해서 뭐라고 받아쳐야 할지 막막해졌다.

　술자리에 모인 여자들 중에는 가케루 군에게 듣기로는 결혼해서 아이가 있는 사람도 있다고 했으니 그날도 아이를 누군가에게 맡기고 술을 마시러 나온 모양이었다. 나는 그런 면도 조금 어이가 없었다. 가정을 꾸렸으면 집에 붙어 있어야지 왜 싱글인 것처럼 구는지 이해가 되지 않았다.

"마미짱, 솜씨가 보통이 아니더라" 하는 그 목소리에 기분이 팍 상하고 화도 났지만 의연하게 있으면 괜찮을 거라 생각했다. 그래서 대답했다.

"네, 가케루 씨가 저를 결혼 상대로 선택해 주어 얼마나 고마운지 몰라요."

이 사람들이 태연하게 반말을 해도 나는 웬만하면 존댓말을 썼다. 나의 대답에 그녀들이 얼굴을 마주 보며 기분 나쁘게 서로 눈짓을 주고받았다. "그게 아니라" 하고 한 명이 운을 뗐다.

"가짜 스토커 말이야. 그런 연극까지 벌이다니 절로 머리가 수그러진다고 우리끼리 얘기했거든."

이 사람들은 지금까지 거짓말을 얼마나 해 온 걸까.

세상에서 흔히 '여자는 무섭다'고 할 만한 종류의 계산과 거짓말을 거듭함으로써 지금 이렇게 예쁘고 사교적으로 웃을 수 있게 되었다고 생각하면 온몸이 얼어붙는 것 같았다. 과장이 아니라 몸속부터 차디차게 식어 입술 사이로 싸늘한 입김이 새어 나올 것 같았다.

단 한 번의, 내 인생을 건 그날 밤의 질주를 어떻게 이리 쉽게 꿰뚫어 보고 지금 여기서 비웃을 수 있는 거지. 대체 어떤 거짓말의 세계에 물들었기에 그것이 가능한 걸까.

상대가 되지 않는다.

어디까지가 방편이고 어디까지가 허용되는 거짓말인지 모르겠다. 내가 거짓말의 초보였다는 것을 깨달았다. 그녀들은 지금 이렇게 나를 비웃어도 당사자인 가케루 군에게는 고자질하지 않은 모양이었다. 무시무시하게도 그녀들은 나를 싫어하는 눈치인데도 내 거짓말을 용서하기까지 했다. "솜씨가 보통이 아니더라" 하고. "절로 머리가 수그러져" 하면서까지.

"마미짱은 지금 가케루가 백 퍼센트의 마음으로 본인을 선택한 줄 알겠지만 실은 그렇지 않거든."

가케루 군과 가장 친한 미나코 씨가 말했다.

"앗, 미나코, 그거 말하려고?"

"아유에 대한 거, 그냥 확 말해 버릴까."

주변에서 하나둘 말을 얹으면서도 진지하게 말리는 사람은 없었다. 이윽고 미나코 씨가 말했다.

"가케루는 당신을 70점이라고 했어. 백 점이었다면 당장 결혼을 결심할 수도 있었지만 그동안 교제한 백 점짜리 여자친구들과 비교한 거 아닐까? 듣기 거북하겠지만 내 생각에 가케루는 지금 무리하고 있어. 과거 여자친구와 당신은 전혀 다르거든. 가케루는 당신을 허물없이 대하기는커녕 아직까지 조심스러워하는 것 같고 두 사람은 딱 봤을 때 찰떡같이 어울리는 느낌이 없어."

가케루 군과 가장 친한 미나코 씨는 내가 이 자리에서 가장 싫어하는 사람이기도 하다. 불편하다는 말로 속마음을 애써 감춰 왔지만 실은 싫어했던 것임을 이때 비로소 깨달았다. 이제 인정하자고 생각했다.

결혼한 주제에.

가케루 군의 인생에서 아무것도 아닌 주제에. 자기가 가케루 군과 결혼하는 것도 아니면서, 이 사람은 가케루 군을 좋아하는 것이다. 자기가 좋아하는 가케루 군이 자기 취향이 아닌 여자와 결혼하는 것이 용납되지 않는 것이다.

내 거짓말은 비웃을 만큼 용서할 수 있어도 가케루 군과 결혼하는 것은 용서할 수 없는 것이다.

70점이라는 점수의 울림과.

당장 결혼을 결심할 수도 있었다는 말과.

그런 상대가 아니었던 나와.

그동안 교제한 백 점짜리 여자친구들이라는 말.

"결혼 시장에 가케루 같은 좋은 물건이 떨어져 있다니 운이 좋았겠지만, 그거 결국 아유짱과의 결혼을 질질 끌다가 혼기를 놓쳤을 뿐이거든."

"가케루도 바보 같아. 평범하게 연애하다 그때 결혼했음 좋았잖아."

누가 무슨 말을 했는지도 모를 만큼 모두가 나를 탓하는 것 같았다.

'평범하게 연애'라는 말이 나중에 다시 생각나 가슴이 찢어지게 괴로웠다. 이 사람들에게 가케루 군이 '결혼하기 위해 만난' 나는 '평범하게 연애'한 사이가 아니었다. 나 자신이 엄청나게 멸시당해 사람 취급도 못 받는 것 같았다.

하지만 그럼에도 불구하고.

몰라서 여태껏 보이지 않았던 사실은 실은 보이지 않도록 스스로 외면했던 부분일지도 모른다는 생각도 들었다.

여자 친구들에게 막되게 굴며 농담조로 싸우는 가케루 군이 즐거워 보이는 것이 늘 못마땅했다. 나에게는 그렇게 하지 않고 예의를 지키는 태도가 나를 소중히 여기는 것 같으면서도 실은 거리를 두는 느낌이 들었다.

그래도 원래 그런 것인가 보다, 하고 생각했건만.

오히려 다른 사람은 모르는 신사적인 가케루 군을 아는 것은 나 하나뿐이구나, 하고 생각했건만.

"가케루, 너무 답답할 것 같아."

"재미없을 것 같아."

이 말은 미나코 씨가 했다. 누군가 동조하며 웃었다.

"결혼하고 싶으면 해도 돼. 우리도 가케루에게 마미짱의 가짜 스토커 이야기나 거짓말에 대해 말할 생각은 없거든."

그녀들이 무책임하게 말했다.

"오히려 가케루를 위해 그렇게까지 하다니 정성이 갸륵하잖아. 다만 가케루의 친한 친구로서는 석연치 않기도 하지만. 그래도 두 사람이 행복하면 그걸로 족하지 않겠어?"

조금도 족하다고 생각하지 않는 듯한 목소리를 들으면서 나는 그제야 아차 싶었다.

거짓말이 아니라고 화낼 만한 상황이었는데 화내는 것을 깜빡 잊고 그저 멍하게 있었다는 것을.

시치미를 뗀다는 선택지가 있었는데 그것을 소홀히 넘겼다는 것을. 집에 가고 싶어서 "미안합니다, 그만 갈게요" 하고 자리에서 일어나자, 모두가 "거봐, 미나코가 괴롭히니까 간다잖아" 하고 깔 깔대며 웃었다.

"저 말이야."

미나코 씨가 나를 불러 세웠다.

"결혼식에는 초대해 줘."

미나코 씨는 웃고 있었다.

"가케루에게는 정말 아무 말도 안 할 테니 안심해."

그 말에 대답을 했는지 안 했는지 모른다. 기억나지 않는다.

"마미짱, 바이바이."

"신경 쓰지 마, 다음에 또 놀자ー."

진정성이라고는 찾아볼 수 없는 목소리는 나의 연기보다 훨씬 뛰어났다. 그녀들은 거짓말의 프로다. 그동안 나는 거짓말을 해서는 안 된다고 믿어 왔다. 그런데 그녀들은 내가 믿어 온 상식을 걷어치운 세계에서 이토록 노련하게 살아가고 있다.

가게 밖으로 나와 한겨울의 차가운 밤공기가 뺨을 어루만지자 그제야 눈물이 흘러나왔다.

창피해서 한시바삐 그 가게에서 멀어지고 싶은 마음에 잔달음질을 쳤다. 언젠가의 밤의 전력 질주보다 더 절실한, 부르짖는 듯한 울음소리가 터져 나왔다.

절박한 짐승의 포효 같은 울음소리에 스쳐 지나가는 사람들이 놀라서 쳐다보지만 그치지 않았다. 행복한 마음으로 작별 인사를 한 재닛과 동료들과의 송별회가 아득히 먼 다른 세계의 일처럼 느껴졌다.

선량하게 살아왔다고 생각했다.

그런 거짓말의 세계에 사는 사람들과 나는 다르다고.

하지만 아니었던 걸까.

거짓말로 스토커 이야기를 지어내고 계산적으로 가케루에게 결혼을 압박했을 때부터 나는 이미 선량하지 않았던 걸까. 그녀들을 경멸할 자격이 없는 걸까.

울면서 가까운 역에 도착한 뒤 송별회에서 받은 꽃다발을 벽에 냅다 던지고 그대로 버렸다. 죽을 만큼 슬펐다. 이런 짓까지 해야하는 것이, 죽을 만큼.

집에 도착하자 가케루 군은 이미 침실에 있었다.

마음속에 불길이 일었다.

실은 얼굴도 보고 싶지 않았다. 그에게 화가 났는데도 오히려 그렇기 때문에 가케루 군과 대화하고 싶었다.

대화를 하면 오늘 있었던 일이 전부 오해였다는 것을 알게 될 것 같았다.

차라리 아무것도 몰랐던 어제가 더 진실에 가까운 기분이다.

"가케루 군……?"

침실을 들여다보며 작게 이름을 불렀다. 잠꼬대 같은 목소리가 "으응, 어서 와-" 하고 가볍게 대답했다. 그러고는 바로 몸을 뒤척인다.

오늘은 평소와 달리 일찍 집에 왔지만 술을 마셨는지 가케루 군의 발음이 분명치 않았다.

죽이고 싶었다.

이 사람이 내게 70점을 매겼다고 한다.

바로 그럴 리 없다고 부인하고 싶었는데 그러지 못했다. 이 사람은 나와의 결혼을 단숨에 결심하지 못했으니까. 내가 거짓말까지 하게 했으니까. 사귀는 사이인데. 지금 나와 사귀고 있는데.

이 사람밖에 없다는 생각에 결혼을 결심했는데 그 상대가 나를 70점짜리라며 떠벌렸다. 하다못해 80점도 아니라는 사실이 나를 여전히 얼어붙게 한다. 결코 낮지는 않지만 그렇다고 높지도 않다. 그러니 낙제할 만한 점수도 아니다. 좋은지 나쁜지 알 수 없는 아슬아슬한 점수.

사람에게 점수를 매기는 것 자체가 고약하다.

나는 이 사람에게 점수 매길 생각조차 하지 못했다. 만약 하라고 한다면, 그렇다면 속상하지만 어제까지는 백 점에 가까웠다고 생각한다.

당신은 그렇지 않은 거야?

백 점짜리 상대와 하는 것이 결혼이지 않아? 이 사람밖에 없다는 마음으로. 그렇게 나를 선택해 준 것이 아니었어?

생각이 빙글빙글 돈다.

내가 울고 있다는 것을 이 사람이 알아차리면 된다. 알아차리고 애태우면 내가 원망하고 이성을 잃고 그리고 이 사람이 사과하고 변명을 하고.

머릿속으로 계속 생각하고 상상한다.

하지만 가케루 군은 일어나지 않았다.

내가 침대 옆에 서서 울고 있는데도.

나는 밤새도록 옆에서 울었다. 가케루 군을 원망할 준비를 하면서 거의 한숨도 자지 않고.

잠든 그의 목에 손을 갖다 댈 수 있으면 좋으련만, 하고 생각했다. 부엌에서 날붙이를 가져 오려고도 했다.

죽길 바라서가 아니라 그저 알아차리길 바랐다.

하지만 가케루 군은 잠에서 깨지 않았다.

억지로 깨워서 원망해도 괜찮았을 것이다. 하지만 그러기 전에 나는 그가 알아차리길 바랐다. 내가 움직이지 않으면 이 사람은 왜 아무것도 알아차리지 못하는 걸까.

아침이 되어 가케루 군이 일어날 기미가 보이더니.

눈물 바람으로 잠든 내 머리를 쓰다듬지도 않고 몸을 일으켜 화장실로 간다. 이름 한번 부르지 않고.

알아차려, 어서 알아차리라고, 제발.

꼼짝 않고 기다리는데 가케루 군이 침실을 나간다.

드라마나 영화에 나오는 연인들은 한쪽이 잠든 새 나갈 때 사랑스럽게 머리를 쓰다듬거나 가만히 이름을 부르곤 한다. 그런 일은 일절 없다. 전에는 신경도 쓰지 않았던 것이 내 가슴을 갈기갈기 찢어발긴다. 깨닫고 말았다.

그는 나를 소중히 여기지 않는다.

70점이니까.

그는 나를 70점만큼밖에 좋아하지 않는다.

가케루 군이 세면대를 사용하는 기척, 면도하는 소리. 출근 준비를 마치고 그가 나간다. 자고 있는 내게 "다녀올게" 하고 인사조차 하지 않고.

그가 떠난 방 안에서 나는 울면서 일어났다. 충분히 울었다고 생각했는데 눈가에 또 뜨거운 눈물이 차오른다.

송별회에서 받은 꽃다발.

그렇게 커다란 꽃다발은 처음 받았는데 버리고 말았다.

송별회라고 말했는데 그는 방에 꽃다발이 없는 것조차 알아차리지 못한 걸까. 내게 무슨 일이 있었는지 알아차리지 못한 걸까.

어제는 나의 마지막 출근이었는데 그것을 위로하거나 마음 쓰거나 다정한 말을 건네줄 생각도 하지 않은 걸까.

베개를 주먹으로 때리고 어린아이가 떼쓰듯 침대 위에서 몸부림을 쳤다. 그때도 그가 돌아오기를 마음속 어딘가에서 기다렸다. 간절히 기다렸다.

어떻게 해야 할지 몰랐다.

마음이 정리되지 않아 일단 한동안 가지 않았던 내 원룸으로 돌아갔다.

집에 들어갔더니 화장대 위에 티파니 상자를 장식해 둔 것이 보여 다시 마음이 들끓었다.

기뻤다. 정말 더할 나위 없이.

으으, 하는 소리가 나옴과 동시에 상자를 벽에 내던지고 싶은 충동에 휩싸였지만 꾹 참고 꺼냈던 반지를 상자 속에 도로 집어

넣었다. 아까워서 손가락에 끼지 않았다. 그래도 소중히 간직했던 반지를 손에서 놓자 마음의 일부를 잃어버린 기분이 들었다.

그대로 잠시 방에서 흐느꼈다.

어제 그 사람들의 이야기와 목소리가, 목을 조르지 못한 가케루 군의 모습이 머릿속에서 수없이 반복 재생되고 그때마다 대체 내가 어떻게 했어야 옳았을까 생각했다. 앞으로 어떻게 해야 할까. 나더러 어쩌라는 걸까, 하고 어젯밤 만난 모든 사람들을 원망했다.

가케루 군이 전화한 것은 그때였다.

스마트폰 화면에 표시된 '니시자와 가케루'의 이름을 보고 온몸이 경직되었다.

혹시 알아차렸나 하는 생각이 번쩍 들었다.

미나코 씨가 가케루 군에게 말했을지도 모른다. 미안해, 너무 취해서 마미쨩에게 심한 소리를 했어, 하고. 가케루 군은 그제야 애가 타서 나에게 사과할지도 모른다.

가슴이 두근거리는 것을 느끼며 전화를 받았다.

착각했던 것들이 모두 바로잡혀서 마음에 평온이 돌아오기를 기대하면서.

"네."

그러나 전화기 너머로 들려오는 가케루 군의 목소리는 담백했다.

『아, 여보세요? 방금 예식장에서 예약 확인차 연락이 왔는데 통화 괜찮아?』

이 사람에게는 아무 일도 일어나지 않았다고 생각하니 어제부터 몇 번째 느껴지는지 모를 절망에 마음이 온통 시커멓게 칠해지는 기분이 들었다.

미나코 씨는 이 사람에게 말하지 않을 것이다.

내 거짓말을 정말로 이 사람에게 알리지 않을 것이다.

그 사람들은 거짓말의 세계에 익숙한 주민이니까. 이런 큰일이 생겼는데도 그들에겐 별 일 아닌 것이다.

그렇게 가케루 군은 영원히 알아차리지 못한다. 나에게 사과하지 않는다.

70점을 철회하는 일도 없다.

그렇게 생각한 순간 아아, 나는 역시 그것이 가장 싫은 거구나, 하고 깨달았다.

많은 것에 상처받았지만 가케루 군의 마음속에서 내가 그 점수인 것이 가장 싫다. 부탁이니 없었던 일로 해 줬으면 좋겠다. 백 점이었던 걸로 해 줬으면 좋겠는데 그렇게는 안 되는 걸까.

나는 나에게 백 점을 주지 않은 사람과 결혼해서 앞으로 평생을 함께 살아가는 걸까.

"아, 미안. 지금은 좀……. 내가 나중에 다시 걸어도 될까?』

『그래. 나도 마침 외근 나가야 하니까, 이따 밤에라도.』

그가 먼저 전화를 끊었다.

통화가 싱겁게 끝난 뒤 허무함이 번져 간다.

마음에 상처를 받았다.

정신을 차리고 보니 마에바시의 본가로 향하고 있었다.

이대로 아무 일 없었다는 듯 저녁에 가케루 군과 얼굴을 마주하는 것은 도저히 불가능했다. 그렇다고 어젯밤 있었던 일을 털어놓을 용기가 있는 것도 아니었다.

어떻게 전해야 할까. 스토커 이야기를 건너뛰고 그녀들에게 들은 지독한 말만 잘 전할 수 없을지 어젯밤부터 수없이 생각했지만 가케루 군이 그녀들을 탓하면 이야기는 바로 거기에 도달할 것이다. 그럼 무슨 일이 벌어질지 생각만 해도 무서웠다.

무섭기도 했지만 그만큼 가케루 군을 용서할 수 없는 마음도 컸다.

누군가 이야기를 들어 줬으면 했다. 위로받고 싶었다. 가케루 군과 그 여자 친구들을 비난하고 같이 화내 주길 바랐다. 이상한 쪽은 거짓말의 세계에 완벽히 적응한 그녀들이지 내가 아니라고, 나의 이 감정은 사람으로서 올바르다고 편들어 주길 바랐다. 그리고 지금껏 믿어 온 가치관의 세계로 돌아가고 싶었다.

본가에는 내 예전 옷이나 생활용품이 다 갖추어져 있다. 내 방도 아직 있다. 그래서 최소한으로 꾸린 짐 가방만 들고 전철에 올라탔다.

그동안 수없이 왔던 마에바시 역에 내려섰다. 평일 낮의 전철역은 조용하고 역 앞 택시 승강장 근처 광장에는 아기를 유모차에 태운 엄마와 노인이 있을 뿐 한산했다. 어젯밤 내가 세상이 뒤집힐 만큼 내면의 폭풍에 휩싸였던 것과 대조적으로 다른 사람들에게는 건조한 겨울 햇살이 밝게 쏟아지고 있었다.

어머니에게 전화하자. 데리러 오라고 해야겠다.

놀랄 것이 뻔하지만 사정을 이야기해야겠다. 어머니 목소리를 듣는 순간 울음을 터뜨릴지도 모른다. 내가 우는 것을 알아차린 어머니가 걱정하겠지. 그렇게 생각한 바로 그때 마치 운명의 장난처럼 휴대폰이 진동했다.

무의식중에 가케루 군의 이름을 또다시 기대했다.

어머니에게 울며 사정을 털어놓지 않아도 될지도 모른다. 가케루 군이라면 이번에는 제대로 이야기를 해야겠다며 조급한 마음으로 스마트폰을 꺼내자 화면에 표시된 것은 가케루 군의 이름이 아니라 마침 전화하려던 참인 어머니였다.

"네."

반사적으로 전화를 받았다.

내가 이곳에 온 것을 어쩌다 알게 된 것이 아닐까 하는 생각이 들었다. 엄마, 알아차려 준 거야? 하는 마음으로 전화를 받은 내게 어머니가 속사포처럼 말했다.

『아아, 마미짱. 엄마인데 통화 괜찮니? 있잖니, 결혼식 말인데 네가 얼마 전에 할아버지, 할머니까지만 초대하고 사촌은 초대 안 해도 되겠다고 했잖아. 그런데 미사키짱이 지금 도쿄에 살잖니. 도쿄에서 올리는 결혼식이면 그 애는 불러야 하지 않을까? 할아버지, 할머니께 결혼식 관련해서 말씀드렸더니 미사키짱 부부네 집에 묵겠다고 하시지 뭐니. 그런데 정작 미사키짱을 초대하지 않으면 실례지 않을까? 네 아빠하고도 그렇게 이야기한 참이야.』

속사포처럼 말을 쏟아내는 어머니에게 압도되는 동시에 당황스러웠다. 그 설명이 다 끝난 뒤에서야 어머니가 내가 마에바시에 와 있다는 것을 아직 모르는구나 하고 깨달았다.

"아아, 응."

나는 미적지근하게 대답했다. 뒤늦게 어처구니없다는 생각이 스멀스멀 올라왔다.

"결혼식은 아직 멀었으니까 급하게 전화하지 않아도……."

『그렇긴 한데, 너하고 얼마 전에 사촌도 초대해야 하나 이야기한 직후라 영 신경이 쓰여서 말이지.』

옛날부터 신경 쓰이는 일이 있으면 바로 움직여야만 직성이 풀리는 사람이었다. 특히 아이에 관한 것이라면 더 심해서 언니가 어머니와 자주 부딪혔다.

저기, 엄마. 나 가케루 군에게.

처음에 기세가 꺾여 하지 못했던 말을 다시금 털어놓으려 입을 열었다가 멈췄다.

아직은 쌀쌀한 2월의 맑은 하늘 아래 역 앞 벤치에 엄마와 아이들이 나란히 앉아 있었다. 그들을 마중 나왔는지 가족용 왜건 하나가 가까이 가서 섰다. 그들이 벤치에서 일어났다. 남자가 아내와 아이들을 태우기 위해 차에서 내렸다.

남자의 모습을 본 순간 심장이 욱신대는 통증이 느껴졌다.

어린아이가 쓸 만한 야구 모자를 쓴 약간 땅딸막한 체형의 그 남자는 옛날에 내가 맞선을 봤던 사람과 닮아 보였다. 이제는 이름조차 기억나지 않는 직업이 엔지니어였던 남자. 연애 대상으로 전혀 느껴지지 않았던 그 사람.

아빠, 하고 아이가 그에게 달려간다. 그러다 넘어져, 하는 엄마의 목소리. 어서 와, 어땠어? 하고 남자가 아내에게 뭔가를 다정하게 묻고 있다.

조금 떨어져 있던 나는 더 가까이 가서 그들의 얼굴을 확인하고 싶은 충동에 휩싸였다. 맞선을 봤던 그 사람과 닮아 보이지만 모자와 옷차림새, 체격이 우연히 닮았을 뿐인지도 모른다. 목소리를 들어도 그 사람이라는 확증은 얻을 수 없다.

시야에서 남자의 모습이 사라지고 아내만 남았다.

호리호리한 체형에 머리를 깔끔하게 묶은 평범한 사람이었다. 내 동창 중에도 있을 법한 지극히 평범한 아이 엄마.

그들의 모습을 봤더니 말이 나오지 않았다.

『마미짱, 요즘 어떠니? 직장은 어제까지라고 했지, 아마?』

귓가에서 돌연 어머니 목소리가 들렸다. 그 순간 안 되겠다 싶었다. 지금 어머니에게 위로받을 수는 없다.

"응. 어제 송별회 했어."

『아, 그랬구나. 가케루 군 회사에는 이번 달부터 다니니?』

"그럴 예정이야."

『조심해라. 결혼 전에 회사에서 괜히 실수했다가 결혼 못 하게 되지 않도록.』

어머니가 무책임하게 웃으며 가볍게 툭 던지듯 말했다. 나는 건성으로 "어, 알았어" 하고 대답했다.

『그럼 또 연락할게.』

전화를 걸었을 때와 마찬가지로 어머니는 일방적으로 전화를 끊었다.

역 앞의 가족은 이미 차를 타고 사라진 뒤였다. 그 차가 멀어지는 모습을 바라보며 저 사람이 진짜 과거의 맞선 상대였는지 생각했다. 믿기지 않을 만큼 촌스러웠던 그 가나이 씨가 맞을까. 이름이 그제야 생각났다.

맞선을 본 것은 벌써 6년쯤 전이다.

그렇다면 그가 이미 결혼을 했어도 이상할 것이 없다. 아이도 충분히 있을 법하다.

가나이 씨는 야구 모자에 다 낡아 빠진 청바지 차림으로 나타났다. 일부러 그렇게 골라 입은 것은 아닌 듯했다. 그가 고학력에 엔지니어라고 들었던 나는 '이 사람이?' 하고 첫 대면에서 실망했다. 멋이라고는 요만큼도 느껴지지 않고 도쿄에서 오래 지냈는데도 이따금 군마 사투리를 쓰는 것도 별로 마음에 들지 않았다. 머리가 좋은 사람인가 보다 싶었지만 내가 상상했던 섬세한 엘리트와는 오히려 정반대의 인상이었다.

학교 다닐 때 내가 연심을 품었던 남자들과는 완전히 달랐다. 결혼 활동이란 이렇게 이상형과 동떨어진 상대를 소개받는 건가? 하고 왠지 비참한 기분이 들었다.

하지만 그때 이렇게 생각하기도 했다.

어딘가의 누군가와 진작 결혼했어도 이상할 것 없는 유형의 사람이라고.

나는 그렇지 않지만 이런 사람을 선택해 결혼하는 사람도 있을 것 같았다. 만약 그를 맞선으로 만난 것이 아니라 동창의 남편으로 소개받았다면 나 또한 와, 좋은 사람인 것 같아, 하고 생각했을지도 모른다.

아까 차로 아내와 아이들을 데리러 온 남자는 내가 그렇게 생각하는 어디에나 있는 '좋은 아빠'로 보였다.

가나이 씨를 거절할 때 어머니가 "그 좋은 사람을" 하고 아까워했다. 나도 "엄마, 죄송해요. 거절해도 될까?" 하고 말할 때 눈물이 났다. 그를 마음에 들어 하던 어머니가 "그 좋은 사람을 거절하면 다른 여자가 냉큼 채 가서 결혼하겠지"라고 말했다. 듣고 보니 누군지도 모를 그 여자가 조금 부러웠다.

하지만 가나이 씨와 결혼해서 부럽다는 뜻이 아니다.

나는 안 되겠어서 결혼 상대로 보지 못했던 그를 결혼 상대로 볼 수 있다니 좋겠다, 하는 부러움이었다.

그의 촌스러운 옷차림과 투박한 말투가 신경에 거슬리는 일 없이 그를 좋은 사람으로 받아들일 수 있는 것 자체가 부러웠다. 직업과 학력 모두 조건이 좋다며 어머니가 마음에 들어 한 그 사람을 나도 좋게 받아들였으면 얼마나 좋았을까 하고 그를 만날 때마다 생각했다. 좋아하고 싶었지만 마음이 따라와 주지 않아 못 견디게 괴로웠다.

그래서 가나이 씨를 좋게 받아들여 그의 아내가 되는 사람이 정말 부러웠다.

방금 왜건을 타고 사라진 그의 아내일지도 모르는 사람은 내가 받아들이지 못한 그 사람을 결혼 상대로 볼 수 있었다. 그렇게 생각하니 여전히 조금 부럽고 그리고 내가 비참하게 느껴졌다. 그 사람과 결혼하고 싶었던 것이 아니다. 거절한 것을 후회하는 것도 아니다. 하지만 그들에 비해 내가 너무 미숙했다는 생각이 든다.

내가 유일무이하게 찾아낸 줄 알았던 가케루 군과 지금 이런 일이 벌어졌기 때문이기도 할 것이다. 그러나 극히 평범한 가족으로 보인 그들이 진심으로 부러웠다. 나와 가케루 군은 전혀 그렇게 될 수 있을 것 같지가 않다.

아이와 내가 기다리는 곳에 그가 다정하게도 차로 데리러 오는 장면이 도저히 상상되지 않는다.

그런데도.

도쿄의 가케루 군의 아파트에서, 내 원룸에서 한참 운 덕분인지 지금은 눈물이 나지 않는다. 하도 울어서 건조해진 뺨 위로 찬 바람이 사정없이 지나간다.

그런데도 나는 가케루 군과 결혼할 수밖에 없다.

조금 전에 어머니에게 어젯밤 일을 말하지 못한 것은, 말해 버리면 끝장이라는 것을 깨달았기 때문이다.

그가 내게 '70점'을 매겼다는 것. 그뿐만 아니라 자신의 여자 친구들에게 말해서 그녀들이 비웃었다는 것을 털어놓으면 어머니는 노발대발할 것이 분명하다. 그리고 가케루 군을 미워할 것이다. 지금은 내게 '결혼 전에 회사에서 괜히 실수하지 않도록 조심하라'며 가케루 군을 조심스러워하지만 그를 단번에 미워하게 될 것이다. 그렇게 되면 결혼도 허락하지 않을 것이다. 만약 결혼한다 해도 가케루 군을 두고두고 깎아내릴 것이다. 그렇게 되지 않기를 바랐다.

순식간에 거기까지 생각하고 나서 깨달았다.

나는 지금 가케루 군을 만나고 싶지 않다. 그가 내게 지독한 짓을 했고 그것은 곧 배신이다. 그의 아파트에도 돌아가고 싶지 않지만 그런데도 그와 결혼하기 싫은 것은 전혀 아니라는 것을.

누군가에게 위로받고 싶었다. 나는 잘못한 게 없다는 말을 듣고 싶었다. 그러나 가케루 군과 헤어지는 것은 상상도 할 수 없다.

하지만 어머니에게 말하면 아마 가케루 군과는 여기까지일 것이다. 앞으로 나와 그가 대화로 모든 것을 해결한다 해도 어머니는 가케루 군을 용서하지 않을 것이다.

그래서 말할 수 없다.

내가 무엇 때문에 집을 나왔는지 생각하고 있었다.

왜 혼자 살고 싶었는지를 생각했다.

현청에서 근무할 때의 일이었다.

직장에서 어머니에게 소개받아 오노자토 씨의 결혼상담소에서 본 맞선 결과가 좋지 않다는 이야기를 하고 있었더니 동료가 미팅에 데려가 주었다. 예전에 거절했던 현청의 다른 부서 소속 남자들과의 술자리는 나름대로 재미있었다. 그 자리는 유부남도 참석할 만큼 그리 진지한 만남의 장은 아닌 듯했다.

가나이 씨처럼 투박한 분위기의 사람도 있었고 나의 두 번째 맞선 상대였던 하나가키 씨처럼 묻는 말에만 겨우 고개를 끄덕이는 사람도 있었다. 그런 사람을 쾌활한 성격의 유부남들이 자꾸 "이 녀석이 진짜 성실하고 착한 놈이랍니다" 하고 내게 권하듯이 열심히 분위기를 띄웠다. 그 모습을 보고 아, 정말 착한 사람인가 보다 싶었지만 그와 동시에 스스로 어필하지도 못하고 분위기를 띄우는 동료에게 별로 고마워하지 않는 부분이 이 사람이 결혼하지 못한 이유일지도 모르겠다고 생각했다.

성실하고 착한 사람.

그때도 보이지 않는 상대가 부럽다는 생각이 스쳤다.

현청 직원인 데다 성실하고 착한 사람. 이 사람을 연애 대상으로 볼 수 있다면 얼마나 좋을까. 하지만 내 눈에는 그렇게 보이지 않았다. 소개받은 때부터 가차없이 연애 대상에서 제외하는 바람에 더는 진전이 없다. 이 사람을 좋게 받아들이는 사람이 있다면 비꼬는 것이 아니라 정말 부럽다고 생각한다. 하지만 나는 도무지 그렇게 되지가 않았다. 결혼 활동이나 만남의 장은 언제나 그런 과정의 반복이었다.

그런데 대화가 통하지 않거나 결혼 상대의 후보로도 생각하지 않은 사람일지라도 상대편에서 나를 거절하는 경우도 당연히 있다. 머리가 좋은 사람은 자부심도 대단한 법이다.

당시 나는 의회 사무국에서 일했지만 솔직히 일하기 전에는 거리에서 선거 포스터를 봐도 누가 현의회 의원이고 누가 국회의원인지 잘 알지 못했다. 지금은 알지만, 처음에는 다들 모르는 거 아니냐고 했다가 사무국 사람들이 어이없어한 적이 있다. 그 이야기를 그날 술자리에서 별생각 없이 우스갯소리로 했다. 그러자 시종일관 입을 다물고 있던 성실해 보이는 남자 한 명이 "그건 너무 심하네"라고 말했다.

눈에 경멸하는 빛이 역력했다.

"여기 취직했으면서 어떻게 모를 수가 있지? 그걸 이 자리에서 말하는 그쪽도 좀 문제 있는 것 같은데."

이런 인기 없어 보이는 사람에게도 자부심이 있고 그것을 채우기 위해 방금 내가 이용되었을지도 모른다고 생각하니 내내 짓고 있던 영업용 미소가 굳어졌다. 그 또한 입가에 경직된 미소를 머금고 "가정교육을 어떻게 받은 거지?" 하고 물었다.

이런 상황에서 이따금 가나이 씨를 떠올렸다. 빈정대며 말하는 이 사람보다 학력이 높을 가나이 씨는 결코 그런 법이 없고 늘 친절했다. 나는 가나이 씨에게 계속 만나고 싶다는 말까지 들었는데…, 울고 싶은 심정으로 그 사실에 매달리며 버티는 일이 그 무렵에는 자주 있었다. 괜히 아깝게 놓쳤다는 생각은 하지 않는다. 염치없다는 생각은 들지만 그렇게 생각하고 싶은 마음을 멈출 수가 없었다.

"그래도 마미짱은 성실하고 발전하려는 마음이 있어서 외국어와 수화를 배우는 데도 열심이랍니다."

나를 술자리에 데려온 여자 정직원이 도와준답시고 말했다. 그 시기에 현에서 하는 무료 강좌에 그녀의 권유로 함께 다닌 것은 사실이다. 진지하게 영어나 중국어로 능숙하게 말할 생각은 없었지만 수화를 하면 왠지 멋있을 것 같은 생각 때문이었다.

그런데 그 이야기를 듣고 그 남자가 더 기가 막힌다는 듯 나를 흘끗 보며 "그게 무슨 도움이 되지?" 하고 물었다.

"업무에 필요해서 배우는 것도 아니잖아. 혹시 그 분야로 이직하고 싶은가? 그게 아니면 뭣 때문에 하는 거지?"

마음에 드는 사람이 있던 것도, 즐거웠던 것도 아니지만 휩쓸리듯 2차로 노래방까지 따라갔더니 어느덧 밤 열두 시가 넘은 시각이었다. 허둥지둥 스마트폰을 보니 어머니에게 부재중 전화가 여러 통 와 있었다.

한숨을 내쉬고 집에 전화할 생각도 했지만 이제 어엿한 사회인이고 그동안 늦게 들어간 적도 있으니 에이, 됐어, 하고 그냥 집에 가기로 했다. 지금쯤 어머니도 잠자리에 들었을 것이다.

그러나 집에 도착한 한 시쯤에도 어머니는 깨어 있었다. "지금이 몇 시야?" 하고 차갑게 쏘아붙인다.

"네 아빠도 언짢아하다 조금 전에야 잠드셨어. 도대체 뭐 하다 늦은 거니?"

"직장에서 젊은 사람들하고 술자리가 있었어."

"여자애들도 있었니? 이 늦은 시각까지 그 애들 집은 무슨 생각을 하는 건지, 원."

나는 입을 다물었다. 그때 나는 서른한 살이었다. 나는 오늘 어쩌다 열두 시를 넘겼지만 동료들에 비하면 술자리에 거의 참석하지 않는 편이었다. 어머니가 고등학생을 꾸짖는 말투로 타이르는 것에 대해 참을 수 없는 위화감을 느꼈다.

아버지가 언짢아한다는 것도 그렇다. 평소 결혼해야 한다는 압박감을 주면서 고작 귀가 시간이 늦었다는 정도로 왜 언짢아하는 걸까. 남자친구가 생기면 외박도 얼마든지 할 수 있는데.

"마미. 안 되겠다. 집 열쇠 내놔. 앞으로 엄마, 아빠는 네가 집에 올 때까지 안 자고 기다릴 거다."

대체 무슨 말인가 싶었다.

농담으로 생각했는데 어머니의 얼굴은 진지함 그 자체였다.

"엄마가 깨어 있을 수 있는 시간은 열한 시쯤이 한계야. 네가 집에 올 때까지 아무도 못 잔다고 생각하고 그걸 의식하고 생활하렴. 그리고 아홉 시가 넘으면 반드시 전화할 것. 알겠니?"

태연히 말하는 어머니에게 주저하는 기색이라고는 전혀 없었다. 아버지가 언짢아하는 것과 마찬가지로 깊이 생각하고 하는 말이 아니었다. 그래야 마땅하다고 생각하는 것이다.

내가 집에 들어올 때까지 부모님이 잠도 자지 않고 기다린다니. 그 장면을 상상했더니 팔에 소름이 돋았다.

"그리고 술자리에 갈 시간 있으면 차라리 집안일을 하렴. 부엌과 세면실 수건을 도대체 누가 교체한다고 생각하는 거니? 현관과 욕실도 깨끗한 게 당연한 줄 알지? 집에서 심부름 좀 해. 이제 규칙 정한 거다.”

심부름 좀 해, 라는 어린아이에게 할 법한 말에 마치 뒤통수를 세게 얻어맞은 것 같았다.

이대로 있다가는 이 집에 부속품처럼 끼워 넣어지겠구나, 하고 생각했다.

밖에 나가지 않으면 여기서 영원히 어머니의 규칙에 집어 삼켜진 채 ‘내 집’을 이룰 수 없다. 진작 이곳을 떠난 언니 노조미가 떠올랐다. 결혼해서 남편이 있는 언니에게는 ‘새 집’이 있어 조심스러워하는 반면 내게는 그렇지 않은 것이다. 이대로 있다가는 어머니의 태도는 바뀌지 않는다.

그리고 불현듯 가여워졌다. 어머니가.

엄마, 미안해.

내가 그동안 어머니가 시키는 대로 해 온 탓에 지금 이렇게 되었을지도 모른다. 어머니가 이렇게 해도 된다고 생각했을지도 모른다.

진학도, 취직도 실은 자립한 모습을 보여 줬어야 옳았을지도 모르건만.

――가정교육을 어떻게 받은 거지?

그날 불과 몇 시간 전에 들은 그 말이 새삼 가슴에 복받쳐 올랐다. 그런 말을 듣고 말았다. 어머니와 아버지에게 죄스러웠다.

심부름, 규칙, 집 열쇠 내놔. 도끼눈을 뜨고 어린아이를 속박하듯 말하는 어머니의 머리에 미처 염색하지 못한 흰머리가 보인다. 주름살도 내가 대학생이었을 때보다 훨씬 늘었다. 그것을 보자 애처로운 마음이 들었다.

엄마, 미안해.

그런 말까지 하게 해서 미안해.

자립한 모습을 보여 줘야겠다고 마음먹은 것은 그때가 처음이었다.

부모님에게 기댄 일자리와 결혼상담소로부터 이제 벗어나자.

내 힘으로 혼자 살면서 진지하게 결혼 활동을 하고 싶다. 내가 눈에 보이는 곳에 있으면 어머니는 평생 내 일에 관여할 것이다. 내가 아무것도 못한다고 생각할 것이다.

안심시켜 드리고 싶었다.

내 힘으로 결혼 상대를 찾아내 어머니와 아버지에게 소개하고 싶다고 생각했다.

옅은 햇살이 빛나는 역 앞에서 가로수를 넋을 잃고 바라보았다. 옛날부터 봐 온 느티나무 가로수가 오늘은 저 멀리 끝없이 이어지는 것처럼 느껴졌다. 그 속에 이대로 빨려 들어갈 것만 같다.

스스로도 내 마음이 정리되지 않는다.

가케루 군은 내가 찾아낸 결혼 상대다.

지독한 말을 들었다는 것도 알고 도저히 용서할 수 없다고 생각하는데도 가케루 군과 결혼하지 않는다는 선택지는 내게 없다.

좋은 사람이긴 해도 결혼 상대로는 볼 수 없는 사람들만 만나다 드디어 가케루 군을 만났다. 얼굴이 잘 생겨서일지도 모른다고 계산적으로 생각했지만 연애 대상으로 볼 수 있는 상대를 만나는 것은 그만큼 얻기 힘든 귀중한 기회였다. 이제는 내 마음의 움직임을 소중히 하기로 마음먹었다. 가케루 군과 결혼하고 싶다고 생각했다.

취미가 다양하고 친구도 많아 나보다 훨씬 넓은 세계를 알고 있을 것 같은 그를 따라잡기는 힘들 것 같았지만 열심히 노력하고 싫었고 그런 그가 나와 진지하게 교제한다는 것을 알았을 때는 이제 걱정 없다고 생각했다.

모르겠다.

어제까지 내가 백 점을 매긴 가케루 군이 지금 내 안에서 몇 점인지. 점수를 깎은 것은 분명하지만 그렇다고 그와 결혼하지 못하게 되는 것은 싫었다.

그렇게 생각했더니 이번에는 전혀 다른 초조함이 복받쳐 올라 얼굴이 확 뜨거워졌다. 어제 미나코 씨를 포함한 그녀들이 가케루 군에게 스토커 이야기를 털어놓는 것은 아닐까 하는 공포였다. 조금 전만 해도 고자질마저 당하지 않는 처지를 절망했건만, 이번에는 그녀들에게 거짓말한 것을 들켰다는 데에 덜컥 겁이 났다. 만약 가케루 군과 결혼한다 해도 앞으로 그녀들이 언제 그 거짓말을 폭로할지 두려움에 떨며 살아가야 할까.

스마트폰을 가슴에 갖다 댔다. 이제 어머니에게 울음 섞인 목소리로 전화할 기력은 없어졌다.

충동적으로 이곳에 돌아왔지만 어머니에게 가케루 군과의 일로 울며 매달리는 건 내 힘으로 해결하지 못한 것을 인정하는 것이나 다름없다. 역시 혼자서는 아무것도 못 한다고 생각할 것이다. 집 열쇠 내놔, 집에 올 때까지 안 자고 기다릴 거다······. 그 말을 들었을 때와 똑같은 일이 내가 몇 살이 되든 나를 영원히 쫓아올 것이다.

본가가 아니라면 이제는 갈 곳이 없다.

그것을 알아차리자 어떻게 해야 할지를 몰랐다. 언니를 떠올렸다. 순간 언니에게 기댈 생각을 했지만 결국 그것도 마찬가지일지 모른다고 고쳐 생각했다. 언니는 어머니보다 말이 통하는 만큼 가케루 군에 대해 유연하게 생각해 줄지도 모른다. 그러나 언니는

어머니보다 냉정할 때가 많다. 바보 아니야? 하는 말을 실컷 들어
왔을 만큼.

언니처럼 모든 일이 순조롭게 풀린 사람은 분명 모를거다.

친구 중에 이런 이야기를 할 만한 사람은 아무도 없었다. 모두
그리 깊게 우정을 다진 사이는 아니다. 전 직장 동료인 재닛은 내
가 무척 좋아하고 근사한 사람이지만 그동안 연애 이야기는 서로
거의 하지 않았다. 그 행동력 있고 머리 좋은 사람에게 이런 이야
기를 했다가 그녀가 실망할까 봐 두려웠다. 친구라고 생각했지만
실은 그리 사이가 좋은 것은 아니었을지도 모른다는 생각에 괜히
자신이 없어졌다. 기대면 안 될 것 같은 생각이 들었다.

입술을 깨물고 느티나무 가로수를 바라봤다.

내 모습을 언제 어디서 누가 보고 있을지 모른다. 역 앞에 서성
이던 것이 어머니의 귀에 들어갈 가능성도 충분히 있다. 결혼 활
동을 하면서도 느낀 점이었다. 이 마을을 좋아하지만 좁은 것도
사실이다. 이곳에서 결혼 활동을 하다 만약 중학교 때의 나를 알
고 있는 사람을 맞닥뜨리면? 하고 상상했더니 정말 끔찍했다. 나
는 고와 여학교에 고등학교 때부터 들어갔다. 내가 원해서 그곳에
진학한 것으로 되어 있지만 사실 중학교 때는 언니가 다니는 공립
진학교, 즉 대학 진학을 위한 고등학교에 가고 싶었다. 결혼 활동
에서 만난 사람의 지인 중에 만약 중학교 동창이 있으면 그 사실
이 들통나고 만다. 가나이 씨를 만났을 때도 대화를 나누다 서로
겹치는 지인에 도달할 것 같은 낌새가 있어 애매하게 얼버무린 적
이 있다.

언니에게 그 이야기를 했더니 "그게 그렇게 신경 쓸 일이야?"
하는 말이 돌아왔다. 바보 아니냐고 말할 때와 마찬가지로 약간
어이없다는 목소리였다. 상대도 이미 어른이고, 중학교 때 일이

이제 와서 무슨 상관이냐고.

언니는 모른다.

알아보는 사람이 없을 때 얼른 이곳을 벗어나야겠다는 생각에 사방을 둘러보았다.

스마트폰 전원을 껐다. 스스로도 내 마음을 정확히 알지 못한 채 스마트폰을 가방에 넣고 역 안으로 다시 들어갔다.

――도쿄의 회사를 그만둔 직후 재난 지역으로 떠났지.

과거 야구 모자를 쓴 가나이 씨가 들려준 이야기가 떠올랐다. 자원봉사 활동을 하기 위해 회사를 그만두었다는 이야기는 가나이 씨 입장에서 자신을 어필하려고 말한 것이었을지 몰라도 그 이야기를 들은 나는 오히려 가나이 씨와 나 사이에 벽이 높다는 생각이 들었다.

그런 행동도 가능한 사람이구나 생각하니 그런 행동도 생각도 하지 못한 나로서는 그가 더 멀게만 느껴지고 나와는 다른 부류의 사람처럼 느껴져 뒷걸음질을 친 것이다.

"그때 회사가 나와 맞지 않은 탓도 물론 있었는데, 아무 생각 없이 일하다 보면 내가 어떤 심정으로 이곳에 왔는지에 상관없이 작업이 하나 끝나기도 하고 어쨌든 누군가에게 도움이 되니 오길 잘했다는 생각이 들더라. 자원봉사자를 재워 주는 시설도 있었는데 그곳에서 둘도 없는 동료까지 생겼거든. 그 만남은 내게 평생의 재산이 되었지."

해맑게 말하는 모습에 내 마음은 더 차게 식었다. 그게 자랑처럼 들린 탓도 있다. "그렇군요. 대단하시네요" 하고 호응하는 것 말고는 뭐라 말해야 할지 몰랐다.

그동안 잊고 지냈건만, '아무 생각 없이'라는 말의 울림만이 기억의 밑바닥에서 올라온다.

아무 생각 없이 일한다.

내게는 한없이 멀고 눈부신 그가 다른 세계의 사람처럼 느껴졌다. 그의 올곧은 품성만으로는 연애할 마음이 들지 않았고 만난 직후에 나오는 맞지 않는 사람이라고 생각했다. 결혼 상대로 볼 수 없었다.

키스하고 싶지도, 안기고 싶은 마음도 들지 않았다. 상상하면 되레 혐오감이 앞섰다.

그에게 위화감 없이 안길 수 있는 사람이 부러웠다. 그것만 가능하면 나도 누군가의 아내가 바로 될 수 있었을지도 모른다.

결혼과 연애는 다르다.

결혼 활동을 하며 수많은 사람에게 귀에 딱지가 앉도록 들은 조언.

하지만.

함께 살 수는 있어도, 키스도 섹스도 하고 싶지 않다면 과연 부부가 될 수 있을까.

그 좋은 사람을 왜, 하고 어머니가 아쉬워할 때마다, 함께 있어도 즐겁지 않다고 대답했다. 겨우 그만한 일로, 하고 어머니는 한숨을 내쉬었다. 오노자토 씨가 나를 한심해하는 기색을 느낀 적도 있다. 같은 직장에 다녔던 메구미는 나더러 '이상이 높다'고 했지만 정말 그럴까. 내가 바라는 것은 그저 작은 것이라고 생각했는데.

상대와 키스하고 싶지 않다는 이유만으로 거절해서는 안 되는 걸까.

부부란 무엇일까.

결혼한다는 것은 무엇일까. 알 수 없어 고통스러웠다.

치과 조무사였던 하나가키 씨는 얼굴이 곱상해서 키스는 해도 좋겠다고 생각했지만 대화가 이어지지 않았다. 대화를 이끌어 나가지 못하는 유형의 사람이라 왜 저럴까, 하고 무척 실망했다.

단순한 생각으로 선택해서는 안 되는 걸까.

연애와 결혼이 다르다니 나는 잘 모르겠다.

가케루 군에게 키스하고 싶다고 생각한 그 마음 하나로 움직여 왔던 그동안의 날들이 잘못되었던 걸까.

도쿄 방면으로 돌아가는 신칸센 안에서 차창 밖에 흘러가는 풍경을 보며 생각했다. 나는 잘 모르겠다.

너무 어려워서 모르겠다.

그저 아무 생각 없이 있고 싶었다.

단 하나 아는 것은.

내가 그런 식으로 무시하듯 '결혼 상대로 볼 수 없다'고 생각한 사람들 모두, 나 같은 사람과 결혼하지 않은 것이 필시 정답이었다는 것이다.

그들을 제대로 마주할 수 있는 사람과 결혼하여 행복할 것이 분명하다.

그리고 생각했다.

나는 가케루 군을 제대로 마주했던 걸까.

가케루 군은 나를 제대로 마주해 주었던 걸까.

제2장

"혹시, 전화하셨던 니시자와 씨?"

센다이 역 앞에서 기다리고 있자 한 여성이 마미에게 다가와 물었다. 마미는 짧게 숨을 들이마시고 그녀를 바라보았다.

대답이 한 박자 늦었다. 그녀에게 전화를 걸었을 때 순간적으로 사용한 가명을 후회했기 때문이다. 실은 입에서 튀어나온 순간부터 후회하고 있었다. 하지만 지금 정정하면 괜히 수상한 사람으로 오해받을 것이다.

"네."

마미는 고개를 끄덕였다. 이제 이 이름을 쓸 수밖에 없다고 마음을 다잡았다.

"니시자와입니다. 니시자와……마미예요."

본가에도, 자신의 원룸에도, 가케루의 집에도 돌아갈 수 없다고 느낀 순간 문득 떠오른 것은 벌써 몇 년간 잊고 지냈던 가나이의 말이었다.

동일본 대지진 직후 한동안 도호쿠 지역에서 자원봉사 활동을 했다, 아무 생각 없이 일하다 보면 자신이 어떤 심정으로 이곳에 왔는지와 상관없이 작업이 하나 끝나기도 하고 어쨌든 누군가에게 도움이 된다, 자원봉사자가 지낼 곳도 마련되어 있었다고 그가 말했다.

마미는 자신은 도저히 그런 행동력이 없다고 생각해서 그를 자신과는 다른 세계의 사람처럼 느꼈다. 동일본 대지진 후 무턱대고 재해지에 가도 자원봉사자가 넘쳐서 때로는 걸리적거리기도 한다는 뉴스를 텔레비전에서 몇 번 봤을 때마다 나 같은 사람은 안 가는 게 도와주는 거라고 생각했다. 그 생각을 마음 한구석에 행동에 나서지 않는 이유로 놔두고 안심했던 것 같다.

"그런 자원봉사 활동은 어떻게 가는 거예요?"

과거 가나이에게 물었던 것은 대단한 이유가 있어서가 아니라 순수하게 궁금했기 때문이다. 만약 자신이었다면 재해지에 어떻게 들어가야 하는지조차 몰라서 교통수단을 알아보는 시점에서 이미 좌절했을 것이다.

"다양한 방법이 있는데 가장 중요한 건 현지 상황이 어떻고 무슨 문제가 있어서 어떤 사람이 필요한지 정보를 파악하고 있는 단체에 문의하거나 자원봉사자를 모집하는 NPO 단체나 회사에 등록하는 것이지. 내 경우에는 ○○라는 회사에 연락했어."

회사명을 분명히 들었는데 벌써 오래전 일이라 잊어버렸다. 다만 그곳이 자치단체 같은 공공 기관이 아닌 '회사'라는 것이 의외였기 때문에 그것만은 기억한다.

"텔레비전에 나오는 거 본 적 없어? 일본 전국의 여러 자치단체를 돕는 회사인데, 커뮤니티 디자이너라는 직업을 가진 사람이 모여 있는 전문가 집단이지. 행정과 주민 사이에서 그 지역의 활성화를 돕고 독거노인 세대를 방문하고 또 어린이 방범 체제 만들기 같은 것도 해. 그런 것도 직업이 되는구나 싶어 참신하고 놀라웠던 기억이 나. 특히 나는 처음에 취직한 회사가 맞지 않아서 일에 대한 고민이 많았던 시기라 그 회사를 소개하는 방송을 보고 충격을 받았지. 실제로 해 보면 고생도 많이 하겠지만, 사람과 어울릴 수 있는 매력적인 일이라더라."

마미가 관심을 보이자 가나이가 웃는 얼굴로 상세히 설명해 주었다.

"그 회사가 도호쿠 지역 자치단체를 돕는 모습을 대지진 전에 우연히 봤거든. 이 사람들이라면 내가 어디로 가면 좋을지 알려 주겠지 싶은 생각에 ○○에 연락했지."

회사명은 기억나지 않았지만 처음 들은 직업명은 어렴풋이 기억했다.

커뮤니티 디자이너.

스마트폰으로 검색해 봤다.

그러자 나왔다.

'프로세스넷'.

홈페이지를 보니 가나이의 말대로 여러 자치단체를 돕고 있었다. 쇠퇴한 지역의 상업 시설을 재생하는 사업이나 민박 시스템을 이용한 지역의 활성화. 그중에서도 세토내해의 사에지마라는 섬에서 주부와 싱글맘을 모집해 해산물 가공 회사를 도운 실적이 섬사람들의 웃는 얼굴 사진과 함께 소개된 것이 인상적이었다. 여성들만의 그런 활동에 왠지 마미는 지금 자신의 나약한 마음이 공명하는 것 같았다.

재해지에서 어떤 활동을 했는지도 많이 소개되어 있었다. 일본뿐만 아니라 타이완과 인도네시아 등 해외의 재해지에서도 활동하는 모양이었다.

왜 연락할 마음이 들었는지 그 이유를 말로 정확히 표현할 수는 없다.

하지만 돌아가고 싶지 않았고 만나고 싶지 않았다.

당분간 시간이 필요했다.

처음에는 물론 가케루가 걱정하게 하고 싶다는 마음도 컸지만 지금은 조금 사그라들어 오히려 허무함이 더 크다.

걱정한 그가 어떻게 나올까.

상상도 가지 않는다. 하지만 지금은 만나면 안 된다고 생각한다.

마미에게 스토커가 없다는 걸 가케루는 알고 있을지도 모른다, 그렇게 되면 그들은 헤어질지도 모른다. 남의 일처럼 그런 생각을 했다. 거리를 두고 생각하지 않으면 도저히 버틸 수가 없었다.

막막한 심정으로 올라탄 다카사키로 향하는 전철 안에서 문득 깨달았던 것이다.

이제 직장에 갈 필요도 없고 오늘부터는 모든 것에서 자유롭다는 것을.

가야 하는 장소 따위 어디에도 없다. 학교도, 직장도 없다. 이런 일은 태어나 처음이었다. 그렇다면 모르는 지역에 가도 되지 않을까. 가케루와 거리를 두어도 괜찮지 않을까.

프로세스넷에 메일을 보내 숙식 가능한 자원봉사 활동이 아직 남아 있는지 문의했다. 직장을 그만두고 시간이 생겼는데 앞으로 무얼 할지 아직 모르는 상태다, 이런 나라도 누군가의 도움이 된다면 늦었지만 뭐라도 하고 싶다고.

스마트폰으로 문자를 받을 수 있는 메일 주소를 남기자 답장이 금방 왔다.

문자를 짧게 주고받은 다음 그쪽에서 휴대폰 번호를 가르쳐 주었다. 연락 담당 스태프의 이름이 여자 이름이라 왠지 마음이 놓였다.

전화가 연결되자 저도 모르게 이름을 말하고 있었다.

"니시자와, 마미라고 합니다."

당분간 아무도 만나지 않고 떨어져 지내고 싶으면 가명을 써야 한다는 생각이 전화가 연결되고 나서야 비로소 들었다. 숙고할 겨를도 없이 입술 사이로 미끄러져 나가듯 그 어중간한 이름을 대고 말았다.

지금 사카니와 다음으로 친근한 성. 가케루의 성.

더 그럴 듯한 이름으로 할 걸 그랬다고 후회했지만 이미 입 밖에 냈다.

그러자 전화 상대도 이름을 밝혔다.

『전화해 주셔서 감사합니다. 저는 프로세스넷 스태프 다니카와 요시노라고 합니다.』

명료하게 말하는 그녀는 마미와 나이 차이가 별로 나지 않는 젊은 사람 같았다.

『니시자와 씨, 미야기 현 센다이까지 오실 수 있으세요?』

가나이가 후쿠시마 현 미나미소마 시에 갔다고 들어서 자신도 후쿠시마로 갈 줄 알았다. 다른 지명이 나왔는데도 반사적으로 "갈게요" 하고 대답했다. 그것이 평소 자신의 목소리와 달리 분명한 목소리로 들려서 대답한 뒤에 조금 당황했다.

약속 시간과 장소를 정하고 전화를 끊었다. 그러고 나서 눈 딱 감고 스마트폰 전원을 껐다.

당분간.

가케루를 만날 각오가 생기기 전까지는 전원을 다시 켤 생각이 없었다. 마미는 자신이 이런 일을 할 수 있을 줄 몰랐다.

엄청난 추위를 각오했다. 각오가 과했는지 센다이 역 승강장에 내리고 잠시 동안은 추위를 느끼지 않았다.

도호쿠 지역은 센다이를 포함해 지금까지 한 번도 밟은 적이 없는 장소였다. 텔레비전이나 일기예보 지도에서 위치를 본 적은 있어도 마미에게는 미지의 땅이다.

본격적인 추위를 실감한 것은 개찰구를 빠져나가 역 앞으로 나가서부터였다. 약속 장소로 정한 에스컬레이터 앞에 서자 구름에 뒤덮인 거무칙칙한 하늘을 배경으로 눈이 살짝 흩날리고 있었다.

도쿄와 군마에서는 눈이 내리면 큰일인데, 이곳에서는 이것이 당연한 풍경이라는 것을 주변을 오가는 사람들의 모습을 보고 알았다. 아무도 걸음을 멈추지 않고 일상적으로 이 날씨와 추위를 받아들이고 있었다.

새삼 멀리 와 버렸다는 생각이 들었다. 군마에서 도쿄로 갔을 때도 전혀 다른 장소에 왔구나 싶었지만 그것은 시골에서 도시로 나갔다는 느낌인 한편, 고향이 아닌 다른 지방에 오자 그것과는 달리 큰 위화감이 들었다. 예전 같았으면 아무런 인연도 연고도 없는 이곳에 오지 않았을 텐데, 하고 신기한 기분이 들었다.

"전화 주신 니시자와 씨세요?"

한 여성이 다가와 묻기에 짧게 숨을 들이마시고 그녀를 바라보았다.

"네. 니시자와입니다. 니시자와……마미예요."

"제대로 만나서 다행이에요. 제가 다니카와예요. 차를 주차한 곳까지 좀 걸어야 하는데 괜찮아요?"

"네."

다니카와 요시노는 목소리에서 받은 인상대로 자신과 나이 차이가 별로 나지 않아 보이는 여성이었다. 밝은 표정의 미인으로 늘씬하니 키가 크다. 화장기가 없는데도 피부가 깨끗하고 민낯인 만큼 이목구비가 더 또렷해 보인다.

광택이 있는 보라색 패딩 점퍼에 앵클부츠. 패딩은 가케루가 겨울에 입는 것과 똑같은 유명 브랜드 제품이었다. 마미도 갖고 싶어했던 적이 있지만 스포티한 디자인의 패딩은 자신에게는 어울리지 않을지도 모르고 무엇보다 지금 수입으로는 어림도 없어 포기했다. 그런데 가케루는 색깔별로 가지고 있고 그의 여자 친구들 중에도 입는 사람이 있었다.

그 생각을 하자 불쾌한 기억이 또 솟구쳐 오르는 것 같아 순간적으로 긴장했다.

하지만 요시노의 패딩은 오래 입어서 낡아 보인다는 점에서 가케루 일행과 결정적으로 달랐다. 너덜너덜하거나 후줄근한 것은 아니지만 오랫동안 즐겨 입은 듯한 느낌이었다. 가케루와 그의 여자 친구들의 패딩이 새것처럼 세련돼 보인 것과는 상당히 다르지만, 실용적으로 입어 온 그 느낌이 그녀에게 잘 어울린 나머지 오히려 가케루 일행보다 훨씬 세련돼 보였다. 앞코가 조금 닳아 있는 앵클부츠를 신은 모습에도 호감이 갔다.

그렇게 생각하자 도쿄의 추위밖에 견디지 못하는 자신의 베이지색 울 코트와 군마에서부터 신어 온 굽 있는 롱부츠가 갑자기 부끄러워졌다. 다른 사람에게 도움이 되고 싶다며 연락한 사람치고는 엉뚱한 복장이었다.

"그럼 갈까요?"

마미가 속으로 동요하는 것도 모른 채 요시노가 걸음을 옮겼다. 뒤따라 걸으려던 그때 그녀가 갑자기 이쪽을 돌아봤다.

"짐은 그게 다야?"

"……네?"

얼른 반응하지 못했다. 요시노의 눈이 마미의 가방을 보고 있었다. 군마의 본가로 갈 준비밖에 하지 않은 보스턴백은 홀쭉했다. 그렇지 않아도 이 짐으로 며칠이나 지낼 수 있을지 걱정될 정도였다.

속옷이나 세면도구 등 생활에 필요한 것을 갖춘 다음에 올 것을 그랬다. 얼굴이 확 달아오른다. 마미가 변명처럼 뭔가 말하려고 고민하는 사이에 요시노가 말했다.

"혹시 뭐 필요한 거 있으면 말해. 유니클로나 드럭스토어에 들르고 싶다거나."

맥이 빠질 만큼 가벼운 목소리였다. 잠시 정신이 멍했다. 아까부터 코트를 입고 있는데도 옷과 피부 사이로 바람이 스며드는 것이 이 추위가 도쿄와는 완전히 다르다는 것을 알았다. 평소의 마미였다면 사양했을 것이다. 하지만.

이상하다고 오해받을 각오로 입을 열었다.

"저기."

"응?"

"어디서 패딩 점퍼를 사도 될까요? 그리고 굽 없는 부츠도요."

"돼."

요시노가 대답했다. 마미의 눈을 바라보고는 고개를 끄덕인다.

"당연히 되지. 사러 가자."

패딩 점퍼와 부츠를 사고 계산을 마친 그 자리에서 점원에게 가격표를 떼어 달라고 했다. 입고 있던 코트와 부츠를 벗자 점원이 접어서 봉투에 넣어 주었다. 마미는 막 구입한 보라색 패딩을 걸치고 베이지색 털 부츠를 신었다. 내친김에 구입한 털모자도 뒤집어썼다.

난생처음 입어 보는 복장이었다.

여성스러운 흰색이나 핑크, 혹은 무난하게 입을 수 있는 검정이나 갈색. 그런 색밖에 입어 본 적이 없다는 것을 깨달았다.

역 앞의 쇼핑센터를 나오기 전에 입구에 잡화점이 있었다. 바퀴 달린 적당한 크기의 트렁크를 팔기에 그것도 샀다. 들고 있던 보스턴백과 코트 봉투를 집어넣자 단번에 몸이 홀가분해졌다.

잡화점 계산대 옆에 있는 커다란 등신대 거울에 비친 자신을 보고 스스로도 깜짝 놀랐다. 스포티한 패딩과 털 부츠 차림으로 트렁크를 끄는 모습이 마치 다른 사람 같았다.

활동적인 낯선 사람처럼 보였다.

"그럼 갈까?"

요시노의 재촉에 주차장까지 함께 걸어갔다. 조금 전까지 옷 속을 파고들던 냉기가 새 패딩 점퍼 덕분에 확연히 가셨다.

마미는 요시노가 안내한 국산 소형차에 올라탔다. 차 안에는 물건이 거의 없고, 아무런 표시도 없지만 개인 차량이 아닌 회사 공용 차량 같은 분위기였다.

"멀어요?"

지금부터 어디로 향하는지도 모른 채 묻자 요시노가 "으음" 하고 잠시 생각에 잠긴 표정을 지었다.

"한 시간까지는 안 걸릴 거야. 같은 센다이 시내이니까."

"센다이는 도시네요."

다양한 점포가 입점한 상업용 빌딩과 백화점이 눈에 자주 띄었다. 거리도 깨끗하다. 대지진 직후에는 어땠을지 모르지만 지진의 영향이 느껴지는 부분은 아직 없었다. 마미의 말에 요시노가 "그렇지" 하고 대답했다.

"그리고 신호등이."

"응?"

"세로가 아니네요."

"아아."

차가 출발한 직후 눈이 흩날리는 앞 유리 너머로 풍경을 바라보다 알아차린 것이다. 눈이 많이 쌓이는 지역에서는 신호등이 눈의 무게를 버티지 못해 부러지지 않도록 가로가 아닌 세로로 설치되어 있다. 옛날에 초등학교 사회과 수업에서 배웠을 때 그런 지역이 있다니 눈이 그렇게 무거운가 하고 놀라서 기억하고 있다.

핸들을 쥔 요시노가 가르쳐 주었다.

"센다이 시내는 눈이 그리 많이 오지 않거든."

"그렇군요. 도호쿠 지역은 어디든 다 눈이 많은 줄 알았어요."

"폭설에 익숙하지 않은 만큼 제설 작업이 필요해지면 큰일이라고 여기 사람에게 들은 적이 있어. 평소에 눈이 많이 내리는 지역이라면 제설 작업 태세가 빈틈없이 갖추어져 있지만 여기는 그렇지도 않아서 갑자기 내리면 힘들다더라."

창밖으로 풍경이 흘러간다.

30분쯤 달리자 주변에서 상업 구역의 분위기가 사라졌다. 차는 마에바시에서도 흔히 보이는 밭과 집이 섞여 있는 주택가 모퉁이로 들어섰다.

"다 왔어. 여기야."

차에서 내렸을 때는 날이 조금씩 어둑해질 무렵이었다. 요시노가 가리킨 건물 외관은 기울어 가는 햇살을 받아도 또렷하게 보이는 것이 마치 한 폭의 그림 같았다. 건물 안에는 희미하고 따뜻한 조명이 켜져 있다. 시내에서 흩날리던 눈은 어느새 멎어 있었다.

첫인상은 세련된 건물이구나 하는 것이었다.

오는 길에 본 일본 가옥의 집들과는 확연히 다른 '디자인'이 느껴지는 집이었다. 노출 콘크리트 벽 가운데에 큰 창문이 나 있고 그곳에서 새어 나오는 부드러운 빛 속에 공기 순환을 위한 커다란 실링 팬과 모던한 조명이 천장에 달려 있는 것이 보인다.

디자인 사무실 같은 분위기였다. 의표를 찔린 심정으로 시선을 아래로 향하자 대문 근처 우편함 위에 작은 간판이 나와 있는 것이 보였다.

'가시자키 사진관'이라고 표시되어 있다.

"사진관, 인가요?"

"응. 니시자와 씨는 당분간 이곳에서 사진 세척과 정리를 도우면 돼."

"사진 세척이요?"

"그래. 대지진 후 발견되었는데, 진흙을 잔뜩 뒤집어쓴 채 방치된 사진이 많이 남아 있거든. 여기서는 그런 사진을 깨끗이 씻고 복원하는 작업을 하고 있어."

의외였다. 마미는 자신도 가나이가 이야기한 것처럼 육체노동을 할 것 같다는 생각으로 왔다. 숙소도 가나이의 말을 들었을 때는 여럿이 뒤섞여 자는 합숙소 같은 곳이라 생각했다.

그런데 이곳은……, 잠시 생각한 뒤 아아, 그렇구나, 하고 깨달았다.

세월이 흐른 것이다.

가나이에게 들었던 대지진 직후의 상황에서 몇 년이 흐른 것이다. 자원봉사자가 할 수 있는 일도 관여하는 방식도 그 무렵과는 상당히 달랐다. 게다가 마미는 여성이라 체력을 요하는 일에는 적합하지 않고 특별한 자격증이나 경험도 없다.

순간 민망해서 위축이 되었다. 충동적으로 도움이 되고 싶다, 아무 생각 없이 지내고 싶다고 생각한 건 오만했던 게 아닐까. 그것을 이 사람이 꿰뚫어 본 건 아닐까.

"저는……,"

오지 말았어야 했다. 여기까지 와 놓고 이제 와서 돌아가고 싶어졌다. 하지만 뭘 어떻게 말해야 할지 모른 채 입을 연 순간 사진관 옆 일본 가옥에서 사람이 나왔다.

"요시노 누나."

초등학생으로 보이는 남자아이였다.

"아, 지카라" 하고 요시노가 말한다.

"엄마가 오늘 새로 사람이 오니까 우리 짐을 치우는 게 낫겠냐고 물어보셨어."

지카라라고 불린 그 아이가 요시노와 이야기하면서 어쩐지 자신을 의식한다는 것이 느껴졌다. 호리호리한 체격에, 겨울인데도 햇볕에 그을려 얼굴이 가무스름한 건강해 보이는 남자아이였다.

오랜만에 스포츠머리의 남자아이를 가까이서 보니 귀엽다는 생각이 들었다.

"괜찮아. 가시자키 할아버지한테 다른 방을 빌려 달라고 말씀드렸거든. 지카라하고 엄마는 그대로 있으면 돼."

"알겠어."

남자아이가 마미 쪽을 보지 않은 채 고개를 끄덕이고 돌아가려한다. 여기 와서 괜히 폐를 끼쳤나 싶어 마미도 시선을 들지 못하고 있는데 갑자기 목소리가 들렸다.

"안녕하세요."

처음에는 자신에게 하는 인사인 줄 모르고 한 박자 늦게 고개를 들자, 지카라의 동그란 눈이 이쪽을 똑바로 보고 있었다. 그 티없이 맑은 눈에 당황하여 마미가 뒤늦게 "안녕하세요" 하고 대답했다.

남자아이는 머리를 꾸벅 숙이고는 사진관 옆의 집으로 돌아갔다.

"저 아이는 지카라라고 해. 얼마 전부터 엄마하고 이곳에서 지내고 있어."

"이 사진관 아이인가요?"

"아니. 그건 아닌데."

자신처럼 자원봉사 활동을 하러 와서 머물고 있는 걸까. 그런데 지금은 2월이라 긴 방학 기간이 아닐 터였다. 학교는 어떻게 하고 온 걸까.

그렇게 생각하고 있는데 그때 또 다른 목소리가 날아들었다.

"도망쳐 왔는데, 여기서 사진관 일을 돕고 있네. 요시노 씨가 데려왔지."

어느새 사진관 대문이 열리더니 백발의 노인이 나왔다. 노인인데도 몸태가 드러나는 얇은 니트를 걸치고 모자를 쓴 모습이 예술가 분위기가 물씬 나며 생기 있어 보인다. 등이 조금 굽었을 뿐 걸음걸이는 흐트러짐 없이 단정했다.

마미가 반사적으로 머리를 숙이자 할아버지가 가볍게 턱을 치켜올리듯 끄덕였다. 표정에 변화가 거의 없어 화내고 있나 싶어 순간 긴장했다. 그러나 그 옆에 있던 요시노의 말투는 한없이 경쾌했다.

"아, 이분이 가시자키 사진관의 관장인 쇼타로 씨. 여기는 가시자키 할아버지와 손자인 고타로 군이 둘이서 운영하는데, 지금은 아까 그 지카라 군 모자에게도 도움을 받고 있어. 니시자와 씨도 지카라네처럼 당분간 저쪽 안채에 머물도록 준비했으니 잘 부탁해."

"아, 네."

긴장하면서 소개받은 할아버지에게 다시 인사를 했다.

"니시자와, 마미입니다. 잘 부탁드립니다."

할아버지가 가볍게 고개를 끄덕였다.

"일은 고타로에게 듣게나."

도호쿠 사투리로 그 말만 남기고 가 버렸다. 오늘부터 자신의 집에 객식구가 머무는데도 경계하는 기색이라고는 전혀 없어 마미는 어리둥절한 기분으로 그 뒷모습을 바라봤다.

"저기……."

"응?"

"여기는 지금 몇 명 정도 계시나요? 저기, 저는 합숙소 같은 곳에 머무는 줄로만 알았지 평범한 가정집에 머물 줄은 생각도 못했거든요."

게다가 사진관은 방금 그 할아버지와 손자가 둘이서 운영한다 해도 집에는 다른 가족도 있을지도 모른다. 그들에게 폐를 끼치는 것은 아닌지 걱정되었다.

요시노가 시원하게 대답했다.

"여기는 원래 쇼타로 할아버지가 혼자 운영하시던 사진관이었어. 고타로 군은 도쿄에서 사진 공부를 하고 있었는데 대지진을 계기로 이곳에 왔고 학교를 졸업한 뒤로는 아예 거처를 옮겨 할아버지랑 같이 살고 있어."

요시노가 슬며시 웃고는 덧붙였다.

"요즘 고타로 군의 여자친구가 간간이 찾아오는 걸로 봐서는 머지않아 세 식구가 될지도 몰라."

"아, 그렇군요."

"응. 고타로 군은 원래 도쿄에서 나고 자랐는데, 대지진을 계기로 할아버지 사진관을 같이 운영해야겠다고 결심했대. 지금은 많이 안정되었는데, 대지진 직후에는 고타로 군의 대학 친구들과 지인들이 이곳에 자원봉사를 하러 와서 이 집에서 지냈거든. 그래서 할아버지도 낯선 사람이 오는 데에 익숙하신 거야."

"저기, 아까 할아버지가 지카라 군 모자가 '도망쳐 왔다'고 하셨잖아요."

얼핏 떠오른 것은 해안가 마을의 쓰나미와 후쿠시마 원전 사고였다. 살던 곳에서 쫓겨나 다른 고장으로 이주해야만 했던 사람들이 있다는 것을 언론 보도로 막연하게나마 알고 있다. 스스로 알아보려 하지 않은 것이 미안하고 안타깝게 느껴졌다.

"그랬지."

요시노가 가볍게 고개를 끄덕였다. 그러고 나서 엷은 미소를 머금었다.

"다들 저마다의 사정이 있거든."

그 말을 듣고 나서 물어본 것이 약간 후회되었다. 마미 자신도 누군가 이곳에 온 이유를 묻는다면 제대로 설명할 수 없기 때문이다. 역시 '사정이 있다.' 상상이지만 지카라 모자의 사정은 지금의 자신보다 훨씬 무겁고 심각할 것 같아 그 또한 미안한 마음이 들었다.

"지금 있는 사람은 가시자키 할아버지랑 고타로 군, 아까 본 지카라 군과 엄마뿐이야. 엄마의 이름은 사나에 씨. 나중에 소개해 줄게. 나는 이 집에 있을 때도 있고 없을 때도 있는데 당분간은 있을 예정이야."

있을 때도 있고 없을 때도 있고.

그 말을 쉽게 쓰는 요시노는 아마도 정말 활동적이고 행동력 있는 사람일 것이다. 활동 거점이 이곳뿐만이 아닌 것이다. 스마트폰으로 본 프로세스넷의 기사에 따르면 활동 실적이 일본 전국에 걸쳐 있었다. 그 행동력에 주눅이 들 지경이지만 할 일이 많았을 그녀가 일부러 마미를 픽업해 이곳에 데려다 준 것이 새삼 고마웠다.

요시노는 자신과 별로 나이 차이가 안 나는 듯 보이는데 굉장하다 싶었다가 자신이 너무 뻔뻔스러운 것 같아 생각을 고쳤다.

제 나이 또래는커녕 마미보다 연하라도 행동적이고 활동적인 사람은 많다. 옛날에는 대단한 사람을 보면 나이에 대해 생각했지만 지금은 나이가 전부가 아니라는 것을 잘 안다. 중요한 것은 나이가 아니다. 앞으로 사십 대, 오십 대가 되었을 때 자신은 그런 행동력을 갖추지 못했을 것 같다는 생각이 든다.

마미는 안내로 안내받아 오늘부터 지낼 방에 혼자 남아 전원을 꺼 두었던 스마트폰을 조용히 바라보았다. 가케루를 떠올리고 심호흡을 했다.

가케루의 일로 머릿속이 꽉 찼는데 센다이에 도착해 요시노를 만나고 난 뒤 한 번도 그가 생각나지 않았다. 그를 생각하지 않고 있을 수 있었다.

――처음이야.

가케루가 처음 자신의 집에 머문 날, 말하지 않아도 되면 끝까지 말하지 않을 작정이었지만 결국 숨기지 못하고 말해 버렸다.

무거운 이야기는 하고 싶지 않았는데, 무엇보다 분위기가 깨질 것이 뻔하기 때문이다. 그러기로 마음먹었건만 막상 서로 옷을 벗고 그의 손이 자신의 살갗에 직접 닿으며 목덜미에 키스를 받았더니 순간 무서워졌다.

가케루가 과거 만났던 여자들과 그의 여자 친구들은 이미 이십 대에 경험했을 당연한 일을 자신은 한 적이 없다. 그동안 어떻게든 보지 않으려고 애쓴 부분을 누군가 대뜸 눈앞에 들이대는 것 같았다.

나만 그런 것이 아니라고 생각했고, 우연히 그런 기회가 없었을 뿐 뭔가가 조금 달랐더라면 나도……, 하고 생각했다. 그러나 마미는 실은 줄곧 의기소침했음을 어쩔 수 없이 깨닫고 말았다.

대학에 입학했을 때도, 현청에 취직했을 때도, 도쿄에서 일하기 시작했을 때도. 새로운 환경에서 친구들이 생기면 그중에 자신과 똑같은 사람이 있는지 없는지를 무심결에 찾고 만다. 누구와도 교제한 적이 없는 사람을 보면 안심이 되었고 경험이 풍부해 보이는 사람을 보면 위축되었다. 그렇지 않은 자신을 비난하는 것처럼 느껴져 함께 있으면 숨이 막혔다.

그 감정의 이름을 보지 않으려 발버둥쳐 왔지만 그것은 아마, 열등감이었을 것이다.

뭔가가 조금 달랐더라면 나도…….

그렇게 생각한 '뭔가'가 지금 일어났고 가케루가 자신을 안으려 하고 있다. 하지만 막상 때가 오자 어떻게 해야 할지 몰랐다. 섹스를 해 본 적이 없다. 보고 들은 적은 있어도 제대로 알지 못한다. 자신이 이상한 행동을 할까 봐 걱정되었다. 이럴 때 어떻게 하면 좋을지 아무도 가르쳐 주지 않았다. 경험이 없다는 말을 아무에게도 하지 못했다.

가케루의 맨가슴이 자신의 가슴에 닿아 심장이 가슴을 지나 목구멍으로 튀어나올 것 같았다. 가케루의 체온이 바로 전해져 그가 사랑스럽게 느껴졌다. 그의 손길이 닿아 기뻤다. 하지만 몸에 들어간 부자연스러운 힘이 빠지질 않는다. 이 힘을 어떻게 빼야 할지 모르겠다.

가케루에게 고백하고 나니 창피해져서 손으로 얼굴을 감쌌다.

귀가 화끈거린다.

"마미짱."

가케루의 목소리가 들렸다. 마미의 몸에 묻었던 얼굴을 들고 그가 자신의 얼굴을 들여다보고 있는 것이 느껴진다.

"마미짱, 날 봐."

말은 그렇게 해도 고백을 들었으니 마음이 차게 식었을 거라는 생각에 두려워서 얼굴을 보일 수가 없었다. 두려워서 몸이 움직이지 않았다.

가케루의 얼굴이 다가와 마미의 얼굴을 감싼 손바닥 사이로 드러난 뺨에 입맞춤을 했다. 머리를 다정하게 어루만져 준다.

"마미짱."

몇 번이나 이름을 불러 준다.

화가 난 것은 아닌 듯해 가슴을 쓸어내렸다. 하지만 마미는 미안한 생각이 들었다. 감싼 손 밑으로 뜨거운 눈물이 가득 고였다.

"미안해."

그제야 입에 담은 말이 호흡이 얕아져 잘 나오지 않는다.

"뭐가?"

"부담스러운 소리를 해서, 미안해. 나……."

"괜찮아."

가케루가 자신의 입으로 마미의 입을 막았다.

아아.

그 순간 이상한 기분이, 압도적인 행복감이 마미의 마음과 몸을 낚아챘다. 머릿속 생각들이 휩쓸려 내려간다.

오롯이 받아들여지는 기분이 들었다.

그동안의 데이트에서는 한 번도 하지 않았던 혀를 넣는 격렬한 키스가 마미의 다음 말을 빼앗았다. 몸에 들어간 부자연스러운 힘이 그제야 빠져나간다. 몸이 녹아내리는 기분이다.

나라도 괜찮아? 하고 생각했다.

이 나이 먹도록 처녀인 데다 누구와도 사귄 적이 없다. 가케루 군의 여자 친구들처럼 옷을 세련되게 입지도, 화장을 잘하지도 못한다. 대화도 매끄럽게 이어 나가지 못한다. 남에게 자랑할 만한 취미도, 특기도 없다. 작은 세계 속에 살아 왔다.

중학교 때 여자 친구들 무리에서 내쳐져 따돌림 비슷한 것을 당한 적도 있다. 그 당시 걔들과 친한 남자아이가 재랑 사귈 바에는 차라리 혼자가 낫다고, 지구에 나랑 저 애 하나만 남아도 나는 혼자 있을 거라고 빈정댔던 게 아직도 신경 쓰였다. 그런 말까지 들은 나와, 해도, 괜찮겠어?

그 남자아이를 포함해 그 어떤 남학생보다 중학생 시절의 가케루는 여학생들에게 인기가 많았을 것이다. 그런 가케루가 나를 선택했다. 안으려 하고 있다. 어른이 되어 그런 사람을 만나게 되었다는 압도적인 자랑스러움이 마미를 감싼다.

만약 동갑이고 같은 중학교에 다녔다면 나 같은 것은 안중에도 없었을 가케루가 세월이 흘러 지금 몸을 포개고 이토록 가까이 있다는 것이 믿기지 않는다.

――가정교육을 어떻게 받은 거야?

그 인기 없어 보이는 남자가 거만하게 내뱉은 말. 그런 말까지 들었는데 그런 나를 가케루가 매만진다. 입을 맞추고, 나라는 사람을 조금도 싫어하지 않는 것 같다.

나를 바보 취급한 그 누구보다 멋있고 다정하고 똑똑할 것 같은 가케루가 그런 내 과거 따위는 전혀 모른 채 내게 키스를 해 준다. 안아 주려 하는 것이 황송하여 나는 사실 이런 일을 당한 적도 있어, 하고 그 모든 이야기를 가케루에게 털어놓고 싶어진다.

"아!"

기분이 좋은 나머지 소리가 나왔다. 가케루의 키스가 가슴에 닿고 이어서 혀의 감촉에 유두가 떨렸다. 순간 가슴에 소름이 돋더니 타는 듯한 열기로 몸속 깊은 곳이 떨렸다. 자신 안에 그런 격렬함과 열기가 있는 줄 몰랐다. 입에서 지금껏 한 번도 들어 본 적 없는 높은 신음 소리가 흘러나왔다. 일부러 내는 듯한 이런 목소리가 몸속에 잠들어 있었을 줄은 몰랐다.

조금 전까지와는 다른 전혀 별개의 창피함이 밀려온다.

"가케루 군, 나……."

나의 전부를.

내가 얼마나 많은 것을 신경 쓰고 상처받으며 살아왔는지를 전부 털어놓지 않으면, 그가 듣게 하지 않으면 안 된다고 생각했다. 그렇게 하지 않으면 공평하지 않다는 생각이 들었다. 가케루에게 전부 다 들려준 뒤, 그런데도 그의 입에서 나로 족하다는 말이 나오길 바랐다.

가케루가 말했다.

"사랑해. 그러니까 울지 마."

그 순간.

자신의 모든 것을 긍정해 주는 기분이 들어 마미는 울음을 터뜨렸다.

이 사람이라 다행이라고 생각했다.

이 사람에게 안기기 위해 그동안 줄곧 혼자였던 것이다. 이렇게 될 운명이었던 것이다. 이 사람이 처음이라 다행이다. 누구와도 사귀지 않기를 잘했다.

"아파?"

아픔에 꿰뚫리면서도 마미는 열심히 참으며, 그래서 더욱 고개를 저었다.

"가케루 군, 사랑해. 멈추지 마."

부탁이야. 마지막까지 해 줘.

오렌지색 알전구 불빛이 전부인 방 안에서, 과장이 아니라 정말 세상이 달라 보였다. 아아, 이런 것이었구나, 하고 생각했다.

이런 것 하나에 얽매여 여태껏 겁먹고 있었다니 우스꽝스러운 기분이 들었다. 달콤한 환희가 가슴에 충만했다.

나는 이제 평생토록 고독하지 않아.

그날 분명히 그렇게 생각했다.

"괜찮겠어?"

가케루를 집에 소개한 뒤 나중에 어머니가 물었다.

내 손으로 선택한 사람을 소개할 수 있어 무척 자랑스러웠다.

게다가 상대는 가케루다. 과거 고향에서 결혼 활동을 하며 알게 된 누구보다도 멋있고 사교적인 사람. 직업도 그동안 주변에서는 찾아볼 수 없었던 유형인 자영업. 직접 회사를 운영하는 사장이다.

솔직히 말하면 가케루를 소개할 때 부모님에게 복수하는 기분이 들기도 했다.

혼자서는 아무것도 못 한다, 부모가 정해 줘야 한다는 식으로 생각하는 게 느껴졌고 실제로 그 말을 들은 적도 있다. 그런데 가케루와 그의 가족은 내 눈에 매우 화려하고 도회적인 사람들처럼 보였고 지금껏 주변에서 찾아보지 못한 유형이었다. 가케루의 아버지는 이미 돌아가셨지만 생전에는 부부가 똑같이 취미가 많은 '좋은 가정'이었다는 것을 가케루의 어머니를 보면 잘 알 수 있었다.

그런 사람들은 부모님의 지인 중에도 이제껏 없었던 것 같다.

그렇게 생각했더니 부모님을 앞질러 그 코를 납작하게 해 주었다는 기분이 들었다.

그런데 어머니가 도쿄에서 마에바시까지 약혼 인사차 방문한 가케루를 돌려보낸 뒤 "정말 괜찮은 거니?" 하고 물었다.

"무슨 말이야?"

"가케루 씨는 좀 화려한 것 같지 않니? 그 사람 혹시 도박 같은 거 하는 거 아니지?"

"어?"

가케루와 도박이라니 비약이 심한 말로 들렸다. 그날 정장을 차려입고 인사하러 온 가케루의 패션이 특별히 화려했다는 생각도 들지 않았다. 단, 구두만은 나도 본 적이 없는 새 가죽 구두였는데 오늘 인사하러 오느라 특별히 신었구나 싶어 그 마음 씀씀이가 기뻤다. 그 정도였지 별다른 것은 없었다.

"안 해."

화내지 않으려 애썼더니 목소리가 반쯤 웃는 것처럼 쉬었다.

"2년간 사귀었는데 도박하는 모습은 한 번도 못 봤어."

"정말? 도박은 말이다, 파친코도 도박에 속한단다. 알고 있었어?"

"파친코도 안 해."

결국 언성이 조금 높아졌다. 어머니는 여전히 꿋꿋했다.

"그래? 그럼 다행인데 집도 자영업이잖니. 괜찮은 거야?"

"가케루 군의 회사가 망할지도 모른다는 말을 하고 싶은 거야?"

한기가 등줄기를 쓱 훑고 지나갔다. "그건 아닌데" 하고 어머니가 말한다.

"맥주 회사는 잘 모르는 거 아니겠니?"

"잘 모르다니."

"엄마는 네 아빠 직장에서 연금하고 퇴직금이 제대로 나오니까 네 아빠가 정년퇴직을 한 지금도 괜찮은데 자영업이면……. 마미짱, 불안하지 않아?"

몸에 서늘한 기운이 든다.

"무슨 말이 그래? 무례하잖아. 가케루 군은 아버지에게 갑자기 회사를 물려받아 고생을 많이 한 것 같았어. 그런데도 거래처를 세심히 살피고 얼마나 열심히 노력하고 있는데."

그와 교제하면서 여러 장면에서 느낀 점이었다. 가케루가 자신의 회사와 거래하는 가게로 데려가 식사를 하면 가게 쪽에서 나를 극진히 대접해 준다. 가케루가 평소 그들에게 신뢰받고 좋은 관계를 구축했기 때문에 나 역시 그런 대접을 받는 것이라 생각하고, 그 자리에 약혼녀로서 함께할 수 있어 무척 기뻤다.

그 기분에 트집을 잡힌 것 같아 어머니를 노려보자 어머니가 "걱정돼" 하고 말했다.

"엄마는 그냥 걱정될 뿐이야. 자영업을 하는 집은 워낙 고생이 많으니까 마미짱이 할 수 있을까 싶어서. 그렇지, 여보?"

앉아서 신문을 펼치고 있던 아버지에게 어머니가 말을 걸었다. 아버지가 고개를 들어 "그래" 하고 대답했다. 어머니와 나 사이에 말려든 것을 조금 거북해하면서도 느긋한 말투로 "자영업 하는 집이 힘든 건 맞지" 하고 말한다.

"괜찮아, 문제 없어."

나는 오기가 생겨 말했다.

부모님 앞에서는 한없이 어린아이이며 신뢰받지 못한다는 것을 통감했다. 부모님이 나를 신뢰하지 않기 때문에 내가 선택한 상대에 대해서도 도박을 하냐는 둥 엉뚱하게 트집을 잡는 것이다.

이곳에서 결혼 활동을 할 때 좋은 사람을 만나지 못해 고생했는데 가케루 같은 사람도 여전히 마음에 안 차는 걸까 싶어 화가 났다.

"가케루 군 어머니도 나한테 잘해 주셔. 나중에 아이가 생기면 언제든지 집에 와서 살아도 된다 하셨고, 그래서 직장도⋯⋯."

"뭐라고? 그게 정말이니?"

어머니가 얼빠진 얼굴로 소리를 질렀다. 한심하다는 듯 입꼬리를 올렸다.

"마미, 너는 거기 대고 뭐라고 대답했니? 같이 사는 걸로 벌써 억지로 결정한 거야?"

반응이 너무 과해 이번에는 내가 멈칫했다.

솔직히 깊이 생각하지 않았다. 가케루의 어머니는 좋은 사람인 데다 나를 반갑게 맞아 주었다. 집에 와서 살아도 된다는 것도 고마운 마음 씀씀이라고 생각했다. '억지로 결정했다'는 말을 들을 만한 일인 줄은 몰랐다.

"아직 구체적인 이야기를 한 건 아닌데⋯⋯. 그 사람 어머니도 나를 배려해서 하시는 말씀이었을 거야."

"어머, 얘 좀 봐. 정신 차려. 아이고, 내가 널 너무 착한 아이로 키웠나 보다."

어머니의 말에 나는 숨을 삼켰다. 바로 대꾸하지 못하자 어머니가 계속했다.

"그럼 이제 앞으로는 이 집에 돌아오지 않을 작정이니? 엄마는 네가 군마 사람과 결혼할 줄 알고 육아도 도와주려고 했는데."

"당신도 참. 평생을 좌우하는 일이니."

아버지가 거들었다.

"직업이나 뭔가를 고집하기보다 마미가 선택한 좋은 상대와 함께 사는 게 제일이지."

"나도 그렇게 생각은 하는데……."

아버지에게 받아치는 어머니를 보면서 나는 아니야, 하고 생각했다.

어머니는 그렇게 생각하지 않는다.

어머니가 이 집에서 나와 함께 아이를 돌보고 싶어 한다는 것을 알고 있었다. 첫째 딸이 도쿄에서 아이를 낳았고 지금도 그곳에서 육아를 하는 것이 적적한 것이다. 그렇기 때문에 둘째 딸인 나에게 희망을 걸었다는 것도.

가능하면 군마 사람과 결혼하여 이 집에서 살기를 바랐다는 것도 알고 있다.

하지만, 지금은 단순히 '왜?' 하는 의문이 든다.

결혼해야 한다고 압박할 때는 언제고 이제 와서 그러는 걸까. 과거 결혼 활동을 하는 동안에도 내가 아직 결혼하지 못한 것은 순전히 우연이라고 믿는 눈치였고 내게도 몇 번이나 말했다.

모두 우연이라고.

언니와 아버지가 뭐라고 할 때마다 어머니는 내가 여자로서의 매력이 없는 것이 아니라 우연히 이성에 관심이 없었을 뿐이라고 진지하게 편을 들어 주었다. 그래서 나도 그것을 증명하고 싶었다. 가케루를 소개한 것이 그 증명이라고 생각했건만 왜 나쁘게 말하는 걸까. 그 탓에 내가 결혼하지 않겠다고 하면 어쩌려고 그러는 걸까.

"마미짱은 순진해서 세상 물정을 모르잖니."

어머니가 말했다.

"그 집에서 네 그런 점을 이용하는 게 아닌가 싶어 엄마는 괜히 걱정이 된다."

"세상 물정을 모르다니……."

"그렇잖니. 지금껏 무슨 일이든 다 엄마, 아빠한테 기댔으니까."

본인들이 그러기를 바랐다는 것을 전혀 자각하지 못하는 말투였다.

친구와 외출하는 것도.

남자친구를 사귀는 것도.

외박도.

집에 늦게 들어오는 것도.

전부 '걱정'이라는 말로 얽어매고 말없이 불쾌한 감정을 드러내며 나를 이 집 밖으로 내보내고 싶어 하지 않은 것은 당신들이지 않은가. 나는 어머니와 아버지를 불안하게도, 불쾌하게도 하고 싶지 않은 마음에 그 모든 것을 포기했건만.

그렇다면 그 '착한 아이'는 무엇을 위한 것이었을까. 무의미했던 걸까.

"그리고 가케루 씨네 친척 중에 이혼한 사람 있니?"

"어?"

"부모의 형제자매 중에."

"그건 왜?"

뭘 묻고 있는지 정말 몰라서 되묻자 어머니가 한심하다는 듯 한숨을 뱉었다.

"이혼한 사람이 있으면 그만큼 이혼이 익숙해서 자신이 이혼할 때도 주저하지 않을지도 모르잖아. 실제로 엄마 주변을 봐도 그렇다니까."

그 말을 들은 순간, 처음으로 끓어오르는 감정이 있었다.

참 같잖다는 것이었다. 어쩌면 저렇게 같잖은, 차별적인 말을 할까. 믿기지 않는 심정으로 어머니를 쳐다봤다. 지금껏 사람을 차별하면 안 된다, 남에게 상냥하고 친절해야 한다고 나를 가르쳐 온 사람과 같은 사람의 발언이라는 것이 도저히 믿어지지 않았다.

친척이 이혼을 했어도 잘 사는 부부는 잘 살고 그렇지 않은 부부는 분명히 잘 살지 못할 것이다. 모든 것은 어머니의 빈곤한 경험과 남에게 전해 들은 내용에서 비롯된 같잖은 착각이다.

거기까지 생각하고 깨달았다.

세상 물정 모르는 쪽은 어머니라고.

자신이 세상 물정을 모르니 딸도 그런 줄로 아는 것이다. 세상 물정에 어두운 좁은 범위의 가치관과 도덕으로 키워 낸 딸 또한 어머니와 같은 세상 물정 모르는 사람이 되는 것은 지극히 당연한 것이다.

피할 수 없는 절망감이 가슴을 찌른다.

이런 좁은 가치관에서밖에 사물을 볼 수 없는 이런 사람에게,

나의 어린 시절을.

학창 시절을.

십 대 시절을.

이십 대 시절을 지배당해 왔다니.

차별적인 발언을 하는 것이 상식인, 세상 물정 모르는 이 사람에게 "마미, 네가 걱정된다"는 말과 "집 열쇠 내놔"라는 말을 들어 왔다니. 도쿄에 가겠다고 했을 때 "그런 게 무슨 의미가 있다고!" 하고 반대하는 말을 들었다니. "결혼할 때까지 책임지고 이 집에서 보살피겠다"는 말을 들어 왔다니.

"우리는 친척 중에 이혼한 사람이 아무도 없는 제대로 된 집이잖니."

대답하지 않는 나에게 어머니가 변명하듯 말했다. 거기에 대고 아버지가 느긋한 말투로 "아니, 나오유키는?" 하고 작년에 이혼한 사촌의 이름을 들먹였다. 그러자 어머니가 겸연쩍다는 듯 "아

아……" 하고 고개를 끄덕였다.

"나오 군은 사정이 있었고 최근 일이잖아."

대꾸할 기력도 없어 잠자코 있었다.

――엄마, 사정이 없는 이혼은 없어.

우리 집이 그렇다면 다른 집도 평등하게 사정이 있고 평등하게 '제대로 된' 집이다. 나를 신뢰하지 않는다는 것을 아까 깨달은 직후였다.

나도, 내가 선택한 사람도 믿지 않으면서, 이 사람은 자신과, 자신의 집은 **덮어놓고 믿는다**. 자신의 딸이라는 이유만으로 내가 가케루와 그의 집보다 '낫다'고 과신한다.

어떻게 하면 상대의 집에 트집을 잡을 만큼 자기 딸의 가치를 높이 평가할 수 있을까.

결혼을 앞두고 보니.

상대가 가케루이고, 이 집에서 배운 가치관에 맞지 않는 결혼을 하게 된 지금이야말로 인정할 수 있고 알게 되었다.

나도 실은 가능하면 군마에서 결혼하고 싶었다는 것을.

군마에서 결혼해 어머니를 의지하고, 어렸을 때 어머니가 해준 것처럼 내 아이의 육아도 도와주길 바랐다. 줄곧 그렇게 생각했다. 누가 가르쳐 준 것도 아닌데 어렸을 때부터 계속 그렇게 생각했다. 언니인 노조미가 어머니의 도움을 받지 않고 육아하는 것이 이상했고 이해할 수 없었다.

그것이 내가 되고 싶었던 '착한 아이'의 모습이었다는 것을 처음 깨달았다. 어머니 곁에 머무는 그 길을, 가케루를 좋아한다는 한 가지 이유만으로 버리려 하는 내가, 가케루와 도쿄에서 살려고 하는 나 자신이 꺼림칙하게 느껴졌다. 어머니에게 그토록 화냈을 때조차 여전히 꺼림칙했다.

그들을 배신하고 밖으로 나간다는 죄책감을 영원히 씻을 수 없었다.

센다이에 온 이튿날부터 사진을 세척하는 법을 배웠다.

"급한 일은 아니지만 저희로서는 큰 도움이 됩니다. 잘 부탁드립니다."

요시노가 '고타로 군'이라 부른 가시자키 고타로는 안경알이 동그란 멋스러운 안경을 쓴 지적인 분위기의 청년이었다. 입고 있는 맨투맨 티와 청바지는 신체 라인을 살린 깔끔한 디자인이었고, 도쿄에서 대학을 다닌 덕분인지 세련된 이미지가 있었다.

가시자키 사진관의 외관은 도시에 있어도 잘 어울리는 세련된 디자인인 반면 안으로 들어가면 할아버지가 사용하는 것인지, 마미가 봐도 역사가 깊어 보이는 오래된 카메라가 새 카메라와 함께 여럿 진열되어 있었다. 내부 인테리어는 새로 한 듯 보였지만 옛날부터 사용한 듯한 구식 서류장도 남아 있어 사진관 전체에 복고풍 분위기를 내고 있었다. 의자가 놓인 작은 스튜디오도 아늑한 느낌이다.

"대지진으로 앞에 있던 낡은 목조 건물이 기울었어요. 완전히 붕괴된 것은 아니지만 그때 건물을 새로 지었죠. 그걸 계기로 저도 이곳에 온 겁니다."

고타로가 설명하면서 서류장 옆에 쌓인 플라스틱 박스에서 봉투를 꺼냈다. 작업 책상 위에 신문지를 펼쳐 놓고 내용물을 쏟았다.

복원할 사진이라는 것을 금방 알 수 있었다.

사진은 어느 것 하나 멀쩡한 것이 없었다. 표면이 갈색으로 오염되어 있거나 일부가 닳아 없어져 있거나 색이 바래 있었다. 진흙 덩이가 오른쪽 절반을 다 덮고 있는 사진도 있었다.

모르는 가족이나 커플의 사진, 누군가의 생활 사진 등 흔히 볼 수 있는 종류의 사진이 아니었다. 아는 얼굴이 없는 만큼 그것이 '누군가'의 생활의 흔적이라는 현실감이 사진에서 훅 끼쳐 왔다. 그 사진이 진흙을 뒤집어쓰고 오그라지고 일부가 떨어져 나간 것을 보자 도호쿠에 와서 처음으로 대지진의 그림자를 접했다는 생각이 들었다. 누군가의 생활이 돌연 꺾인 것이다.

"원래대로 깨끗해질 수 있나요?"

번개 같은 균열이 들어가 상이 지워진 사진 중에는 원래 어떤 상태였는지 알 수 없을 것 같은 사진도 많았다. 그런데 고타로는 "씻으면 몰라보게 달라지거든요" 하고 미소 지었다.

"소금물에 잠겼기 때문에 변색이 시작된 것도 있지만 미지근한 물로 조심조심 씻어 주면 한결 나아져요."

"대지진 직후부터 이런 작업을 해 왔나요?"

"네, 하다 보니 이렇게 되었더라고요."

고타로가 사진을 한 장 한 장 꺼내며 말했다.

"지진이 났을 때 저는 도쿄에 있는 사진 학교에 다니고 있었는데, 학교 친구들과 함께 바닷가 마을로 뒷정리를 도우러 갔어요. 그런데 쓰나미에 휩쓸린 건물 잔해와 파편 속에 누구의 것인지 알 수 없는 앨범과 사진이 잔뜩 있더군요. 온통 진흙투성이에 찢어진 사진도 많았어요. 우리는 다 사진을 좋아하는 사람이라 그걸 보니까 안타까워서 미치겠더군요. 그래서 조금씩 시작한 겁니다. 세척한 사진을 근처 대피소에 가져갔다가 주인을 찾아낸 경우도 많고, 그리고 사진이라는 건 누군가 찍혀 있기 때문에 그 사진을 누가 찍어 줬는지 알아내는 힌트가 되기도 하고요."

고타로가 사진을 애처로운 눈길로 본다.

"예전에 세척이 필요한 사진이 있으면 자원봉사자가 세척할 테니 가져다 달라고 부탁한 이후로 지금도 조금씩 계속하고 있습니다. 사진 세척은 멀리 떨어진 곳에서도 할 수 있는 자원봉사라 도호쿠 지역 외에도 맡아서 하는 사람들이 전국 단위로 있거든요. 저도 학교 동창들에게 도움을 받고 있죠."

"그랬군요……."

멀리 떨어진 곳에서도 할 수 있는 봉사 활동이 있다니 전혀 몰랐다. 사진을 한 장 손에 들자 오래된 바닷물과 진흙 냄새가 희미하게 나는 것 같았다.

"그럼 이 사진도 그 과정을 거쳐 도착한 건가요? 사진이 돌아오기를 기다리는 사람들이 있는 거군요."

"아, 이 사진들은 그렇지 않아요."

고타로의 얼굴에 안타까운 빛이 깃들었다.

"최근 몇 년간은 주인이 직접 의뢰하는 경우는 줄었고, 이 사진들은 전부 건물 잔해를 철거하는 작업에서 나온 주인 모를 앨범과 사진입니다. 주인 곁으로 돌아가면 좋을 텐데 누구에게 건네줘야 할지 모르는 사진들이죠. 주인이 사망한 경우도 많을 겁니다."

에두르지 않고 직접적으로 들으니 말문이 막혔다.

시선을 떨구자 누군가의 결혼식 같은 사진이 보였다. 신부가 전통 혼례 의상인 시로무쿠를 입은 것으로 보아 오랜 옛날 사진 같았다. 어딘가의 신사에서 결혼식을 올렸는지 뒤에 걸린 휘장에 물결을 본뜬 것 같은 특징적인 문양이 들어가 있다.

"그래서 급한 일은 아니에요. 의뢰가 들어온 건 아니지만 일단 보관하기 위해 세척하는 거죠. 자치단체나 봉사 단체 중에는 이런 사진 세척 작업을 중단한 곳도 있어요. 보관할 곳이 마땅치 않아 처분할 수밖에 없는 사정도 있으니까요."

"아깝네요. 이건 누군가의 결혼식 같은데."

누군가의 추억일지도 모르는 사진이 진흙을 뒤집어쓴 채 버려진다고 생각하니 가슴이 미어졌다. 주인도 보관되었을 줄은 생각도 못하고 단념했을지 모른다.

사진을 보고 말하자 고타로가 살짝 미소를 지었다.

"그렇게 생각하는 사람이 저희 말고도 많아요. 그래서 프로세스넷의 요시노 씨가 요청을 받아 줘서 폐기 예정이었던 사진이 지금 여기에 있는 거랍니다. 그렇다고 저희 쪽에 보관할 장소가 여유로운 것도 아니라 깨끗이 씻어서 데이터화하는 것이 지금 하고 있는 활동이죠. 데이터로 남기면 나중에 복원할 수도 있거든요."

도와주시겠어요? 하고 고타로가 물었다.

"네, 하겠습니다" 하고 마미는 대답했다.

세면대에 받은 미지근한 물에 거즈를 적셔 사진에 묻은 진흙에 살며시 갖다 댔다. 진흙은 따뜻한 물을 빨아들이면 바다와 먼지 냄새를 되찾는지 작업을 시작하자 실내가 진흙 냄새로 가득했다.

"마스크 쓰고 해요."

지카라의 어머니, 사나에가 와서 마미에게 일회용 마스크를 건네주었다.

"나도 같이 해도 될까요?" 하고 마미의 옆에 앉기에 둘이서 작업을 했다.

사나에는 지카라와 눈매가 꼭 닮은, 선이 가늘고 곱게 생긴 사람이었다. 나이는 마미보다 많을 테지만, 지카라만큼 큰 아이가 있는 나이로는 보이지 않는다.

잠시 후 지카라도 이쪽으로 왔다. 처음에는 "이거 가마야?", "아무도 안 찍었는데, 이건 뭘 찍은 거야?" 하고 고타로에게 사진에 관해 질문하더니 이윽고 "나도 해도 돼?" 하고 세척 작업에 합류했다.

지카라가 말을 거는 상대는 어머니인 사나에가 아닌 오직 고타로였다. 이 나이 또래 아이에게 나이 많은 형이란 마음 편한 존재일지도 모르고, 남들 앞에서 어머니에게 말을 거는 것이 쑥스러울지도 모른다.

지카라는 어제 마미를 처음 봤는데도 마미가 작업하는 것을 들여다보며 말을 걸어 주었다. "깨끗하게 잘하시네요" 하고.

"그렇지 않아요" 하고 부인하자, 고타로가 "아뇨, 정성 들여 해 주셔서 도움이 많이 되고 있어요" 하고 거들어 주었다. 사나에도 "그러게, 니시자와 씨는 벌써 요령을 익힌 것 같아" 하고 칭찬해 주었다.

평소 칭찬받는 일이 거의 없어서, 쑥스러웠지만 순수하게 기뻤다. 자신의 성격이 사교적인 편이 아니라는 것은 알고 있지만 대신 이렇게 묵묵히 집중해서 하는 작업은 확실히 옛날부터 잘했다.

"잠깐 쉬었다 하시죠. 차를 준비해 오겠습니다."

고타로가 자리를 뜨자, 지카라가 "나도" 하면서 냉큼 따라갔다. 그 모습을 보며 사나에가 쓴웃음을 지었다.

"작업을 하는 건지 방해를 하는 건지, 미안해요."

"아니에요……. 지카라 군은 순수하고 착한 아이네요."

"그런가요?"

사나에가 미소를 지었다. 기뻐하는 것 같았다.

"두 분은 어디서 오셨나요?"

같이 작업을 하다 보니 긴장되었던 마음이 한결 누그러졌다.

가벼운 마음으로 묻자 순간 사나에의 얼굴에서 표정이 사라졌다.

아차 싶었다.

가시자키 할아버지가 이 모자가 '도망쳐 왔다'고 말한 것이 떠올랐다. 괜한 것을 물었구나 싶어 초조해하고 있는데, 마미가 뭔가 말하기 전에 사나에가 먼저 긴장을 푸는 기색이 느껴졌다. 그녀의 표정이 부드러워졌다.

"도쿄에서요" 하고 가르쳐 주었다.

"니시자와 씨는?"

"저도 도쿄에서 왔어요."

이럴 때 지금 사는 곳은 도쿄인데도 여전히 군마라고 대답할 뻔한 경우가 많다. 벌써 2년이 넘었는데 도쿄에 살고 있다는 감각에 아직 전혀 익숙해지지 못했다.

"어머, 그렇구나. 똑같네."

사나에가 미소를 지으며 부드럽게 말했지만 그 말을 끝으로 도쿄의 어디인지 하는 것은 서로 묻지 않았다. 물을 수 없는 분위기였다.

그렇다면 사나에 모자는 지진 피해를 입어 이곳에 온 것이 아니라는 소리다. 실은 자신들에 관해 묻지 않기를 바랐던 것이 아닐까 하고 생각했다. 그러자 마미는 자신의 사정을 제대로 밝혀야 한다는 생각이 들었다. 자기만 질문한 것이 공평하지 않다는 기분이 든 것이다.

"결혼이 엎어졌어요."

실은 아직 엎어졌는지 아닌지 모르지만 일부러 그렇게 말하고 나서 자신이 한 말에 스스로가 조금 상처를 입었다.

그 말을 듣고 사나에가 "어머" 하고 작게 숨을 삼켰다.

"도쿄에 있고 싶지 않더라고요."

"그랬구나. 니시자와 씨 지금 몇 살이야?"

"서른다섯이에요."

"아직 젊은데 뭘. 괜찮아, 라고 말하고 싶은데, 그런 말을 듣는 것도 지금은 싫겠구나."

사나에의 얼굴을 바라보자 그녀가 "나도 싫었거든" 하고 어깨를 움츠렸다.

"무슨 일이 있을 때, 나보다 나이 많은 사람들이 나더러 아직 젊으니까 괜찮다고 말하는 게 싫었거든. 그런 말을 하는 사람은 결코 되지 말자고 다짐했는데 나도 모르게 말해 버렸네. 미안해요."

"사나에 씨는 나이가 어떻게 되세요?"

"서른여덟."

사나에가 미소를 지었다.

"지카라는 열한 살."

그렇다면 역시 초등학생이다. 이곳에 와서 지카라가 학교에 가는 모습을 보지 못해 걱정되었지만 그 부분은 언급해서는 안 될 것 같았다. 사나에도 아무 말도 하지 않는다.

사나에가 지카라를 낳은 것은 스물일곱 살 때. 마미가 군마에서 결혼 활동을 의식한 나이보다 훨씬 젊었을 때다. 자신의 인생보다 훨씬 앞서 나간 것 같아 또 열등감이 고개를 들려고 한다.

마미가 그렇게 생각한 것을 알아차렸는지 어떤지는 모른다. 그런데 사나에가 다시 미소를 지었다. 깨끗이 씻어서 말리기 위해 죽 늘어놓은 사진을 바라보며 조용히 말했다.

"결혼하고 나서도 부부 사이에는 많은 일이 있는 법이지."

"네?"

"그, 결혼하지 못하게 된 사람과도, 장차 만날 사람과도 앞으로 무슨 일이 일어나든 그때마다 제대로 대화를 해서 앞으로 나아가면 좋겠어."

미소가 조금 쓸쓸하게 느껴진다. 말의 뒷부분은 마미에게 하는 말이라기보다 자기 자신에게 하는 말처럼 들리기도 했다.

지카라 모자에게는 아버지의 모습이 없다. 왜 그런 것인지 깊이 담아 두지 않았지만 그녀들이 '도망쳐 왔다'는 것은 어쩌면 아버지로부터가 아니었을까. 가정 폭력이나 빚 같은 어떤 사정이 있을지도 모른다.

앞으로 나아간다는 사나에의 말이 가슴에 사무쳤다.

"그런 날이, 올까요?"

"어?"

"앞으로 나아가는 그런 날이 저한테도 올까요?"

마음이 한없이 약해진 나머지 코끝이 찡해졌다. 눈물이 나올 것만 같아 눈을 내리떴다.

가케루를 만나기 전. 결혼 활동을 하며 사람을 만날 때마다 상대를 결혼 상대로 볼 수 있을지 없을지 진이 빠진 상태로 만났을 무렵에 몇 번이나 느꼈던 기분이었다. 이제 다시는 경험하지 않으리라 생각했던 그 무렵의 불안과 서글픔을 다시 만나게 될 줄은 몰랐다.

그런 자신이 앞으로 나아가는 날이 과연 올까.

이제 평생 자신은 고독하지 않을 줄 알았건만.

"어머! 울지 말아요."

사나에의 가늘고 흰 손이 마미의 어깨에 닿았다. "괜찮아" 하고 위로해 준다.

"괜찮아. 분명히 괜찮을 거야."

"고맙습니다."

근거라고는 전혀 없는, 만난 지 얼마 안 된 사람의 말이 가슴에 와닿다니 신기하다. 하지만 모르는 사이라서 할 수 있는 말도 분명히 있을 것이고, 받아들일 수 있는 것일지도 모른다.

부드럽게 어깨를 안아주는 사나에의 따뜻한 손길이 마미는 고마웠다.

"니시자와 씨, 사진 세척 작업도 그렇지만 이번에는 약간 색다른 일을 해 보지 않을래?"

가시자키 사진관에 있다가 없다가 하는 요시노가 홀연히 나타나 마미에게 이 말을 건넨 것은 사진관에 온 지 보름이 지났을 무렵이었다.

"색다른 일이요?"

"응. 지도를 만드는 일인데, 도와주지 않을래?"

요시노가 그렇게 말했다.

제3장

대지가 평평하다고 생각했다.

약간 높은 언덕 위에서 보이는 광경에 희끄무레한 입김을 토하며 가만히 지켜봤다.

높은 건물이 없다. 개인 주택인 듯한 단독주택도 대부분 단층 아니면 2층짜리다. 그 집들도 모여 있지 않고 사이에 땅을 끼고 있어 간격이 넓다.

마미도 군마 출신으로, 조부모님 집이 산 근처라 시골 풍경에 친숙하다. 지방의 어딘가, 그곳이 설령 나고 자란 지역의 산이 아니라 바닷가 풍경이라 해도 시골의 광경은 보면 그리운 마음이 들게 마련이다. 이 풍경을 알고 있다는 마음이 들게 마련이라고 생각해 왔다.

그러나 눈앞의 광경을 마미는 태어나 처음 보는 광경이라고 생각했다.

자신의 시골에도 집이 드문드문 흩어져 있는 곳은 있을 텐데 왜 그럴까, 하고 고민하다 깨달았다. 집과 집 사이에 아무것도 없는 곳이 많아서다. 보통 시골이라면 논밭으로 메워져 있거나 농작

물을 심기 위한 밭이랑이나 비닐하우스가 있다.

수확 시기가 아니라 해도 밭에는 흔적이 있고, 물을 대지 않는 시기라 해도 수전임을 분명히 알 수 있다. 그러나 눈앞에 펼쳐진 집과 집의 사이를 메운 것은 단순한 공터였다.

설명을 듣지 않아도 알 수 있었다.

이곳은 쓰나미에 휩쓸려 모든 것이 떠내려간 땅이다.

"이래 봬도 건물이 많이 돌아온 겁니다. 지진이 난 해를 생각하면 사람과 집이 비교도 안 될 만큼 많이 돌아온 상태죠."

마미에게 일을 가르쳐 주는 이타미야가 말했다. 마치 마음을 읽힌 것 같았지만, 전에도 이 풍경을 처음 보는 사람들이 마미처럼 할 말을 잃는 모습을 여러 차례 지켜봤을 것이다.

"한때는 아무것도 남지 않아서 앞으로 어떻게 될지 전혀 예상도 되지 않았어요."

이타미야가 말했다.

그 목소리를 듣고 실제로 그랬으리라 짐작했다. 간단한 맞장구하나, 끄덕임조차 재해 직후의 모습을 지켜본 이타미야 앞에서는 가벼워질 것 같아 아무 호응도 못한 채 그저 눈앞의 광경을 바라보기만 했다.

지금 자신이 보고 있는 수많은 공터는 스산하지만, 예전에는 쓰나미에 휩쓸린 건물 잔해로 뒤덮여 지금과 같이 '아무것도 없다'고 말할 수 있는 상황도 아니었을 것이다. 재해 당시 뉴스에서 수없이 봤을 장소 중 어느 한 곳이 바로 이곳인 것이다.

"당분간은 이 부근을 같이 다니도록 하죠. 제가 무릎 상태를 봐가면서 걸어야 하니 천천히 다니겠지만, 익숙해지면 혼자 다니셔야 합니다."

"네."

"변경 사항이 있으면 이 지도에 표시해 주시고요."

고개를 끄덕이는 마미 옆에서 여기까지 함께 와 준 요시노가 이타미야가 들고 있는 커다란 지도를 들여다본다. 이 부근의 정보가 기록된 주택 지도는 이타미야가 지난 몇 년간 해마다 정보를 기재하고 갱신을 거듭해 온 것이라고 한다.

건물 형태와 거주자의 성씨가 상세히 기재된 주택 지도는 현청에 근무했을 당시 마미도 본 적이 있다. 의회 사무국 수납장 한쪽에 현내 지역별로 A3 크기의 주택 지도 책자가 여러 권 꽂혀 있어 직원이 가끔 펼쳐 보거나 필요에 따라 복사하기도 했다.

지금은 인터넷으로 검색하면 지도가 나오고 스마트폰 앱에도 편리한 길 안내 기능이 있지만 현청에서 하는 일에는 그 아날로그식 지도가 큰 도움이 되었다. 나이 많은 사람들 입장에서는 인터넷이나 앱의 지도보다 건물 형태와 거주자의 성씨까지 들어간 상세한 지도가 훨씬 익숙하고, 무엇보다 머릿속에 쉽게 그려진다. 한번은 별생각 없이 자신의 집 주변 페이지를 펼쳐 보고 그곳에 '사카니와'라는 성씨가 적혀 있고 어렸을 때부터 자라 온 집 형태가 똑같이 사각형으로 그려진 것을 보고 신기한 감동을 느꼈다. 건너편 공원과 옆집 성씨 등을 보고 자신들의 생활이 세상의 일부로 기재되고 인쇄되어 지도책에 수록되어 있다는 것이 왠지 가슴 벅찼다.

그래서 이 지도를 편찬하는 회사가 있다는 것은 막연히 알고 있었고 그 회사 영업사원이 내년도 지도를 구입하지 않겠느냐고 현청을 방문했을 때 그에게 차를 대접한 적도 있다. 그러나 마미가 근무했던 의회 사무국에서는 지도를 새로이 구입하지는 않았다. 기존의 것으로도 충분히 도움이 되고 있고 다소 변경이 있더라도 그리 곤란할 것 같지 않았기 때문이다. 따라서 사무국에서 사용하던 그 회사의 지도는 매우 오래된 연도의 것이었을 터다.

그런데 이곳 미야기 현 이시노마키 시에서는 그렇지 않았다.

요시노가 들여다본 지도를 이타미야가 다음 장으로 넘겼다.

"이 부근의 지도는 최근 몇 년간 해마다 어김없이 큰 변화가 있었어요. 대지진 이듬해의 작업이 지금 생각해도 가장 힘들었죠. 지도에 가위표를 몇 번이나 그렸던지."

지도에 표시된 붉은 ×표는 지도에서 그 건물이 사라진 표시라고 이타미야가 가르쳐 주었다. 쓰나미와 지진으로 무너진 건물, 건물이 있었는데 갱지(건축 용도의 지역에 건축물이 없고, 토지 이용에 대한 공법상의 제약은 있으나 사법상 아무런 제약을 받지 않는 완전 소유권의 토지 – 옮긴이)가 된 장소에는 전부 ×표를 친다.

"가위표를 치면 그다음 해부터는 지도에서 그 집이 사라져요. 마치 내가 누군가의 생활이나 집을 지우는 작업을 하는 것 같아서 가슴이 얼마나 아팠는지 모릅니다."

재해 직후에 갱신되어 완성된 지도는 백지나 마찬가지였다고 한다.

"그런데 그곳에 집과 생활이 돌아왔을 때 그걸 적어 넣는 것도 이타미야 씨의 일이 되었지."

요시노가 말했다. 그러자 이타미야가 활짝 웃었다.

"맞아요. 그래서 그쪽 일은 무척 보람차요. 걷다가 새 집을 발견하면 예전 모습을 알고 있으니까 눈물이 나도록 기뻐요."

이타미야가 마미를 본다.

"재해가 발생한 뒤 몇 년간의 지도는 그 자체가 거리 역사의 기억이라고 할 수 있죠. 가능하면 앞으로도 해마다 내 발로 직접 돌아보고 싶습니다만……."

주택 지도는 조사원이 해마다 직접 걸어 다니며 기입한 최신 정보를 토대로 갱신된다. 마미의 예전 직장에서는 매년 새로 구입하지는 않았지만, 우편과 소방을 담당하는 곳에서는 최신 정보가 필요하다. 지진 피해 후의 안부 확인 등을 할 때에도 주택 지도가 크게 도움이 되었다고 한다.

주택을 내려다보던 이타미야의 눈이 가늘어졌다.

"아아. 저쪽 토지는 아직 갱지네요. 작년에 저쪽에서 만난 할머니가 내년 이맘때면 이곳에 집이 들어선다 하셨는데."

그때 일을 떠올렸는지 이타미야의 표정이 조금 어두워졌다. 그러고는 불쑥 덧붙였다.

"건강하게 계시면 좋을 텐데."

아무것도 없는 땅을 걸어 다니며 집을 하나하나 확인하다 보니 집이 통째로 무너지거나 쓰나미에 휩쓸려 골조만 남은 집의 주민이 돌아와, 없어진 집 앞에서 마주치는 일도 많았다고 한다. 내년 지도부터는 이 집을 지워야 한다는, 그런 불편한 마음을 품고 저도 모르게 손에 쥔 지도를 감추려 하는 이타미야에게 많은 주민들이 지도를 보여 달라고 했던 모양이다. "아아, 지도 속에는 우리 집이 아직 남아 있구나" 하고 웃으며 눈물을 글썽이는 사람도 많았다고 한다.

"언젠가 이 지도 속으로 돌아올게"라는 말을 남긴 사람도 있었던 모양이다. 이타미야가 떠올리고 있는 것은 그런 한 주민일 것이다. 그렇게 생각하니 마미까지 안타까운 마음이 들어 이타미야가 바라보는 방향을 따라 가만히 시선을 옮겼다. 하지만 시선 끝 공터의 어디가 집이 들어설 자리였는지 수많은 갱지 가운데 찾아내지 못해 답답했다.

마미에게 일을 가르쳐 주는 이타미야는 지도 제작회사에서 오래 근무한 베테랑 지도 조사원으로, 지진 재해가 발생했을 당시부터 해마다 이곳 이시노마키의 지도 갱신을 담당했다고 한다. 마미는 몰랐지만, 지도 조사원은 정직원과 아르바이트를 포함해 일본 전역에서 매년 상당한 인원이 일을 하고 있다. 이번에 이시노마키 주변의 지도를 만드는 데 일손이 부족하다고 해서 마미도 참여하게 된 것이다.

"이타미야 씨는 대지진 후 업무 관계로 알게 되었어. 지도를 만들기 위해 피해지를 돌아보는 건, 그 땅에 사는 모든 사람들의 소재와 생활을 확인하는 일이기도 해. 구역을 다니면서 여러 사람과 안면을 튼 덕분에 우리도 업무상 이타미야 씨에게 신세를 많이 지고 있어."

수년 전부터 알고 지낸 이타미야가 올해 무릎을 다쳤다. 장시간 걸어 다니는 작업이 힘들어져 회사에 혼자서 일하는 데는 한계가 있다고 건의해 우선 올해만이라도 아르바이트를 고용하게 되었다. 그 소식을 들은 요시노가 마미를 추천한 것이다.

"사진 세척 봉사와 달리 아르바이트니까 돈도 나와. 해 보면 어때?"

아무래도 마미를 걱정해서 가져온 일인 듯했다.

"진짜 이름은 뭐야?"

이시노마키로 향하는 기차 안에서 요시노가 불쑥 물었다.

완전히 허를 찔려 얼굴에 놀라움이 떠오른 것을 스스로도 분명히 알 수 있었다. 야단났구나 싶어 시선을 부자연스럽게 움직여 요시노를 바라보자 그녀의 올곧은 눈이 마미를 보고 있었다.

센다이 역까지 차로 데리러 왔을 때와는 달리 이번에는 전철로 이동했다. 승객이 거의 없는 열차 내에서 요시노와 마미가 서로를 바라보았다. 시간이 멈춘 것 같았다.

센세키 선 완행을 타고 있자니 차창 밖으로 바다와 높은 방조제가 교대로 나타나 여행을 온 것 같았다. 마침 리쿠젠오쓰카 역에 도착한 참이었다. 그 역은 바다에 인접해 있는데도 조금 전까지 보이던 바다는 온데간데없이 방조제가 시야를 가득 메웠다. 그 높은 벽이 대지진 후 새로 세워졌다는 것은 명백했다.

벽 너머로 바다의 기운이 느껴진다. 전철이 바다 곁을 달리고 있다니, 바다가 없는 군마에서 자란 마미로서는 처음 느끼는 신선한 감각이다. 그런 생각을 하며 창밖을 바라보던 차에 받은 갑작스러운 질문에 얼른 대답하지 못했다.

발차를 알리는 벨이 울리고 푸쉬익 하는 공기 압축음과 함께 문이 닫혔다. 승강장에서 역무원이 휙 하고 가볍게 호루라기를 불었다.

"……사카니와 마미."

무심코 솔직히 대답한 것은 요시노의 얼굴이 화난 표정이 아니었기 때문이다. 추궁하는 것이 아닌 가벼운 잡담을 하는 말투였는데 그것이 도리어 이제 숨기지 않아도 되지 않을까 하는 생각이 들게 했다. 요시노가 "그렇구나" 하고 고개를 작게 끄덕였다. 이번에도 비난하는 모습은 전혀 없었다.

"마미짱이라는 이름은 진짜였구나."

"어떻게 알았어요?"

작은 목소리로 묻자 요시노의 얼굴에 미소가 번졌다. 정말 화나지 않은 것이다.

"처음부터 무슨 사정이 있겠지 싶었어. 다만 가명인지 아닌지는 몰랐거든. 방금 질문은 그냥 넘겨짚어 본 거야."

요시노가 장난기 가득한 눈동자로 마미의 얼굴을 들여다본다.

"갑자기 우리 홈페이지에 연락해서 숙식 가능한 자원봉사 활동

을 하고 싶다, 지금 당장 시작할 수 있고 최대한 오랫동안 하고 싶
다, 라니 그야말로 SOS가 따로 없잖아. 일단 몸을 기댈 곳을 필사
적으로 찾고 있다는 느낌을 받았어."

"사정이 있다는 걸 짐작하면서도 데리러 와 준 건가요?"

"내버려 둘 수 없잖아. 여자 혼자인 것 같았고."

요시노가 주저 없이 말했다. 그 말을 듣자 정말 그랬겠구나, 하
고 납득이 갔다. 사정이 있을지도 모르는 사람일지라도 수상히 여
기기보다 손을 먼저 내미는 사람도 있다. 요시노는 그런 사람인
것이다.

"방금 본명을 물은 것도 딱히 탓하려고 그런 게 아니라, 이따 소
개할 지도 제작 업무를 하려면 등록이 필요한데 아무래도 가명으
로 하면 담당자에게 폐가 될 것 같아서야. 그쪽에서 마음 편히 본
명으로 하라고 했거든. 그뿐이야."

"가시자키 할아버지와 다른 사람들도 내 이름이 가명이라고 생
각하나요?"

"아니."

요시노가 고개를 저었다. 그러고는 웃었다.

"그런 것에 아예 관심이 없을걸. 마미짱이 식사 당번일 때는 겉
절이가 맛있다고 칭찬했고, 고타로 군도 사진 세척 일로 고마워하
고 있었어. 전에도 말했다시피 그 사진관에는 대지진 이후 다양한
사람들이 드나들었거든."

사정을 털어놓아야 할까, 잠시 생각했다. 털어놓는다면 지금이
가장 적절할지도 모른다. 하지만 망설여진다. 말하고 싶지 않은
기분과는 조금 다르다. 가케루의 일도 포함해서 자신에게 무슨 일
이 있었는지 누군가 들어 준다고 한다면 그 사람이 요시노였으면
좋겠다. 하지만 마미의 사정은 요시노가 봤을 때 '대단한 사정'이

아니지 않을까.

가케루에게 배신감을 느껴 도쿄를 뛰쳐나와 군마에도 돌아가지 못하고 충동적으로 이곳에 왔다. 하지만 일본 도처에서 활동하며 다양한 사람을 만나 온 요시노가 봤을 때 마미의 사정은 사정 축에도 못 끼지 않을까. 결혼한 것도 아닌 연애 싸움. 본인에게는 큰 문제라도 남이 봤을 때는 대수롭지 않은 것도 어쩌면 당연한 것 같다.

가시자키 사진관에서 지냈을 때 지카라를 데리고 도망쳐 왔다는 사나에가 마미에게 사정을 밝히지 않고 그저 옆에서 의연하게 사진을 씻고 있었다. 그런 강인함 앞에서 자신이 한없이 작게 느껴지기도 했다.

그래도 이야기하는 편이 낫지 않을까. 수상한 사람이 아님을 밝히는 의미에서도, 하고 마미가 입을 열려던 그때였다.

"다들 저마다 사정이 있는 거야."

마미의 말을 부드럽게 막듯이 요시노가 말했다. 마미가 쳐다보자 요시노가 고개를 살짝 흔들고 창밖으로 시선을 던졌다.

"나도 내 아이를 엄마한테 맡기고 와서 한동안 못 만났거든."

"네?!"

저도 모르게 큰 소리가 났다. 요시노가 희미하게 웃는다.

"……나도 그렇고 다들 저마다 사정이 있어."

그 말을 듣자 다음 말이 나오지 않았다. 요시노의 미소에는 그늘이 없어 그녀에게도 복잡한 사정이 있다는 것이 잘 믿기지 않았다. 그녀에게 아이가 있을 줄은 몰랐다. 심지어 결혼을 했는지 안 했는지조차 생각한 적이 없다. 이런 활동을 하는 것으로 보아 움직이기 편한 독신이겠거니, 하고 막연히 생각했다.

"그렇군요."

어색하게 고개를 끄덕이며 그렇게 말하는 것이 고작이었다.

완행열차가 이시노마키에 도착하기를 말없이 기다렸다. 센다이의 가시자키 사진관에서 지도 만드는 일을 하러 매일 이시노마키까지 다니려면 힘들 테니 아르바이트를 하는 동안에는 지도 회사에서 마련해 준 직원 기숙사에서 지내기로 했다. 혼자 낯선 곳에서 지내려면 용기가 필요하지만 처음부터 그런 생활을 각오하고 도호쿠에 온 것이라고 마음을 다잡았다.

전철 안에서 말없이 요시노와 나란히 앉아 있다. 침묵이 고통스럽지 않고 오히려 마음이 편했다. 옛날부터 동성 친구들과의 대화나 미팅, 술자리를 가질 때면 침묵이 두렵고 어색하고 못 견디도록 싫었건만.

말하지 않아도 되는 것까지 말해야 한다는 압박감에 늘 불안했었건만.

요시노가 자기 아이 이야기를 꺼낸 것은 마미를 안심시키기 위해서였다는 것을 침묵 속에서 서서히 깨달았다. 그녀에게 더욱 고마워졌다.

오노자토 씨의 결혼상담소에서 소개받은 두 번째 맞선 상대, 하나가키 마나부와의 데이트는 좌우간 매번 피곤했다.

취향에 딱 맞는다고 생각했다.

사진을 보고 이렇게 곱상하게 생긴 근사한 사람이 왜 아직 결혼하지 않았을까 신기할 정도였다. 오노자토 씨를 통해 상대에게 '만나고 싶다'는 뜻을 전하자 그쪽에서도 '만나겠다'는 대답을 받았을 때는 아아, 이 사람과 결혼하겠구나, 하고 확신했다. 상대가 자신을 마음에 들어 했으면 좋겠다고 기대했다.

처음부터 기대가 너무 컸던 탓인지 하나가키와 만날 때마다 불만스러운 기분이 들었다. 조금씩, 조금씩 하지만 확실하게 실망하는 일이 쌓여 갔다.

정장을 차려 입고 또렷한 표정으로 정면을 향한 사진 속 그대로의 사람이 나오리라 기대해서인지, 하나가키를 약속 장소에서 처음 만났을 때 사진만큼 단정한 얼굴은 아니라고 생각해 버렸다. 복장도 정장이 아닌 대학생이 입을 만한 플란넬 셔츠에 치노 팬츠였다. 가나이 씨처럼 이상한 개성이 있는 것도, 촌스럽지도 않지만 맞선 사진에서 본 정장 차림만큼 근사하지는 않았다.

하나가키는 얌전하고 말수가 적고 사교성이 별로 없어 보였다. 마미 혼자 이야기하고 질문도 혼자 다 했다. 그 질문에도 그는 한두 마디 대답할 뿐이라 대화가 이어지지 않았다.

낯을 가리는 성격이라도 몇 번 이야기하다 보면 친해지리라 생각했다. 이 또한 그의 개성이라고 생각하려 애썼지만 침묵은 역시 괴로웠다.

ㅡㅡ저거, 외제 차 아니고 국산 차예요.

어느 날 데이트를 하는데 웬일로 그가 먼저 불쑥 말을 꺼내 마미는 놀라서 고개를 들었다. 무슨 이야기를 하는지 몰라 그를 쳐다보고 있자 그가 레스토랑 창밖을 가리켰다.

"저 차. 사카니와 씨가 타고 싶다고 했던."

그 말을 듣는 순간 어깨에 화끈 열이 올랐다.

이 레스토랑에 들어오자마자 창밖에서 그 차를 발견했다. 전부터 가끔 거리에 보이던 차로, 디자인이 근사하다고 생각했다. 세단만큼 크지 않고 그렇다고 작지도 않아 여성이 운전하기에 적합하다고 생각했다.

마미의 첫 차는 어머니가 타다 물려준 경차였고 지금도 그로 부터 몇 년 뒤 부모님이 사 준 국산 경차를 타고 있다. 군마에서는 어디를 가든 차가 필수라 한 집에 한 대로는 부족하고 인당 한 대가 당연하다. "첫 차는 부딪히기도 할 테니 연습용이라 생각해" 하고 취직 후 어머니에게 중고차를 물려받아 타고 다니다 이후 부모님이 "이 차 정도면 사 줄게" 하고 다른 경차를 사 줘서 타고 있다. 그런데 친구 중에는 부모가 처음부터 신차를 사 줬거나 학생 때부터 아르바이트 해서 모은 돈으로 귀여운 외제 차 미니를 타는 애도 있다.

부모님이 먼저 차를 골라서 사 줬으면서 나중에 어머니가 어쩜 고마워할 줄을 모르냐고 타박한 적이 있다. "너도 이제 어른이 다 되었잖니. 보통은 제 돈으로 차를 사는 게 당연한데 마미짱은 우리가 말을 꺼내지 않으면 차도 결정하지 못한다니까."

그 말을 듣고 화가 치밀었지만, 실은 마미도 다음에는 직접 고른 차로 바꾸면 좋겠다고 생각했다. 구체적으로 목표를 세우고 저축한 것도 아니었고 그 차도 거리에서 발견하고 막연히 동경하던 것에 불과했다. 다만 미니보다 더 드물게 보이는 차였고 복고풍 디자인이 귀여워서 바꾼다면 저 차가 좋겠다고 생각했다.

하나가키와 들어간 레스토랑에서 화젯거리가 다 떨어지고 침묵이 이어져 괴롭던 차에, 이 사람이 먼저 말을 건네주면 좋으련만 생각하던 차에, 문득 창밖으로 보이는 주차장에 그 차가 세워져 있는 것을 보고 아무 생각 없이 말한 것이다.

"저 차 말이에요, 내 드림 카예요" 하고.

군마에 살면 무슨 차를 타고 다니는가가 그대로 개성이나 때로는 신분이 되기도 한다. 대학생 때만 해도 마미는 차에 별 관심이 없었지만 직장인이 되고 보니 관리직 사람들의 차가 척 보기에도 고가로 보일 때면 역시 좋은 차는 다르구나, 하고 느꼈고 술자리에 나온 남성들이 애지중지하는 자기 차를 자랑하는 모습도 자주 보았다. 남자친구의 차가 무슨 차인지 밝히며 좋아하는 친구들도 있었다. 다들 차를 쉽게 바꿨다. 돈을 들인다면 당연히 차가 1순위였던 것이다.

하나가키가 고개를 들어 창밖의 그 차를 바라봤다. 마미가 쓴웃음을 지었다.

"그런데 외제 차인 데다 실제로 탄다고 하면 부모님이 반대하실 거예요. 우리 부모님은 그런 점에서 굉장히 보수적이거든요. 무조건 국산 차가 좋다고 말씀하실 게 뻔해요."

"……네."

하나가키의 대답은 변함없이 짧았다. 그 말을 끝으로 이내 관심 없다는 듯 입을 다문다. 마침 주문한 음식이 나와 두 사람은 묵묵히 음식을 먹었다.

그래서 그 이야기는 거기서 끝난 줄 알았는데 시간이 꽤 흐른 뒤 하나가키가 불쑥 말을 꺼낸 것이다.

"저거, 외제 차 아니고 국산 차예요" 하고.

그가 손끝으로 가리키는 곳을 보니 마침 그 차가 주차장을 나가려던 참이었다. 식사를 마친 듯한 차의 주인이 차에 올라타자 라이트가 켜지고 움직이기 시작한 차의 뒷부분에서 브레이크 등이 깜빡인다.

"저 차. 사카니와 씨가 타고 싶다고 했던."

어깨에 화끈 열이 올랐다.

드림 카라면서 어느 나라 차인지도 모르나, 하고 아는 척한 걸 지적당하는 것 같았다. 창피함과 그 이상의 짜증이 가슴속에서부터 온몸을 와락 감싼다.

말문이 막혀 가만히 하나가키를 쳐다봤다. 그런데 눈치 없는 하나가키는 아직도 창밖을 바라보고 있다.

"차가 나갈 때 뒤에 마크가 있는 걸 방금 봤거든요."

일반적인 국산 차와 달리 앞에 마크가 없었다. 디자인도 외제 차 분위기가 나는 것이 전혀 일본차 같지 않다. 그래서 몰랐고, 드림 카라고 말했지만 사실 제대로 알아본 적은 없어서 마미도 모르고 있었다. 그렇다. 실은 진심으로 '꿈꾸지' 않는데도 침묵이 어색해 화제로 삼았을 뿐이다.

당신과의 대화는 재미없으니까.

당신이 먼저 이야기를 꺼내는 법이 없으니까. 그래서 실은 별 관심 없는, 아무래도 좋을 것까지 나는 열심히 이야기했어. 그런데 왜 그런 변변찮은, 아무래도 상관없는 실수를 놓치지 않고 지적하는 걸까.

하나가키의 차는 경차다. 마미의 주변에서 직장인 남성 중 경차를 타는 사람은 없다. 다들 차에 돈을 들이는 경향이 있고 차는 이곳에서는 일종의 개성이자 신분이기 때문이다.

여자가 탈 만한 경차를 타다니 꼴사나운데 왜 바꾸지 않는 걸까, 하고 전부터 의아해했다. 너그럽게 봐주려 했지만 역시 그 점도 신경이 쓰였다.

그런 하나가키가 마미에게 창피를 주려고 방금 실수를 지적한 것이 아님을 잘 알고 있다. 그런 것은 생각해 낼 수 있으면서 왜 지금껏 만날 때마다 입을 꼭 다물고 있었을까. 아마 그는 그저 선량한 것이다. 선량하고 정직한 까닭에 상대가 그것을 어떻게 받아들일지 모르는 것이다. 벽창호라는 말이 떠오른다.

마미는 두 손 두 발 다 들었다. 아는 체하는 것을 용납하지 않는, 그의 이런 분위기 파악을 못하는 선량함에.

그런 주제에 그 화제를 바탕으로 대화를 이어 나가려 하지도 않는다. 대화는 다시 끊어졌다.

하나가키가 마미의 속마음을 눈치채지 못하고 방금 자신이 한 이야기조차 잊어버렸다는 듯이 자신의 멜론 소다를 집어 들었다. 그러고는 빨대로 마신다.

처음에 만난 카페에서 이곳은 무조건 커피 아닌가? 싶었을 때도 그는 오렌지주스를 주문했다. 패밀리 레스토랑에 들어가도 늘 멜론 소다 아니면 환타를 빨대로 마신다. 술을 잘 못한다며 지금처럼 식사를 할 때도 탄산음료를 주문한다.

오노자토 씨와 부모님은 그게 뭐 어떠냐고 할지도 모른다. 그러나 마미는 신경이 쓰였다. 이 사람은 예단을 주고받거나 부모님에게 인사하는 격식 있는 자리에서도 모두가 커피를 주문할 때 분위기를 파악해서 "저도 같은 것으로" 하는 말을 할 줄 모를 것이다. 그런 상황에서도 홀로 멜론 소다를 마실 것이다.

마미가 "여기 가자" 하고 리드하지 않으면 식사도 지금처럼 패밀리 레스토랑밖에 가지 않을 것이다.

그게 뭐 어떻다고.

그게 신경 쓰이다니 속이 좁다.

이상이 높다.

다들 하나같이 그렇게 말할 것이다.

정직하고, 나쁜 사람은 아니잖니, 하고 그의 선량함을 칭찬할 것이다.

퇴짜 놓는 마미가 나쁘다고 생각할 것이다. 상대를 이해하지 않으면서 이해받고 싶어 하는 마음은 제삼자가 봤을 때 오만하게 보일 것이다.

하지만.

미안합니다.

나로서는 무리였다.

이해하려 애썼다. 그러려고 애썼단 말이에요. 만나는 사람들과 제대로 마주하려고 했다. 하지만 이해할 만한 것을 다들 보여 주지 않았다는 생각이 든다. 어떻게 하면 이해할 수 있는지 나로서는 알 도리가 없었다.

하나가키 씨도 부디 좋은 사람을 찾아내기를.

싫지 않다. 싫지는 않지만, 나 말고 누구 좋은 사람과 모쪼록 행복해지면 좋겠다고 지금도 생각한다.

가케루에게 스토커 이야기를 할 때 무의식중에 하나가키가 어렴풋이 떠올랐다.

무례인 줄 알면서도 이미지의 실마리가 되는 것이 그것밖에 없었다.

ㅡㅡ감싸거나 그런 게 아니라……. 그냥 그 사람의 마음도 왠지 알 것 같아. 서른 넘어서 당하는 실연이 얼마나 괴로운지, 뭐랄까 불안한 마음 같은 거 말이야. 결혼이나 그런 미래가, 나한테 거절 당한 것으로 갑자기 닫힌 것처럼 여겨졌을지도 몰라.

그것이 나 자신의 마음이기도 했기에.

결혼 활동을 통해 누군가를 만나면 이번에야말로, 하고 기대했다. 하지만 아니라는 걸 깨달을 때면 언제나 눈앞에서 갑자기 문이 닫힌 것처럼 느껴졌다. 실망은 기대했던 만큼 언제나 컸다.

대화에 활기라고는 없었고 나를 어떻게 생각하는지 보여 주지도 않았으면서, 오노자토 씨를 통해 거절을 표하자 하나가키는 계속 만나고 싶다는 뜻을 전해 왔다. 그럼 내 어디가 좋았느냐고, 마음에 들었느냐고 묻고 싶었다.

가케루가 도쿄처럼 공공 교통수단이 발달한 지역에서 차가 그 렇게까지 필요하지 않은 환경인데도 신차인 외제 차를 타고 다니 는 것.

모두의 분위기에 맞춰 커피를 주문할 수 있는 것.

맥주 회사를 경영하고 술자리 매너가 훌륭하고 나를 근사한 분 위기의 술집에 데려가는 것.

그 모든 것이 고향에 있었으면 결코 접하지 못했으리라 생각될 만큼 매력적이었다. 얼마나 매력적이던지 머리가 어질어질할 만 큼 멋지게 보였다.

하지만 나 또한 상대의 겉모습밖에 보지 않았던 걸까.

가케루를 선택한 나는 도시에 눈이 먼, 천박한, 이것이 소설이 라면 마지막에 가서 벌을 받는 고약한 여자인 걸까.

지도 만들기의 기본은 한 번 걸은 길을 두 번은 걷지 않도록 경 로를 생각하며 걷는 것.

마미는 이타미야가 가르쳐 준 것을 머릿속에 되새기며 마을을 걸어 다녔다. 처음 일주일은 이타미야와 함께 지도를 한 손에 들 고 다녔는데 이 구역을 수년 동안 담당해 온 그의 일솜씨는 가히 감탄스러웠다.

그의 머릿속에는 마을 지도가 완벽하게 들어 있었다. 담당하 는 범위가 결코 좁지 않은데도 확인해 나가는 경로에 군더더기가 없다.

"굉장해요."

마미가 저도 모르게 탄성을 지르자 이타미야가 "핫핫" 하고 웃 었다.

"신참과 함께라 이래 봬도 제법 봐주면서 걷고 있답니다."

쾌활한 말투에서 자신감이 느껴졌다.

"처음에는 아마 지금처럼 순조롭게 하지 못할 테니 왔던 길을 다시 되돌아가게 되더라도 한 집 한 집 세심하게 확인해야 한다는 걸 명심해 주세요. 시간이 걸려도 정확한 것이 중요하거든요."

"네."

"사카니와 씨는 젊은 여성이니 아마 주민들도 말을 걸기가 편할 거예요. 어쩌면 말을 건네는 어르신이 계실지도 몰라요. 그때는 이야기를 잘 들어 주세요."

"이야기요?"

"다들 젊은 사람과 이야기하고 싶어 하거든요. 저는 오십 대인데도 이 지역에서는 젊은 축에 속해서 많이들 마음을 써 주시죠. 제가 지역 사람들과 친하게 지내는 모습을 요시노 씨가 좋게 봐서 함께 일을 하게 된 겁니다."

"아……."

그것은 이타미야와 함께 짧은 기간 동안 마을을 함께 다녀도 금방 느껴지는 것이었다. 이타미야와 둘이서 지도를 펼치고 있으면 지나가던 사람들이 자주 말을 걸었다. "오, 이타미야 씨" 하고 이름을 부르는 사람이 있는가 하면, "어…… 자네 이름이 뭐였더라?" 하고 이름은 정확히 기억하지 못해도 손에 든 지도를 보고 "그래그래, 지도 만드는 자네" 하고 말을 걸어오는 사람도 있었다. 확인을 마치고 그 지역을 뒤로 하려는데 아까 확인했던 집의 할아버지가 "이봐, 기다려!" 하고 저 멀리서 귤이 든 비닐봉지를 들고 급하게 쫓아온 적도 있다.

요시노는 첫날 함께해 주었을 뿐 지금은 떠나고 없다.

마미가 이시노마키에서 묵게 된 지도 회사의 직원 기숙사는 재작년까지 재해 뒤 임시 주택으로 사용된 작은 빌라로, 그곳에 살

왔던 피해자들은 지금은 다른 장소에 생긴 시영 주택으로 옮겼다고 한다.

지도 만들기 아르바이트는 마미 외에도 한 명이 더 있었다. 베테랑인 이타미야의 빈자리를 메우기에는 역시 한 명으로는 부족한 것이다. 직원 기숙사에서 마미의 옆방에 사는 그 남성은 마미보다 두 달 먼저 와서 일했다고 한다. 선배나 다름없는 그 또한 요시노가 데려왔고 이름은 다카하시. 무슨 인연이 있어 이곳에 왔는지는 몰라도 시즈오카에서 왔다고 한다. 나이는 마미보다 다섯 살 아래인 서른 살이다.

"잘 부탁드립니다!"

첫날 그가 가벼운 말투로 인사해 주었다. 운동이라도 했는지 키가 크고 어깨가 딱 벌어졌다. 머리는 금발에 가까운 화려한 갈색인데 뿌리만 검다. 한쪽 귀에 피어싱을 하고 있어, 요시노의 소개로 왔다는 사실을 몰랐더라면 마미는 자신이 먼저 다가갈 수 없는 유형의 사람이라고 판단했을 것이다.

"겉모습은 저래도 나쁜 애는 아니야."

"맞아요. 마음씨가 착한 아이니 동료끼리 잘 지내 봐요."

요시노도, 이타미야도 웃으면서 그렇게 말했다.

지도 조사원은 기본적으로는 혼자 일하기 때문에 그와 함께 마을을 걷는 일은 없어도 마미로서도 동료가 있다는 것은 마음이 든든했다. 그렇긴 해도 겉모습에 기가 죽어 자신이 먼저 말을 걸지 못하고 있었는데 어느 날 빌라 복도에서 외출하던 참인 그와 우연히 마주쳤다. 그러자 다카하시가 "아" 하고 작게 소리를 냈다.

"잠깐만 기다릴래요? 3분만."

갑작스러운 말에 당황하고 있자, 다카하시가 방금 잠갔던 자신의 집 문을 다시 열쇠로 열고 안으로 들어갔다. 곧바로 나오더니 손에 핑크색 털 부츠를 들고 있다.

"235."

"네?"

"여자 발 사이즈는 대체로 그렇다고 전 여친 님이 그랬는데, 맞아요?"

"……나는 그 정도인데."

"그럼 이거 신어요."

그가 느닷없이 부츠를 내밀었다. 그 대담한 태도에 압도되어 마미는 부츠를 받아 들었다. 약간 신은 흔적이 있긴 해도 아직 밑창도 닳지 않은 멀쩡한 부츠였다.

엉뚱하게도 자신의 전 여자친구를 '전 여친 님'이라고 하는 그의 유연한 말씨를 의아해하면서도 왠지 좋네, 하는 생각이 들었다.

"어제 돌아본 구역의 공원에서 유치원과 양로원에서 나와 플리마켓을 하고 있더라고요. 평일 낮에 플리마켓을 하니까 아무도 안 살 거 아니에요. 가 봤더니 그게 있었어요. 게다가 백 엔이라니 굉장하지 않아요? 아, 내가 값을 깎긴 했지만요."

"정말 받아도 돼? 그럼 돈을."

"아아! 됐어요, 됐어. 말했잖아요. 백 엔이라니까요."

다카하시가 자신의 운동화를 내려다본다. 언제부터 신었는지 해어져 있다.

"이 일은 많이 걷는 일이라 신발이 금방 망가져요. 추운 날이 계속 이어질 테니 괜찮으면 신으세요."

"나야 고맙긴 한데……."

"자, 그럼 이만."

다카하시가 일방적으로 말하더니 마미와 부츠를 남기고 냉큼

가 버렸다. 그가 가 버리자 한바탕 폭풍이 지나간 것 같았다.

. 큰 의미 없이 싸서 샀다는 것이리라. 마미는 핑크색 부츠를 멍하니 바라보았다. 이십 대 여자가 신을 만한 젊은 디자인으로, 결코 마미의 취향은 아니다. 그래도 고마웠다. 마미의 신발은 센다이에 와서 산 털 부츠와 도쿄에서 신고 온 굽 있는 롱 부츠, 두 켤레밖에 없다.

이 일을 한 지 벌써 이 주일이 지났다. 지도와 눈싸움을 하며 걸으면서 행인에게 뭔가를 묻거나 말을 거는 일이 점점 수월해졌다. 딱 그만큼 자신이 뭘 입고 어떤 모습을 하고 있는지를 남들은 그리 신경 쓰지 않는다는 것을 알게 되었다. 도쿄에서 지냈을 때는 그토록 신경 쓰였던 것이. 특히 가케루의 여자 친구들이나 거래하는 가게에 가기 전에는 전신 거울 앞에서 옷장을 열고 몇 시간 동안 고민한 적도 있다.

다카하시처럼 대화의 템포가 빠른 사람은 전부터 부담스러웠다. 자신의 이야기를 해 봤자 상대가 지루해할 거라는 생각에 말을 붙이지 못했다. 방금 전에도 제대로 대답하지 못했고 다카하시가 일방적으로 밀어붙인 느낌이 있긴 하지만 그래도 기분이 나쁘지는 않았다.

평일 낮 공원에서 외부 손님이 별로 오지 않는 플리마켓을 하는 유치원 엄마들과 양로원 노인들 사이에 끼어 상품을 구경하는 다카하시의 모습이 눈에 선해서 슬며시 웃음이 나온다. 마미는 다시 집으로 들어가 부츠를 갈아 신었다.

마미가 그 신사를 발견한 것은 지도 만드는 일을 시작한 지 두 달 가까이 지났을 무렵이었다.

4월의 끝 무렵.

바닷가부터 시작한 지도 확인 작업은 걷는 루트가 바다에서 멀어질수록 쓰나미의 영향이 줄어든다. 떠내려가지 않고 남아 있는 벚나무가 도쿄보다 느지막하게 꽃을 피워 봄이 물씬 느껴진다. 서리가 내린 딱딱한 땅의 얼굴마저 곳곳이 누그러진 것처럼 느껴진다.

　그 장소에 신사가 있는 것은 작년까지의 자료에 기록되어 있어 이미 알고 있었다.

　가 봤더니 그곳은 오래된 목조 신사였다. 지붕이 약간 기운 것처럼 보이는 것은 지진의 영향일까. 그 기운 지붕 아래로 금줄과 방울이 달려 있다. 그 안쪽에 있는 신사의 문양에 눈이 꽂혔다.

　원 안에 세 줄의 물결을 본뜬 듯한 디자인.

　마미는 그 마크가 익숙했다. 어디선가 본 적이 있는데, 하고 생각하다 "앗" 소리가 나왔다.

　가시자키 사진관에서 봤던 것이다. 고타로의 부탁으로 세척한 사진 중 어떤 결혼식 사진에 분명히 이 마크가 들어가 있었다. 새하얀 기모노를 차려 입은 새침한 표정의 신부. 이 물결선을 친척 단체 사진 뒤에서 틀림없이 봤다.

　"웬 손님이래?"

　뒤에서 느릿느릿한 목소리가 들려 얼른 뒤를 돌았다. 처음에는 지역 사투리와 말씨에 당황했지만 지금은 적응했다.

　신사 안쪽의 사무소 같은 건물 쪽에서 할머니가 나왔다. 살짝 보풀이 인 카디건을 걸치고 꽃 코르사주가 달린 니트 모자를 쓴 멋쟁이 할머니였다. 그 건물은 신사의 본전과 달리 새 건물인 것으로 보아 새로 지었을지도 모른다. 절로 지도에 눈이 갔다. 그 위치에 '이시모다石母田'라고 쓰여 있다. '이시모다'라고 읽으면 되나. 생각보다 먼저 "이시모다 씨이신가요?" 하고 말이 튀어나왔다. 그러자 곧바로 "아아, 맞아요. 이 신사를 내가" 하는 대답이 돌아왔다. 아무래도 이 신사를 관리하는 집안 사람인 모양이다.

"저는 주택 지도를 만들기 위해 이 부근을 돌아보고 있는데요" 하고 이름을 대자, 할머니가 바로 "아아" 하고 고개를 끄덕이며 깊게 주름진 얼굴로 눈을 가늘게 뜬다. 그러자 눈이 한 줄의 주름처럼 보였다.

"그 지도구먼. 예예. 전에도 누가 왔었지, 그랬지."

"이 신사는 역사가 꽤 깊어 보이네요."

"그렇지, 아주 오랜 옛날부터 있었으니."

할머니의 상냥하고 느릿느릿한 말투에 용기를 얻어 과감하게 물었다.

"이 신사에서 결혼식을 하기도 하나요?"

"엉?"

마미의 질문에 당황했는지 할머니가 고개를 갸웃거린다. 이상한 것을 물었나 싶으면서도 사람과 이야기하는 것이 전보다 힘들지 않아서인지 마미는 계속해서 물어보았다.

"저, 실은 제가 이 신사에서 결혼식을 올린 사람의 사진을 본 적이 있거든요. 어쩌면 잘못 봤을 수도 있지만요."

물어볼 때에 가슴이 두근두근했다. 긴장 때문이 아니라 순수하게 흥분해서. 누구의 결혼식인지 모를 그 사진의 주인에게 도달할 수 있는 힌트가 이곳에 있을지도 모른다. 할머니가 슴벅슴벅 눈을 끔뻑인다. 그러고는 고개를 끄덕였다.

"맞아요, 맞아. 옛날에는 결혼식도 했다지 아마. 옛날, 아주 옛날 내가 젊었을 무렵이었는데, 그립구먼."

가시자키 사진관에 연락하자 고타로가 직접 사진을 들고 이시

노마키까지 와 주었다. 고타로에게 연락을 받은 요시노도 함께 와
주어 이왕 이렇게 되었으니 이타미야와 다카하시를 불러 다 같이
근처 술집에 갔다. 사진은 이튿날 이시모다 씨가 있는 신사로 다
같이 가서 확인받기로 했다.

"마미짱, 굉장해. 탐정 같아."

"아니에요⋯⋯. 그냥 우연히."

맥주잔을 든 요시노의 말에 마미가 쑥스러워서 고개를 흔들자
고타로가 "아니, 아니" 하고 몸을 내밀었다.

"설령 우연이었다 해도 그 우연을 끌어당겨서 알아차린 것이
굉장한 거라고요. 저는 사진을 씻으면서도 신사 마크를 전혀 알아
보지 못했거든요."

"고타로 군, 일부러 여기까지 오게 해서 미안해. 할아버지 사진
관을 비우게 해서⋯⋯."

"괜찮다니까요! 그보다 정말 기뻤어요. 그 사진들은 주인을 찾
기는 힘들겠다고 포기했던 사진들이거든요. 할아버지도 냉큼 다
녀오라고 하셨습니다."

그날 찾아간 이시노마키의 술집은 대지진 후 주로 자원봉사자
들이 드나드는 새로 생긴 가게라고 한다. 가게 안에는 오늘도 젊
은이가 많았다. 점주도 센다이에서 자원봉사를 하러 온 사람이라
고 한다.

낮에 지도 확인 작업을 하며 걸어 다닐 때는 알아차리지 못했
지만 이 지역에는 여전히 자원봉사를 하러 오는 사람들과 부흥을
위해 일하는 사람들이 많이 있다는 뜻이리라. 가게 안에 있는 사
람들은 토박이 주민이라기보다는 다들 어딘지 마미 일행과 비슷
한 분위기가 풍긴다.

"사나에 씨와 지카라 군도 잘 있어요?"

짧은 기간이었지만 함께 지낸 그들이 문득 그리워져 묻자, 고타로가 "아아" 하고 생각난 듯한 표정을 지었다.

"그 두 사람은 이제 없어요. 다음 장소로 갔거든요."

"앗, 정말?"

"네. 마미 씨한테도 만나면 안부 전해 달라고 하셨어요."

"그랬구나."

사나에의 의연한 모습과 천진난만한 지카라의 얼굴을 떠올리자 가슴이 꽉 조이는 듯했다. 그들이 어떤 사정을 품고 무엇으로부터 도망치다 어디로 갔는지는 모르지만, 고타로가 밝히지 않는 이상 물을 생각은 없다. 그러나 그가 사용한 '다음 장소'라는 말의 울림에는 밝은 기운이 느껴졌다.

사나에 모자는 앞으로 나아갔을지도 모른다.

"나도 갈 수 있을까, 다음 장소로."

무심결에 입 밖으로 작게 중얼거렸다.

사나에 모자가 부디 건강하기를 빌었다. 사진을 씻다가 갑자기 감격해서 울어 버린 자신의 눈물을 보고 사나에가 부드럽게 어깨를 안아 준 것이 생각난다.

고타로가 가볍게 끄덕였다.

"사나에 씨와 지카라가 오랫동안 사진관 일을 도와줬거든요. 두 사람이 떠나고 나니까 역시 쓸쓸하더군요."

"고타로 군은 지금 사귀는 여자친구 있지? 그 여자친구가 대신 올 가능성은 없어?"

"네에? 글쎄요. 사귀는 건 맞지만 아직 그런 것까지는 전혀. 여자친구가 저보다 연상이라 가끔 그런 분위기를 느끼기도 하지만요."

천진하게 고개를 젓는 고타로의 그 얼굴을 바라보며 마미는 미소를 지었다. 지적이고 성실해 보이는 고타로 같은 사람도 남자들에게서 풍기는 특유의 여유가 느껴진다. 자신 같은 사람이 할 수 있는 말은 아무것도 없다. 하지만 생각하지 않을 수가 없었다. 그 여유 때문에 언젠가 후회하지 않았으면 좋겠다. 그 여유가 젊음의 특권이라 할지라도.

"……아니, 그런데 여자친구 이야기는 누구한테 들었어요?"

고타로의 말에 요시노가 후후후 하고 미소를 지으며 "미안, 미안" 하고 코앞에서 손을 모은다. 고타로가 장난스럽게 얼굴을 찌푸리고 "또 그러시네. 좀 봐주세요" 하고 가볍게 말하면서 자신의 가방을 가슴에 끌어당겼다.

고타로가 그 결혼식 사진을 봉투에서 조심스럽게 꺼냈다. 물수건으로 테이블을 닦고 손수건을 펼친 다음 그 위에 점잖게 올려놓았다.

마미가 진흙을 씻어 낸 사진은 확실히 매우 낡아 보였다.

"좋은 사진이네요."

다카하시가 말했다. 친척 단체 사진에는 표정이 드러난 사람이 있는가 하면 잘 드러나지 않는 사람도 있었다. 마미가 "응?" 하고 다카하시를 보자 그가 고개를 힘껏 끄덕였다.

"다들 긴장한 상태로 앞을 보고 있을 뿐인 사진이지만, 옛날에는 지금처럼 가벼운 마음으로 사진을 찍지 않았을 테니 그만큼 사진 찍는 일이 특별하지 않았을까 하는 생각이 들어요. 그럼 이 사진 역시 소중한 거였겠지요."

"운명일지도 모르겠군요."

다카하시 옆에서 이타미야가 말하자, 마미가 고개를 들었다. 그러자 이타미야가 마미의 눈을 보고 말했다.

"당신이 이 지역에 온 건 어떤 운명 같은 거였을지도 몰라요."

"그리 대단할 리가……."

거창하게 느껴져 고개를 저으려 했지만 숨이 막혔다. 저도 모르게 몸 안쪽에서 따뜻한 감정이 복받쳐 오른다.

기뻤다. 자신이 이곳에 온 것, 이곳에 있는 것에 의미가 있다니, 지금껏 누구에게도 듣지 못한 말이었다. 이타미야는 방금 가볍게 말했을 뿐 깊은 의미가 있는 것은 아니라는 것을 안다. 알고 있지만…… 이런 일은 처음이었다. 처음 들었다.

"잠깐 손 씻으러 다녀올게요."

자리에서 일어나 화장실로 가자 오랜만에 맥주를 마신 탓도 있어 눈 밑이 불긋하다. 자신이 울기 직전이라는 것을 거울을 보고서야 알았다. 분명히 기쁜데, 그 기쁨에 애달픔이 뒤섞여 있다.

거울 앞에서 눈을 깜빡이고 심호흡을 한 뒤 화장실 밖으로 나가자 바로 앞에 다카하시가 기다리고 있었다.

"아, 미안."

화장실에 들어가려는 그를 기다리게 했다 싶어 사과하고 나서 이 술집은 화장실이 남녀 별도로 있다는 것을 생각해 냈다. 이상하다 싶어 고개를 든 그 순간 뜻밖에도 다카하시의 진지한 눈빛과 마주쳤다.

"다음 장소라니, 어디 가나요?"

"어?"

"아까 이야기하길래."

"아……."

고타로와 이야기했던 사나에와 지카라를 가리키는 것이리라. 그 모자는 앞으로 나아간 것 같지만 자신은 그들처럼 할 수 있을 것 같지가 않다. 그때 중얼거린 것을 듣고 뭔가 오해를 한 모양이다. 마미는 씁쓸히 웃으며 고개를 저었다.

"아니야. 아까는 고타로 군의 사진관에서 함께 지냈던 사람의 이야기를 한 거야. 내 이야기가 아니었고, 무엇보다 지도 조사하는 일도 아직 범위가 남아 있잖아."

"그럼 다행이고요."

다카하시가 노골적으로 안도하는 목소리로 말했다.

그 표정을 보고, 눈치챘다. 연애 경험이 적고 둔감한 마미도 그것이 무엇을 의미하는지 알아 버렸다. 그가 화장실 앞에서 기다린 것도 우연이 아니다.

"저기."

뿌리만 검은, 화려한 머리 색깔. 가벼운 말투. 헐렁한 추리닝 같은 상하의를 즐기는 패션도, 자신과는 다른 세계의 사람인 듯한 기분이 들었다. 이 일을 하지 않았더라면 그와 같은 유형과 말을 섞는 일은 평생 없었을 것이다.

그의 표정이 조금 굳어진다. 목소리의 톤이 올라간다.

"혹시 괜찮으면 말인데요, 일 쉬는 날에 어디 가지 않을래요? 그, 드라이브 같은 거라도."

목소리와 얼굴에 긴장이 깃들어 있다.

그 목소리를 들었더니 설레기에 앞서 가슴이 찢어지듯 아려 왔다.

갑자기 기억나는 것이 있다.

현청에서 일할 때의 일이다.

직장에 자주 오던 택배 기사 한 명이 메구미에게 편지를 건넨 것이다. 늘 택배를 주고받느라 마주칠 때마다 당신이 근사하다고 생각했다, 나는 당신이 좋다, 그러니 이번에 둘이서 함께 어디 가지 않겠느냐는 내용이었다.

메구미가 "이런 걸 받았지 뭐야. 미쳤나 봐" 하고 보여 주었다.

나도, 다른 부서의 여직원들도, 다 같이 편지를 돌려 보며 "세상에! 미쳤어!" 하고 웃었다. 그저 택배를 받을 뿐인 관계인데 그것만으로 메구미를 좋아하다니 미쳤다, 제대로 대화해 본 적도 없으면서 좋아하다니 웃긴다, 이런 편지를 건네다니 제정신이 아니다, 미쳤나 봐, 스토킹하면 어떻게 해?

메구미가 이미 결혼한 유부녀이기도 해서 마미 일행은 그 사람을 놓고 실컷 웃고 흉을 봤다.

분수를 모른다고. 좋아하긴 누구를 좋아하는 거냐고.

무서워, 미쳤어.

그렇게 말했다.

지금 생각하면 그 사람에게 실제로 스토킹을 당할 염려가 없었기 때문에, 다들 대수롭지 않게 여겼기 때문에 웃을 수 있었다고 생각한다.

그 후 그가 배달하러 오는 시간대를 듣고 다른 임시직 여직원들과 함께 그의 얼굴을 보러 메구미가 일하는 부서까지 갔다. 그는 얌전해 보이고 머리숱이 적은, 약간 나이 든 느낌의 사람으로, 저런 아저씨가 메구미를 좋아하다니 뻔뻔스럽다며 다 같이 흉을 봤다.

그 사람이 어떤 심정이었는지 그때는 생각하지 않았다.

미쳤어, 같은 말로 덮어놓고 모른 척했다.

그런 사람과는 '말도 안 된다'며 이해하기를 무조건 거부했다.

그 사람도 실은 불안하지 않았을까.

길고 긴 인생에서. 만남이라고는 없이. 앞으로 평생 혼자일지도 모른다고 불안하게 생각해서. 결혼하지 않은 것을 주변에서 이상하게 생각할까 봐, 어떻게든 혼자가 되기 싫어서 결혼하고 싶다,

이성과 교제하고 싶다, 연인이 있었으면 좋겠다고 생각했다면. 나처럼.

말도 안 된다고 덮어놓고 거부하기 전에, 아주 조금 생각해 봐도 좋았을지도 모른다.

알고 보면 그 사람도 용기를 내서 나처럼 싸워 왔을지 모른다.

고백 받은 사람은 메구미였지만 갑자기 생각이 났다.

그 택배 기사에게 가나이 씨와 하나가키 씨가 겹쳐 보인다.

말도 안 된다고 거부한 것은 나도 마찬가지였다.

다카하시 군의, 온 힘을 다해 가벼움을 가장하면서도 긴장한 목소리가, 가슴을 친다.

가케루의 얼굴이 떠오른다.

"드라이브라니, 다카하시 군은 차 없잖아."

마미가 말했다. 최대한 가벼운 말투로 놀리듯 대답하자 다카하시의 얼굴이 후유, 하고 이번에도 노골적으로 긴장을 풀었다.

"차야 빌리면 되죠. 내가 얼마나 뻔뻔스러운 성격인지 모르시나 본데, 이타미야 씨의 차를 확 뺏어서 가면 돼요."

"생각해 볼게."

마미가 말했다.

"생각해 볼게. 고마워."

결혼 활동 외에 이성과 사귀어 본 적이 없다. 실은 그것이 콤플렉스였을지도 모른다고 비로소 생각했다. 모두가 하고 있는 연애, 그 입구가 어디인지 도통 몰라서 모두가 하고 있는데 왜 나는, 하고 줄곧 신경이 쓰였다. 하지만 벽을 만든 것은 자신이었을지도 모른다.

마미가 다시 한번 말했다. 최대한 심각하게 들리지 않도록. 왠지 또 눈물이 나올 것만 같았다.

"고마워, 다카하시 군."

"뭐예요? 너무 정중하잖아요."

다카하시가 웃는다.

그를 화장실 앞에 남겨 두고 혼자 자리로 돌아오자 옆에 앉은 요시노가 불쑥 말했다.

"마미쨩."

"네?"

"다카하시, 좋은 녀석이야."

그 말을 듣자 다시 숨이 조금 막혔다.

뭔가를 눈치챈 듯한 요시노를 향해 마미는 숨을 짧게 들이마시고 나서 "응" 하고 끄덕였다. "알아" 하고 그렇게만 대답했다. 요시노도 더는 아무 말도 하지 않았다.

그 신사의 이름은 미쓰나미三波 신사였다.

세 줄의 물결 문양만으로 이 신사를 표현했다고 생각함과 동시에 이름에 들어간 '물결'에 가슴을 짓눌리는 것 같았다. 이곳은 옛날부터 바다와 물결이 함께했다. 바다의 은혜로 삶을 영위할 수 있었기 때문에 감사하는 마음을 담아 신사 이름에 넣었을 것이다. 혹은 그것은 경외의 대상이기도 했을지도 모른다. 은혜를 베풀어 주리라 믿었던 바다가 지진으로 모습을 바꾸었는데도 불구하고 도저히 마음에서 떨쳐 낼 수가 없었던 것이다.

요시노와 고타로와 함께 미쓰나미 신사를 찾아가 이시모다에게 사진을 보여 주었다.

이시모다가 목조 신전 안으로 안내해 주었다. 낡은 건물인 줄로만 알았는데 보수가 잘되어 있는지 외풍이 없다. 시뻘겋게 타오르는 석유난로 위에서 주전자가 뜨거운 김을 쉭쉭 내뿜고 있다. 무릎 꿇고 앉은 다리가 조금 춥지만 그것도 묘하게 편안하면서도 긴장감이 있었다. 엄숙한 신전 안쪽에 매달린 금줄은 새것인지 새하얀 모습을 뽐내고 있어 정말 그곳에 신이 있는 듯한 고요한 공기가 흘렀다. 난로 위 주전자의 김과 본전 안쪽의 엄숙한 공기. 사람과 신이 무리 없이 공존하고 있는 장소라는 생각이 들었다.

노안경을 쓴 눈을 슴벅이며 사진을 열심히 들여다보는 이시모다 옆에 그녀의 딸이라는 여성이 와서 어머니의 등에 살포시 손을 갖다 댄다.

"옛날 생각나는구먼"하고 이시모다가 말했다. 사진에서 고개를 들어 마미를 본다.

"기겁하는 줄 알았구먼. 이거 사치코짱 결혼식이야. 너, 기억나냐? 그 의류 대여점의."

"알지, 그럼. 겐타네 엄마 아냐?"

"그래그래. 하긴, 그 집 겐타 군하고 네가 같은 반이었지."

이시모다 모녀가 서로 눈짓을 하며 고개를 끄덕였다. 아무래도 아는 집의 사진인 모양이다. 이시모다의 딸이 어머니 손에서 사진을 받아 찬찬히 살펴본다.

"정말 신기하다. 겐타네 부모님 결혼식이면, 이 사진을 찍을 때는 겐타가 아직 태어나지도 않았다는 거잖아. 지금은 완전히 아저씨가 되었는데."

그런 이시모다의 딸도 세대로 따지면 마미의 어머니보다는 조금 아래 세대에 해당한다. 지금은 이 신사에서 곤네기権禰宜(구지나 네기의 명을 받아 신사의 업무에 종사하는 신관 – 옮긴이)라는 직을 맡았다고 처음에 가르쳐 주었다. 구지宮司(신사의 제사를 맡은 가장 높은 지위의 신관 – 옮긴이)는 그녀의 남편이라고 한다.

"그 가족은 지금도 이 지역에 계시나요? 가능하면 이 사진을 가져다드리고 싶은데요."

고타로의 말에 이시모다 모녀가 서로 얼굴을 마주 보았다. 어머니 쪽이 입을 열었다.

"오랫동안 옷 대여점을 했던 집안으로, 혼례복 대여도 해서 신사에서 결혼식을 했을 무렵에는 신세를 많이 졌다오. 이 사진의 요 귀여운 신부는……."

이시모다가 입을 다물고 웃었다.

"나보다 나이가 많은데 귀여운 할머니가 되어 오래 전에 세상을 떴다오. 가업은 아들 부부가 이었지. 가게가 쓰나미로 피해를 입었어도 여전히 이시노마키에 살아서 사진을 가져다줄 수 있는데, 맡아 줄까?"

"꼭 부탁드립니다."

고타로가 안도했는지 고개를 깊이 끄덕였다. 마미도 전적으로 동감이었다. 기뻤다. 이시모다가 "얼마나 기뻐할까" 하고 얼굴을 구깃구깃하며 웃는다.

"저는 차를 내올게요. 정말 잘 오셨어요."

이시모다의 딸이 자리를 떴다. 사진의 주인이 누구인지 알아낸 덕분에 모두가 밝고 따뜻한 기운에 감싸인 것 같았다. 모르는 사람의 사진 한 장으로 연결되어 다 같이 마음을 열고 친해지는 것이 매우 행복하게 느껴졌다.

"사진관 일은 할아버지하고 하고 있나?"

이시모다가 고타로에게 묻자 그가 "네" 하고 대답했다.

"아버지는 전혀 관계없는 일을 하셔서 도쿄에 계시는데요, 저는 어렸을 때부터 할아버지 사진관을 좋아하고 사진에도 관심이 많았어요. 결국 할아버지 곁으로 오게 되었지요. 그런데 할아버지가 사진관을 시작하셨을 무렵과는 달리 지금은 누구나 디지털카메라와 스마트폰으로 좋은 화질의 사진을 쉽게 찍을 수 있기 때문에 일거리 자체는 줄어들었어요."

"에구머니, 그렇구먼."

"그래도 이런 형태로 도움이 되면 보람찹니다."

고타로가 미소를 머금었다.

"동네 학교 행사에 촬영 가면 누군가의 인생의 한 고비를 지켜보는 것 같더라고요. 수학여행에 사진사로 따라가는 것도 할아버지 혼자 계셨을 때는 무리였지만 제가 와서는 일을 의뢰받게 되었어요."

"오오. 고타로 군, 수학여행도 같이 가는 거야?"

요시노가 놀라서 말하자 고타로가 그 요시노를 장난스레 노려보았다.

"그럼 안 돼요?"

"아니, 되고말고. 그러고 보니 나도 옛날에 수학여행 갔을 때 사진 찍는 사람이 따라왔다는 게 생각났어. 그렇구나, 그걸 지금 고타로 군이 하고 있구나. 굉장해, 완전히 어른이네."

"요시노 씨, 제가 아직도 학생인 줄 아는 거죠?"

그들이 처음 만난 것이 그 무렵일지도 모른다. 이야기를 나누는 두 사람의 모습이 정다워 보인 나머지 마미도 그만 "인기 많겠네" 하고 고타로에게 말했다.

"중학생이나 초등학생이 봤을 때 고타로 군은 어른이잖아. 분명히 인기 많을걸."

"여행 마지막 날에는 메모장을 찢어 쓴 것 같은 편지를 받기도 했어요. 겨우 사흘쯤인 짧은 여행인데 말이에요."

고타로가 빙그레 웃었다.

"아무래도 편지로 끝나긴 하지만, 아이들은 정말 농밀한 시간을 살아간다는 걸 그때마다 느껴요."

마미도 경험한 적이 있다.

학교 선생님이나 수학여행의 여행사 직원, 사진사, 학원 선생님. 가까이 있는 어른에게 아련한 연심에 가까운 감정을 품은 적이. 편지를 건네 마음을 표현하는 것은 적극적인 일부 여학생이었지 마미는 결코 행동에 나서지 않는 아이였다. 그런 일도 있었지, 하고 옛 기억을 떠올렸다.

"그런데 사진관 일은 줄었어도 다들 사진 자체에 대한 관심은 지금이 오히려 더 높아진 것 같아요."

"아아, 하긴 손주들도 휴대폰으로 사진을 찍어서 이 할미한테 보내 주곤 하지. 컴퓨터로도 볼 수 있다지, 아마."

"인스타그램도 있죠. 이 부근 바닷가는 그야말로 인스타에 올리기 좋은 곳인 것 같아요."

이시모다의 말에 고타로가 맞장구를 쳤다. 마미도 동감이었다. 센다이에서 이시노마키로 오는 전철 안에서 본 풍경을 만약 지금 스마트폰을 쓸 수 있다면 사진으로 찍었을 텐데, 하고 몇 번이나 아쉬워했다. 지도 확인 작업을 위해 마을을 걸어 다닐 때도 문득 눈에 들어오는 아름다운 하늘과 작은 민가 옆에 핀 진달래꽃의 고운 자태에 감동할 때마다 사진을 찍으면 얼마나 좋을까 하고 생각했다.

스마트폰은 전원을 끈 채 기숙사 방에 내버려둔 상태다. 전원을 끄고 도호쿠에 와서 어느 정도 안정되면 다시 전원을 켜려고 했지만 하루 이틀 미루다 보니 지금에 이르렀다. 도쿄를 떠나온 지 제법 시간이 흘렀다. 이대로 있으면 안 된다고 생각하면서도 아직은 전원을 켜기가 두렵다.

전원을 켠 순간 누가 무엇을 보내 왔을지.

부재중 전화, 문자, 메일, 라인. 연락이 와 있을 것을 생각하니 확인하기가 두렵다. 내버려 두고 온 것을 책임지라고 압박 받을 것 같아서, 지금의 이 조용한 시간이 끝날 것 같아서 너무 두렵다.

"그러고 보니 요시노 씨는 인스타 하죠?"

"하긴 하는데, 실시간으로 올리는 일은 거의 없어. 지금 어디에 있는지 알면 근처에 왔으면서 왜 들르지 않느냐고 노여워할 사람이 많거든."

고타로의 질문에 요시노가 대답했다. 다양한 곳에 활동 거점이 있는 그야말로 요시노다운 발상이다. 그러자 고타로가 불쑥 "마미 씨는?" 하고 물었다.

"어?"

"인스타 해요?"

깊은 의미 없이 태연히 질문해 주어 부담스럽지 않았다. 마미에게 사정이 있어 이곳에 왔다는 것은 어렴풋이 알고 있을 텐데 괜히 쓸데없이 마음 쓰지 않고 자연스럽게 대화에 참여하게 해 주어 고마웠다.

그래서 마미도 깊이 생각하지 않고 솔직히 대답했다.

"전에는 자주 했는데, 여기 와서는 전혀 안 하고 있어."

"앗! 어떤 사진을 올렸는데요? 봐도 돼요?"

"그래."

가케루와의 여행 사진과 그의 회사 맥주 사진이 올라가 있는 정도다. 특별히 감출 정도의 사진도 아니라고 생각한다.

"이 페이지인가요?"

고타로가 검색한 인스타그램 페이지를 보여 주었다. 오래전의 그리운 사진이, 마치 자신의 것이 아닌 것 같은 사진이 그곳에 나열되어 있었다.

마지막으로 사진을 올린 것은 1월이었다.

도쿄에서 직장을 그만두기 전.

"나도 좀 봐도 될까? 오랫동안 안 봤거든."

아무것도 모른 채 있을 수 있던 때의 사진이 전시돼 있다.

가케루와 약혼하고 그를 백 점짜리 연인으로 생각하고 결혼을 앞두고 행복한 예감에 가슴 설레던 날의, 어떤 의미에서는 어수룩했던 나의 기록.

한동안 보지 않은 탓인지 그런 자신을 우습다고 생각하기보다 그 순진함이 사랑스럽기까지 한 것이 스스로도 신기했다. 다시는 돌아갈 수 없는 예전의 자신. 그녀가 변치 않고 있어 주기를 왠지 바라고 만다.

마지막에 올린 사진을 열었다. 특별할 것 없는, 퇴근길 산책로를 지나다 본 고양이를 찍은 사진. 초보자가 찍은 사진이라 고타로에게 보여 주기 창피하다고 생각한 다음 순간, 시야 끝에 뭔가가 보였다. 그것을 의식한 순간, 찌르는 듯한 날카로운 충격이 가슴을 꿰뚫었다.

사진에 댓글이 달려 있다.

실은 없는 거죠?

부디 나와 다시 한번 이야기해 주세요.

그뿐이었다.

이름은 쓰여 있지 않다. 하지만 누가 쓴 메시지인지 마미는 바로 알아보았다. 메시지의 의미도.

실은 없는 거죠? 는,

실은 '스토커'는 없는 거죠? 다.

가케루다.

심장이 돌연 걷잡을 수 없는 속도로 쿵쾅거린다. 눈에 보이지 않는 그 강렬한 심장박동에 숨이 막혀 고타로의 스마트폰을 쥔 손의 감각이 얼어붙은 것처럼 없어진다.

입술을 깨물었다. 다른 사진을 열어서 메시지를 보았다. 그 과정을 반복했다. 그러나 댓글은 그것뿐이었다. 아무리 찾아봐도 마지막 날에 달린 그것뿐이었다.

드디어 가케루에게 들켰다.

가슴을 부여잡았다. 스스로도 확실히 알 정도로 호흡이 얕고 흐트러졌다. 얼굴에서 표정이 사라졌다.

"마미짱, 왜 그래?"

가슴속 동요가 억눌러지지 않고 터져 나왔다. 요시노가 얼굴을 들여다보았다.

"무슨 일이야? 얼굴이 새파랗게 질렸잖아."

"요시노 씨."

사람이 이 잠깐의 일로 남이 한눈에 알아볼 만큼 얼굴색이 변할 수 있구나. 동요하면서 숨을 들이마신다. 고타로와 이시모다도 마미를 걱정스럽게 보고 있었다.

쉭쉭, 주전자가 뜨거운 김을 내뿜는 소리가 들렸다. 오래된 흙과 나무 냄새가 나는 신사 내의 공기를 들이마시자 기분이 조금 차분해졌다. 어떡하지, 어떡하면 좋아, 하고 걱정하면서도 그들이 지금 여기 있어 주어 의지가 되었다. 고마웠다.

"요시노 씨, 날 찾는 사람이 있어요."

"어?"

약혼자가, 하고 말하려다 숨을 헐떡였다. 그래도 말했다.

"약혼자가, 날 찾고 있나 봐요."

짐작한 일이었다. 그런 식으로 갑자기 모습을 감추면 가케루는 틀림없이 마미를 찾아다닐 것이다. 찾는 과정에서 자신의 여자 친구들에게 마미에 대해, 마미의 거짓말에 대해 들을지도 모른다.

그렇게 생각했다. 생각했지만 그래도 상관없다고 스스로 그들과의 시간을 방치했다. 그 시간이 계속된다는 것을 일부러 생각하지 않고 있었다.

하지만 가케루는 아니었다. 그 시간 속에 가케루는 여전히 홀로 남아 있다.

마미는 감정에 복받쳐 단숨에, 아니 띄엄띄엄 털어놓았다.

요시노에게, 고타로에게, 이시모다에게.

도중에 이시모다의 딸이 차와 센베이를 가져왔지만, 마미 일행이 이야기하는 모습을 보고 가져온 것을 얼른 내려놓고 자리를 비켜 주었다.

마미는 이야기했다.

자신에 대해.

가케루에 대해.

거짓 스토킹에 대해.

신기하게도 이야기하기 어려운 것까지 전부 털어놓았다. 요시노와 고타로라면 또 몰라도 이제 막 알게 된 이시모다에게까지. 그녀처럼 나이 많은 여성은 이런 연애 이야기를 한심하게 생각하지 않을까 걱정하면서, 그럼에도 불구하고 오늘 이야기하지 않으면 이제 어디에도 갈 수 없을 것만 같아서 전부 이야기했다.

초면이나 다름없는 사이라서 털어놓을 수 있는 부분도 틀림없이 있었다.

"아무래도 좋을 이야기이지만요."

이야기를 마치고 마미가 말했다. 말하면서 눈가가 욱신거리며 눈물이 날 것 같았지만 실제로 눈물은 더 이상 흐르지 않았다. 너무 자학적으로 들리지 않았으면 좋겠다고 생각했지만, 미리 방패막이를 하듯 말해 버렸다.

"그저 결혼 활동에 실패해서 결혼을 못하게 되었다는 이야기예요. 나도 거짓말을 했으니 자업자득이지만, 인스타에 달린 댓글을 보고 그 사람이 아직 나를 찾고 있다고 생각하니 갑자기 뭔가……. 괜히 이런 이야기를 해서 죄송합니다."

"아니."

마미에게 처음 말을 건넨 사람은 요시노도, 고타로도 아닌 이 중에서 가장 마미와 사이가 먼 이시모다였다. 주름 가득한 그 얼굴을 보고 마미는 놀랐다. 이시모다의 얼굴에 떠오른 것은 깜짝 놀랄 만큼 환한 미소였다. 위로도 동정도 아닌. 주름투성이의 작은 손이 마미의 오른손을 잡았다. 그러고는 양손으로 단단히 감쌌다.

"자네들은 지금 대단한 연애를 하고 있구먼."

놀란 나머지 앗 소리가 입 속에서 멈췄다. 눈을 동그랗게 뜨고 아무 말도 못하고 이시모다를 쳐다봤다. 그녀가 계속했다.

"소용돌이 속에 있는 본인들은 힘들겠지만 내가 봤을 때는 훌륭하다고밖에 생각되지 않는구먼. 대단한 연애야."

"그럴 리가요. 저희는 결혼 활동을 통해 알게 되었고 이건 대단한 연애가……."

"참내, 무슨 소리야. 요즘 젊은이들은 자기가 연애를 하는지 어떤지도 남이 말해 주지 않으면 모르나?"

그 목소리는 신기하게도 진심 어린 울림으로 가득했다. 그 목소리를 듣고 퍼뜩 정신이 들었다. 말의 울림이 가슴 밑바닥에 스며든다. 포근한 아픔을 동반하며.

　대단한 연애라는 울림에 심장을 움켜잡힌 것 같았다.

　"그랬을지도, 모르겠어요."

　"암, 그렇고말고."

　이시모다가 마미의 손을 쓰다듬었다. 그러고는 물었다.

　"만나고 오지 그려?

　목소리가 여전히 다정했다.

　"상대가 내일도 기다리겠거니, 하는 건 뻔뻔스럽잖나. 갑자기 기다리지 못하게 된 사람들을 내가 얼마나 많이 봤게?"

　이시모다의 말에 가슴에 막혀 있던 것이 풀어져 사라지는 듯했다. 입술을 깨물었다.

　네, 하고 작은 목소리로 대답했다.

　만나겠습니다.

　단, 시간을 주세요.

　마미는 그날 밤 용기를 내어 그동안 방치했던 스마트폰의 전원을 켰다. 그 순간 전기와 함께 시간이 흘러 들어오듯 작은 스마트폰 속에 빛과 소리가 넘쳐났다. 수많은 문자와 부재중 전화, 라인 메시지.

　아직 모든 것을 정면으로 단숨에 받아들일 엄두가 나지 않아 가케루에게만 메시지를 보냈다.

　가케루가 바로 전화를 하면 어떻게 하지? 만약 이 스마트폰 위치 정보를 알아낸다면 이곳에 막무가내로 쳐들어와서 자신을 데려갈지도 모른다.

　지금 당장은 만날 수 없다. 무리다. 게다가 지도 작업을 시작했으니 맡은 데까지는 제 발로 걸어 다니며 제대로 끝내고 싶다.

　온갖 걱정과 불안이 있었지만 가케루는 짧은 답장만 보내왔다.

　알겠습니다.

　또 연락 주세요.

　그 내용만으로는 화가 났는지 아닌지 알 수 없었다. 당장 통화하는 것은 무리라고 생각한 쪽은 자신인데 짧은 메시지에 마음이 어수선했다. 거짓 스토커라는 것을 알고 역시 화내고 있는 것이 아닐까. 나에게 질려서 다 내팽개치는 심정으로 있지는 않을까.

　그렇게 걱정하던 그때 다시 한번 스마트폰이 반짝였다. 가케루의 메시지가 도착했다.

　무사한 것 같아 마음이 놓입니다.

　단 한 줄로 그렇게 쓰여 있었다.

◇

　지도 작업이 안정될 때까지--.

　다시 가케루에게 연락할 용기가 생긴 것은 여름이 되어서였다.

　7월.

　그사이 가케루는 정말 연락을 한 번도 해 오지 않았다. 마미는 가케루가 화가 나서 이제는 자신에게 상관하지 않기로 해서일지도 모른다는 불안에 다시 휩싸였지만, 가급적 신경 쓰지 않으려 애썼다. 눈앞에 처리해야 하는 일이 있다는 사실에 숨통이 트였고 그렇게 하루하루 지내는 사이 마음이 차분해졌다. 가케루는 기다려 주고 있구나 자연스레 생각하게 되었다.

가케루를 만나자고 결심한 7월.

이타미야와 다카하시, 마미, 이렇게 셋이서 단골 술집에 들렀다가는 길이었다. 다카하시와 둘이서 기숙사로 돌아가던 중 마미는 다카하시에게 "같이 외출 못할 것 같아" 하고 말했다.

생각해 보겠다고 했던 드라이브를 같이 갈 수 없다고.

다카하시는 깜짝 놀란 얼굴을 하고 말했다.

"음, 그런데, 그거 언제 적 이야기인가요?"

"4월이었나. 다카하시 군이 같이 가자고 했잖아."

"알죠. 그런데 그 후로 아무 말도 없길래 가망이 없겠구나 싶었어요. 나도 그 정도는 분위기 보고 파악하고 있었거든요."

다카하시가 얼굴을 찌푸리고 밤하늘을 향해 길가의 돌멩이를 걷어 찼다.

"알고 있었는데 왜 일부러 거절하는 거예요? 그럼 내가 차인 것 같잖아요. 너무하시네."

"미안, 미안."

토라진 듯 말하는 다카하시가 어디까지 진심인지 가벼운 말투로 얼버무리려는 것인지 알 수 없어 계속했다. "기뻤어" 하고.

"그런 식으로 권해 줘서 기뻤거든. 그래서 제대로 대답하기로 마음먹었어. 쓸데없는 말이었으면 사과할게. 미안해."

"아ー, 진짜, 마미짱은 너무 정직하다니까. 때로는 그 정직함이 사람을 상처 입히기도 한다고요. 기억해 두세요."

"응."

마미는 고개를 끄덕였다. 다카하시에게 고마워하며 마음속으로 말했다.

'기억해 둘게. 고마워.'

"가는 거예요?"

"응?"

"다음 장소."

언젠가 그와 이야기한 내용을 기억하는 모양이다.

"아직 몰라."

대답은 그렇게 했지만, 마미는 앞으로 나아가자고, 그때 단단히 다짐했다.

가케루를 만나자. 앞으로 나아가지 못하고 이것으로 끝난다 해도. 끝나지 않으면 나에게는 아마 그다음 일조차 보이지 않을 것이다.

끝나도 좋다고 처음으로 생각했다.

약속 장소로 잡은 무인역에 가케루는 불평 한마디 없이 와 주었다.

언젠가 요시노와 센다이에서 이시노마키로 왔을 때 지나온 바다에 인접한 리쿠젠오쓰카 역. 놀랄 만큼 바다가 가까운 이곳을 전철이 지난다는 것을 알고 마미는 이곳에 처음 왔을 때 감동했다. 도쿄에서 나고 자란 가케루도 마찬가지이겠지. 높은 방조제가 시야를 가로막고 있어도 그 너머에서는 지금도 바다의 기운이 느껴진다. 바다 냄새가 난다. 마미는 이곳을 내 편으로 삼으면 가케루를 제대로 마주볼 수 있을 것 같다고 생각했다.

미리 와서 승강장에서 기다리고 있는데 센다이 방면에서 전철이 들어왔다. 여름의 무인역에 귀성인지 여행인지 밀짚모자를 쓴 가족이 내리고, 그들보다 늦게 승강장 저쪽 끝의 문에서 가케루가 내렸다.

그의 모습을 본 순간 가슴이 찌르르 울렸다. 설레어서인지 아파서인지 알 수 없었다. 그저 그립고 반가웠다.

승강장에 내려선 가케루는 여름인데도 깃이 달린 재킷을 입고 있었다. 단정한 정장 차림은 두 사람이 사귀었을 때 마미가 가장 좋아하는 모습이었다.

가케루가 고개를 들어 마미를 발견했다.

용기를 내고. 마음을 단단히 먹고 마미도 그가 있는 곳으로 걸어갔다.

"오랜만이야" 하고 작은 목소리로 인사했다.

가케루의 눈은 웃고 있지 않았다. 무서울 만큼 무슨 생각을 하는지 알 수 없는 진지한 표정으로 그가 마미를 쳐다본다. 그가 숨을 들이마시고 뭔가 말했다. 잘 알아듣지 못한 마미는 말없이 그를 쳐다본다. 가케루가 다시 한번 말했다.

"제법 먼 곳까지."

그가 토해 내는 숨결에서 어처구니없어하는 기색도 있지만 동시에 안도가 느껴졌다. "응" 하고 마미는 고개를 끄덕였다.

"와 줘서, 고마워."

마미는 감사의 말을 했다.

두 사람은 아담한 대합실 벤치로 가서 사이에 한 사람분의 간격을 두고 나란히 앉았다. 마미는 들어가서 차 한 잔 할 수 있는 가게를 찾아야 하나 생각했지만 이 부근에 적당한 가게가 있는지 없는지도 모른다. 가케루도 "도쿄에 비하면 시원한데" 하고 이대로가 좋다고 말해 주었다.

"씩씩해졌네."

가케루의 말에 마미는 "그래?" 하고 되물었다. 사실 스스로는 잘 알지 못했다.

다시 만나면 첫마디로 고함부터 들을 각오도 했다. 사귀는 동안 가케루는 한없이 다정해서 마미에게 언성을 높이는 일이 단 한 번도 없었지만 이번에는 그렇게 한다 해도 이상하지 않다고 생각했다.

그러나 그의 말투는 차분했다. 오랜만의 재회는 맥이 빠질 만큼 평온했다.

가케루는 마지막에 만났을 때보다 어른스러워 보였다. 마흔 살 먹은 사람에게 할 소리는 아닐지 몰라도, 그도 마미처럼 뭔가를 거쳐왔는지도 모른다. 피로가 배어 그렇게 느껴지기도 하는 것 같았다. 그렇다면 그것은 자신의 탓일까.

"그거 뭐야?"

마미의 눈에 가케루가 들고 있던 백화점 쇼핑백이 들어왔다. 포장지에 싸인 과자 선물 상자 같은 것이 들어 있다. 가케루의 재킷 차림에는 어울리지만 이 상황에는 뜬금없이 느껴졌다.

가케루가 "어?" 하고 되물었다. 그러고 나서 "아아······" 하고 쇼핑백을 내려다본다.

"마미짱이 신세 진 사람이 있으면 주려고 오면서 샀어. 별거 아니지만, 과자 선물 세트."

"뭐야, 그게."

생각지도 못한 대답에 그만 그런 말이 튀어나왔다. 그러자 가케루가 한숨을 내쉬었다.

"······하긴. 이런 거 말고 뭔가 다른 걸 가져왔어야 했다는 생각이 드네."

가케루가 마미의 얼굴을 들여다본다. 그러고는 물었다.

"없어? 신세 진 사람."

"있는데······. 설마 가케루 군이 마음 써서 선물을 가져올 줄은 몰랐어. 일부러 구입해서까지."

그 또한 태연하고 차분해 보였지만 속으로는 마미를 만나 동요하고 긴장하고 있을지도 모른다. 그렇게 생각했더니 얼굴을 맞대고 본론을 말할 수 있을 것 같은 기분이 들었다. 결심하고 고백했다.

"스토커는 없습니다."

매미 울음소리가 났다.

무인역 너머로 역사 그림자가 길쭉하게 드리워져 있다. 하얗게 마른 지면에 그 짙은 색이 두드러져 보인다. 갑작스러운 마미의 말에 가케루는 잠시 말이 없었다. 이윽고 "응" 하고 작게 대답했다. 마미가 물었다.

"미나코 씨 일행이 말해 줬어?"

"그래."

가케루가 머뭇거리며 고개를 끄덕였다. 먼저 말을 털어 놓았더니 마음이 단박에 편해졌다. 마미는 그동안 뭐가 무서웠던 걸까 생각했다. 하지만 무서웠다. 가케루 자체가, 그가 자신을 싫어할까 봐, 그의 주변에 있는 모든 것이.

"나, 그 사람들 정말 싫어."

이어서 말했다.

"정말, 처음부터 계속 싫었어."

"응."

가케루가 고개를 끄덕였다. 그 목소리가 왠지 미안하게 들렸다.

"알아."

"스토킹은 거짓말해서 정말 미안해."

마미는 솔직히 사과했다. 그것만은 정말 내가 잘못한 것이다. 하지만 그 외에 이제 자신은 그에게 사과해야 할 것이 아무것도 없다고 생각했다.

"응" 하고 다시 가케루가 고개를 끄덕였다.

화내고 있는지 어떤지, 여전히 알 수 없었다. 잠시 후 가케루가 고개를 들고 마미를 봤다.

"마미쨩도 들었지?"

"뭘?"

"내가 전 여자친구와의 결혼을 질질 끌었다는 거."

"당신이 나를 70점 선에서 적당히 타협한 결혼 상대라고 말했다는 거라면, 들었어."

가케루가 숨을 삼켰다.

그의 눈이 시간이 멈춘 듯이 휘둥그렇게 커진 상태로 마미를 보고 있었다.

마미가 가케루에게 심술궂게 말한 것은 처음이었다. 그런데도 말이 자연스럽게 나왔다. 심보가 고약한 말투였을지 몰라도 마미의 마음은 이제 분노와 슬픔에도 흔들리지 않았다. 정말 나는 이 사람의 무엇이 그토록 무서웠을까.

"굉장히, 상처 받았어."

그렇게 말하며 비난할 때도 마미의 마음은 평온하고 얼굴에는 미소마저 떠올랐다. 무리한 것이 아니라 자연스럽게 그리 되었다. 가케루는 오랫동안 고개를 숙이고 있었다. 그 자세로 고개를 들지 않고 말했다.

"그렇게는 말하지 않았어. 타협이라니, 그런 식으로는."

"70점이라고 말한 건 부정 안 해?"

마미의 물음에 가케루는 다시 입을 다물었다. 입술을 깨문 채 얼굴을 들었다. 각오를 다졌다는 듯이 고개를 끄덕였다.

"응."

평온했던 마음이 그가 인정한 순간 다시 조금 어수선해졌다. 하지만 잔물결 같은 정도였다. 마미는 잠자코 있었다.

"정확히는 70퍼센트이지만. 당신에게 70점을 매긴 게 아니라, 내가 정말 이 결혼을 원하는지 스스로에 대한 확신이 없어서 결혼을 망설였고, 그 당시 결혼하고 싶은 마음은 그 정도였어."

가케루는 그렇게 말한 뒤 쇼핑백이 아닌 가방을 품에 끌어당겼다. 가방 속에서 낯익은 에메랄드 블루 상자를 꺼냈다.

가케루에게 받은 약혼반지다.

"나와 결혼해 줘."

뜻밖에 가케루가 그렇게 말했다.

이번에는 마미의 시간이 멈춘 것 같았다. 눈을 동그랗게 떴다.

이제 와서 그런 말을 들을 줄은 전혀 상상도 하지 못했다. 자신들은 제대로 헤어진다고만 생각하고 그럴 각오로 이 자리에 나왔건만.

가케루의 눈빛은 진지했다. 티파니 상자를 열었다. 아름다운 다이아 반지가 그 상자에 들어 있다.

"다시 한번 받아 주었으면 해. 나는 당신이 좋습니다."

"진심이야?"

나는 당신이 좋습니다.

어린아이 같은 고백의 말은 마미가 인생에서 처음 들어 보는 말이었다. 학교 다닐 때에는 그런 일이 전혀 없었고 어른이 되어서는 언제나 분위기로 파악할 뿐이었다. 가케루를 만나고 나서도 어떻게 하다 보니 사귀기 시작해 자연스레 서로의 집을 드나들게 되었어도 그런 식으로 고백을 받은 적은 한 번도 없었다.

가케루가 쓴웃음과 닮아 있는 지친 미소를 희미하게 머금었다. 그 또한 자신의 말이 받아들여질 것이라 기대하지 않는다는 것을 그 미소를 보고 알게 되었다. 긴장된 목소리와 겁에 질린 눈동자. 가케루도 두려운 것이다.

마미가 두려운 것이다. 지금껏 마미가 가케루를 두려워했던 것처럼.

"진심이야."

쉰 목소리로 그가 대답했다.

"이제 와서 이런 말을 해도 믿어 주지 않겠지만. 나는 당신과 결혼하고 싶어. 마미가 좋아."

"내가 도망쳤는데도? 가케루 군에게서, 가케루 군의 어머니에게서 아무 말 없이. 내 가족에게도 아무 말 없이. 모두에게 걱정을 끼치고 거짓말까지 했는데. 그게 전부 아무 일도 없었던 것처럼 회복될 수 있을 거라 생각해?"

마미는 그렇게 말하는 자신이 한심해서 말투가 느슨해지고 눈에 눈물이 맺혔다. 전부 자초한 일이다.

'마미'라고 이름으로만 불리는 것은 처음이었다.

가케루와 헤어지면 주변 사람에 대한 변명과 회복을 포기할 수 있다. 그렇게 되기를 기대하며 오늘 끝내기 위해 온 것이다.

눈가에서 눈물을 떨어뜨리지 않으려 눈을 깜빡이지 않고 애써 참았다. 그랬건만 눈물이 무게를 이기지 못하고 흘러내렸다.

"그렇게 난리를 피웠는데, 이제 와서 돌아갈 수 있을 거라고 진심으로 생각하는 거야?"

"그래."

가케루의 대답에 망설임은 없었다. 그 강인한 목소리에 마미는 당황했다. 가케루가 고개를 힘껏 끄덕였다.

"당신 부모님과 우리 어머니가 아무 말씀 못하시게 할게. 그리고 친구와 가족은 아무 관계없어. 이건 나와 당신 문제야."

가케루가 반지 상자를 마미 쪽으로 두었다. 그 얼굴을 보면서 깨달았다.

나는 이 사람에게 한때 백 점을 매겼다.

세상 물정에 밝고 오늘도 일면식도 없는 누군가를 위해 선물을 준비해 올 만큼 배려심 있고 외모도 훌륭하다. 그런 점에 마음이 끌렸다고 생각했다. 결혼 시장에 여자를 배려할 수 있는 남자는 별로 없다는 조언을 듣고, 이렇게 조건 좋은 사람을 놓쳐서는 안 되겠다는 마음으로 열심히 노력했다. 가케루의 여자 친구들의 말이 맞았다. 이렇게 조건 좋은 사람이 남아 있을 줄은 몰랐다.

하지만 아니다.

솔직하게 인정하길 잘했다.

이 사람은, 매우 둔감하다.

내 거짓말을 용서할 만큼.

내가 멋대로 도망친 뒤 쉽게 회복할 수 있으리라 믿을 만큼, 이 사람도 세상 물정 모르고 어수룩하다.

다른 수많은 남자들과 마찬가지다. 둔감하고, 그렇기 때문에 무척 다정하다.

나는 당신의 그런 다정한 점이 좋았다. 가케루라는 사람을 진심으로 좋아했다.

––자네들은 지금 대단한 연애를 하고 있구먼.

이시모다의 목소리가 귓가에 되살아난다.

그 말을 들었을 때 실은 생각했다. 가케루에게 들려주고 싶다고. 아무래도 우리가 대단한 연애를 하고 있나 봐. 남이 말해 주기 전까지는 몰랐지만 그래도 괜찮지 않을까.

센다이에서 이시노마키로 오는 전철 안에서 본 풍경을 만약 지금 스마트폰을 쓸 수 있다면 사진으로 찍었을 텐데, 하고 몇 번이나 아쉬워했다. 지도 확인 작업을 위해 마을을 걸어 다닐 때도 문득 눈에 들어오는 아름다운 하늘과 작은 민가 옆에 핀 진달래꽃의 고운 자태에 감동할 때마다 사진을 찍으면 얼마나 좋을까, 지금 인스타를 하고 있다면, 하고 자주 상상하곤 했다.

하지만 사실 매번 생각하는 건 훨씬 단순한 것, 딱 한 가지였다.

가케루에게 이 풍경을 보여 주고 싶다.

이 풍경을 본 소감을 함께 나누고 싶다.

그래서 오늘도 이 역으로 오라고 했던 것이다. 높은 방조제에 막혀 보이지 않아도 바다가 느껴지는 이곳에 함께 있고 싶었다.

"……멜란지 하우스."

원래 두 사람이 다다음 달에 식을 올릴 예정이었던 예식장 이름. 이제 취소 수수료가 발생했을 터인 예식장.

마미가 그 이름을 언급하자 가케루가 조용히 눈을 깜빡였다. 마미는 계속했다.

"예약 취소했어?"

"……안 했어."

가케루가 대답했다. 그러고는 입가에 그늘진 미소를 머금었다.

"미련을 못 버렸다고 생각할지도 모르지만, 취소 안 했어."

"취소해 줘."

마미가 말했다.

파도 소리가 들린다. 매미 울음소리도. 태양을 받은 역 앞의 광장이 두 사람의 등 뒤로 바다가 머금은 햇빛을 반사하기라도 하듯 하얗게, 새하얗게 빛나고 있다.

마미가 말했다.

"취소, 했으면 좋겠어."

뒤통수를 맞은 것처럼 가케루의 얼굴에서 표정이 사라졌다. 뭔가 할 말이 있는 듯 그 입술이 한 번, 두 번 달싹인다. 산소가 필요한 물고기처럼 빠끔빠끔 뭔가를 원하는 얼빠지게 보이기까지 한 표정으로. 눈을 가늘게 뜨고 울 것 같은 얼굴로 마미를 보았다.

하지만 그것도 한순간이었다.

"알겠어."

가케루가 입술을 꽉 다물고 확실히 대답했다.

그로부터 몇 번인가 생각한 적이 있다.

무엇이 옳았던가. 틀렸던가.

무엇이 좋고 나빴던가.

결혼해라, 하고 어머니가 말한다.

딸이 결혼하지 않고 있는 것이 창피한가, 하고 마미는 생각했다. 그렇다면 '딸을 위해'라고 하지 말고 분명하게 '자신을 위해'라고 말해 주었으면 좋았을 텐데, 하고 한때는 생각했다.

나와 어머니가 다른 사람이라는 것을 왜 몰라주는 걸까, 하고. 그렇게 생각했다.

하지만.

자신이 결혼한 인생밖에 모르기 때문에. 자식이 있는 인생밖에 모르기 때문에.

그렇지 않은 나는 혼자서 외롭다고밖에 상상할 수 없었으리라. 내가 볕이 잘 들지 않는 방에서 평생 혼자 지내는 모습을 상상하면 안타까웠으리라는 것도 조금은 안다.

어머니에게 나는 평생 자신의 일부 같은 것으로, 타인이 될 일이 없다고 생각했지만 더 절망적인 것은 나 자신이었다.

나의 나약함이었다.

생각하면 도쿄로 나갈 결심이 선 것도 잘 안되면 부모님 곁으로 돌아가면 된다고 생각했기 때문이다. 돌아갈 장소가, 의지할 장소가 있기 때문에 결심할 수 있었던 거라고 지금은 인정할 수 있다.

그런 나의 '자립'은 그들 입장에서 보면 어린아이 장난처럼 보였을 것이다.

가케루를 만나고 이제 평생 혼자가 아니라고 잠깐 동안 생각했던 때도.

지금 생각하면 나는 부모님 대신 의존할 사람을 찾고 있었을지도 모른다.

혼자서는 살아갈 수 없다고 생각한 것은 부모님뿐 아니라 나도 마찬가지였으니까.

가케루를 만나고 드디어 내가 의존해 온 부모님이, 크나큰 존재였던 어머니와 아버지가 의외로 작았다는 것을 깨달았는데, 그런데도 나는 가케루 곁을 뛰쳐나와 제일 먼저 부모님 곁으로 돌아가려고 했다.

그곳밖에 갈 수 있는 곳이 없었기 때문에.

깊이 생각하기에 앞서 마음과 몸이 먼저 기대고 마는 그 죄 많음. 깊은 업보.

지금도 무엇이 옳은지 모른다.

누군가 나더러 틀렸다고 하면, 그럴지도 모른다.

하지만 지금은 이렇게 생각하기도 한다.

부모에게 의존해 살아온 딸의 자립이란 다음에 의존할 사람을 찾는 것이라 해도.

부모가 자식의 결혼을 서두르는 것은 자신을 대신해 다음 의존할 대상을 찾아주려 하는 행위라 해도.

그것이 무슨 잘못인가, 하고 반문할 만큼 마음이 강해졌다.

잘못되었다 해도 좋다.

상관없다.

"무슨 생각해?"

"어?"

결혼식 전에 가케루가 물었다.

멍하니 있다 고개를 들자 오늘을 위해 이발한 그가 쓴웃음을 짓는다.

"마미가 또 뭔가 생각하는 것 같아서."

"별거 아니야. 나중에 이야기할게."

마미 역시 쓴웃음을 지었다.

고개를 들자 미쓰나미 신사의 낡았지만 장엄한 모습이 오늘은 더 친근하게 느껴진다.

"자, 시간 다 되었습니다."

복장을 갖춰 입은 이 신사의 곤네기인 이시모다의 딸의 말에 가케루와 마미는 동시에 "네" 하고 얼굴을 들었다.

신부가 머리에 쓰는 와타보시를 포함해 흰색 전통 혼례의상을 빌려준 곳은 마미가 전달한 그 결혼식 사진의 주인, 의상 대여점의 아들 부부였다. 신랑의 검은색 상하의인 하오리와 하카마도 그곳에서 골랐다.

여름날, 신사의 본전은 바깥의 더위와는 상관없이 고요한 공기로 가득 차 있었다.

실로 50년 만이라고 하는 미쓰나미 신사에서의 결혼식이다.

"갈까?"

가케루가 마미에게 손을 내밀었다. 그 손 위에 자신의 손을 포갠다.

"가케루 군."

"응?"

"내 뜻대로 해 줘서 고마워."

그러자 가케루가 미소를 지었다.

"뭐 어때" 하고.

이시노마키에서 인연을 맺은 신사에서 두 사람만의 결혼식을 올리고 싶다.

그것이 마미의 바람이었다.

친구와 친척, 가족을 초대하는 성대한 결혼식이나 피로연이 아니어도 좋다. 가케루의 말대로 그들은 관계없다. 결혼은 마미와 가케루의 문제다.

결혼은 양가 집안의 만남이라고들 하고, 지금껏 친구들을 축복한 것처럼 자신도 친구에게 축복을 받고 싶었고 가케루를 모두에게 보여 주고 소개하고 싶고 자랑하고 싶었다.

지금껏 줄곧 그렇게 생각해 왔는데, 스스로도 이런 마음가짐을 갖게 되어 놀라고 있다.

해외에서 단 둘이 식을 올리는 사람들의 이야기를 접하면 자신과는 다른 세계의 사람들처럼 느꼈지만, 지금은 그들의 마음을 어쩐지 알 것 같다. 커플마다 사정은 다르겠지만 적어도 마미의 경우에는 지금 정말 마주 보고 싶은 상대는 단 한 명이다.

결혼식에는 가케루만 있으면 된다.

마미가 원하는 결혼식의 모습에 대해 털어 놓자 가케루는 놀란 모습이었지만 받아들여 주었다.

"해외에서 하지 않아도 되겠어? 하와이나."

종교에 관계없이 외국의 교회에서 단 둘이 예식을 올리는 사람도 있는데 도호쿠의 신사에서 단 둘이 결혼을 맹세해도 괜찮지 않을까.

미쓰나미 신사가 좋다고 마미는 말했다.

쓰나미를 견뎌 낸, 매우 아름답고 강인한 정취의 신사라고 마미가 설명하자 가케루가 한번 보고 싶다고 대답해 주었다.

그 후 축 처지듯 상체를 앞으로 숙이더니 가케루가 "다행이다" 하고 중얼거렸다.

"어?"

"결혼, 해 주는구나."

울 것 같은 목소리였다. 가케루의 얼굴이 일그러진다. 떨어져 지낸 지난 반년 사이 나이를 한꺼번에 먹은 듯 늙어 보인다. 하지만 싫지 않다. 그 얼굴이 좋다고 생각한다. 멋있기만 하지 않은 가케루의 모습을 앞으로 나는 몇 번이든 보게 될 것이라는 예감이 들었다. 그렇게 되었으면 좋겠다, 하고 빌었다.

"응."

마미가 고개를 끄덕인다.

"결혼해 줘" 하고 자신도 말했다.

마미의 부모님과 자신의 어머니.

가케루는 마미와 연락이 닿은 뒤 양가에 사정을 설명하러 갔다고 한다.

마미는 지금 스토커와 함께 있는 것이 아니다, 자기 자신을 돌아보기 위해 당분간 시간이 필요하다고 했다고.

거짓말은 아니지만 진실이기만 한 것도 아니다.

물론 양가 부모님은 그것만으로는 납득하지 못한 모양이지만 가케루가 반쯤 딱 잘라 "저희 문제입니다. 죄송합니다"라는 말로 설득했다.

여름에 마미는 드디어 본가와 가케루의 어머니의 양쪽 집에 가서 사과했다. 다만 그것은 어디까지나 자취를 감추어 걱정을 끼친 것에 대한 사과였다. 예식장을 취소하고 단 둘이 결혼식을 올리는 것에 관해 이런저런 설교를 들었지만 한사코 양보하지 않았다. 둘이서만 시작하고 싶다는 마음은 흔들리지 않았다.

가케루는 걱정을 많이 끼친 처형 부부만은 초대하면 어떻겠느냐고 제안했지만 그것도 거절했다. 언니에게는 전화로 사과했다.

동생에게 약한 언니. 도쿄로 나갔을 때도 말없이 집 보증인이 되어 준 언니는 어머니와 마찬가지로 마미가 혼자서는 아무것도 못한다고 생각했기 때문에 해 달라는 대로 해 주었던 것이다.

사라졌다가 갑자기 돌아온 마미의 제멋대로인 태도에 기막혀하면서도 결혼식에 관해서는 웃으며 축복해 주었다.

"네가 그렇게 고집스럽게 행동할 줄은 몰랐네. 행복해야 해."

두 사람의 결혼을 신 앞에 고하는 축사가 끝난다.

낭랑하게 울려 퍼지는 재주齋主(신사에서 신관을 불러 제사를 지내는 주최자로, 전통 혼례에서는 주례와 같은 역할을 한다 – 옮긴이)의 말이 가케루와 마미에게 내리쬔다. 가케루의 긴장이 어깨 너머로 마미에게도 전해진다. 자신의 긴장과 기쁨도 어깨 너머로 전해지기를 간절히 바랐다.

주칠한 술잔을 손에 들고 술을 받았다. 문득 옆을 보니 가케루와 눈이 마주쳤다. 그 역시 같은 타이밍에 이쪽을 본 것이다.

고작 그것뿐인데 갑자기 어깨에서 긴장이 풀려나간다.

엄숙한 자리에서 그렇게 하는 건 예의에 어긋날지도 모른다고 생각하며 두 사람은 미소를 지었다. 서로에게 술잔을 기울인다.

두 손으로 다마구시玉串(비쭈기나무 가지에 흰 종이를 달아 신사에 바치는 것 – 옮긴이)를 들어 올려 신전에 바친다. 2례 2박수 1례, 인사를 두 번 올리고 박수를 두 번 친 다음 다시 고개 숙여 인사를 올린다.

본전의 안쪽, 금줄 너머를 똑바로 주시하면서 마미는 자신 없다고 생각했다.

앞으로 괜찮을지 어떨지 자신이 없다. 제멋대로 행동한 대가는 자신의 부모님은 물론 가케루의 어머니로부터 산더미처럼 불어나 돌아올 것이다. 무슨 일이 있을 때마다 잔소리를 들을 것이다. 그런 결혼 생활이 될지도 모른다.

하지만 설령 그렇다 해도.

지금 이 사람과 둘이서 기도하는 것은 의미 있는 일이라고 믿고 싶다.

이 결혼에, 고민한 끝에 내린 이 결단에 의미가 있다고 생각하고 싶다.

그 기도가 적어도 자신 옆에 있는 이 사람에게 전해지기를.

다마구시 의식이 끝나자 분위기가 한결 가벼워졌다. 공기가 누그러지는 것이 느껴진다.

축하합니다, 하는 목소리가 들린다. 마음이 놓인 표정의 가케루가 "감사합니다" 하고 대답한다. 마미의 목소리가 그곳에 포개어진다. 진심을 담아 감사합니다, 하고 마미도 말한다.

"무슨 생각해?"

마미가 고집해서 고타로만 식에 초대했다. 물론 결혼사진을 찍기 위해서다. 신사를 배경으로 세 줄의 물결 문양 아래 두 사람이 나란히 서서 사진을 찍었다. 그때 가케루가 다시 한번 물었다.

마미는 대답했다.

"아무것도."

실은 이렇게 하길 잘한 걸까, 하고 소망이 이루어진 지금도 고민하고 있었다. 자신이 원한 것인 만큼 당연히 그런 말은 입이 찢어져도 못 하겠지만.

앞으로의 일이 전혀 불안하지 않다면 거짓말이다.

"가케루 군은 무슨 생각해?"

"다행이라고."

마치 마미의 마음을 읽은 듯이 그렇게 말했다.

"많은 일이 있었지만 다행이라고 생각해."

"그래."

이 사람의 이 느긋한 둔감함에, 남편인 동시에 다른 사람이라는 사실에 앞으로 얼마나 더 많이 구원받을 수 있을까.

"마미 씨, 가케루 씨, 찍습니다!"

정장을 입고 카메라를 들어 올린 고타로가 말했다. 플래시가 팡 하고 터진다.

고개를 들고 아아, 하고 생각한다.

눈앞에 바다로 이어지는 드넓은 하늘이 펼쳐져 있다. 그것은 어디까지나 끝없이.

"마미."

가케루가 손을 잡아당겼다. 손을 잡고 정면을 향한다. 그곳에 다시 카메라 플래시가 번쩍인다.

가케루의 손에 잡힌 그 손을 마미는 자신의 의지로 힘껏 쥐었다.

마침내 만난, 나를 믿어 주는 사람

사람은 누구나 행복한 삶을 꿈꾼다. 어려서부터 가정에서 자연스럽게 배워 온 가장 보편적인 행복은 사랑하는 사람을 만나 가정을 꾸리고 아이를 낳는 삶일 것이다. 많이들 그렇게 하니까 으레 그래야 하는 줄 알고 다른 행복한 삶에는 곁눈질 한 번 하지 않는 사람도 많다. 남들이 결혼과 출산을 하는 것을 보고 자신 또한 그 삶을 손쉽게 이루어낼 수 있을 줄 알았지만 현실은 결혼은커녕 연애를 시작하기조차 쉽지 않다.

사카니와 마미는 삼십 대 중반의 여성으로, 결혼을 앞두고 직장을 그만둔다. 그리고 어떤 일로 인해 자취를 감추고 만다. 그녀의 약혼자 니시자와 가케루는 실종된 마미를 찾아 군마와 도쿄를 오가며 고군분투한다. 마미의 가족과 직장 동료, 지인을 만나 과거 마미에 대한 이야기를 들으면서 가케루는 자신이 모르는 마미의 또 하나의 얼굴을 마주하게 된다. 부모의 과보호 아래 자라 온 마미는 혼자서는 아무것도 못 하는 사람이었던 것이다.

자식은 부모를 전적으로 믿는다. 어렸을 때는 부모를 믿고 의지하지 않고서는 살아갈 수가 없다. 그러나 머리가 굵어지면서 부모에게 반항심을 갖고 남들과 비교하기도 한다. 처음으로 의심을 하는 것이다. 마미의 언니인 노조미가 사춘기 때부터 제 목소리를 냈다면, 마미는 서른 중반에서야 제 소신을 갖는다. 심지어 본가를 나와 도쿄에서 홀로 살기로 결심했을 때조차 부모의 속박에서 벗어나고 싶다는 마음에서가 아닌, 자식이 자립하는 모습을 보여 드리는 것이야말로 효도라는 마음에서였다.

마미의 어머니인 요코는 자식을 고생시키고 싶지 않은 마음에서 마미의 모든 인생에 직접 징검돌을 놓는다. 자식이 쉬운 길로만 갔으면 하는 마음에서 자식이 몸소 겪어야 할 시행착오를 사전에 차단한 것이다. 걱정된다는 '무적의 말'로 딸의 선택을 믿어 주지 않음은 물론 선택할 기회조차 빼앗아 왔다. 마미가 전적으로 신뢰한 요코는 반대로 딸을 한 순간도 믿지 않은 것이다. 그런 마미가 과연 말과 행동에 책임을 질 수 있는 제대로 된 어른으로 성장했을까.

도쿄에서 제 힘으로 직장을 잡고 생활을 하고 또 가케루를 만나 연애하면서 새로운 세상을 알게 된 마미는 그제야 조금씩 성장하게 되었을 것이다. 어머니의 울타리 안에서 '착한 아이'로 살아온 나날 또한 값진 인생이었을 테지만, 이제 사랑하는 사람을 만나 그 사람에게 신뢰를 주는 삶의 동반자로서 인생의 다음 페이지를 열어야 할 때인 것이다. 그 '때'가 남들보다 조금 늦어졌을 뿐, 마미의 인생에서는 조금도 늦었다고 할 수 없을 것이다.

가케루가 마미의 모든 것을 알고도 그녀를 기다린 이유에 대해 조금은 어리둥절해 할 독자도 물론 있을 것이다. 그러나 마미가 가케루와 연애를 하며 보여 준 모습을 통해 가케루는 마음의 안식을 얻었고 그래서 마미를 오롯이 신뢰하고 의지하지 않았을까. 마미의 존재 그 자체가 가케루를 완전하게 해 주었던 것이다. 마미가 곁에 있을 때는 몰랐지만, 잃고 나서야 비로소 마미가 자신에게 어떤 존재였는지 깨달은 것이다.

마미와 요코가 어느 한 쪽이 일방적으로 신뢰하는 관계였다면, 마미와 가케루는 서로 신뢰하는 관계인 것이다. 마미가 가케루를 신뢰한 만큼 가케루 또한 마미를 신뢰했다. 마미를 한 사람의 인격체로 마침내 똑바로 마주할 수 있게 되었다. 물론 마미와 가케루, 두 사람은 결혼 활동과 연애를 하면서 상대에게 점수를 매기고 지난번 상대와 비교를 하는 오만을 부리며 선량의 또 다른 이름인 '둔감함'과 '무지함'으로 상대에게 상처를 주기도 했을 것이다. 앞으로도 그러지 않으리라는 보장은 없다. 그 모든 과정을 각오하고 두 사람은 마침내 선택을 한다.

작가 츠지무라 미즈키는 2011년에 결혼식장을 무대로 한 소설『오늘은 만사 대길하게』를 출간했다(국내에는『달의 뒷면은 비밀에 부쳐』라는 제목으로 출간되었다. [오유리 옮김, 작가정신, 2012]). 그때만 해도 결혼이란 온 가족을 동원하여 두 집안의 축복을 받는 것이라고 생각했는데, 이번에『오만과 선량』을 써 내려가는 과정에서 결혼이란 두 사람의 의지만 있다면 충분하지 않을까 하고 생각하게 되었다고 한다. 부모가 어떻고 하는 것이 아닌, 사람 대 사람으로 하는 것이야말로 결혼이라는 생각이 들어 자신의 결혼관이 바뀌었음을 깨달았다고 한다.

참고로 츠지무라 미즈키의 결혼관은 단편집『어긋나는 대화와 어느 과거에 관하여』(소미미디어, 2020) 중「동기 나베의 신부」를 통해서도 엿볼 수 있다. 이 단편은 더 극단적이긴 하나, 주변에서 뭐라 하든 상관없이 두 사람의 의지만으로 이루어 낸 결혼 이야기를 다룬다. 그리고「엄마, 어머니」를 통해서는 요코와 마미보다 더한 모녀 관계, 더 나아가서는 과연 바람직한 부모 자식 간의 관계란 무엇인가 하는 것을 생각해 볼 수 있을 것이다.

또한『오만과 선량』의 2부에 등장하는 사나에와 지카라 모자는『파란 하늘과 도망치다』(블루홀식스, 2019)의 주인공이다. 두 사람 역시 커뮤니티 디자이너인 다니카와 요시노의 도움을 받는다.

2004년 『차가운 학교의 시간은 멈춘다』로 제31회 메피스토상을 수상하며 데뷔한 츠지무라 미즈키. 『오만과 선량』은 작가 생활 15주년을 기념하여 일본에서 2019년에 출간되었다. 츠지무라 미즈키는 작가로 살아온 15년 내내 즐거웠다고 한다. 매번 새로운 소설에 도전하는 과정에서 처음에는 편집자와 독자로부터 '이런 소설을 읽고 싶다', '이런 소설은 츠지무라답지 않다'라는 의견을 들을 때면, '나다운지 아닌지는 내가 정한다'고 생각했다고 한다. 하지만 지금은 많은 독자들이 '어두운 분위기의 이 소설은 블랙 츠지무라', '밝은 분위기의 저 소설은 화이트 츠지무라'라고 말하며 어떤 소설이든 다 '츠지무라답다'고 받아들여 준다. 그리하여 이제는 어떤 소설을 쓰든 옛날처럼 두렵지 않다고 한다. 무엇이 츠지무라다운지는 독자가 정하는 것이라고 생각하게 된 것이다. 독자를 신뢰하게 된 지금 츠지무라 미즈키는 자신이 정말 행복한 작가라고 생각한다며, 실패를 두려워 말고 앞으로도 높이 날아오르는 작가가 되고 싶다고 한다.

첫 소설을 번역한 지 어느덧 5년이 흘렀다. 최애 작가인 츠지무라 미즈키의 작품을 『오만과 선량』을 포함해 다섯 작품이나 번역했다. 원서를 읽고 난 뒤의 재미와 감동을 기획서에 충분히 담아내지 못했는데도 불구하고 관심을 기울이고 책으로 출간될 수 있도록 힘써 주신 출판 관계자 분들에게 다시 한번 감사의 인사를 드린다. 앞으로도 성덕으로서 츠지무라 미즈키의 작품과 좋은 인연이 닿았으면 좋겠다.

2021년 가을
이정민

오만과 선량

지은이
츠지무라 미즈키

옮긴이
이정민

초판1쇄 펴냄
2021년 12월 1일

편집
김미선

Copyright © 辻村 深月, 2021

ISBN   979-11-89680-32-9 (03830)

값   16,000원

펴낸곳
도서출판 이김

브랜드
냉수

등록
2015년 12월 2일
(제25100-2015-000094)

주소
03371
서울시 은평구 통일로 684 22-206

이메일
lhhot@leekimpublishing.com

냉수는 도서출판 이김의 문학·에세이·코믹
브랜드입니다.

잘못된 책은 구입한 곳에서 바꿔 드립니다.